凸凹
文集

07 · 笔记

纸上的乡愁

凸凹 著

北京日报出版社

图书在版编目（C I P）数据

纸上的乡愁 / 凸凹著. -- 北京 ：北京日报出版社，2017.6

（凸凹文集）

ISBN 978-7-5477-2509-2

Ⅰ. ①纸… Ⅱ. ①凸… Ⅲ. ①随笔－作品集－中国－当代 Ⅳ. ①I267.1

中国版本图书馆CIP数据核字(2017)第070395号

纸上的乡愁

出版发行：北京日报出版社
地　　址：北京市东城区东单三条8-16号东方广场东配楼四层
邮　　编：100005
电　　话：发行部：（010）65255876
　　　　　总编室：（010）65252135
印　　刷：廊坊飞腾印刷包装有限公司
经　　销：各地新华书店
版　　次：2017 年 6 月第 1 版
　　　　　2017 年 6 月第 1 次印刷
开　　本：880 毫米×1230 毫米　1/32
印　　张：13.25
字　　数：330 千字
定　　价：35.00 元

目录

第一辑

第二辑

第三辑

第四辑

序一

土地上长出的文字

刘江滨（著名散文家、批评家，《燕赵都市报》副总编辑）

凸凹是一个勤劳的写作者，即如一个农民在田畴上“晨兴理荒秽，带月荷锄归”，焚膏继晷，不辞寒暑。在同时代的作家中，他的作品是绝对高产的，左手散文，右手小说，至今约有散文集10部，长篇小说8部，中短篇小说集2部。他的散文与小说互相浸淫，互相补益，最终都受益于他的大量阅读，使得他的作品有着学人的气质与涵养，相当具有个性，不管是散文还是小说都鲜明地打上凸凹的个人印记。多年的写作，凸凹已然形成了自足的文学风格和写作个性。

大抵从去年开始，凸凹突然集中精力大量撰写乡村散文，在《人民日报》《读者》《燕赵都市报》等处陆续刊发，后来他把一些精品以《大地清明，故乡永在》为题集中刊发于《十月》，旋即被《新华文摘》转载，引发广泛关注。作为相识十多年并熟知凸凹作品的朋友，我对他的这些乡村散文表示由衷的喜欢，甚至我认为，除了长篇小说《慢慢呻吟》，他的乡村散文超过了他以往的所有作品。在几十年的创作积累中，凸凹喷薄而出，达到了他个人写作生涯的高峰。仅就散文写作而言，以前凸凹的写作题材主要是“书话”，曾被称作“新文人”

写作的代表性人物之一。我毫不鄙薄“书话”写作，因为我曾与凸凹被列为“同一战壕的战友”，一同出过“绿阶读书文丛”。上个世纪九十年代，这一干人正痴迷“知堂书话”“晦庵书话”等书话体散文，为老一辈文人深厚的学养所倾倒，在阅读中与大师沟通，在阅读中与大师对话，直接站在巨人的肩膀上俯仰天地、贯通古今，真是一件快慰无比的赏心乐事。但是，而今看来，书话写作按照叔本华的话说是“让别人的思想在自己脑袋里跑马”，是一种思想的嫁接、延伸，是对思想的体味，而不是对生活的体味，或者是间接的体味，毕竟隔了一层。换句话说，书话体散文对于生活而言，是改编、编辑、再创作，而非原创。正是在这一点上，我看到了凸凹乡村散文的价值所在。他的乡村散文是土地上长出来的文字，自然、蓬勃、温暖、野性，是一种原生态创作。泥土的清香比书籍的墨香更醉人。当然，书话体散文中哲学思辨的思维训练，给他的乡村散文插上了高蹈的翅膀。

凸凹的家乡在京西的山沟里，他的祖父、父亲、母亲、乡亲，还有他的成长时期的记忆都在那里深深扎下了根。在散文写作中，写亲情永远是一大主题。在前不久我给一次散文大赛当评委，看到的文章其中写亲情的几乎占六成，我相信，每个作者在叙写的过程中，都会情难遏，泪满襟。我毫不怀疑这种真诚，而真诚是散文最重要的品质。但是，他们都远远不如凸凹写得好。为什么？我也在想，为什么凸凹在写作几十年之后才开始动用这最原始的积累？因为，最珍贵的东西才需要永久地珍藏，不能轻易示人，或者说担心在技术才力达不到的情况下，一旦开掘，便是毁弃。久酿的酒才会最芳香。凸凹乡村散文也写亲情，写自己生活在乡间的亲人，但最突出的亮点其实不在“情”，而在“理”，他写出了农民的生命哲学，生存智慧，写出了大地的道德，大地的逻辑。“情”一字是体现感染力，“理”一字是体现深刻性。在凸凹笔下，乡村不是田园诗，不是牧歌和童话，也不是愚昧落后麻木的油画，也无意于揭示农业文明和城市文明的对抗与矛盾，乡村农民是按照自己的生存法则生命哲学生息繁衍。作者既是旁观者，又是参与者，他怀着敬畏之心浸淫其中，又以书写者的身份还原生命的本相。《人行羊迹》是其中最具代表性的篇什。这篇散文写祖父放羊的故事，祖父虽然 1938 年入了党，参加了革命，但是没读过书，虽没读过书，却是一个有智慧的人，他的智慧不是来自书本，而是来自生活的淬炼，来自对大自然的领悟，就像六祖慧能，大字不识的担柴打杂者，却成为一代禅宗祖师。无上的智慧总是在民间，在荒江野老之口。一个时期，“我”总为写作“高峰”忧心忡忡，祖父对我说，你能不能跟我去放一天羊?

一天下来，祖父问我，你看，羊最喜欢待在哪里?

我说，半山腰的阳坡。

他又问我，羊最不喜欢待在哪里?

我懵懂无言。

祖父说，羊喜欢待在半山腰的阳坡上是对的。但你知道是为什么?是因为那地方风刮得小，水分存留得多，土质也肥，光照也温暖，百草就繁茂。对羊来说，那简直是一处喜乐福地。接下来，你就知道，羊最不喜欢待的地方了，对，就是山顶。山顶之上，无遮无拦，是个大风口，风刮得那么猛，水土都被卷走了，一片光秃之外，只生荆棘和苦草。你也看到了，山顶是受寒之地，绵性的羊是待不下去的。还有，羊们都知道，到了山顶，就意味着走下坡路，就意味着归栏，就意味着被关起来而远离了青草，只给它们留下一个字：等。

这是一个老羊倌的人生哲学，他终日与羊相伴，有观察，有洞见，大自然赐予他丰富的阅历，也赐予他哲人的智慧。一个识文断字的“作家”遇到困惑，被一个不识字的老羊倌轻松化解，凸凹笔下的亲人农民就是这样一群物质虽不富有却精神高贵的人。《亲情盈满》《山村夜话》

等篇什都是在亲切的叙事中升腾出智慧的云岫。《山石之殇》等篇则写出了人的命运的沧桑感、悖谬感，人生的多义性。

自五四以降，中国现代知识分子就开始了关注乡村故乡的传统，“乡愁的理念”一直缠绕着知识分子的灵魂。就散文而言，从内容上来说撮其要可分为四种，一是反映农村的破败凋敝，农民的颟顸麻木，“哀其不幸，怒其不争”；二是田园牧歌式，歌颂乡村乡情的美好；三是纪录记忆式，民俗民情，老树老井，怀念那些即将消失的村庄和民间记忆；四是直面现实中城乡差距，反映乡村生活的艰难。凸凹的乡村散文应该说异于上述几种，或者可以说是第五种，他是着重写大地的道德，生命的哲学。中国是一个农业大国，几千年的文明可以说就是一种农业文明，大多国人即使生活在城市，上溯三代都是农民，乡村文明就是我们的根，我们莫能逃掉它的传承和熏染。凸凹在《故乡永在》中写道：“故乡对人的重要性就在于，它是一个人心智、情感、人性和伦理观念形成的起点，是立人的基础。一如大树没有茁健的根须就会倾覆，大楼没有牢固的根基就会倒塌。”“正是故乡伦理的滋润，使我内心充盈，从容淡定。”在凸凹眼里，故乡就是精神的家园，是心灵的滥觞，他就是故乡的私淑弟子。他的散文充满了对故乡及亲人的感恩、眷念，更彰显了乡村饱经沧桑背后的智性人生。他们虽然贫穷，却保持着心灵的盈满；虽然没多少文化，却遵循着大地的伦理，活得明明白白，并生发出朴素的悟见；虽然他们属于存活于乡野的草根，却一点都不卑微，保持着人格的尊严。他们的身上既体现了时代性，又体现了永恒性。凸凹写出了不一样的乡村，不一样的农民，不一样的散文。在我看来，凸凹以前的小说散文写作，似乎都在为他的乡村散文的横空出世做铺垫，一个具有文学史意义的突破终于来了！

2012年4月12日于石家庄

序二

凸凹的乡村哲学

宁肯（著名小说家、散文家，《十月》杂志副主编）

凸凹成名甚早，上世纪九十年代初即以散文蜚声文坛。我最早听说凸凹的名字是在苇岸那里，具体怎么听说的，都谈了什么，记不清了，但时间是清楚的，应该是在1997年左右。那时我刚刚认识苇岸，通过苇岸我开始重新打量中国文学，也回到了文坛上。多年前我认为写作已无意义，写作甚至是可耻的，苇岸的写作让我看到了意义，让我重新界定了个人与时代的关系：个人立场的写作仍可与时代构成对峙的关系。这种关系不一定很紧张，但可以确立价值。

在与苇岸的接触中我知道了凸凹，我知道苇岸和凸凹都是乡村散文家，大地散文家，他们生活背景相似，都在北京的边缘山脉与平原交汇的地方写作。但是认识凸凹是在2002年，我参加了一次北京作协去河北的活动，饭桌上凸凹坐我对面。我记得同桌还有小说家邱华栋。那一年我们三个人的小说，邱华栋的《正午的供词》，凸凹的《大猫》，我的《蒙面之城》都入围了老舍文学奖，我记得凸凹举杯祝酒时说，我提议，不管我们谁获了奖都要请客！他的话让我感动，因为我那时在文场上是个生人，对所有人都很陌生，凸凹那么豪爽，以诚相待，我心里热乎乎的。这种热乎乎的感觉使我现在想起当年举杯的情景也仿佛是昨日的事情，十年的确有时就如一瞬。之后，我与凸凹熟悉起来。

凸凹的这本文集要出了，嘱我写点什么，我感到荣幸。这样的嘱托一方面来自我们多年以诚相待，互相欣赏，一方面也是最近他在《十月》杂志上发表了他的散文重磅文本《大地清明，故乡永在》，我是责编。这组两万多字的散文发表出来后转载无数，反响热烈，堪称凸凹作为一个散文家重新崛起之作。读过一些凸凹早期的性情散文，印象深的是他敞露出的真诚、坦荡，特别是笔端往往不时流露出别人往往倾向于隐藏的最真实的东西，因而富于震撼力。我记得有几次为了这种震撼差一点让我打电话给他，表达一下我的阅读感受。如果说散文以真实真情感人动人，那么凸凹早期的散文无疑做到了，并且做得十分出色，也为他赢得了应有的名声。

但散文要想长足进身显然仅靠真实真情是不够的，而一个散文家往往要么在这里止步，要么在这里分岔，由自发的写作转向专业化写作，也即从散文作者写作转向散文家的写作。大体上一路是读书、学问、思考、品评，进入某个文化学术领域成为文化散文；一路是小品、闲适、旅行、玩味与个人意趣。这也没什么错，而且似乎是散文的宿命，散文的必由之路。凸凹这些年，根据我一鳞半爪的观察，大致也在这两条路上左冲右突，也有相当的建树，但似乎并没跳出散文的宿命，因而似乎也无大的突破。到了《大地清明，故乡永在》，经过多年的纵横捭阖之后，凸凹回到了大地，仿佛一个多年的浪子回到故乡，开始重新发现大地，重新发现自己的故乡，重新找到自己的根，找到文化的根，伦理的根，这种根上的思考构成了凸凹散文前所未有的深刻性，也构成了凸凹植根土地固有的乡村哲学。在文本上，凸凹也打通了叙事、抒情、论理三者之间的界限，在相互融通中，自然而然地实现他的表达意图，这种手法，拓展了当代散文的文体边界，提升了散文的艺术功能，有开创之功。

一个人总要经过这样一个过程：清新的带着天赋才气的出发，之后步入漫长的迷惘期、苦寻期、歧路期，多数人再也找不到自己，或者说找不到自己的根基——因为很可能只是一点才气而并无根柢。但就算有根也不一定就能再找回自己，找回自己的人是极少的，是经过大苦的，是永远植根于自我的千疮百孔之上思考一切的人，是那些能够回到故乡的人，是那些还有故乡的人，是那些并非衣锦还乡的人。一个浪子回来了，出发时是少年，回来时已是中年，除了内心的财富，没有别的什么财富。而内心的财富与故乡土地所固有的财富的融合，构成了一个新的凸凹。这个坐在故乡土地上思考祖父的中年人，打通了与土地的最深刻的关系，成为土地道德与土地哲学的代言人。

看看这个文本的起笔，几乎看到了凸凹坐在大地上的样子：

> 那时的故乡，虽然贫瘠，但遍地是野草、荆棘和山树，侍炊和取暖，内心是从容的，因为老天给预备着无量数的柴薪，无须急……“猫冬”，是山里的说法，意即像猫一样窝在炕上……春种，夏锄，秋收，三季忙得都坐不稳屁股，到了冬季就彻底歇了。因为这符合四时节律、大地道德，就享受得理直气壮。所以猫冬，是一种生命哲学。(《亲情盈满》)

“无须急”“猫冬”这两句话既口语，又书面，显然是一个回乡的浪子坐于大地上内心的语言与经验熔铸的结果。相对于整个世界的“快”，“无须急”“盈满”“猫冬”，无疑是一种中国传统的但至今仍给世界深刻启迪的哲学。

《生命同谋》写父亲终于打到了狡猾的狐狸但又放掉了狐狸，回到土地的“浪子”以前不懂，但现在懂了：“因为他完全有能力战胜对手，但是在人与狐狸那个不对等的关系中，他尊重了狐狸的求生意志。在放生的同时，父亲也成就了他猎人的尊严。这一行为本身是藐小的，却有力地证明了，人与畜，究竟是不一样的：畜道止于本能，而人伦却重在有心。人性之所以伟大，就在于人类能够超越功利与得失，懂得悲悯、敬重与宽容。也就是说，人性温柔。这一点，再狡猾的狐狸也是想不到的，它注定是败了。但是，在尊重父亲的同时，也要给这只向死而生的狐狸送上真诚的敬意，因为它是生命尊严的同谋。”

然而，这只是凸凹思想的一个侧面。再看《人行羊迹》，则几乎是关于思想的寓言。祖父是1938年的老党员，为革命做过贡献，革命成功后让他当武装部长他不干，最后索性连公职也辞去了，回到村里当了一个羊倌。理由是，他净跟羊打交道了，跟羊有说有笑，跟人谈不来。“跟人谈不来”这话是怎样地富有意味？他还说：“你们不要认为放羊就委屈了人，与其说是人放羊，不如说羊放人，是羊让人懂得了许多天地间的道理。”祖父是没读过书的。站在他的灵前，“我想，有文化的，不一定有智慧，有智慧的，不一定有喜乐。祖父的智慧与喜乐，得益于他终生与羊为伴，在大自然里行走。大自然虽然是一部天书，堂奥深广宏富，但它不刁难人，字里行间说的都是深入浅出的道理。只要人用心了，终有所得。如果说祖父像个哲人，那么，他的哲学主题就是四个字：人行羊迹。所以，在动物里，我最敬重的，是羊。”

这些还是散文吗？这是哲学，但它植根于大地深处，自然仍是散文，而且是最纯粹的散文，散文只有回到思想的纯粹性上才能获得它最初获得的尊严。最初的散文都是思想的散文，同时带着思想的泥土。凸凹的散文回到散文的原初上，一切都成为思想的材料，似乎在大地上取之不尽，用之不完。但如果当年凸凹没有从故乡出发，没走那么远的分岔的苦路，他始终待在故乡，他能写出这样有思想的文字吗？

我以为是不能的，“远游”相辅相成，思想其实已经在路上，而且必须有一个在路上的过程，这样回到故乡才能发现思想，也就是说只有思想才能发现思想，只有水才能发现水，所谓水流千遭归大海，不流千遭你是找不到大海的。凸凹虽未衣锦还乡，还乡后却成为一个真正的富有者。

2012 年 3 月 28 日于北京

序三

中国民间的后裔

祝勇（作家、学者）

你的母亲是樱桃

我的母亲是血泪

——海子

一

凸凹是一个让人过目不忘的名字。关于这两个字，史湘云曾有一段解释："这'凸''凹'二字，历来用的人最少，如今直用作轩馆之名，更觉新鲜，不落窠臼。可知这两处一上一下，一明一暗，一高一矮，一山一水，竟是特因玩月而设此处。"她指的是大观园里的两处景致，一曰"凸碧"，一曰"凹晶"。湘云还对陆放翁"古砚微凹聚墨多"一句颇为赞赏。黛玉进一步引证，如江淹《春苔赋》"悲凹险兮，唯流水而驰骛"；东方朔《神异经》"其湖无凹凸，平满无高下"；以及张彦远《历代名画记》中南朝画家张僧繇所绘凹凸花，远望如凹凸，近看却平。难怪黛玉说："（凸凹两字）古人中用者太多……只是今人不知，误作俗字用了。"

凸凹在决定自己笔名的时候，未必会有这样

雅致的用意。在凸凹看来，“凸凹”两个象形字包含着对道路或者命运的隐喻。它们像图画一样，直观、质朴和互补，简直是对道路暨命运的图示。

首先，凸凹可以被视为对他家乡的描述。他出生于京西的山中，四周被大山包围。自生命之始，凸凹的视线大都被山所占据。大山成为他生命无法回避的第一个事实。对于土著而言，山是他们最高的神，用饱绽肌肉的巨大躯体向他们炫耀力量。大山决定了他们的命运，封锁了他们投奔远方的道路，因而，山美丽雄壮，同时也无比残酷。作为一介山民的凸凹，对山的情感是复杂的，因为山既养育了他（们），又对他（们）进行虐待。他们既对它满怀感激和敬意，内心又充满了复仇的意愿。这是一介山民自出生那一天起就要面对的两难处境。

实际上，这也是文明的处境。如果说山区是农业文明的象征，那么城市就是工业文明的代言人。农耕生活是人类文明的奠定者，而在现代社会，以城市为中心的文化霸权又对农业文明进行否定和打击，它唆使艺术家们介入到对农业文明的倒戈中去，而对光怪陆离的现代文明顶礼膜拜。

这种两难处境，成为凸凹创作的一个出发点。无论是他的散文，还是小说，都同时充满了对山的鞭挞和感恩。山规定了他们的命运，控制着他们的身体，使他们蹒跚于凸凹不平的山路。山对山民的最大惩罚就是饥饿。在凸凹的早期散文中，不乏对饥饿的描述。父亲说：“饿着肚子，能安生地吸几口灶膛的热气，也好受得很呢！”（《饿的记忆》）风趣中蕴含着对饥饿的控诉。类似的描写在他的小说中反复出现，比如在长篇小说《慢慢呻吟》中，就有饥饿的村民哄抢种子粮，把捍卫种子的村长翁息元的三根肋骨打断的震撼性描写。作为一个山民的儿子，饥饿是凸凹面对的第一个，也是最重要的一个身体困境。我在《反阅读》一书中写道：“身体苦难的传统形式是：饥饿与疼痛。二者相比，饥饿显得更加重要，因为它对一个人的生命存在具有某种决定权。”饥饿不仅有可能剥夺人的生命，使人们随时处于生命停止的威胁之中，它本身还是一种残酷的身体刑罚，它可以使人长期反复处于一种身体挫折中。“饥饿规定了人类的界限，它使人类的一切活动，首先要围绕自己的胃部进行。可以说，胃是人类身体上自配的刑具，它将对人类进行定期惩罚。饥饿具有无法控制、无法克服的特征。人类对性的欲望可以通过自慰等方式予以解决，但人的身体上没有任何器官可以协助胃部解决饥饿的问题，所以，胃总是显得孤立无援，更何况，胃担负着比性器官更加重要的使命——维持生命。在基本生存无法保障的情况下，性的繁衍几乎是奢望。”

这种身体困境是由身体的弱点造成的，它与生俱来，难以克服，大山正是利用了这一弱点。饥饿奠定了凸凹与山地的最初关系。应当说，这是一种不平等关系。这种不平等关系，几乎成为他生命和创作的母题。当然，这种控诉不是以激烈的方式进行的，原因是：大山所带来的痛苦是一种长期的钝痛，而不是短暂的锐痛。这种痛苦是沉闷、持久和几乎没有解除希望的，也就是说，这种痛苦不是偶然性的，而是命运性的。就像李敬泽在评论毕飞宇时说过的那样：“那是属于中国乡村的身体，劳作不得喘息，天和地的纪律驱策着它，历史也如同天地一样驱策着它，它的向往和行动伴随彻骨的疼痛。”（李敬泽：《想象一部名为〈平原〉的书》，原载《新京报》，2005 年 10 月 14 日）持久的痛苦给人带来某种耐受力，人们的生命，均以承认这种痛苦为前提。反抗，更多的是一种心理姿态，它实际上是没有方向，也难有具体举措的，是鲁迅所描述的“无物之阵”，不可能像对某些具体事物的反抗那样明确和激烈。

我注意到凸凹的散文中颇多对山村食物的描写，诸如《杏的故事》《草木无忌》《荒年粥事》《难忘瓜豆》等，对野菜的各种吃法更是精通：

马齿苋、车前子、山韭、大蓟、黄芪、榆叶、香椿和木榄芽等是野菜中的上品，味道好，吃之不以为苦。现在吃山野菜是城市的一种时髦，差不多都是吃这些菜。

这些菜很快便被吃光了，于是又把嘴巴伸向本来不能吃的东西。人说臭椿叶子不能吃，味道奇臭，令人窒息。但那年头也吃了。我清楚地记住了臭椿叶的吃法：

把叶子在开水锅里煮上一个时辰，将支棱的叶片煮“伏吃”了，即叶软如泥，叶卷如须。捞出来放在铁桶里，拎到山溪旁，用清水一过一过地浸滤。滤出的水由浑黑到无色，要用很久的时间。滤菜的母亲，嘴唇变得紫了。

后来，那叶被浸得一点味道都没有了，放什么调料就是什么味道。一般均放炸辣椒，辣味强烈，能吃得顺当。其实吃的已不是臭椿叶，而是一般概念上的纤维。

那时候，很盼着雨季到来，可收一些芜菁、地萝卜和泛白菜等伏菜。自己种出的菜，当然比野菜好吃得多。是垭里人的细粮。(《饿的记忆》)

显然，这段描述与眼下电视里给主妇们传授的烹饪秘籍有所不同，它不是小康生活的点缀，而是透露了山民对于饥饿的本能恐惧，它从反面证明了饥饿的力量。这一点从另一位民间作家莫言的作品中同样可以得到验证——莫言的许多作品，诸如《透明的红萝卜》《红高粱》《酒国》《食草家族》《天堂蒜薹之歌》等，单从名字上，就与食物保持着密切的联系。这反衬了饥饿势力的强大，以及它对作家写作的煽动。

饥饿是山对山民进行身体控制的一个杀手锏，它把山民们固定在土地上，进行着艰苦的劳役，目的便是摆脱饥饿的控制，它使抗争本身成为一种劳役、一种屈服。人们像西绪弗斯一样，陷入周而复始、永无休止的劳作之中。食物只是生命的一项基本条件，而对于山民，则几乎成为他们全部的人生目标。摆脱饥饿，成为山民们生活的全部意义。而他们的努力，随时可能被冷酷的大山瓦解。也就是说，他们的生命是脆弱的，生存意义是虚无的。凸凹用他的笔，注视着那些命里注定在逼仄中苦斗、梦想和受难的人。

出走与背叛，这是自现代主义以来文学的基本主题之一。凸凹在学生时代就产生了鲜明的背叛倾向："于是，我便拼命地读书。母亲便偷偷地落泪：柴棚里已没几根柴草，猪栏里也积水汪汪……砍柴垫圈等均是孩童们的课业，却被我无情地荒疏……终于考中了，去走一条宽阔的道路。出山时，山里极欢腾，鞭炮欲将山壁崩破。村长牵来迎亲用的花轿，差四条大汉抬我。我很是不屑：'别费事，我自己走。'祖父便对父亲说：'小心点儿，这小子日后准是个叛逆！'"（《山色依旧》）而城市（及其所代表的工业文明），几乎是山民们出走的唯一方向。凸凹那部讲述山民苦难史的长篇小说《慢慢呻吟》，便以翁大元考出山村作为结局。从散文《山色依旧》的这段描述我们得知，小说中的翁大元，就是以作者自己为原型的。

与此同时，凸凹承认："从故乡里走出来的，有两个人，一个是老叔，另一个，便是我。"（同上）这等于承认，对于大多数山民而言，他们的命运是无从改变的。大山遮蔽了世界的通路。它有时给山民们犒赏是为了对他们施加更深的奴役。我们可以认为，山民们的努力是徒劳无益的。但是，也可以说，山民们的生存意义恰在于这种看似无望的努力之中，这一点与西绪弗斯异曲同工。大山企图通过摧垮山民的身体来摧垮他们的精神世界，这反而给了山民们重新塑造身体的机会。正是在这种辛苦的劳役中，山民们拥有了健壮的体魄、强烈的欲望和畅快的歌哭。于是，这种奴役非但不是对生命的剥夺，反而成了对生命的赐予，山民们在大山这种近乎残酷的帮助下抵达了人类忍耐力的极限，并且在对身体苦难的抵抗与超越中，获得了最大的自由感和酣畅淋漓感。

如果站在一个更大的视角上，我们便会发现，大山与山民构筑的是一种和谐的关系，一种对立的统一，一种共生共长的关系。山民们用自己的隐忍和坚强，化解了他们与大山之间的矛盾。在山民们看来，大山不仅赋予他们生命，而且使他们强健；既是他们的生门，又是他们的脐带。所以，凸凹的长篇小说《慢慢呻吟》，起初的名字就叫《生门》。他在这本书的后记中说："产道，也叫产门，又叫生门，是生命出生的路径。每个人都要出生一次，所以，人人都有一个生门。生门，在这里便是一个扩展了的意思：系指人们生存的路径，生活的路径，追求自由和幸福的路径。"(《寻找生的路径》）那些重复、刻板、单调、乏味的山峦，在凸凹的婉转长吟中，转变成埋伏着万物的、神秘狂野的浩瀚风景。

二

于是，山民与大山达成了某种谅解，由拒斥痛苦，到将痛苦转化为生命的一部分，甚至当成生命的一种养分。对此，凸凹的态度是："人一生下来就要承受苦难；人的一生，几乎就是痛苦的一生。人寻求自由与幸福的路径，是由一个一个的苦难连接起来的；这一重痛苦，未等你叫出声来，新的苦难又不请自到，你来不及喊出疼痛……默默地承受痛苦，既是一种无奈，也是一种生命的高贵与自尊。"(《寻找生的路径》)

这并非因为中国农民具有某种自虐性格，而是因为长久而深重的苦难反而使他们获得了自由与超越。通常的情况是，小的苦难常常令人无法自拔，而大的苦难反而使人获得解脱。与其在痛苦中绝望中挣扎，不如在快乐中幸福地微笑。这种民间精神与宗教精神有着相通之处，即把痛苦和磨难幻化成期待再生的“炼狱”。这表明了中国农民的英雄主义理想和“向死而生”的人生态度。这种气质，不仅渗透进凸凹的文字，而且深入他的骨血。

来看小说《慢慢呻吟》中的一段描写：

> 此时的翁上元，正贪婪地啃食着一只咸萝卜。他朝刘淑芳龇一龇牙，他其实是朝刘淑芳笑了一笑，但昏黄的灯晕下，牙齿的白光，酷如兽之龇牙。刘淑芳心里咯噔一下。定睛一看，翁上元的腰背瘦了许多，但仍显得精壮有力；他的皮肤很白，灯光下，泛着惨白的光泽。小腹间一片黑黑的体毛，森森然直刺眼目；他的男根软沓沓地垂着，虽疲惫却也硕大有分量。看着刘淑芳注视的眼光，他并不去遮掩，只是专注地啮啃那只咸萝卜。吭哧，吭哧，他咬噬着刘淑芳的心——
>
> “在日子面前，有这么精壮玩意儿的汉子，怎竟也这么无能为力呢？”刘淑芳很困惑，心里生出一股悲哀。
>
> 萝卜啃完了，翁上元咕嘟咕嘟地喝下一大瓢凉水，长出了一口气，他惬意极了。
>
> 翁上元上了炕，捏了刘淑芳奶子一把：
>
> “咱干一次。”他说。
>
> “还有那闲心？”
>
> “闲着也是闲着。”
>
> “还干得动？”
>
> “干得动！”
>
> （《慢慢呻吟》，第 38 页，新疆人民出版社，1999 年版）

这是这部小说中一个普通的段落，描述的是山里人在饥荒年代的日常生活，但却不失回肠荡气的效果。这并非因为这段并不长的叙述同时涉及了食与性的主题，而是因为它让人领悟到来自中国民间自由、个性和生命的风骨。尼采曾说："肯定生命，哪怕是在最异样最艰难的问题上；生命意志在其最高类型的牺牲中，为自身的不可穷竭而欢欣鼓舞——我称这为酒神精神，我把这看作通往悲剧诗人心理的桥梁，不是为了摆脱恐惧和怜悯，不是为了通过猛烈的宣泄而从一种危险的激情中净化自己（亚里士多德如此误解）；而是为了超越恐惧和怜悯，为了成为生命之永恒喜悦本身——这种喜悦在自身中也包含着毁灭的喜悦。"（尼采：《悲剧的诞生》，第 345 页，生活·读书·新知三联书店，1986 年版）尼采对生命价值的肯定与凸凹笔下山民的生命姿态虽有不同，但也不无相似。山民们用他们的"生命精神"照亮阴暗的生活，"不是为了摆脱恐惧和怜悯"，而是寻找着生命的意义。他们的生命姿态既是对自我的肯定，也是对痛苦的权威身份发出质疑乃至挑战。这是更深刻的复仇——用微笑来面对淫威，用宽容来回答残暴，用琐碎的日常生活来肢解巨大的苦难。翁上元尽管"腰背瘦了许多"，但仍然表达着与命运对峙的决心，在这里，性爱，成为对精神和体力的双重肯定。实际上，这段叙述的时间背景和空间背景并不重要，重要的是它传达了中国农民的内在气质。

凸凹的作品也因此不再在与大山的对抗或曰感恩的二律背反中徘徊，而是与痛苦共生共长。痛苦也因此在他的内心中拥有了合法地位。本文将凸凹的小说与散文相互参照，是因为它们缘自相同的精神体系。二者相比，小说更加系统，而散文更加丰富——凸凹的散文实际上已经成为乡土民间精神资源的信息库，担负着类似水库"蓄水"的功能。他小说中的许多素材都可以从散文中找到原型，比如《慢慢呻吟》中的南明阳，与散文《山外先生》之间的对称关系，清晰可见。

但散文是一个更浩大的存在。它杂芜、广阔而嘹亮，他把山地扩展为更广大的乡土社会，囊括了更多的命运悲喜。凸凹有一篇名为《残人圆满》的散文，文中描述的文婆、云伯，都是命运沼泽中的个性人物。他在小引中说："他们明白，人横竖是个活着，一己的日子，哪怕再悲辛，究竟是属于自己，不会被别人替代，便一切都要想得开，不为难自己。"(《残人圆满》) 这些散文赋予苦难一种审美价值。人们的激情、意志、耐力和智慧全部就是与苦难战斗，从苦难的囚禁中出逃。

凸凹的散文——特别在早期，处处标明了他的山里人身份，比如《媒婆礼赞》《乡间蛊医》《铜杆烟袋》《两碗酒话》《虫草小品》等。这些散文已经奠定了凸凹创作的基本色调——表面上平静、质朴、粗俗、温婉，实际上火热炽烈、刚健丰饶，有着超常的吞吐力和消化力，像他笔下的翁上元，一瓢凉水也能为他的肌体注入能量。这使他的文字具有了不同寻常的涵括力和穿透力。

三

当代的中国散文已经不屑于，或者无力表达乡土社会的生命状态。在中国的社会结构中，乡土社会居于最底层的位置。对于作家个体而言，从事何种主题的写作是他个人自由，但就文学整体而言，乡村的缺位将会使整个文学大厦成为一幢危楼。由于城市业已成为文学乃至整个时代文化的中心，乡村沦为边缘，所以，在以商品消费为主导的城市文明中，乡村已经变得日益廉价。城市文明强化了文学作品的消费性，而忽略了它的代言性——实际上，除了作为消费品以外，文学还应以一种文化精神代言者的身份存在。乡村没有失去它的文化代言者，那些丰富的民间说唱，就是它的代言者；而文学正在失去乡村，失去血液奔流伤痕累累声势浩大的生命现场。

所幸，一批严肃作家仍然附着在土地上，打量这里的风吹草动，体验人性的伟大和软弱，他们是：莫言、铁凝、刘恒、李锐、张承志、贾平凹、刘震云、刘庆邦、格非、李洱、迟子建、张锐锋、吕新、钟晶晶、红柯、刘亮程、谢宗玉……无疑，他们都是具有“文学抱负”的写作者。凸凹就掩藏在这一队伍中，不露声色，不事张扬，在苍白的纸页上创造他喧哗躁动的文学世界。

凸凹曾经陪我深入他故乡的山村，我们相约写一篇关于土炕的同题散文。我从民俗观察者的视角叙述我眼中的土炕，而凸凹则把土炕视为自己生命的摇篮：“母亲说，虽然我是她的头生子，却没感到疼痛：因为土炕被烧热了，那奔窜的热力因身下绵绵土均匀而持久地传播，让她感到了彻骨的温暖，她把自己全部展开了；同时，绵绵土也把恣肆而出的血无声地吸收了，没让她看到骇人的血光。”（《生命胎记》）作为生命的催生者甚至催萌者，土炕规定了人的宿命——他必须接受土炕强加给他的规定性成长：“家人三代同着一条土炕，夜晚的棉被下，大人的睡相也是赤裸的。原因很简单：一是土炕之热容不得半丝衣缕；二是‘穷长虱子，富长疥’，穷人的棉裤只有一条，经冬而穿，衣服的皱褶里就住满了一粒一粒异常饱满的虱子。它们是不请自来的房客。于是，农人的父母是很容易给自己的子女上人体课的。而土炕上的温暖，使年轻的父母几乎夜夜缠绵，即使是十二分的周到，也终有消息外泄的时候……十二岁的我就也有无眠之夜了。躺在滚烫的土炕上，血液里竟游走着一种蠢蠢的欲望。”（同上）于是，土炕不仅是大地的延伸物，也成了身体的一部分，参与身体内部的血液循环，使身体成为生命的主语。梅洛·庞蒂说：“世界的问题，可以从身体开始。”至少这一点在凸凹身上得以应验。作为身体与大地的中介物，它化解了身体与大地的对立，使身体牢牢地附着在土地上，也使土地进入身体。在此，对于大山所规定的命运，已经无从进行道德评价（就像胎记一样，可以依据审美标准进行评价，却无法依据道德标准进行评价），因为所谓幸福与痛苦（比如土炕所承载的幸福与痛苦），是粘结在一起，无法剥离的。我们无法对这些情感进行分类处理。幸福里面蕴含着痛苦，而痛苦本身也意味着幸福。

这使凸凹的文学义无反顾、死心塌地地投靠他的乡土社会。我想用“大地道德”来赞美他——凸凹本人对“大地道德”有清晰的阐述：“‘大地道德’在他们那里，已非生态学意义，对土地的热爱与尊重，已做了伦理学的延伸——尊重生命、崇尚和平、完善道德、节制自奉、忠于精神、勤劳向善等等，已成为一种生活原则。写作对他们来说，不是生命的派生物，而是生命本身。人格与艺术的一致性要求，使他们回到了生命的原点——人性与爱。”（《〈彭斯诗选〉：感性的“大地道德”》）在我看来，“大地道德”是一种比社会道德更加高尚的道德，与中国的“天道”有相近之处。在中国当代文学的处境下，这种道德尤为可贵。但是，凸凹与提倡“大地道德”的梭罗及其中国继承人苇岸有所不同，后者更多是把乡村当作抵抗物欲横流的工业社会的有力武器，而在凸凹那里，乡村并不贮藏枪支弹药，城市也不是标靶。乡村始终是乡村本身，它更像一个庞大的躯体，五脏俱全，有他自己的生命节律。它既宽阔、绚烂又狭窄、残忍，既生机勃发又藏污纳垢，既败坏我们又成就我们，既有伤痛又有抚摸，既混乱又有序。它不是陪衬，不在与城市文明的比照中存在，也无须为某些人兼任乌托邦或者世外桃源的职能，而是一个完全依靠自身的新陈代谢而吐故纳新、生生不息的世界。

四

尽管乡土是一个相对稳定自足的世界，但是，绝对封闭的乡土是不存在的。民族战争、阶级斗争、全球化浪潮，都或多或少地对乡土民间进行过干预。对于文化形态，陈思和先生曾经提出过国家权力意识形态、知识分子的新文学传统和民间文化形态的“三分原则”。那么，在我们阅读凸凹散文时，我们不能不注意到他的另一个身份——知识分子。中国有一类知识分子是由乡土培养起来的，鲁迅、沈从文、萧红、废名等皆如此，他们兼具了知识分子和乡土民间的双重身份，在文化形态的“三国演义”中，他们身兼二职，左顾右盼。他们在由农民成长为知识分子以后，继续关注乡土社会，只不过他们把乡土视为观察中国历史和现实的切入点，乡土于是成为知识分子精神版图的一部分。作为中国民间的后裔，凸凹观察乡土的眼光，既有别于本土父老乡亲，也有别于书斋知识分子。他写下大量有关文学名著的阅读笔记，实际是在用另一种方式考察土地与人的关系。在对于乡土的价值判断上，他试图超越山民的原生态而达到理性的高度。

乡土大地，不仅在很长时间内是文学关注的主题，甚至是中国历史的主题。中国的政治斗争，在很大程度上是围绕土地展开的。中共最终取胜国民党，军事胜利只是表象，而根本问题，在于中共通过土改运动，解决了人与土地的关系问题，使它的事业与民众紧紧联系在一起。中国的改革开放，也是从改变人与土地的关系开始的。从这个意义上讲，乡土是牵动历史与现实的一根敏感神经。乡土与生命的直接关系，使它始终处于历史的舞台追光中。正是由于乡土无可比拟的重要性，知识分子一直试图把它纳入自己的话语地盘，对它进行改造和利用，从梁漱溟到晏阳初，五四以来中国知识分子始终没有放弃借用乡土大地来构筑他们的精神乌托邦，搞笑的是，“文化大革命”中，知识分子反而被置于被乡土改造的位置上，“接受贫下中农再教育”成为他们的必修功课。凸凹的写作，试图从古老的农业文明与现代文明的冲突格局中超脱出来，从对乡村社会的颂歌或声讨的二元思维模式中超脱出来，从人类究竟应该从乡村逃往城市、还是从城市返回乡村的方向论争中超脱出来，而从更深的层次上思考人与土地的关系问题。沈从文说：“这世界或有想在沙基或水面上建造崇楼杰阁的人，那可不是我。我只想造希腊小庙，选山地做基础，用坚硬石头堆砌它。精致，结实，匀称，形体虽小而不纤巧，是我理想的建筑。这神庙供奉的是‘人性’。”（沈从文：《习作选集代序》，见《沈从文全集》，第九卷，第2页，北岳文艺出版社，2002年版）以游历者、猎奇者或者改造者的态度对待乡土，是对乡土大地的不尊重；而被乡土大地所困囿，也终将沦为土地的奴隶。实际上，人与大地每时每刻都在进行着相互改造，只是这种改造不是以这种强制和激烈的方式进行的。凸凹通过对帕特里克·怀特《人树》的评说表达了他对人与土地关系的最终看法：“一般垦荒小说，容易写成人与自然的征服与被征服关系，而怀特却着眼于人在垦荒时与土地建立起来的亲和关系和根性关系：人不仅开发着土地，也开发着自己——人的情感、思想无不因土地的开发而生发，人能感受到土地的脉搏，人其实就是土地的神经。”（《〈人树〉：土地的圣经》）

天者，夜昼；地者，枯荣；人者，灭生。我看见一个人在大地上奔走。风声在耳，他百感交集。

2006年4月2日至4日于病榻上

自序

自叙传的别样写法

英国作家毛姆有一篇著名的文论——《三个日记体作家》，在文中，他对龚古尔兄弟、儒勒·勒纳尔和保罗·莱奥托的创作生平进行了详尽的阐述。其文笔生动而引人入胜，其论断透辟而令人叹服。其核心之论，归结到一点，就是：有什么样的童年，就有什么样的作家，作家的作品本质上是他的自叙传，是由他的成长经历衍发的情感、观察和思考。

他还说，上述的几位作家，其天分庸常，属缺乏想象力和创作力的一类，却都在文学史上留下声名，且有篇章成为经典，譬如儒勒·勒纳尔的《胡萝卜须》，盖因为他们的童年乖蹇、蹭蹬，因而有独特经验和感受，平实质朴道来，就与众不同。中国的郁达夫的创作观也与毛姆不约而同，他的代表作《沉沦》便是得益于他少年在日本留学的苦难经历，至于《日记九种》更是最直接的验证。看来，童年与作家、童年与文学的关系是一种命脉关系，一如根须和植株，是生长在一起的。

这几乎就是一个定论。

华兹华斯在著名的诗篇《无题》中说，“儿童乃是成人的父亲”，弥尔顿在《复乐园》第四卷第

220 ~ 221 行也有明确的阐释："儿童预示成人，就像晨光预示白昼。"基于此，北京作家宁肯在回答"作家可不可以培养"时，也明确说，作家的某些部分是可以培养的——意识部分形成的"症候"一般来自于教育、阅读、知识、兴趣，而无意识部分的"症候"，主要形成于一个人的经历，特别是童年和青少年的成长经历，形成于这个阶段的深重而独特的个人感受，以及在内心的某种情结。所以作家的独特性、独创性是不可以培养的，因为有什么样的力量能培养一个作家的童年和青少年呢？

反观我自己的创作，最得意的文字，也几乎都是源自早年的乡土经验。因为一进入旧时的场景，就温暖，就自在，就身心通泰，下笔流畅，一如神助。相反，那些凭空想象的创作，虽然绞尽脑汁，用尽心力，还是拘涩凝滞，不能自由伸展。因为生地一如母体，它给你血脉和生命基因，决定着创作者的性情和看世界的思维方式。在属于自己的思维领地，生命有"在场"的状态，可以准确地把握和判断，因而可以准确地表达与描述，就感到特别的有力量。用帕斯捷尔纳克的话来说，对准确性的背叛，就是对文学的背叛；现实主义之所以伟大，就是因为它体现了文学的最高准则，即准确性。

所以，我本能地觉得，能让我在文坛立身的作品，肯定是这一份早年的成长经历和乡土经验。

说到《大地清明，故乡永在》这部散文集的写作，我前后用了近二十年的时间，是个在时间深处，缓慢积累的过程。之所以"缓慢"，不仅是因为童年和少年的经历和经验贵重如金，不容挥霍，更根本地，就是基于对"准确性"的自觉追求。而且我还发现，乡土是个温情厚地，从那里走出的人，容易产生本能的眷念，甚至陶醉其中，处处以为好。这种"催眠"作用，反而遮蔽了发掘"准确性"所应必备的眼光。纵观当代的乡土文学创作，为什么品格上整体趋于低，就是因为写作者

“匍匐于乡土，醉倒于村俗”，感性泛滥，理性缺失。而鲁迅乡土文学，为什么有那么丰沛的理性和那么宏富的内涵，是因为他着眼于“立人”，从民族历史和国民性的层面上“审视”乡土，获取乡土之外的意义。幸运的是，我在从事写作之前，就较早地接触到了鲁迅的作品，那时，好像也就是十四五岁的年龄，正是内心敏感阶段，留下的烙印是深的，便不敢草率书写乡土文字，总想仰望鲁迅的余影，能写出一点高度和深度。于是，即便是学写了一些篇章，也陆续有所发表，但也不敢视为正式作品，而是作为日后“正经”创作的素材准备。后来，我又陆续读到了一些世界乡土文学的经典作品，譬如怀特的《人树》，诺里斯的“小麦三部曲”，胡安·鲁尔福的《平原烈火》，埃林·彼林的《土地》《未收的麦田》等，豁然生出一种全新的认识：处理童年经历，绝不能一味缅怀，写乡土物事，也绝不能一味沉醉，要有成人襟怀、现代眼光和城市经验的关怀和关照，一如蚂蚁爬行得再努力、掘进得再深入，总是向下的，头顶上的风光它是看不见的。如果插上一双小小的翅膀，飞上一个小小的高度，看世界的纬度就会发生根本性的变化，就会从线性思维、平面思维、传统思维，上升到理性思维、立体思维和现代思维，如此一来，写作的“准确性”，就会有更高程度的到达。所以，我要求自己，即便是写自叙传，也要取法乎上，跳出小我，写出普世的意义。

虽然屠格涅夫很动人地说，我只有在俄罗斯的大地上才能写得好，但那是他在欧法羁居得太久之后的一种文化乡愁。至于我们个人，如果只盘踞在京西这块小小的乡土，而不跳出“三界”之外，站在北京城的制高点上回望京西，肯定是写不好。因为批判、审视和反观眼光的缺失，只会让我们写出起点过低的乡村挽歌。

坦率地说，我的这部散文的写作，融入了我高度的文化自觉，它虽然立足于童年、过去和乡土，面对的却是成人、现在和城市，它试图揭示人与土地的关系、人性生成的路径和文明进化的得失——让不同的文明状态，从对抗走向更有机的相互融合，让不同的生存方式，从隔膜走向更内在的相互涵养。简而言之，它是写给成年人的现代童话，是写给城市文明的乡村寓言。其用意就在于给今人以反拨，呼唤成年人红尘阅尽之后的天真、城市人功利占尽之后的真情——让人性的太阳蓬勃升起，让物化的迷雾最终散去。

我心温柔，恳望读者明察。

至于在技术层面，我勠力于文字的“复合”品质——叙事、抒情、论理三者之间，不是简单的一种因果关系，也不是一种被动服务的关系，而是结伴而行，共同到达。具体地说，叙事里有抒情，抒情里有叙事，即便是论理，也不是以传统样式靠叙事与抒情的铺垫，最终得出结论，而常常是论理进入叙事和抒情环节，在交互作用中，推动意象、意绪和意义的形成，以期达到浑然天成，无造作痕迹的效果。宁肯说，这种手法，拓展了散文的文体边界，提升了散文的艺术功能，有开创之功。他之所说，虽不敢承领，但还是窃以为喜。因为不蹈窠臼，免入俗流，或许也是一种成功吧。

最后我要说，这部散文集，是我个人写作史上，非常重要的一部作品。

凸凹 2012 年 3 月 26 日于北京石板宅

第一辑

亲情盈满

那时的故乡，虽然贫瘠，但遍地是野草、荆棵和山树，侍炊和取暖，内心是从容的，因为老天给预备着无量数的柴薪，无须急。

但也有性急的邻人，待到草木枯黄的时候，整天到山上去，树枝和山草，都背回家里，把柴棚堆得满满的，然后懒在热炕上，衔着烟杆抽莫合烟，猫冬。

“猫冬”，是山里的说法，意即像猫一样窝在炕上，喝喝烧酒，睡睡懒觉，摸摸女人的奶子，其余什么都不干。春种，夏锄，秋收，三季忙得都坐不稳屁股，到了冬季就彻底歇了。因为这符合四时节律、大地道德，就享受得理直气壮。

所以猫冬，是一种生命哲学。

母亲也催父亲去打柴草，父亲笑着说：“不急。”

母亲的脸黄了一下：“你急什么？”

“我急我那帮小畜生。”父亲说。

父亲忙的是打猎。因为秋末冬初，猎物们偷吃了庄稼人地上的籽穗和树棵上的果品，身膀都浑圆地肥，他觉得，他们对人应该有个交代。

父亲打回来许多猎物。毛皮粘在墙上，待闲下来再细细后熟，卖到村口的供销社去，换油盐；肉坯则悬挂在空中，让其自然风干，留待正月里慢慢享用。秋后的猪獾，浑身是油脂，他每一猎得，就把乡亲们唤过来，让他们取回去用。獾油可以治烫伤，也可以用来炒菜，炒出来的菜，奇香。因为舍得，所以父亲在乡亲们心中很有位置，以致他过世的时候，都聚拢来给他送葬。他们认为，父亲活得顺人顺时，是个有德行的人。

天阴欲雪，父亲才不得不打了一些柴草，离盈冬之需，尚差得远。母亲忧凄地说："你就不能多打一些，你看邻居的柴棚，满得不能再满了。"父亲一笑，说："人贪为患，那满棚的柴草一旦遇见一星火，就会烧得无处躲，还是咱这样安妥。"母亲说："你尽瞎扯，我活了半辈子，也没见谁家着过火，你是在为自己开脱。"父亲对母亲说，这里也有生活的道理——他的柴棚越是盈满，越说明他心性之空，咱的柴棚虽然空，但整个山场都是咱的柴棚，你可以随用随取，而且也不担心失火，咱这才叫真正的盈满。母亲摇一摇头，说："你这个人，尽是歪理邪说。"

父亲去世之后，县上拆迁移民，母亲来到了平原。公家资助，个人筹集，我给她置备了一座小院。侍炊用煤气，取暖有蜂窝煤，过上了城市居民一样的日子。但她总是发出感叹，说，生活虽然方便了，但心里总是不踏实，感到不盈满。问她为什么，她说，虽住在了平原，但究竟是外来户，老居民都有煤气本，咱没有，做饭要烧高价气，而我又没有收入，就指望你。还有那蜂窝煤，也要用钱买，依旧是指望你。闲下来一想，原来自己成了儿女的累赘，再也活不出自己了。

我说："养儿防老，自古使然，你老不要多想。"

她凄然一笑，说："也只能这样。"她沉吟了一下，又说，"让你再破费一次，给妈买辆三轮车。"

一辆三轮车让她找到了自己。

每天朝阳初上，她就骑车出门。街巷、旷野、田畴、垃圾场、建筑工地，都能见到她的身影。她捡破烂，又捡柴草，每次都不放空。破烂变卖成现钱，买米面油盐，柴草则堆进庭院，不久就堆得盈满如山。后来她在小院的一角垒了一座泥灶，用捡来的柴草生火做饭，煤气炉灶干脆被她闲置了。

一天晚间，弟弟来看望她，老人家正窝在被窝里看电视，电视里正是我的一个专题访谈。看一眼西服革履、侃侃而谈的我，弟弟说："妈，我给您提一条意见——我哥是官面上的人，特别注意形象，而您整天去捡破烂，就有点不般配了，所以您还是待在家里享享清福为好。"

母亲黑了一下脸，说："叫得再响的大公鸡，也是卵孵的，脸子要是长得白，再浑的水也洗得透亮，这个道理你哥比你懂。"

弟弟把这个情形告诉了我，对我说："你去劝劝妈，你是老大，她听你的。"

到了她的住处，院门竟落了锁。等了很久的时刻，也未见归来，便驾车去寻。平原乡村的田间土路四通八达，不好确定方向，便循着岸树成排的地方走，果然就寻到了。

三轮车停在路旁，她正在树荫里捡落枝。落枝稀疏，要捡满那爿车斗，是要有足够的耐心的。我心里一热，她哪里是在捡拾让炊烟升起的柴草，分明是在捡拾她残余的生命时光！

我走下车来，轻轻地叫了一声妈，就像黄口小儿叫的第一声那样，既含混，又清晰。母亲分明是听见了，但没有应声，只是静静地看着我，一点也不感到吃惊。

我感到我们娘俩一下子回到了过去，内心盈满。

我望了望头顶上的树冠，有不少枯枝期待在那里，便下意识地攀上树去，即便是西服革履，也无一丝犹豫。折下的枯枝，很快就装满了母亲的车子。母亲说："咱们回吧。"我说："回。"

母亲骑三轮在前边走，我则驾车跟在后面。年近古稀的一个老人，骑三轮的姿态竟是那么轻盈，还不时回头笑笑，一派怡然自得的样子。

母亲开了院门，对我说："咱先把柴草抱进来，再慢慢说话。"

庭院的柴草果然像弟弟说的那样，堆得盈满如山，以至于新捡来的柴草再扔上去，也不见增长。我说："柴草已如此盈满，您干吗还那么急切地捡？要是父亲还在，他一准会骂您，骂您心贪。"

"即便他在，他也是骂不出口的。"母亲说，"他那时是站在山场上说话，有盈满的底气；咱现在是站在庭院里，眼前虽盈满了，却没有身后的山场、心里的妥帖，还得靠捡。"

我感到，父母那代人，不仅活在日子里，更活在他们自己的人生哲学里，所以，我无话可说。

母亲用泥灶给我烧了开水，沏了一壶老家的亲戚捎来的用黄芩焙制的山茶。她把两只红薯放到烧水生成的炭火中，一边陪我说话，一边给红薯翻个儿。不久，烤红薯的芳香就袅袅地弥漫开来，直沁心田。不知不觉地，被世事弄皱褶了的心叶，竟情不自禁地伸张、舒展，竟至有了新芽的模样，翠绿晶莹，不挂尘埃。这时，所有的欲望都简化成一个欲望：好好品味一下红薯。

烤到一定的火候，母亲便把红薯拨到一边的冷灰里，说："让它收收性子。"所谓收收性子，就是让烤过的红薯从焦脆返回到柔韧，托在手心里，虽体温热烈，却可以承受。红薯的口味也绵长也筋道也甘甜，一吃就吃得很本质了。

也许吃相有些贪婪，母亲说："别急，两个都是你的。"

我甘心享受这种照拂，说："知道。"

那天，我在母亲那里待得很晚。本来一个场面需要出席，对方也不断来电话催促，我还是推掉了。

这天我突然感到，世间本简单，一个老母亲，两只烤红薯，就很盈满了。

生命同谋

作为猎人的父亲，虽然猎取了很多猎物，但是，多年来他一直认为，自己尚未找到能够说服自己的价值证明，猎人的身份是可疑的。

譬如他打松鼠。因为松鼠啮啃人类的干果，被列入“四害”行列，所以每打一只松鼠，队（村）里给记两分半的工分。他只需把松鼠尾巴交到队上，证明一下即可。他虽然每天都要打十几只松鼠，业绩可观，但他依然找不到昂扬立身的感觉。因为松鼠的皮每只他可以卖上二分钱，松鼠的肉身可以剁碎了汆丸子吃，自己所得甚多，总感到有些不名誉。

譬如他打猪獾。猪獾出没在籽实饱满的玉米地里。别看它是爬行动物，只雏狗般大小，玉米庄棵之高大，与它矮小的身量相比就像一棵大树，但它会凭着坚韧的毅力，用臀部一点一点地把庄棵“骑”倒，直到能吃到那只硕大的苞谷。它吃得很肥，曲线优美。因为践踏人类，便美得刻毒，人人喊打。猪獾几乎满身油脂，其油脂是治烫伤和哮喘的名贵药材，可以卖到供销社去换米面油盐，同时还可以用于烹饪，炒出的菜奇香，味飘邈远。糟蹋的是队里的庄棵，却肥腻的是自家的锅铲，虽然并不要队里记工分，但依旧是羞惭的事情。

直到他猎到了一只雪狐，经历了一番特别的较量之后，他才获得了身份的确认：无论如何，自己是一个真正的猎人了。

一般的狐狸，都是赤色和褐色的，只有这只狐狸通体白，夜幕之下更显得白，像雪一样，有荧光扑闪。一般的狐狸是不侵袭家禽的，而这只狐狸专攻击当地人的兔笼鸡栏。它行为古怪，跳进鸡舍之后，把小鸡全部咬死，最后却仅叼走一只。它于夜半更深时潜入家兔的窝棚，把十数只温顺的小兔统统杀死，竟一只不吃，一只不带，空“手”而归。且在村口的石碾上，呕叫一番，那叫声像小孩夜哭，刺人魂骨。它是在向人的温厚和尊严示威。

村里的猎人便都投入到捕杀行列，好像这只狐是天赐的一只价值标杆，它们的高矮就在此一举。他们埋地夹、下暗套、设陷阱，种种技法一应俱全。却全被狐狸躲过了，应验了老辈的一句俚语：人老奸马老滑狐狸老了不好拿。

技法失效，人心失衡，其他猎人觉得这是一只精怪，已被上天护佑了，非人力所能为，便纷纷放弃了追逐。

父亲登场。

他不用技法，用的是传统的蹲守，他把制胜的玄机交给了时间深处的等待。

一年四季的等待，与狐自然有多次相遇，但他都放过了。他要让机警的狐狸放弃机警，与他一道，同山村的夜晚融为一体。

当过分得意的狐狸站在石碾上无所顾忌地自由歌唱的时候，猎枪骤响。

受伤的狐狸，逃命时再也没有了往日的敏捷，身后的猎人反倒迅疾如飞。这是一次不对等的追逐，狐狸很快就被人撵上了。最后的时刻，狐狸拼命竖起尻尾，施放出一股刺鼻的气体。恶臭让人的呼吸窒息，父亲凝固在那里。

意识复回之时，狐狸已杳了身影。但父亲不曾犹豫，以更坚定的信念撵了上去。狐狸现身，且陷入决然的困境——它被猎人预埋在羊肠小道上以捕猎山羊的地夹夹住了一条腿。它回望着父亲，在黑洞洞的枪口下，最后的哀鸣，凄厉地撕破了团圞的夜空。

扣在扳机上的手指竟然迟疑了，因为它的主人突然升起一团叫做怜悯的东西。

狐狸好像感到了这种东西，它拼命地撕咬那条被衔在地夹中的腿，决然地咬断了，然后不失时机地跌进更深的夜色。

这一幕，深深地震撼了父亲。虽然那个身影移动得很摇摆、很艰难，长久地置身于他猎枪的射程之下，但是，他把手指从扳机上挪开了。他觉得那个畜生值得活下去，因为它让他油然地生出敬畏。

虽然没打到狐狸，但从那以后，夜晚静谧，鸡兔平安，风情依旧，温厚至今。

后来，父亲总会在微醺的时候，得意于这段往事，对我说，算来算去，咱村里，就你爹算是个真正的猎人。

母亲打趣道，到手的一条狐狸都让你放走了，你还觍着脸子吹呢。

父亲摆摆手，想说什么，却又咽了下去。他生性敦厚，敦厚得有些木讷，一肚子的道理无法言说。

但是，我却真诚地认为，父亲的确是一个真正的猎人。

因为他完全有能力战胜对手，但是在人与狐狸那个不对等的关系中，他尊重了狐狸的求生意志，在放生的同时，父亲也成就了他猎人的尊严。这一行为本身是小的，却有力地证明了，人与畜，究竟是不一样的：畜道止于本能，而人伦却重在有心。人性之所以伟大，就在于人类能够超越功利与得失，懂得悲悯、敬重与宽容。也就是说，人性温柔。

这一点，再狡猾的狐狸也是想不到的，它注定是败了。但是，在尊重父亲的同时，也要给这只向死而生的狐狸送上真诚的敬意，因为它是生命尊严的同谋。

蜂擎荆旗

一如树高了，就有喜鹊筑巢，村庄繁盛了，就有猪狗，因为大山连绵，便有了遍地荆棵。

荆棵贫贱，叶小，株矮，且枝杈琐碎，既无树木之材，也无摇曳之姿，便不被人惦念，兀自生长着就是了。

然而它也开花。开得米粒大小，隐忍无形，一点也没有花朵的样子。

要不是有蜜蜂，它差不多就被人彻底遗忘了。蜜蜂殷勤，竟日里在荆花的微粒上采花粉，生生地酿出蜜来。因为“荆花蜜”名贵，有化瘀止痰兼及养生的效用，卑微的荆棵，才有了一个免于荒火和砍伐，贫贱却安妥地生存下去的理由。

是蜜蜂给了它尊严。

然而蜜蜂却背负上了一种沉重——荆花之微，意味着它的劳作之艰，上百次的采撷才有一滴蜜生成，累死于花间，便是常有的事，颇有壮志未酬，赍志而殁的悲壮意绪。但它们从来无悔，因为，一如圣诗总是唱给受难者，他们被人类感念，获得了永生。

所以，蜜蜂虽小，却终生唱大歌，那是荆花给了它生命的底气。

日前去了一趟苏州的拙政园，得到了一个更深的体味：园中的每处景观，虽匠心独运，构置精巧，但格局都显得小，只有从整体上纵览，才看出大园的气象。盖因景与景之间，一旦交融在一起，在相互映衬、相互依托、相互弥补之下，互为因果，互为前提，各美其美，美美与共，便有了天地间的大美。陪同的建筑学家说，在大化之境中，其实每个"要素"都是不重要的，重要的是有没有整体意志，有没有灵魂的统领。一旦融入整体的格局中，轻也是重的。

由此观之，荆棵之卑，蜜蜂之微，是无碍的，一旦它们走进了对方，一同呈现价值，就都高贵了。

所以，古人说，即便是人，也要敬畏自然，不鄙万物。这或许就是人们常说的大地伦理、大地道德。即在大地上，每束阳光都有照耀的理由，每一种生长都有自适的风流。

荆花是有香味儿的，一种略带苦味的药香。白日里它专心地接受照耀，静心吸纳，一到晚间它就尽情释放，满山遍野都有香气缭绕。那时，地面的热气暗自蒸发，便香得浓郁，令人心浮躁。山里男女便欲望蓬勃，忘却日子的穷苦，都往对方的肉里爱。

贫地反而崽多，道理就在这里了。

一如遍地广种必有收成，十里蒿草必有嘉卉，柴门里的泥崽，也有聪颖者脱颖而出，走出山外，弄出一番不俗气象。所以，人杰未必是因为地灵，盖因不毛之地，了无禁忌，能自由生长。也是因为，纤草不做大树的期许，不高看自己，没心理负担，反而渐渐地长高了。

然而外人不这样看，总觉得那背后，一定有可圈可点的三二理由。

上大学的时候，因为自卑，总是躲避那些热闹的场合，众人意气风发的时候，我总是沉默。这反而引起别人的注意，遇事逼着你谈看法。一如狄金森所说，我不畏惧喋喋不休者，而畏惧那静静地待在一隅而始终沉默不语的人，因为他一开口，就不凡。即便别人有期待，我还是依旧胆怯，脸色通红，含笑不语。竟有一个女生主动示好，问其缘由，她说，你为人沉静，脸上有阳光，且唇红齿白。

女同学之间，总会有勃豀龃龉，所以，她每遇不平的时候，都要在我面前发泄一番，寻求支持。我总是劝慰她，你要宽容以待，不要斤斤计较。她说，凭什么？我说，当你能用“不凭什么”想问题的时候，你就会心平气顺，看到别人的好了。她试着做了，果然心结消解，多了愉快，而且还有了很好的人际关系。她问我说，你是从哪儿学的这么善解人意？我说，我从小就不被人关心、不被人理解，反而就学会了关心人、理解人了。

她说，我不相信，一定跟你家乡的水土有关。

到了暑期，她便执意跟我回了老家。

那时，荆花已开得异常繁盛，蜜蜂也采撷得异常繁忙，她被深深吸引，在山野上逡巡不止，乐而忘返。天黑下来的时候，翅翼收敛，但花香迷魂，她冲动地抱紧了我，在我耳边喃喃低语，这个时候，我只想爱，不管不顾地爱。

我们吻得很深，地老天荒，来世今生，均幻化在荆花与蜜蜂之间，都想为对方给予。

但是，当我的手，触到她的胸房的时候，弹性与坚挺，有金子一般的质地，不由得想到，这样的贵重，非瘠薄山地所能孕育，属稀有之财，不到生命攸关时刻，是不能轻易花销的。谦卑的本性，承受不得暴富，我止于吻。

回到庭院，她激情难平，眼生华光，双腮桃红，声音温柔。父母私下里对我说，这个女子，有大美。

独处一室的时候，她对我说，今晚你就留下来吧，陪我。

我体恤她的似水柔情，与她和衣而卧。

炕还是那盘土炕，却多了一床用荨麻织成的凉席。荨麻多刺，直立在土地上的时候，手一触及，便刺痛难忍。但剖出的篾条却柔韧，水浸之后，褪去芒刺，再编织成席，就是很受用的床具了。躺在上面，虽沁凉如水，却感到了一丝辛酸，因为我第一次发现，粗鄙的父母，无所用心的表情背后，居然有细腻之爱深深地潜伏着，一经察觉，就重。

她说，我就说嘛，你家水土一定个别，你看，蜜蜂殷勤，荆花拂性，你自然多情，懂得爱。

我说，也许。

她说，那你就开始爱我吧，我由你。

我知道她之所谓“爱”的含义，心中的不安便乘隙而生，婉言说道，你累了，早点歇吧，属于我们的日子还多的是呢。

她说，不，我就要眼下。

我对她说，你看见我父母的房间没有，那盏灯还亮着，他们是在等我，我不回去，灯会一直亮下去。

我回到父母的房间，对他们说，她说了，我很久才回来一趟，让我好好陪陪你们。

父亲看了一眼母亲，说，这女子好，不仅有大美，还有大德！

后来，由于分配到不同的区域，相距遥远，而我们又没能力调动，便没有最终走在一起。但是，虽然分离，却没有伤怨，有的是绵长的牵挂与惦念。

用她的话说，因为你保全了我，也就保全了你自己，在我心中，你依旧完整。

她的话，让我很受用，给了我一种做人的庄重。以致在一些人生的关口，我都能给自己的来路保持尊严：山地人虽率性，但绝不放纵。

对她的思念，也化成了一种深厚的东西——对美好情感，始终有不疑的信念。

呃，开不败的荆花，永不停歇的蜜蜂！

虽大地如诗，涵养心灵，但生活有生活的逻辑，总有本心之外的一重重诱惑。为了不迷失自我，需一刻也不能放松做人的警觉。所以，一路走来，我也有了一丝生命的疲倦。但是，一如蜜蜂，是那种无怨无悔、不轻不贱的疲倦。便虽然薄霜涴鬓，却依旧是唇红齿白。自己看重自己。

人行羊迹

祖父俊美，身形高大，面白无须。

但右腮上，却孤零零地长了一根长毛，与净洁的额面不协调，家人说，还是拔去吧，因为它让人感到怪异。祖父说，不拔。问其理由，他说，这根长毛有说辞，它叫“玲珑须”，是仙人才有的物件。为什么独独长在我脸上？是造化让我与你们不同。

真是不同。

因为虽一表人才，本可以派上大用场，可他一生只做了一件事：放羊。

他1938年就入党了，为了能顺利地搜集情报，并及时地传递出去，组织上给他配了一群羊。全国解放了，作为革命功臣，组织上给他安排了一个让人眼红的差事，让他当地区的武装部长。他居然辞了。理由是，他尽跟羊打交道了，跟羊有说有笑，跟人却谈不来。

私下里跟家人说，你们看我这双脚，脚面弓着，脚心洼着，是天生走山路的。如果不放羊，这么好的一双脚，就废了。他还说，你们不要认为放羊就委屈了人，与其说是人放羊，不如说羊放人，是羊让人懂得了许多天地间的道理。譬如说吧，羊一撒出去，就争竞着吃草，以为只有眼前的草好，如果不赶紧吃进肚里，就失去机会了。可羊不知道，山场这么大，遍地是好草，然而羊只有一个胃，这搭吃饱了，那搭就吃不下了。为什么羊的眼里常汪着泪蛋子？因为羊拿遍地的好草没办法，觉得无奈。都说属羊的命不济，毁就毁在一个“贪”字。他又说，村东的云上广其实跟我一样，本来都是雇农，半辈子都给地主扛长工，临解放的时候，地主低价甩地，他买进了不少。总以为近水楼台先得月，他赚了，没想到，一划成分，被划成了地主，成了专政对象。都说是地主把他陷害了，其实是他自己害了自己，因为他长了贪心。再说，土地自古以来就是大家的，属于自己的只是身后的一小座坟茔。所以，对于土地，你只须种，没必要占有。

组织上尊重祖父，依旧让他放羊。羊是集体的，给他记工分，且记最高的工分，年终结算的时候，他拿的钱就最多，日子宽裕。但大家也不嫉妒、也不眼红，因为他们觉得，且不说他是革命的功臣，就是他整天起早贪黑、跋山涉水，比谁都辛苦，也自然要多拿一些。

祖父一生，育有六男二女，香火延续，半个村庄都是它的人丁。但对子孙们的生活，无论顺畅，还是艰辛，他都不过问；即便是手里有钱，对贫穷者也从不接济。每到晚间，他都要喝上一杯，仅仅一杯。他只喝一种叫竹叶青的酒，酒色青碧，略带甜香，他喜欢这种绵软的滋润。他既享受又节制，从不胡言乱语、怨天怨地，从容自在，一世清明。

祖母对他说，子子孙孙可都是你的，无论如何也应该给一些照拂，他们过得好与坏，可都连带着你的脸面。

他说，不，你看到羊没有，无论瘦肥，都是它自己在啃青草，难道他们还不如羊？

祖母说，人毕竟不是羊，人有感情。

他说，羊也有感情——你如果偏袒哪一只羊，别的羊就朝你叫，声声如怨。那只羊再回到羊群里，别的羊就会用犄角顶它，从此就再也不能安生了。再有，病了的羊为什么也不能喂吃喝？因为你一旦喂了，它会真的以为自己病了，撒到山上，它也懒得吃草，它对人产生了依赖，知道你不会让它饿死，到了，它会连跑山的本事都比别的羊差了，不是掉队，就是被狼撵上。怜就是害，道理就在这里。你就说这鞭子吧，它不只是为那些调皮捣蛋的羊预备的，更多的是为那些偷懒撒贱的羊预备的，羊的勤快和矫健都是鞭子抽出来的。所以，对儿孙的不管不顾，反而是又管又顾，使他们及早懂得自立，自己活出尊严。

祖父的做法，断了子孙们的指望，他们只好咬紧牙关，在苦日子里硬撑硬挺。到了后来，家族里的人竟都变得很有气性：个个要强，个个勤勉，个个乐观，个个本分，即便是好处就放在眼前，譬如国家给补贴，上边发救济，他们也懒得去领。奇怪地，家境竟都渐渐地发达起来，且人才辈出：父亲当了村支书，老叔当了南海舰队的营长，堂兄做了石材加工厂的厂长，幺表妹是县里有名的中医……在五行八作里，都有老羊倌后人的身影。而且，当官的清正，经商的诚信，从医的仁义。家风所致，对身外利益没有兴趣，便无贪心，乐善好施、喜生自足。大家都有一个共同的信念：除从根本上做人之外，其他一切，都是多余的。

有人问祖父，看你家混得这样齐整，你是怎么调教后人的？

他捻着他那根玲珑须，得意地说，我从不调教。

“齐整”一词，在京西，是个大词，有兴旺、端正、光亮、体面的多种含义，后面的意味，便是家道中兴，广有影响，受人尊重。

所以，祖父的得意，是真得意，其中包括着对自我的认可。他真的没有刻意调教，只是按照自己的心性去做。一如头羊领走，如果它走得直，后边的羊自然就走得齐整。

我在文学的路上走过许多年之后，一个时期，突然就生出焦灼，甚至有了文学害人的念头。因为我心中有“高峰”之想，而实际上，虽苦心求成，文章发表之后，却总是不温不火，便陷入幻灭与寂寞。

祖父对我说，你能不能跟我去放一天羊？

一天下来，祖父问我，你看，羊最喜欢待在哪里？

我说，半山腰的阳坡。

他又问我，羊最不喜欢待在哪里？

我懵懂无言。

祖父说，羊喜欢待在半山腰的阳坡上是对的。但你知道是为什么？是因为那地方风刮得小，水分存留得多，土质也肥，光照也温暖，百草就繁茂。对羊来说，那简直是一处喜乐福地。接下来，你就知道，羊最不喜欢待的地方了，对，就是山顶。山顶之上，无遮无拦，是个大风口，风刮得那么猛，水土都被卷走了，一片光秃之外，只生荆棘和苦草。你也看到了，山顶是瘦寒之地，绵性的羊是待不下去的。还有，羊们都知道，到了山顶，就意味着走下坡路，就意味着归栏，就意味着被关起来而远离了青草，只给它们留下一个字：等。

祖父又说，为什么关在羊栏里的羊常常咩咩地叫？那是它们在想念青草。想念是不好忍耐的，因为它是苦。

祖父虽然一句“字话”都没说，我却明白了他的用意。他让我感到，所谓“高峰”之想，无非是名利之念，与文学的本质无关。成大名又如何？如祖父所说，到了山顶，就是一步一步地走下坡路了，那可是终极的失落，才真正可怕。所以，一如羊们喜欢待在青草繁茂之处，写作者能够自由地读写，而且总是有的写，就是生命的喜乐福地了。也一如羊们只关心草，写作者只关心写作本身，心无旁骛，自然就会下笔有神，乐在其中了。

那之后，我真正进入了自由之境——内心纯净，像有阳光；甘享文字，身体健康；文坛熙攘，无奈我何；庙堂清冷，我心为佛，安妥。

祖父在 90 岁的高龄无疾而逝。去世前一天，还赶着羊群，在大山里矫捷行走，绝无老态。他是在睡眠中飘然而去的，最后的面相，妩媚安详，唇角像有一丝笑。子孙们感到他还活着，均肃然起敬。

祖父是没读过书的。站在他的灵前，我想，有文化的，不一定有智慧，有智慧的，不一定有喜乐。祖父的智慧与喜乐，得益于他终生与羊为伴，在大自然里行走。大自然虽然是一部天书，堂奥深广宏富，但他不刁难人，字里行间说的都是深入浅出的道理。只要人用心了，终有所得。如果说祖父像个哲人，那么，他的哲学主题就是四个字：人行羊迹。

所以，在动物里，我最敬重的，是羊。咩咩，咩咩……乃天籁之音。

山村夜话

山村的暮色来得早，一如晨曦来得迟，均因大山耸立，使时空幽闭。

即便是陷在夜色中，也不掌灯火。那时照明的线路尚未拉到山里，仅靠一盏油灯。煤油须钱，豆油须磨，獾油须猎，都是贵的，均让勤俭的山里人心中痛惜。在庄户人眼里，一入夜，人就是闲的，也就是说说话，拉拉家常，熬熬时光，若再弄得灯火通明，便有些不会过日子。索性就猫在夜色里。

秋冬时节，因为天冷，人们猫在土炕上。一炉煤，几把柴草，那土炕整夜都热着，便诞生了一句俚语："穷忍着，富耐着，睡不着瞎眯着。"一个"眯"字的背后，是温暖、慵懒、知足和经济的日子。也因为此，不管是时势艰难，还是世道和顺，山里人都能伸展自如。"隐忍"之下，苦、难、惊、恐，都不存在了。笛卡尔说，我思故我在，换在山里，便是我忍故我在。一个山里的秀才，喜涂抹，画了一只土龟，题款写着：我慢故我在。在他的意识里，缓慢、守成、寡欲，这些缺少思变色彩的东西，恰恰成就了山里人的生活。

到了夏天，山风清爽，人们便普遍猫在庭院里，名曰：纳凉。瓜棚豆架，蝶蛾乱飞，玉米吐穗，猪狗无眠，都呈现着盎然的生机。如此节令，人自然也是不睡的。庭院里，坐满了人。蒲席，杌凳，石头，甚至几捧青草，都是人们的坐具。有的干脆就坐在土地上，还有的为了显得跟别人不同，竟坐在树杈上，垂下脚来晃动。

与白日里不同，坐在中心位置的，往往是女人，汉子们反倒蹲坐在角落里。婆娘话多，男人寡语，自然要坐在好说话的地方。汉子们低头抽烟袋，夜色中一明一暗地弄出萤火。也是因为黑，他们抽得坦然，苦烟叶也抽得甜，烟气袅过来，明明是呛人的味道，婆娘们闻了，竟也觉得是香的，就放任他们。男人不抽烟，还算什么男人？黑夜给了婆娘们豁达的心情。

葫芦花乘夜色开得恣肆，暗香浮动，招蛾蝶尽来。放在素日，拈花惹蝶，一如招猫逗狗，都是很不正经的生计，搁在眼下，就很正经了。没有蛾蝶做媒，上下忙乱，哪有秋后的满架葫芦？男女们都默默地欣赏着，以为好。

栏里的羊们可劲地倒嚼（反刍），有节奏的声音反而使夜晚更寂静；柴狗们把躁动捂在嘴里，化成温柔的呜哝，因为它们识趣，知道夜晚不适宜啸叫，既惊了人，也吓坏了自己。只是鸡公偶尔叫一声，人的不眠，让它们对时序感到困惑。

这一切，都让婆娘们感到兴奋与惬意，她们悉数登场，话语稠密。

母亲说，一转眼，已经是三个崽儿的娘了，就是上边不允许，要是允许的话，还想再生几个，猪羊满圈，儿女满堂，也不枉做回女人。

伯母说，你是好了疮疤忘了疼，每生养一个，都一如过了一次鬼门关，身子和心坎都是悬着的。

母亲说，嘁，你又不是没生过孩子，把事情弄得那么玄乎。生第一次，是疼，生第二次，是怕疼，生第三次的时候，连疼的影子都找不到了，就一如进了一次茅厕，排了一次屎尿。

伯母说，你说得太粗糙，不过情景是对的。一如这日子——刚成家过日子的时候，觉得这日子缺这少那，很是难挨；再往后，觉得难日子，只要挨一挨，也是能过的；到了最后，已经习惯了，难在难中，反而不觉得难了。倒是好日子连续地来了之后，心绪竟不稳了，总觉得像是假的。也许是咱山里人本性贫贱，苦在苦中，才感到实在，才感到妥帖。

母亲说，你说得一点不假，日子过得太顺遂了，不但让人感到心虚，还让人无事生非。就说这夫妻吧，过苦日子的时候，还能往一处算计，一如冷在野地里，身子挨着身子，两个人都感到暖。一旦天天温饱了，身子却往远处跑，不是嫌弃，就是吵闹，一如地闲了长草，人闲了就分心。真应了老辈人说的，乡下人心性浅，可共患难，不可共享福。尤其是男人，好在好中，反而不觉得好，总觉得在别处才有更好。

母亲一边说着，一边猫了一眼在角落里的父亲，透出额外的意味。

父亲做着村里的支书，常接待外边来人。刚接待过一个下乡巡演《杜鹃山》的剧团，对扮演柯湘的女演员很是惊羡，毫不遮掩地对人说，你看人家多美艳，拿自家女人一作比，就只有一个字了：完。

婆娘们会心，就笑。起初还忍着，之后就乐翻了身膀。笑浪之中，父亲顿生尴尬，很想发作一下，但想到自己支书的身份，矜持地欠了欠身，只是轻轻地咳喘了一声。

夜风不知何故，突然就止了，婆娘们感到闷热，索性就光了身膀。其实光身膀是山里妇人们的一个习性，只要生育过了，事情就没那么严重了。一如水流过了，自然要露出石卵，地收过了，自然要秃。甚至还是有繁衍之功的女人的一种荣耀和资格。男人的眼光也不躲闪，也不粘滞，坦然得一如不见裸。

伯母扫了一眼母亲，故作惊讶地说，他婶，你可真是皮实，都是三个崽儿的娘了，奶子依然是肿，肿得没皮没脸。

母亲说，肿也没用的，不过两包土。

这里的含义，只有山里的人懂。山里人说，没过门的女人是金奶子，过了门的女人是银奶子，开了产门的女人就是土奶子了。在他们眼里，再金贵的东西一旦使用了，也就落草如泥。美只是预备着看的，是无用之用。所以，山里女人并不太看重美丑，在无得无失之中，身心健壮。

伯母说，也是的，金银再贵重，也当不得饭吃，还不如土，能够长庄棵。

话说得入心，情感就融洽，虽夜色渐深，也不贪恋床，只觉得自己像永远醒着的精怪，自得之下，不停地笑，笑得有些傻，一如幸福的模样。

话头就接着往下延续。

母亲说，就说咱山里的物产，譬如花椒。花椒耐旱，不挑水土，只要有一小块土，就长很大一棵植株，山里的花椒树多，就是这个道理。花椒可也真的金贵，苞皮壳作调料，素菜蔬也能弄出肉味，里面的籽粒可以榨油，可以做酱，香乎人的嘴。可是这宝贝东西却生着怪脾气，满身芒刺，人一采摘，就扎你的手。咱山里女人的手，为什么斑斑点点、粗粗拉拉，十有八九是它做下的。

伯母说，你还不能怨它，它教人明白，得到好处，你一定得付出代价。你也知道，你轻易地给人好处，往往不被珍惜，要不然怎么会有好心变成驴肝肺的说法。给人恩惠，要慢些出手，要有尊严地给。这花椒身上的芒刺，就是它的尊严。这不是要价，也不是要人家感恩，是让人明白，恩德的背后也是艰辛。

母亲说，还有那荨麻。为什么都管它叫蝎子草，因为它叶面油滑，叶背就是密密麻麻的刺，人不小心触上，就疼得钻心，一如蝎子蜇。

就是这样不招人待见的物件，它杆上的皮却是最好的麻，可以纳鞋底，缝口袋，织睡具。也多亏了它，即便是咱山路鞋费，也不担心鞋缺。这叫什么，叫看人看事，不能看表面，一如牛粪蛋再光鲜，却不是药丸，臭椿树再高挺，喜鹊也绝不会去筑窝，因为它味道难闻。

伯母说，就说咱这里特有的磨盘柿，彤红的软柿子总是长在树顶上，即便是借了夹杆，也难以够到。嘴馋的人以为它终究会熟透了自己掉下来，就仰望着在树底下等。等来等去，也不见它掉，以为还需些时日，就抬腿远去。可一转眼的工夫，它竟掉下来了，碎在泥里。你说这叫什么，这叫得与不得，成与不成，大多都不在于前面你费了多少力气，在于你有没有最后的那一点点耐心。

说到好像无话可说了，婆娘们静了一阵子。伯母突然打破了平静，说，咱说得这么热闹，怎不见他小婶子来？母亲说，你这是明知故问——她开的私药铺子，净卖假药，且多卖给亲戚里道。亲情是一张纸，都碍着面子，也就不好意思戳穿她。但人心究竟不是铁，即便是有了殷实日子，她心里也是虚的，没了清明坦然的心情。既然没了清明坦然的心情，她哪儿还会清明坦然地坐在这里。伯母说，看来人还是本分一点好，不单为别人，更为自己。

夜实在是深了，父亲不得不又咳喘了一声，说，都说婆娘是夜的眼，一点都不假。白天迷糊，晚上清醒，好像天下的道理你们都懂。不过还是早点歇吧，究竟是白天的清醒更有用。

这是变相的夸赞，让婆娘们很受用。她们说，你知道就好，省得你天一亮了，就不知道自己点的是几钱几两油的灯。

父亲说，别给鼻子就上脸，其实你们的那点清醒，还不是因为有一座座的大山——满山遍野到处都长着道理，你不用去问书本，也不用去问旁人，只要不傻不呆，总会有几分明白。

父亲的话点到了实处，婆娘们心虚了一下：暗色之下，也能看到脸上的羞红。都几个崽儿的娘了，还有女儿一样的羞，这一点很让他感动，他觉得，对岁月中的婆娘，他还是爱的。

起身的时候，突然看到几只萤火虫低低高高地飞过来，给了夜色一个充分的证明。婆娘们也心有感动，对父亲说，其实这人有时还真不如鸡虫，你看这萤火虫，在暗夜里走路，自己就带着一盏小灯笼。

隙地珍重

所谓隙地，是空闲之地，是耕地之外，不被看重的荒疏或废弃之土。隙地之上，不做“正经”的种植和多余的期许，却生长独异的秉性，一如小镜不上妆台，却也照见容颜，修整额面，趋于净美。

其中故事也多，择其隽永者而叙之。

祖父过世之后，他留下的那群羊，须遴选一个继任的主人。不出三日，那人就选定了，是村西的一个光棍儿，大号叫李立广。一如他这个人，从一生下来，就很边缘，他的大名也是被淹没的，人们只知道他叫广儿。无论长幼，无论老少，都广儿广儿地叫，好像他是公儿子一般。他均答应得脆断，无计较之心。便更被人漠视：见了他才想到有这么一个人，背过脸去，就把他忘了。然而他实在，即便被人漠视着，上工的时候，也不知要奸偷懒，耕、耪、锄、种，精细不苟，好像身后有多少双眼睛盯看，从不糊弄。他便比别人疲累，后背上的汗碱也洇得比别人阔大。这一点，也是被做支书的父亲猛然间想到的，他对支部一班人说，羊就交给广儿吧，他连庄棵都不糊弄，就更不会糊弄羊。大家居然都同意，直让人生出感慨：还是做老实人好，即便素日里被视而不见，关键的时候，立刻就见了。

广儿因为年轻，侍弄羊的时候，并不费力气。也是因为老羊倌调教得好，羊驯顺，懂时序，知深浅，也认识路，即便是换了主人，也依旧是找得见好草，经得起风雨，膘肥体壮，勤勉繁衍，队伍壮大。广儿被赞许的时候，嘿嘿傻笑，头反而放得更低。在他看来，好光景全是因为前人留下了一份好基业，至于自己，不过是顺势栽下了几株好庄稞而已。

也是因为年轻，多余的力气让他心痒；也是因为不糊弄庄稞，即便是远离田埂，也作庄稞之想。他有一颗种植之心，感到满山遍野到处都是好土，处处都可以种些什么。因此，他左肩挎着干粮袋，右肩挎着种子袋，在山路上行走，其肖像，与祖父大有不同。

在山根的水处，他用荆棵插了一个棚架，植了一架葡萄。三二年身起，满藤满蔓，都是沉甸甸的葡萄。摘下之后，送到队部，对父亲说，让大家来甜甜嘴。父亲说，是你自己卖下的辛苦，还是甜你自己吧。他说，我光棍儿一条，留那么多葡萄干吗，独自甜来，反而伤心。有个贪人，不满足于与人分享的甜，索性背着荆篓径直去采，以期独占自享。遇到广儿的阻拦，他说，既然你种了就是送给大家吃的，干吗还拦阻呢？我自己动手，既称了你的心，还免了你“送”的那一份辛劳，你应该是乐的。广儿说，我的一送，是公，你的一来，是私，这里的性质不同。

他在山脚的荫处，种了一排排的黄瓜，且春、夏、秋三季的品种兼而有之。他的用意是要让果实结得长久，依时序源源不断地惠及路人。果实一茬一茬地结，却一茬一茬地空，即便是有大量数的收成，轮到他自己时，却已是收成之尾。有人笑他傻，不经世故，说，常言道，无利不起早，无入就无出，你凭空就出了，你图个什么？他说，我什么都不图，就图个乐意。你看，从这里路过的，是赶山的、拉脚的、谋生计的、种庄稞的，全是辛劳之人，他们走得口渴，正遇上一些水瓜果，是不是立刻就有了一分喜乐？我得到的是喜乐之上的喜乐，你看，我是不是就比别人得到的多？再说，最让人感念的常常是那些傻子，忒精鬼的人反而让人躲闪，多得之后，未必就是舒坦，一如羊吃得太饱，一准会得病，挤挤撞撞的争抢之后，一准会发蔫。

在山顶的不毛之地，广儿垦荒，种下蔓菁。此地的蔓菁叫地萝卜，个小，耐旱，不挑风水，能顽强地生长。因此，它不欺哄种子，只要种子下地，就有收获。也因为此，它水分少，纤维多，味道苦涩，稀罕它的人不多。但是，它的短处，正是它的长处，放在菜缸里腌渍，无论放置多久，也不腐臭，且越是腌渍得久，越是清凌光鲜，好像在盐水里它也能生长。在无别的菜蔬烧制的时候，把它捞上来，辣椒油泼之，便可下饭，且能开胃口，让人吃得多。更要紧的是，遇到荒年，粮食断档，以它当饭，也能给人以饱。也是因为它的随意品性，再无手艺的婆娘，也能腌渍得好，便让她们看到了不稀罕中的稀罕，便动员男人，也自己动手，在房前屋后、路边坡头，在所能利用的隙地之上，广种蔓菁，给荒年储备，给不时之需存蓄。无意之中，广儿开了风气，有了羊倌之上的价值，被人尊重了。

但广儿从不滥用这份尊重，即便是父亲动员他当个村民委员，也被他婉拒。他说，我不过一个放羊的，多余的一点本事，也就是种种隙地，说我是好人还可以，说我是能人就差了。他还说，马大有人骑，狗大可入席，可这人一大了，可就不知道供在哪儿好了——供在庙里，他是肉眼凡胎，供入祖坟，他又还多着一口气。你还是把我搁在旁处为好，矮着心性，我能找到自己。父亲说，你真是赖狗扶不上墙，麻绳提不起软豆腐。他细细一笑，支书，你说得好，我爱听，我赖着，软着，你省心，我也不费力气。

都以为不稀罕尊重的人，就再也得不到尊重了，日后，广儿却出人意料地做了一件让人不得不更为尊重的事情。

前几年，村里有一个暴发户，钱多了之后，在外边养了小，便对婆娘厌弃，常欢悦于外，旬月不归。即便归来，必裹以酒气，对婆娘大打出手。父亲虽为支书，虽也心中不平，但总觉得那是人家的私事，若出面干预，一遇尴尬，就不能退身了。其实，有钱人混横，不尿小吏，父亲心中胆怯，怕失面子。

在又一个大打出手的夜晚，在妇人锐利的哭号声中，广儿出现在那人的厅堂。把瘫倒在碎器物中的女人扶上座位，替她揩净了颜面上的血迹，对那个男人说，好男人不打女人，好女人不打宠物，你既然不管不顾地打，就说明你不但不好，还恶。恶人再有钱，也只能买个好棺材，棺材之上，也不会有人给你打经幡，这一点，你应该懂。

那人一愣，接着就啸叫，哪个婆娘的裤腿没扎紧，流下来你一个私生货色！

广儿一笑，说，你是欺负我没爹娘，埋汰我。但人可埋汰，天良不可埋汰，雷公可是一直就醒着。

那人说，天公再圣明，也不管私事，一如裤兜子抹黄酱，不是屎也是屎，私事就是这种说不清楚的事。所以，我尽管打，打到什么时候，外人也拿我没办法。

广儿又是一笑，说，你说得对，不过，你还是不够爷们，够爷们，你就往深处打狠处打，打折，打残。

你是什么意思？

你一旦打折，打残，就会被法办，你那娇贵的相好，就会卷起你的那些钱财理直气壮地去嫁个好人家。她享用着你的好，还不念你的好，你信不信？

恶人的气焰立刻就暗淡下来，说，我也不想这样，跟她说过多少次了，既然过不到一起了，就好离好散吧，可她总是执意纠缠，一路下来，情分就光了，只剩下烦。

广儿点点头，笑着转向女人，说，你也是的，人不能在一棵树上吊死，得看光景料理日子，譬如这男人，他要是稀罕你，即便他是穷的，过的也是有钱人的日子；他要是不稀罕你，再有钱，你的日子也是穷的。你都穷得这般光景了，还留恋他什么，离了吧。

女人一愣，说，也想过跟他离，可跟了他这么多年，整个人都被他用糙劲了，还有哪个男人能要？一如好堰田遭逢了泥石流，不成地块了，还有哪个庄户人能稀罕种呢？

你这就错了。广儿说，好的庄户人，从来就不挑剔土地，不管是沙地、壤地、整地、碎地、山地、平地，还是荒地、隙地，他们都毫不嫌弃地种。因为他们知道，只要是地，只要能承受种子，都能长出庄棵，都能结出果穗。譬如你吧，如果没有你的精干，你男人能富到今天这个地步？这一点大家都心知肚明，许多男人都暗自稀罕。譬如我吧，做梦都想娶你这样的媳妇。我光棍儿这么多年，比谁的心都急，你要是今天跟他离了，过不了三天，我就会托人来提亲，不信你就试试看。

妇人凄楚的脸上忍不住地露出了笑容，那个男人也不阴不阳地笑了，说，我说你怎么敢夜闯豪门，原来你别有用心。

广儿适时地退出那人的厅堂，听到那人在身后嘟囔了一句，我家的一块好田地，你想来种，你配吗？门儿都没有！

他耸肩一笑，心里说，不关配不配的问题，是关做人的问题，一如我种了那么多的隙地，结了那么多的果，是为了自己吗？与我作比，你真穷！再说，管别人的闲事，也一如种植隙地，收就收了，荒就荒了，无刻意的悲喜。

那家的战火果然平息，近于破裂的家庭终究得以维系。虽然其中也有无声的波折和苦乐，依山里人的观念，团圆着，总是好。

那个有钱人也不忘记这种好，通过自己的关系给广儿张罗了一门亲事。虽然是一个拖油瓶的寡妇，广儿也满脸喜色。他由己及人，心中豁达——既然自己在隙地上的播种，是为了惠及别人，别人送来的果实，自己也应该安享。从善处说来，施恩与承恩，都是一样的，都会让人亲密。也是这个原因，那个有钱人，还出资帮他办了一场很像样的婚宴。广儿既不拒绝，也不言谢，在他看来，经过了那个不平静的夜晚，花那个人的钱与花自己的钱，其实都是一样的。

山腔响远

一如有痛苦的地方就有呻吟，有疲累的地方就有歌声，古风流长、人情摇曳的山村，自然就有自己的戏剧。

故乡的戏剧，雅训的名号叫“京西梆子”，本地人的称呼则是“山梆子”。

山梆子一说，更接近品性，便被叫得普遍。山里人率真、耿直，戏曲的腔调就纵情、高亢。唱段一起，就弄高声，好像把整个人都狠狠地甩出去，撞到山壁才往回折，然后再哼哼唉唉。哼唉的背后，是回味无穷的人生快乐。

山里的戏场多在传统的节日，大戏则放到春节。腊月热场，初一开锣，整个正月就唱得绵密连台。锣、鼓、梆、琴整日里吵得焦脆，人心也就热燥难耐，都想倾诉，都想登台，上不去台面的，也冲着山岚自吼，歪腔歪调，也自美，也痛快。

唱山梆子，多在村庙里的大戏台上。台眉上挂着长长的大红绫绸；台帮上镶着灿黄灿黄的雕纹楠木。戏未开锣，就觉得红火，就觉得富贵，就吊高了心气。对山里人来说，年节若没有梆子戏，就觉得过得窝囊憋屈。便形成了一个生活信念：宁可穷了地窖子，也不能穷了戏台子。

唱连台戏的人，就是村里人自己。戏里有生、旦、净、丑，村里有老、少、男、女；还犯得着请外人吗？就投入自己，就兴奋自己。

对唱戏最上心的，自然是妙龄男女。山里人本来就长得清秀，若再施些个粉黛釉彩，着一袭戏装，在戏台上一走，就好看得要死，就惹台下的男女倾慕。于是，村里的青年男女，都会唱一些个段子，都会走一场两场的步子，唱连台戏时，就都要争个扮相子。还有，素日里，老人们对自己的儿女看得极严，倾慕的男女若凑到一起，就很费些个周折。而唱戏的时候，人群熙攘，热闹如沸，老人们自己已沉浸其中了，就忘了别有觊觎的儿女，彼此倾慕的，就顺势聚在一起。由此看出，戏剧的本质，是给被禁锢的心灵，予以伸展的自由。

五叔是唱小生的尖子，与他搭对的，正是与他痴恋着的刘玉芝。初二晚上，五叔和玉芝唱“哭郿子”《寻夫记》。其中，玉芝有长长的一段大哭腔：

一更的一点月牙儿高，寻夫佳人泪花儿飘；盼夫盼到年关到，见一见我儿的父哇（哎咳哎咳哟哟哟），不枉走一遭，不枉走一遭。

二更的二点月影儿明，寻夫佳人泪珠儿盈；身靠寒衣当被褥，一阵阵北风儿吹哇（哎咳哎咳哟哟哟），天气冷似冰，天气令似冰。

三更的三点月影儿残，寻夫佳人泪道儿涟；乡路黑斜身子软，孤苦一人远狗吠哇（哎咳哎咳哟哟哟），身世可怜，身世可怜。

……

玉芝唱着唱着，想到素日里与五叔聚会之难，便酸水浸了心肝，涕泪便汹涌遮面，一念二叹三咳咳，把个寻夫的寡女唱真切了，惹得台下老少便呜哇成一片。

戏自然要演到团聚，五叔在幕后已被玉芝“哭”得泪眼婆娑了，上场时，就依然真情荡漾，便与角中的玉芝死命地抱在一起，成一团浑然的抽搐。

台下，玉芝的爹顿觉出个中滋味儿，便吼，你个孽畜，演戏就演戏，还娘的真抱嘛！

台下便有些乱。台上的司鼓就急了，冲玉芝爹呵斥道，你捣的是哪门子蛋呢，再不住嘴，就把你轰出去嘛！

玉芝爹便矮了身子，将头扎在人群中，半羞半恼，也恨也怨，暗骂道，娘的，最能乱性的，就是这酸倒牙的戏了！

戏虽散场，玉芝和五叔的爱情却爆发得不可收拾。两人已顾不得老人的感受，拼命地跑到村西的谷场，将身子双双地扔到谷秸之上。不久，那一个松软的、大大的谷秸垛，便簌簌地坍下去了……

由此看出，生活孕育了戏剧，戏剧推进了生活。并且，由于生活的难与苦，使无能力改变现实的这群人，更愿意在戏里生存。

一如糖甜到深处就感到酸，山梆子唱到酣处自然就感到了缺陷。它最明显的缺陷就是硬，缺少跌宕与委婉，振聋发聩有余，余音绕梁、耐人回味不足。也不迁就嗓子，吼过几场之后，就嘶哑，使人感到遗憾，快乐尽管快乐吧，为什么还附以苦？

幸运的是，这里比邻河北省涿州，那里行世的戏剧叫河北梆子，是全国闻名的剧种。它的唱腔，既高亢响亮，又哀婉悠长，种种的好处，耳朵是听得出的。村里的有心人就常到涿州去看戏，一是享受，二就是偷——偷一些调门，回来嫁接。有心人中有个更有心的，叫李成存，因为他看上了一个唱青衣的角儿，柳棉桃。柳棉桃主演的《大登殿》《秦香莲》他都耳熟能详，且每个唱段他都能接着茬口唱下去，便把韵味带回村里。

因为是常客，柳棉桃也认识他，戏外相遇，忍不住朝他嫣然一笑。这一笑，让李成存失魂落魄，回到村里连续几天都窝在炕上。

一如乱世只有刀剑，唯有盛世才有琴弦。内乱开始，梨园封闭，柳棉桃也因出身不好，被戴上“反动戏子”的帽子在大街上游斗。竟至有一天被心理阴暗的造反派架到高凳的高处，玩“坐飞机”的把戏。斗得性起，踹翻了板凳，她跌了下来。跌得颜面出血，一条腿也折了。李成存冲进人群，把她抱起来，一直抱回村里，把她“藏”在家里。

柳棉桃的不幸，正是山村之幸——虽然村里的戏场也被叫停，但村里的干部朴实厚道，既不上纲上线，也并不阻止生活中的唱。村里戏迷就纷纷前来，听她唱念，并心仪为师，谦恭地学下来。渐渐的，山梆子的硬，得以软化，愈加好唱、好听。

柳棉桃一早一晚都要在崖畔上练嗓。一如是溪水就自然要流淌，是花朵就自然要开放，练着练着，她收束不住内心的冲动，整段地唱起来。山村静寂，山风清越，她的唱腔就显得格外妖娆。村里人说，到底是专业剧团的，开口就是一个清亮，能把心中的疙瘩唱舒展了。便把她的唱，当作日子的一部分，如果哪一天没有听到，就一如好菜蔬里没有放盐，寡淡得难以下咽。

伤愈之后，人们不忍她走，认为她本来就应该属于这个村子，不然怎么会一个陌生的山外人，一走进这里，就在心窝子里留下感情的根须了呢？便撺掇李成存有个动作，把一棵游走的树，栽在山里，使其繁花满树，悦人眼目。

村里人的愿望，增添了李成存的勇气，他向柳棉桃表达了心意。好像柳棉桃是一扇门，就是预备着被推的，她居然就接受了。倒弄得李成存有些不好意思，说，我这是不是有点儿乘人之危？柳棉桃说，成存你可别这么说，你也知道，涿州那地界正乱着，已无我的容身之地，戏已然是唱不下去了。再说，戏唱得再好，终究不是日子。戏是听的，而日子是过的，对女人来说，有日子可过，才是她的人生幸运，所以，我柳棉桃还得谢谢你。李成存慌乱地说，不，不，你这是给了我李成存一份大恩德，容我日后慢慢报答。

李成存的报答，是把她当成墙上的画、台上的角儿，供起来。但是，越是不让她操持家务，她越是缝缝补补、浆浆洗洗——所有的粗活，她都样样动手。直至把一双用来抖兰花指的纤纤妙手，弄得跟山里的婆娘一样粗糙多皱。越是不让她蒙受生养之累，以保持身段，她越是恪守妇道，延续香火，一连给他生了三个儿子。以至于身膀肥大，抬手投足间，与村妇无异。

李成存痛惜不已，说，是我害了你。

柳棉桃说，既然是生活，就要进入角色——我粗了手，却精细了日子；我臃肿了身子，却清爽妥帖了本心。戏究竟是戏，不能拿戏里的架势表演生活，你一旦不能分辨戏和日子，就不快乐了。

李成存感到，多亏了她是演戏的出身，戏文的教化，戏韵的濡染，使柳棉桃内心温柔，更懂事理，更热爱生活，也更像个女人。因为敬重她这个人，他更加敬重戏，酝酿着，一旦时运改变，他一定为戏做点什么。

这一天到来的时候，李成存反而内心不平，满面愁容。因为唱戏须闲，养戏须钱，虽立下誓言，但他眼下的境况只有一个字：穷。

一如是柳就绿，是桃花就红，此时的柳棉桃一听到胡琴声，身膀就动，随口就唱出戏段，且板眼依旧方正，不改当初的好。

一个好字，让李成存做出了决断，他对柳棉桃说，邻村在挖煤，我要去走窑。

柳棉桃一愣，说，当矿工的都是一些青壮，然而你已然老。

李成存说，但是钱可不管老幼，只需挣。

柳棉桃自然知道他挣钱的用意，但若执意反对，会伤了男人的尊严。伤了男人的尊严，也就伤了自己的脸面，因为他们两个的缘分是来自戏，戏的背后能让她真切地感受到一样东西：爱。

李成存的辛苦钱，让柳棉桃更感到戏曲之重。不仅竭力调理声腔、修炼身段，苦苦找回昔日的自己，还延续自我——在村里组建了一个团队，担纲排练，废寝忘食，日日精进，颇弄出一些声名，竟至走上了全县地方戏的调演舞台，得以一展风采。

演出那天，李成存就坐在一个能被柳棉桃看见的位置，心里既抱着往日在涿州时那样的原始期待，也渴望着能找到自己价值的最后证明。

他很紧张。

柳棉桃登台之后，从容唱念，如入无人之境。身段妙然如初，唱功炉火纯青，把戏场的气氛弄震惊了。震惊之中，李成存彻底放松了，回归到了一个纯粹的观众。柳棉桃把陷落之痛和新生之喜融入唱腔，声声慢，声声也激越，西风烈，西风也祥和，一如戏与生活。加之京西梆子的高亢与河北梆子的哀婉无缝隙的融合，戏一出口，也新奇，也熟悉，一如既可回归，也可远望，大美无痕，却处处入心，使观众得到了一种从来没有过的感动。便全场鼎沸，金奖披身。

当奖杯和鲜花盈满于怀的时候，柳棉桃看了一眼李成存的位置，人却不见了。

这时，李成存正走在县城的矮桥之上，望着桥下无声的河水，他忍不住号啕大哭。因为大恩报过，他的心彻底空了……

山石之殇

家族里，在我这一辈人中，继承了祖父的俊美和高大的，有两个人，一个是我，一个是堂兄——学。我们同庚，命运却不同。

伯母和母亲同年有孕，一同来到祖父跟前，求他为未来的孙嗣起大名。祖父捻着他的玲珑须，沉吟良久，开口道，好说，先来的叫学，后来的就叫义。

两房儿媳走了之后，他对祖母说，那个叫学的，日后是个种庄棵的，有三次婚姻，义则是做学问的，即便是多有杂念，也只娶一次。祖母说，亏你还是个做党员的，也搞神迷六道，简直是个经不得官的老不正经。经不得官，是京西的一句土语，意思是说，这个人言谈举止鄙俗猥琐、轻浮荒唐，上不了官面（台面）。祖父笑笑，说，我也就是随便说说，不可当真。

祖母是个快嘴儿，把祖父随口说的话传布出去了。两个媳妇觉得这可不是一件随便的事，因为对公公敬重，所以笃信。两个人之间就生出薄怨，再见面的时候，就都指着对方的肚子打趣道，你也是的，连怀孩子的事也一起凑热闹。便都不跑不颠、小心谨慎，都想生在后头，生出个“义”来。

人算不如天算，那个“义”字终究是冠到了我的头上。

不过，两个人同年出生，一同长大，同样俊美高大，不分彼此，两个生母就都欢喜，觉得祖父的话，真的不必当真。

我们俩更不当真，觉得祖父虽有威仪，毕竟只是个放羊的，不是那种未卜先知的角色。在日子里，我们形影不离，如同一人。以至于伯母和母亲也被感染，也和好，也亲密，觉得学和义是分不开的，学就是义，义就是学，如同己出。

然而，学好动，义好静，渐渐就有了区别。

上学的时候，义亲近书本，学习专心，学则以学为苦，上课的时候，致力于把前桌女生的长辫子拴在椅背上，静等下课时，女生的一声尖叫。即便是这样，那个女生还喜欢他，整天跟他粘在一起。别人认为那个女生轻贱，我则看到了人的复杂之处，觉得人性很是莫名其妙。

我单纯，一进书本就忘我；学早熟，陷在青涩的情爱之中。虽然在学业面前，我们有了很大的差距，但都不以为然，因为各自有各自的喜乐，都欢悦。

他变得越来越爱惜容貌，小小的年纪就梳了分头，零乱时，会吐口唾液，用手在头发上抿一抿。他爱穿白网球鞋，一有赃污，就用粉笔偷偷地涂一番，鞋子依旧白。我则不讲究穿着，灰头土脸，形象猥琐。女生笑我是书呆子，男生则嫉愤，常欺负我，并质问：凭什么你学习好？每到被欺负的时刻，学总是及时到场，怒斥道，他就是爱学习，碍你们蛋疼！

高中毕业，我考学出山，学则回家务农。他依旧有说有笑，说，你读你的书，我种我的地，都好。但送我上车的时候，他小声地说了一句，我知道，将来你会比我混得好。然后无所谓地笑一笑。但我还是看得出，他的笑中有一丝隐忍的忧伤。不见他人影之后，我忍不住哭了。因为都说义和学是一个人，却终究分离，看来，在时运面前，再好的感情，也不能自己主宰。不能主宰，便忧伤。

一如早熟的果子常常会掉落，他与那个女生的感情也终于不果。因为那个女生也考出山外，距离间隔了话语，也离间了心。

一如山里的太阳也是太阳，回乡务农的学依旧保持了阳光本色。他学会了开汽车，开了一家石板厂。他说，大山有上好的石材，却一直沉睡，想要一见天日，须我。颇有天生我材必有用的豪迈意绪。

他的石材销路很广，即便是新西兰、澳大利亚，都有他的出口份额。他走上了富裕之路。

荧光之下，钞票的额面上也有奇彩。伯母点着儿子挣来的大把的现钱，乐而忘忧。钱、学问，在她眼里，后者是轻的。在义与学之间，还是义的忧烦更多些，因为义毕业之后，当了一个小干部，每月薪水是很有限的。倒是母亲生出一丝辛酸，对我说，你看人家学，发了。我说，这很好，我祝福学。母亲说，你倒想得开。我说，是人家学先就比我想开了。

在我眼里，义和学，是没有贵贱的，只要能活出自己，都好。

日子殷实了，自然就有人找上门来。一个远房亲戚主动给他保媒，介绍了一个女子。因此就生出变故，影响了他日后的生活。

那个女子，家境一般，长相也很普通。见过面之后，学不置可否，无动于衷。但不知为什么，她博得了伯母的好感，执意要学依从。学是个孝子，不愿拂逆母亲的意志，也就半推半就了。

这就铸成了大错。婚后，他一直找不到感觉，对那个女子很冷。他心中有自己的度量，度量衡就是那个相好过的女生。横比竖比，总不能一比，便虽同在一个屋檐下，却异常陌生。那个女子虽处弱势，但却异常自尊。既然你不对我好，我也就不悉心侍奉，以至于学疲惫地归来，家里也是屋冷灶冷。学很愤怒，妈了个巴子，老爷们儿在外奔命，你连个热汤热饭都不弄，即便是养条狗，也会对主人挤个媚眼摇个尾，也会让你心里暖暖烘烘。

女子说，然而我是人。

学说，既是人就做人事，我这里不养闲人。

女子说，那好，我走。

学说，你说得倒轻巧，为了娶你，我又盖房子又送聘礼，婚事也铺张，我是花了大价钱的。

人毕竟不是狗，狗吐出来了，还可以吃进去，人一旦伤了，表面的伤口虽然复原了，心里还是痒。他们之间没有一天温馨日子，女子即便是有孕在身，也没有温厚之念，头疼脑热，专挑孕妇忌服的药物，孩子生下来，即是脑瘫的残儿，只好悄悄地处理掉了。学冲动之下，大打出手，把女子打成残废，最终离异，赔偿了一笔大钱，人财两损，伤了元气。这之后，一个阳刚的汉子，有了忧戚之色，常一个人枯坐，恒久无语。

伯母说，都怨这个媳妇。

学说，怎么能怨人家，横竖是自己的选择，再说，她这个人贱而尊，倒是应该被敬重。

学本心板正，后悔于对无辜的伤害，所以，他的忧戚中，潜藏着一层很重的自责。

多年之后，他到唐山去送板材，遇到了后来的媳妇敏。敏是唐山地震的孤儿，一直寄居在做石材生意的叔父家里。学每次去唐山，都是敏侍候家炊，给学做很精致的菜肴，殷勤温厚。敏相貌端庄，语调婉约，让学喜欢。更重要的是，行止间有那个女生的余影，更让学心热，便很自然地走到了一起。

娶到家门，果然好合。敏，一如悯，她知冷知热，很悯惜男人的辛苦，变着花样给丈夫侍弄吃喝。不管学归来得多晚，她都耐心地等，且待男人拿起了饭筷，很适时地斟上一杯酒。学感到很甜美，恨不得马上就到床上去，爱她到肉里。爱到床上时，敏一切都依，怜他，宠他，学欢快得像个孩子，叫她小母亲。外人问敏怎么好，学羞然一笑，说，她很女人。

有了敏，学就不像原来那样不管不顾地做生意了。尽可能少出门，尽可能早回家，不愿让生意拴住自己，而冷落了爱情。在他眼里，钱与恩爱，前者是轻的。他进入了知足常乐的境界，常说，挣钱为了什么？是为了过好日子，既然好日子就在眼前，抓紧了过就是了。他的意思是说，他可不愿做那种为了多余的钱而耽误了好日子的傻事。

学不仅过好日子，也想到了住在平原的义。那时义住的是周转房，难在冬天的取暖。他便每近冬季就送一车原煤下来，他觉得义的日子好不好，跟他有关。每次见了义，学盈于口的话语，都是对敏的称赞。义被深深感动，爱上了爱情，并为爱情祈福。

敏给他生了一个女崽，他给取名叫檀。檀是京西名贵木，且有淡香。学开始有了寄情于娇儿绕膝的兴致，常用短髭贴檀的嫩脸，惹檀且笑且咻。净洁的庭院里，葫芦花开得当时，粉蛾也游弋得多情，而立于此间的人，学俊美，敏端庄，檀娇艳，如花美眷，只天庭方有。那次我回家看母亲，见到了此番情景，不禁慨然生叹，不妒之心，居然也生出一丝妒意。

好日子也是要传的，学想要个儿子。敏虽身形高挑，但体质是弱的，怀孕之后，整个人都“锈”了。到医院胎检，医生也说，敏患贫血，产龄也大了，存有高危，你们要慎重。一如阳光普照不虑屋漏，志得意满不察逆旅，学觉得自己的日子如花似锦、顺风顺水，生活给他预备的皆是幸运，便一笑而过，不以为然。

不幸，像赴一个邀约，果然来了。敏难产，继之大出血，去了。临走前，抓住学的手，纸白的脸上，露出一丝歉疚的笑，说，她爸，对不起，我不能陪你了。

学轰然倒下，昏去三日。醒来时，敏已进了坟茔。由于先殁于本夫，依京西规矩，不能归入正坟，便葬在祖坟旁处的一个小山包上。荒草蔓茂，一块小小的墓碑，马上就被湮没了。敏生前团圆，死后孤单，学百感交集，抱着墓碑，大哭三日，形貌为之改观，不见俊美模样，一如拾荒者。

接下来的时日，他不思茶饭，只饮酒。酒后絮语敏之好，说，不如也死。因为只有夫妻双亡，才能并骨，才可迁入祖坟，有祖先照应，他与敏还是好合的。

伯母说，你得挺起腰来，因为还有檀。

学病恹恹地说，好吧。

但是学再也无心打理生意，托人经营。经营不善索性把产权卖了。伯母痛惜不已，说，你真不像个男人，敏不过是个小小的女人，家庭的前景才是江山，才是大。学说，你老不懂，家境再富裕，如果没有圆满的人，也是穷的，既然我已经穷了，就不怕穷了。

伯母说，然而檀怕穷。

他说，檀也不怕穷，手中这点积蓄，足可以给你养老，足可以给我送终，也足可以把她培养成人，到钱财散尽的时候，檀就有自己了。

伯母认为学满嘴胡话，是中魔怔了，无奈之下，只有听之任之。

待檀考学离家之后，学的庭院里，就再也不见炊烟了。他向隅呆坐，终日只泡两碗方便面。到了冬天，也不生炉火，冰天冰地，直挺挺地躺在床上，不忌生冷。对家人的规劝，他只是凄然一笑，说，你们到底不是我，只有冷在冷处，我才能感觉到我。

学也不收拾额面，胡须凌乱，指甲脏长。檀每次回家，都要坐在父亲的腿上，给他刮刮胡子、剪剪指甲。他听之任之，面带微笑，像在敏面前那样乖巧。他对檀说，都是爸害了你妈，在好日子面前不知道节制，心里太贪，等醒悟过来，已为时过晚。檀说，然而妈也是贪的，他想让爸过得更好。

父女俩有共同的思念，同病相怜，便爱得很深，无人处，常相拥而泣，互问暖温。旁人窥得，心酸难耐，怨老天昏蒙。看来，学之所以还能继续自己的日子，全因为檀还有淡香，还有最后的一点点滋润。

学虽然吃得少，但每天三顿酒，而且喝的是塑料桶散装的劣质酒。

节日相聚，我对他说，我也不劝你戒酒，只是想劝你喝就喝点好酒，年龄也不小了，身体要紧。

他说，好酒，赖酒，在我这里都是一样的，不过是在恍惚中，见一见敏而已。

除夕之夜，几家人聚在一起，大杯小盏，纵情畅饮，说见闻，话亲情，共论家族兴旺。学也陶醉其中，一如霜梅开出艳花就扎眼，他的笑便格外引人注目。大家顿生宽慰之情，认为那个俊美的学，又回来了。

但就在大家酒酣情浓时刻，独不见了学的身影。欲分头去寻找，伯母说，不用找了，他肯定是去坟地了。

学坐在敏的坟前，一张一张烧纸钱，且嘴里念着，泪水流着，令人心起皱。纸烧过，人也不归，躺在坟前的山石上，索性睡下了。夜深风寒，山石阴冷，都说把他劝回来，伯母说，依他吧，他有他的团圆。

以为年关增想念，依就依吧，伯母却说，不是的，他每天都这样——上半夜还睡在床上，到了子时，就去烧纸，然后就躺在那块石头上，一直到鸡叫，魂灵不得不回去的时候，他才蔫头耷脑而归。

伯母说完，竟嘿嘿地笑，好像她的叙事，是别人有趣的传奇，与自己无干的，我便惊在脸上。伯母瞥见，说，你也别纳罕，我被他弄得都不会哭了。

学的行径，弄得大家惊恐无眠，均唏嘘不止，感生活沉重。

我觉得，义对学是有责任的，便单独找他谈了一次。自然是晓之以理、动之以情。一番苦心之后，他竟说，你说的道理我都懂，都懂的道理就不是道理了，所以，说什么对我都没用。倒是我要劝你几句。

他说，小时候你用功读书，别人就眼气，就欺负你，现在也如是。你事业有成，名气大了，未必人人都服气，都敬重，所以你千万要自知、要节制、要低调，别太看重自己。一如爬上高处，千万别推倒梯子，上去了，得想着怎么下来，得给自己留着后路。听说你现在正跟弟媳妇闹生分，这是不对的。因为以前尽听你说她的好，而现在却不再听到你说她的好了，肯定是你不好。好媳妇是用来稀罕的，不是拿来抛弃的，除非你从来没有看上过，不是你自己的选择。

一个伤在爱中的人，再说爱的事，声音是有重量的。我被他“劝”得面红耳赤，半天喘不过气来。我只好说，依你就是了。

你还得依我一件事，他说，等我不在了，你侄女檀你要把他当亲闺女看。

我说，年纪轻轻的，不兴说这么老暮的话。

他说，鬼的事，其实人是懂的，到了一定地界，你就知道了。

他弄得我毛骨悚然，觉得学阴气太重，虽然依旧生在阳光之下，却早已半截子入土了。

我说，我们能不能说点轻松的话？

他说，就说说咱们的祖父。你别看他只是个放羊的，可天底下的事他都懂。一些邪怪的事发生之后，大家都惊异，只有他不惊不奇。他整天在老山老岭里转悠，那里就藏着事理。还有，旷野寒山里，除了兽，包括狐仙，就是游魂野鬼，他每天都跟他们打交道，自然就通了心曲，身上就有了神性，能预见未来。为什么祖父满脸净洁，唯独右腮上孤零零地长了一根长须（玲珑须）？那是仙人貌相。譬如他说咱俩的前程和婚姻，岂不就准了？悔不该把他的话当儿戏，如果早一点放在心里，且谨慎处事，或许会往如意里变的。

我说，你怎么又开始弄玄虚？其实祖父的预言也是不准的，譬如他说你有三次婚姻，事实上，你不过两次迎娶。看现在的情况，你已无心再娶，他的话便不会落到实处。

已落到实处，学说，那个女生虽没正式过门，在我心中，也是娶了的。只不过凡人都目盲，看不到本质。再譬如说你吧，祖父说你只娶一次，那肯定是注定了的含义，如果你执意改变，或许就会招来灾异，应好自为之。

他的话，真的对我发生了作用，这之后，我摒弃杂念，善待婚姻。虽多有龃龉，也能忍耐，一如熟透了的麦穗，自然就退了麦芒，只有籽粒，渐渐地，竟能和谐相处，多了眷恋，相看不厌，类似甜蜜。

人总是能疗治别人的伤痛，一到自身，就混沌了。学依旧不能放下心执，依旧整日里喝他的劣质酒，冰冷的山石上，依旧是他热的身影。

他期待着一个日子。

那个日子终于如期而至——去岁的一个冬夜，他心脏病突发，抽搐中，从床上滚落在地，磕破了额头。他挣扎着站起身来，想扶着墙壁走出门去。然而不能，依着墙壁，慢慢地萎顿下去。在那个过程中，他蘸着额血，从上到下写了三个敏字。字迹从大到小，从清晰到模糊，一如他生命的气息。

去见他最后的遗容的时候，我惊呆了。仅一年不见，那个高大身形竟小得像个儿童，一味地收缩，瘦得像魂灵。

他仅仅 48 岁，刚进入生命的旺季。伯母说，其实他早就有心痛的毛病，但就是不去医院，也不备下自救的药物。他觉得自己经得住磕碰，因为感情的磨难尚未到头，最后的幸福还不属于他。

檀不哭，只是一直站在学的面前，默默地望着他，好像父亲刚刚睡下，不忍惊扰。檀白皙、净洁，有庄重之美。她已是二十几岁的大姑娘了，但一直不动婚嫁之念，因为她害怕，既怕嫁给不爱的，又怕嫁给太爱的。

想到学给义的托付，我也不哭。拍拍檀柔弱的肩膀，告诉她，接下来，该我们自己怜惜自己了。

檀点点头，叔，我懂。

补记：学的故事，即便真实，以人类的情感历史衡之，也很老套了。但是，放在重物轻心、重利轻义、重性轻情的世风之下，便不啻一阕反拨今人的爱情挽歌。一如主人公学所说，“家境再富裕，如果没有圆满的人（爱情），也是穷的”，贫穷但是有爱存焉，也是能够承受的，因为感情能够涵养人，生出自足而强大的心力。这虽是老生常谈的浅显道理，但是浅显的道理如果常说，便深刻了，便成了人的价值取向和行为准则。要紧的前提是，今天的人已经很久不说。不仅不说，反而认为迂阔。学的故事还告诉人们，爱情是机缘，婚姻则是命运，是神秘的存在。因为神秘，所以神圣，一如敬天敬地，我们要庄重把握，心存敬畏、敬惜和敬重。人心不古，世风浇薄，而我人微，爱着爱情，顿生忧伤，便感慨系之。

断指心结

在儿时的暑期里，我们常做的事体，除了捉蝎，便是挖草药。挖草药时，堂兄总愿跟我一起——我那时的灵智似乎比同龄的孩子发达些，杂草和药草就分辨得准；而堂兄则很含糊，和我在一起，便可以多挖一些。

在一堵矮墙上，我发现了一丛柴胡。柴胡夹在两块墙石中间，用手指抠不出来。拽住柴胡的茎，小心地用力，以期将块根一点点拽出来；但只拽出很小的一截，那一柄茎，终于还是断了。深情地看一眼那不愿归属的珍奇，叹一声无奈，欲走向别处。

堂兄却没有动身的意思。

我说："别管它了，有跟它置气的当坎儿，又挖几根别的药了。"

"球的，别便宜了它！"堂兄的犟劲上来了，脸子很红。

他折了一根木棍，插在石缝里，将身子压在木棍上，石缝渐渐大起来。到底是看到了石缝里那块药材，堂兄便欢叫起来，急急地伸过左手，想把它取出来。手伸出之后，身子就有些轻飘，已撬开的石缝便趁机合上了，他的那只手，便牢牢地被夹在石缝中了。

我赶上去，压下那根木棍，帮他抽出被夹的手。

手抽出来，我们都吓呆了：堂兄的中指断了，仅一条灰色的窄皮连着，紫血汩汩地冒着。

我以为堂兄就要号哭起来，却听到这样一个声音：“完了，让我爸见了，准挨一顿揍了。”

指头都断了，疼的不是肉体，却是一颗怯懦的心。便可以想见，山里的爹，是如何的一个爹了。

我极为堂兄难过，又怕他流血太多，便说：“哥，不碍的，就说是我不小心弄下的，大伯肯定就不揍你了。”

堂兄忧伤地看我一眼：“当真？”

“当真。”我攥紧他那只流血的手，飞快地朝家里跑。因为我连再看一眼那伤口的勇气都没有了，只有把它遮蔽起来。

到了家里，伯父见状，果然暴跳起来：“吃你娘的粪了吗？弄成了这般光景！”

我便挺直了瘦瘦的一个小胸膛：“伯，是我不长眼，把哥的手碰了。”

伯父高高伸出的那条胳膊，便如一棵含羞草，慢慢地委顿了枝叶，缩到他肥厚的腋窝里去了。“操，你们这些崽子！”火烈的一个伯父，竟也只给了这么一声娘儿们般疲软的骂。

堂兄竟用那只伤手，掩着嘴窃笑。

从医院回来，堂兄的中指就短了一大截。

在他那只断指上轻轻地抚摸，“哥，短了一截。”我感到很惋惜。

“嗯，短了一截。”

“以后，就有些不方便了。”我说

“球，不碍吃不碍喝的，短一截就短一截了。”堂兄说。

我心里很感动，觉得小小的堂兄，已经是条不错的汉子了。

走到村街上，若有人问：“小子，手指头哪去了？”

起初，堂兄尚犹豫一下，说："让我弟弟给砸去了。"

到后来，再有人问起时，他不再犹豫了，让我弟弟砸去了的那句话竟变得脱口而出了。

于是，山里山外，十里八乡，认识堂兄的，便都知道他的那只断指，是被他堂弟弄去的。

但无论如何，断指的堂兄和给他"弄"断指头的堂弟，童年和少年都是快乐的。

进了择偶的年龄，堂兄便不再快乐了。因为给他介绍的几个姑娘，都为了那只断指跟他吹了。后来，一走到姑娘面前，堂兄准会把有断指的那一只手，缩到袖筒里或背到身后去，很壮挺的一条汉子，竟平添了几分猥琐。

那日喝多了酒，堂兄低低地垂下头："你说，哥还能娶上媳妇吗？"

我难受极了，心中漾起一股极深极浓的愧疚："哥，对不起你了。"

望着我那双婆娑的眼泪，堂兄心疼地说："兄弟，哥不怨你。"

那一刻，我真诚地请堂兄原谅，堂兄也真诚地原谅我。在二人心里，时间已把堂兄的指头是被我砸断的说法，潜潜地，变成了一种毋庸置疑的事实。人啊！

写到这里，我突然想到：正是在这种情形下，我们为历史和过去，自然而然地承担着一些本不该承担的什么。我们已经适应了，认可了"无罪之罪"，便不再抱怨，也懒得进行辩驳，因此，我们也就为自己造就了一些特殊的（也许是很美好的）品格。

所幸的是，女人们并不太在意堂兄那一截断指，只稀罕他堂皇的貌相和在生活中的精干，他后来有了一段很令人羡慕的婚姻。但是，那段婚姻很短暂——爱妻过早地离世，给了他致命的打击，从此消沉，一如脊梁折断，再也没挺起腰杆，终至早逝。奇怪地，每一想到堂兄，都会心烦意乱，冒出"断指成谶"的念头，觉得他的不幸，跟自己有关。

景奇医病

大弟幼时，性顽劣，不驯顺，总是弄出一些出格的事情，母亲颇以为烦。

譬如刚穿上脚的一双新布鞋，三二日之后，就不知去向，光着脚在母亲眼前走来走去，以期引起母亲的注意。

母亲问："鞋呢？"

"我哪知道。"他说。

母亲是做布鞋的巧手，针线细密，质地硬挺，即便是放在水面上，也不浸水，像小船一样游走。放学之后，路过村口的小河，大弟把一只鞋放在水面上，看稀罕。那鞋走走停停，比真正的船还有意思。他笑得在地上打滚儿，得意于自己发明的游戏。但一股湍流打来，那鞋顺流而远，他再也捞不回来了。

笑凝固在脸上，他愣了。没想到，欢乐与懊丧，竟是一对孪生兄弟。

但很快，他就又笑了。他索性脱掉另一只鞋子，索性放到一处急流之上，看到鞋子迫不及待地游去的情景，他击掌而歌——嗷，嗷，嗷嗷……

主动的放弃，反倒化解了懊丧，他此时，只剩下欢乐了。

（近读宁肯的新作《天·藏》，里边的一个藏族小男孩，也有类似的行止，不禁莞尔。看来，内陆之偏，边地之远——在原初的语境下，人的天性是一样的。）

还譬如，他用橡皮筋自制了一副弹弓，得空就射树上的鸟。到了后来，觉得射鸟很没有意思，就射人，射跟他要好的一个小伙伴。弹丸正射在眼睛上，小伙伴说："我看不见了。"他竟笑着说："这有什么要紧，到我家吃饭就是了。"

多么严重的事情，在大弟那里，都轻松于嬉笑之间。母亲大骇，若不加以管教，肯定是惹是生非之徒。说理不果，严词斥责，终至施以体罚——狠手拧其腮，用疼痛，强化他从善的记忆。

儿童的顽劣，改来是难的，大弟的腮面上，便承载了无量数的疼痛。长大之后，他竟变得异常驯顺，终日没有几句话，即便是喜乐的场面，也不见有丝毫反应，木讷了。

十八岁那年，他的右颧骨下，兀地生出一个包状物，外人看了，以为他天生异相，乃双颧骨之人。他因此变得十分在意，一闲下来，就以指抚弄。抚弄中，那个物件竟会在上下左右间移动，且有窸窣微音，他深以为不祥，心情沉重。

有人问："你脸上怎么多了一块？"

他说："是癌。"

"怎么好端端就长癌了？"

"我妈拧的。"

风传一久，左邻右舍、村里村外，都认定这村里有一个厉害母亲、一个受气的儿子。这个认定，反过来作用于母子，二人间就落下了心结。

母亲对我说："我怎么养了这么一个忘恩负义的儿子？"

大弟则对我说：“我肯定不是妈亲生的，不然她怎么会对我这么狠？”

到了婚娶的年龄，大弟相了两回亲，都败于他的面相。便对母亲生出恨意，冷言冷语相对，让母亲暗自垂泪。

我只好带着大弟去了县医院。“可能是腮腺瘤。”医生判断说，“但咱这治不了，得去天坛医院。”

到了天坛医院，已是上午十点的光景。门诊大夫确诊是腮腺瘤，且需手术。但为了保证手术成功，须专家操刀，但已错过了当日的预约时间，便嘱咐道：“明天起早来。”

出诊室之前，大弟突然问：“这个瘤子是不是拧出来的？”

医生诧异了一下，说：“未必。”

未必，就是或许，这层意思大弟是懂的，所以他诡异地笑笑，认定他的病，肯定与母亲有关。

我下意识地想，医病先医心，应该想办法开导开导他。

那时的交通很是不发达，从京西的一处僻地到城里来，是不通早班车的，便只有住下。

出了医院的大门，就是天坛公园，我眼前一亮，决定带大弟在公园里消磨那漫长的等待时间。这处公园，上大学时我是来过的，和一个要好的女同学。由于可以理解的实际原因，我们最终没有走到一起。但残存的感情还是有的，所以步入的脚步很是坚定，内心既忧伤又温暖。

那时公园里人很多，不像现在这么冷清。有情侣相拥，长幼相携，友朋相簇，也有团队结伙和一人彳亍。人一多，就眼花缭乱，大弟的目光惊奇又游移，手紧紧地攥着我的衣角，须臾不敢松手。

圜丘坛阔大的基座给人永远也走不到头的感觉，坛壁放着幽蓝的光华，一尘不染地媚着。盘桓期间，大弟不住地感叹：“忒大！”

我说：“不仅大，还神奇。”

便给他讲了一点坛的历史和建筑的结构。我说，这里是皇帝举行冬至祭天大典的场所，建于明嘉靖九年（1530），当时为三层蓝色琉璃圆坛，清乾隆十四年（1749）扩建，并改蓝色琉璃为艾叶青石台面，汉白玉柱、栏。圜丘形圆似天，三层坛制，每层四面出台阶各九级。上层中心为一块圆石，外铺扇面形石块九圈，内圈九块，以九的倍数依次向外延展，栏板、望柱也都用九或九的倍数，象征“天”数。台面石板以上层中心圆石为起点，第一圈为九块，第二圈为十八块，依次周围各圈直至底层，均以九的倍数递增。各层汉白玉石栏板的数目也是如此。“不信，你就去数一数。”我对大弟说。

大弟就真的去数。跑上跑下，满脸汗水，但忧郁的表情不见了，代之以抑制不住的兴奋。“真是严丝合缝，毫不稀松。”他说。

我说：“皇家的建筑，岂能稀松。”

他呃了一声，陷入沉思。

到了祈年殿下，那高大的坛体让大弟不停地仰目。他问：“这么大的一个玩意儿，得用多少石头？”我说：“全是用木头撑起来的。”待实际看过，他说：“真是不敢相信。”

他被勾起了很大的兴致，用心阅读每块说明牌上的文字，且小声地读出来——“龙井柱”，四根，象征着一年的春夏秋冬四季；“金柱”，十二根，象征一年的十二个月；“檐柱”，十二根，象征一天的十二个时辰。中外两层柱子共二十四根，象征二十四节气。

他说：“这个祈年殿不仅大，还精致，有讲究。”

坐在木椅上休息，大弟说：“哥，我觉得咱山里人就是小，只看到脚底下屁大的一小块地界。”

“所以山里人心性就小，遇事爱怨天尤人，爱钻牛角尖，因为知道得少，心胸不开阔。”我说。

我对他说，这里可不是简单的一个公园，而是中华民族的一块祭祀圣地，是表达人们对天地崇敬、对五谷丰登企盼的地方，明清时期竟有22位皇帝前来祭天、斋戒呢。

大弟说：“皇帝那么大，大得谁都拿他没办法，为什么也来敬？”

我说，天地是什么？天地是大恩大德。你看，人一不如意就骂天，但老天从不怪罪，阳光依旧照进那家的庭院，雨露依旧滋润那家的田园；人一乱性就咒地，但大地从不计较，只要你播下种子，就给你长出庄稼，就给你结出果实，供你享用。所以，与天地之大相比，皇帝也是渺小的。所以在天地之间，包括皇帝在内，人人都要懂得敬重，人人都要懂得感恩。如果皇帝不敬，皇天之下，就不能风调雨顺、五谷丰登，臣民困于衣食，就会揭竿而起，就会江山不保。为了长治久安起见，帝王更应该敬畏感恩。

大弟说：“哥，你懂得可真多。”

我顺势说道，父母之于儿女，就一如天地，给你生命，辛苦养育，且不求回报，恩德就已经在了。我们感恩都来不及，岂能不尊不敬？

大弟脸红了，说：“你这是在说我？”

“也是在说我。”我索性说开去，“就说咱妈吧，她就是一个山村妇女，就那么一点见识，你让她用什么更好的方式教育子女？再说，也是你调皮在先，她管教在后，还不是为了你好？说实在的，母亲做一双布鞋，从纳鞋底到上鞋面，一针一线、夜以继日，耗去了她多少生命光景？可是你毫不怜惜，轻易就让鞋子打了水漂。你不珍惜她的辛劳，一如农民不珍惜谷物，天地虽然无言，但迟早是要惩罚的。而且母亲对你的惩罚，也是很不情愿的——指头虽拧在你的脸上，但却疼在她自己的心里。你发现没有，她当面是很少看你的脸的，总是在背后唉声叹气。”

大弟摇了摇手，想说些什么。但只叫了一声哥，声音就哽咽了。

夜幕降临，我们舍不得花钱住店，就在公园门口的一隅墙角蜷身而卧。整整一夜，其实我们真正睡去的时间很少，但谁也没说话。因为我们的内心都很盈满，已耻于说。

第二天一早，我们蒙露起时，大弟说："哥，难为你了。"

我说："即便是咱妈来，也会这样的。"

大弟难为情地点点头，说："这我知道。"

瘤子取出来了，但脸面上留下了一处明显的塌陷。即便是这样，一回到家里，他首先到的，是母亲的房间："妈，我回来了。"

一晃过了二十年，大弟的儿子都上大学了。母亲跟他住在一起，隔三岔五围拢在一起吃火锅，一派融融之乐。

我天南地北地走了不少地方，游览了不少园林，但天坛公园是最让我萦系于心的。这不仅是它给我留下了特别的人生记忆，更重要的是，它让我明白，一座好的公园不单单让人观光游览、休闲娱乐，而且因为它饱蕴了历史与文化的独特信息，更是开启心智、引发思考、增进感情、涵养人性的心灵之所。

临终凝视

祖父做了一辈子的羊倌。

他身高腿长，脚弓也深，在山梁上行走，脚抓得牢，如履平地。用村里人的说法，他天生就是放羊的料。

新中国成立前他给地主放羊，给的工钱很少，孩子们从来吃不饱。所以，羊儿叫，婴儿哭，他眉头紧皱。

父亲就是在饥饿中长大的，但却长得跟他父亲一样高。祖父跟祖母调侃道："还是老辈子的话说得准，家贫出壮子，地瘦长旺苗。"祖母说："你这是没心没肺。"

等解放了，上边来人给祖父发了一块匾，上边印着伟人毛泽东的手书：发扬革命传统，争取更大光荣。村里人才知道，他是 1938 年就加入组织的地下党员，原来放羊只是一种掩护，他的正业是为组织传递情报。祖母说："你可真成，连我你都瞒着，你不是没心没肺，是心眼之外还长着心眼。"

考虑到他的历史贡献，组织上让他当干部，他却说："我当不了。"问他为什么，他说我除了会放羊以外，一没文化，二没口才，别瞎耽误事。组织上执意安排他工作，说，我们怎么能亏待一个老革命呢？

他想了想，说："既然这样，还是让我放羊吧。"

放羊跟放羊可不一样——村里给他最高待遇，到了人民公社，还给他记最高的工分，到了年关，还给他一挂羊下水。即便是房门紧闭，肉香也传得很远，惹街坊邻居羡慕。他很知足，对父亲说："你要懂得感恩。"

他的意思是说，你要一心一意跟党走。

由于家境好，父亲成了村里第一个念到初中的人。本来是要念高中的，有个热心的婶子给他介绍了一门亲，他刚进女方的家门，就被女子的美丽击中了。回到家里就对祖父说："我不想念书了，我要结婚。"

祖父说："那可不成，我还指望你将来当干部，干大事呢。"

父亲说："那你怎么不当？"

祖父无言，只是笑，笑得怪怪的。他后来对人说，这能怨谁，撒什么种子，还不长什么苗？

父亲在村里当了民兵连长，白天耕种，晚上军训，满腔热情，一身蛮劲。就干得有声有色，被上边树为典型。上边要奖励他个人，他却说，你们也别奖励了，只求你们让电影队多上我们村里几趟就行了。那时乡下人特别稀罕电影，觉得电影这玩儿神秘、有趣、勾魂。

那时放电影，故事片之前，都要演加片。加片从来都是中央新闻电影制片厂拍摄的"新闻公报"，片头是那座天安门，巍峨地出现在银幕中央，然后伴着音乐光芒四射。每到这个时刻，父亲都会腰杆挺直、双拳紧握、满面肃然。

他感受到一种叫神圣的东西。

有一年，县武装部到村里来，要征一个护卫国旗、保卫天安门的兵。这可不是一般的兵，首先考虑的便是政治条件。所以，他们实际上就是冲着父亲来的。见了父亲，他们喜出望外，因为眼前这个青年，不仅政治过硬，而且身姿挺拔、面相俊朗，真是天纵之才啊！他们便对父亲说："就是你了。"

父亲兴奋得脸都红了，然而很快就暗淡下来，他嗫嚅道："然而我成家了。"

武装部的领导说："这根本就不是问题。"

父亲霎地就又脸色红润，几乎是灿烂了。

父亲问："什么时候走？"

领导说："马上就走。"

父亲也没跟母亲说一声，抬腿就跟他们走了。

到了县上，马上体检。天遂人愿，居然项项合格，立刻就发了他一套军装。对他说："你马上回一趟家，安顿一下，后天就来报到。"

出了门，父亲就把军装穿上了，虽然还没有发领章帽徽，但军人的感觉已经很强烈了。见了母亲，竟情不自禁地敬了一个军礼。以为母亲会感动得送之以拥抱，母亲却跪在地上紧紧地抱住了他的腿，哇地大哭："孩子他爸，你可不能走，老大刚会爬，老二刚出怀，你一走，就地陷天塌了。"

无论怎么劝，母亲只是一个劲儿地哭，把美丽的面容哭成了一团皱纸。

这又把父亲击中了，他失去了决绝的勇气，只好托人把那身军装送回去了。

他的人生从此留下了遗憾，再演加片的时候，一看到光芒四射的天安门，他就会情不自禁地掉泪。母亲怯怯地问他："你不会怪我吧？"父亲摇摇头，竟说道："我现在算是明白了，为什么北方男人五大三粗，却难成气候，骨头软，贪妻恋子。"

嘴上说不怪，心里却是怨的。这件事影响了他们的感情，后来的岁月，他们虽然还是恩爱模样，但心里总像隔着点什么。

后来父亲当了大队（村）支部书记。刚一上任，就订了“两报一刊”。他说，既然是支书了，就要关心从北京来的消息。那时，领袖总爱在天安门城楼上发表讲话、检阅游行、接见队伍，报纸也就总会刊登大幅的照相。他久久地盯着图像，两眼放光，一动不动。

现在看来，他是情有所系。那年领袖逝世，国旗垂半，他抚弄着那幅照片，放声号啕，之后就喃喃自语，像是病了。后来他对我说，天安门城楼上，如果没有领袖招手，人民群众的心还不是空的。

父亲是个乐天派，晚上收工后，躺在土炕上常哼革命歌曲和样板戏选段。他唱歌走调，像秋蝉栖冬树，前音长后音短，听着挠心。母亲和我们偷偷笑他。母亲干脆说，你别唱了，还是我给你亮亮嗓子吧。京西有一种类似河北梆子的戏剧，当地人叫山梆子。母亲是村里唱山梆子的主角，她一唱，就余音绕梁，大家鼓掌，弄得父亲羞答答的，像做错了事似的。但是，只要他一唱《我爱北京天安门》，大家的嘲笑，立刻就止了，且报以掌声。不是他唱得好，而是大家知道那是他最敏感的部位，不忍造次了。

他也发现了这一点，只要跟母亲对垒，抵挡不过，他准会用上这一招，弄得母亲只好偃旗息鼓，且体贴地说一声：“你唱得好。”

父亲得意得跟孩子一样，对母亲说：“这么说，我把你拿下了？”

母亲点点头，“对，拿下了。”

父亲没想到，他订的“两报一刊”，居然成了他儿子最好的课外读物，我深受影响，产生了飞向远方的渴望，也埋下了文学的种子。那时我就想，我决不会在乡下过“三十亩地一头牛，孩子老婆热炕头”的生活，我不能留下父亲那样的遗憾。便勤奋读书，居然以全县第二名的成绩考上了重点高中。

我的飞翔，却给父亲出了一道难题——在县城上学，吃住行，开销很大，然而他手里没有钱。他四处去借，直到再也无处可借，庞大的一个汉子，竟蹲在地上不停地叹气。母亲开导他，你一个堂堂的支部书记，还不能“变”出些钱来？父亲很生气，对她说，你去父亲的房里朝墙上看一看，那上边挂着什么？母亲自然知道，那是伟人的手书：发扬革命传统，争取更大光荣。便迷惑地问道，你什么意思？父亲说，我的父亲当了一辈子羊倌，却不是为了发羊财，而是为了革命；他的父亲做了支部书记，难道就是为了捞浮财？而是为了继续革命。

父亲最后做了一个决定，到隔岭的金鸡台做了窑工。挖煤虽然辛苦些，但可以挣到现钱，可以干干净净地供养他的儿子上学。

他的举动，当时震动了三乡五岭，因为当支部书记是个肥差，可他居然就这样放弃了，外人是很难理解的。

我终于学业有成，在一个乡镇当上了乡长。当时乡镇领导都攀比坐车，认为那是身份和实力的象征。我却一直坐着一辆老掉牙的伏尔加，且经常半路熄火，司机说，您这是图什么，难道就是为了显示廉洁？我笑着说，我可没那么高的境界，是因为我的出身——我祖父是放羊的，我父亲是挖煤的，我没长那么高级的屁股。

时间到了1996年的夏天，父亲突然腹痛不止，他不想惊动我，就一直胡乱地吃止疼片忍着。后来成把成把的药片吞下去也不管用了，他才找到我，说，沾你点光，拉我到城里去检查检查吧。这时，他已瘦得脱了形，我顿生大哀，觉得他的病，与我有关。

到了北京的友谊医院，检查之后，医生说，你们来晚了，他得的是结肠癌，已经扩散了。我当时就泪流满面，不能自已。父亲见状，说：“看来我是得了大病，没救了。”

我说：“有救，有救。”

他说：“你别骗我了，事情都已经写在你的脸上了。”

在治疗期间，他突然对我说：“你拉我去趟天安门广场吧，我要看看天安门。”

我说："您安心治病，等病好了再去吧。"

他摇摇头，说，去年上边在北京搞放炮员培训，我参加了，当时我就想去看看天安门，但是人家不组织，也不让自由活动。我真想自己去一趟，但北京的地盘大，我怕跑丢了，没敢去。这次不同了，再不去，恐怕就没机会了。

他弄得我五内俱焚，连忙应道："好，咱们现在就去。"

到了广场，起初是我搀着他走，离国旗杆还有十几米远的时候，他突然挣脱了我，自己急切地扑过去。他仰望着头顶的国旗，婴儿一般地笑。站了很久，直到撑持不住，不甘心地蹲在地上。他一边喘着粗气，一边对我说："其实，我是有机会站在这里的，可惜我不争气。"

我知道，他心中有一种化不开的情结，什么劝慰的话都属多余，便笑而无语。

后来，我搀着他到了一个能近距离观赏天安门全貌的地方，站住了。他的眼神好像不够使，上上下下，左左右右，看得急迫而慌乱。

眼前就有个照相点，我对他说："在天安门前照个相吧。"

他眼睛一亮，脱口应道："照。"

但找来照相师，他却横竖不照了。问他为什么，他说："我都这个模样了，不般配了。"

他实在是累了，就坐在了广场上，眼睛一动不动地凝视着天安门城楼。他坐了很久，不让人惊动他。终于他向我点点头："儿子，你过来。"我来到他身边，他竟对我说："儿子你看看，城楼上，毛主席是不是在向咱们招手？"

刚进冬日，父亲就逝去了。临终前他对我说："儿子，我后悔了，那天，不如就照一张了。"

父亲去世那年，刚刚五十二岁。就他那个身姿和面相，我们爷儿俩同走在街上，常常会被人误认为是一对兄弟。

于是，我还是坚定地认为，他的早逝，绝对与我有关。所以，父亲去世后，我心底兀然就生出了厚重的苍凉，以至于有了官职，有了文学上的成就，也没有多少欣喜，反而有一种锦衣夜行之感，因此就低头走路，不愿张扬。有人认为我做人低调，也有人认为我是在作秀，我均一笑了之。

对父亲的歉疚化成了对母亲的深爱，我无微不至地孝顺她，她晚年过得很幸福。但是，近来她总是望着父亲的遗像发呆，脸上堆着莫名的忧伤。不久前的一天，她突然问我："你是不是陪你爸去看过一次天安门？"

"是。"

"那你也得陪我去一趟，不然等我们再见了面，他会瞧不起我的。"

她弄得我唏嘘不止，赶紧应承下来。看来，他们那代人，即便是天地永隔，心也是通的。

2009年9月2日情动之下运笔，始终有泪水相伴。

旧信有寄

在父亲去世十六年的忌日，我突然想到，在他生前，我们是通过信的，便翻箱倒柜，急切地搜索。终于找到一封我给他的去信（至于来信，始终未曾找到），被他小心地夹在他的笔记本里。急切地读来，往事如昨，泪流满面。

敬爱的爸爸，您好！

过春节回家见到您，心里极不是滋味；刚一年不见，您就瘦得皮包了骨头，腰脊也佝偻着，像随时要乞求些什么！您才四十七岁呀，是多么金贵的一个年龄，它象征着健康、成熟及坚韧、自信，而您……

您躲避着我探寻的目光，只是默默地接下我手里的东西，然后摆到该摆的地方去；其实您内心正沸腾着，肺腑正剧烈地冲撞着，有无尽的话要说；您却一句话也没说，您觉得什么也不该说。因为，您曾说过："都这把岁数了，说什么都不中用，莫如不说。"

我知道，这一年来您是在屈辱和愧疚中熬过来的，您觉得自己无能，愧为人夫人父。其实，为的只是三件极平常的家事。

第一是母亲被祖母痛骂。那日三叔和五叔的崽在祖母家争食，争来争去争出了拳头和眼泪。祖母从来是偏袒三叔的崽，因为三叔嘴甜。于是，五叔的崽便被祖母扇了耳光，倚在门槛上哀哀地哭。母亲见了，对祖母说："都是一样的孙子，该一同管才好。"祖母竟恼了，对母亲大骂，就像骂有旧怨的仇人。您从外边回来，祖母一下抱住您的腿，边骂边号啕。您知道母亲并不错，但不敢冒犯祖母，便不分轻重地斥责母亲。母亲极委屈，很长时间不理睬您。您赔了不少好话，甚至屈了男人的骨架，低声求母亲。母亲虽然原谅了您，但对您的关心却大不如从前；您甘愿受夹脖子气，默默不吱声。

第二是二弟娶亲。弟媳家在更深的山里，娶亲的路是二百里极难走的山路。娶亲的日子是您找阴阳先生定的，不期那日下了一层薄薄的雪，接亲的司机便有了推辞，死死不肯出车。我便与您商量，是不是改一下日期。您极惶恐："掐好的日子，怎动得，一动就遭灾！"您冥顽而固执，白劝了好长时辰。我便只有拿在县上当干部的面子求那司机。那司机竟死不答应，将我晾在一个极尴尬的境界。您很绝望，竟给他跪下了。我一下受到空前的刺激，几拳把那小子揍趴下，跳上车去，冒着极大的风险把车开进山去。事后，我挨了领导的批评，并受了处分。您拉着我的手："怨爹无能，让你跟着跌面子。"说完竟孩子一般哭了。其实才多大点儿事啊，您居然这样，所以我不由得责怪了您一句。

第三便是我给儿子取名字。二弟娶亲以后，家里难办的事情愈来愈多，譬如给二弟找工作，给二弟找盖房的木料。

这一切您都无能为力，便只有靠我。您总觉得我担负得太多，把该您担负的也担负了。您觉得对不住我，便一切都顺着我；并且，该拿主意的时候，您总是说：“听听老大的。”孩子生下一个多星期，您特意从山里赶来，递给我一份发黄的家谱。我懂您的意思，但我嫌家谱中那个字太俗，就另从《辞海》中查了字。您只是默默地不说话，但抱孙子那份天伦之乐，却至今未绽上您的眉梢。

父亲，我猜您正是为这三桩小事而枯瘦的，您无须隐瞒。但我要说：您心思太重，活得太怯懦太拘谨。对于祖母，您为什么不同她辩一辩理，都啥年头了，何为孝，何为尊，不该重新考虑考虑吗?！对于我和二弟，您并没欠什么，您只是一介山民，您就那么大的生存空间，该做的，您已经努力做了，面对生活的艰难，您该笑一笑才是！至于给孙子取名字，您觉得哪个好，您就取哪个好了。在儿女面前，您应该勇于表现自己的意志，错了又有啥关系，谁让您是我们的父亲呢！

父亲，想想您的经历，您做过窑工当过支书，应该有些境界了，但您仍挺不起胸来。您因袭得太多太重，缺乏达观的胸怀和不屈的精神。我斗胆地说一句：您这一代人还没真正学会做父亲，该争的却任意失去，该解脱的却又拘束得太死，只是跟自己过不去，何苦呢?！

请原谅我冒犯了您。耕种时我一定回去，与您斟上一壶酒，说一番透话。

1991年3月5日大儿敬上

我反复读着这封信，在泪水中，惭愧似刀，刀刀致痛。

一如承重者身矮，前行者无声，那时的父亲，正负载着家庭全部的担当，所以他隐忍，所以他低身。而我却像个旁观者，高高在上，发出浮漂的声音，现在看来，真有大不敬的味道。尊者不在，忏悔无门，心中苍凉，竟至大放悲声。这一次，是为自己而哭，一如失怙的孩子，知道自己可怜，不敌酸楚。

忽然想到了徐迅的散文《半堵墙》。他说，有父母在，好像身后有一堵为自己遮风挡雨的厚墙，一方不在了，就只剩下了岌岌可危的半堵墙，心里就有了越来越强烈的仓皇。他还说：

> 在这之前父亲尽管沉默寡言，但我总是走在父亲那饱含深深期待与温暖的目光里，可如今竟连这样的目光也不会再有了——人生虽然不是表演，但实在需要一种真情的注视；现在陡然缺少了这种情感，我觉得我所干的一切都失去了意义！我本能地朝前走着，在心里不停地给自己鼓气：即便是一棵孤立无援的树，也要继续生长啊！

徐迅说出了我积郁了多年想要说的话，让我顿生感激。

自己的父亲也是个沉默寡言的人，作为山地人，他别无长物，是自虐一般耗损了自己的身体和心智，才把我成就为一个平地人。我因此就不敢懈怠，暗暗发誓，要用不凡的作为回报他。但是，他没有等到那一天，仅仅五十二岁的年龄就逝去了，辞世的时候，他的面相年轻得跟我不分上下。所以，当我有了官职和文名之后，我高兴不起来，每出一本新书，就在他的坟茔上，一页一页撕下来烧。火光中，总是出现他那张年轻的脸。这种阴影，是一直也抹不去的，现实中的我，便一边追逐着，一边心灰意懒。

有这种感情的人还有一个，即伟大的人道主义者巴金。

巴金的小说，包括他晚年的随笔，细细品味，都有很重的感伤和虚无色彩。长期以来，许多论者都认为那是缘于他早年所受的巴枯宁、克鲁泡特金等无政府主义的影响，甚至还包括赫尔岑伤世情怀的熏染。读了《巴金的两个哥哥》，我方觉得，这些认识都是靠不住的。在这本书里，巴金说：

> 我的两个哥哥都是因为没钱而死去的，而现在我有了钱还有什么意思？我也不想过好生活。

这虽然是一句平易的话，却有催人泪下的血泪滋味。稍一沉思，不难发现，人的一生可以经历种种改变，有些因素是从来也改变不了的。其中，血缘、亲情关系，是最不易改变的，因为它是社会关系和人性的基础。一个人，无论如何漂泊、如何奔竞，他最后的回归之处，无非是故里和家庭。家庭是人心中的圣殿，血缘、亲情关系是人性最根本的牵制。一个再冥顽不灵的人，也知道要衣锦还乡，而不是锦衣夜行；一个再不慕虚荣的人，也会把荣誉的光环放大于家人之间。家人对一个人的价值认知，往往比社会对他的认可，还令他满足。所以，“光宗耀祖”不是什么见不得人的狭隘伦理，而是根本的、积极的人性驱动。

后来的巴金，虽然金钱、地位、名分等等，统统都有了，而且还都是大有，但是最能够欣赏，并与之分享的家人——他的两个敬爱的哥哥却都不在了，他的生命失去了价值认知坐标和根本性动力，所以他说：我也不想过好生活。

将心比心，我觉得巴金的感伤和虚无，不是什么主义的产物，而是生命化的东西。晚年的巴金为什么是那个样子？因为他不再看重自己的所得，心无羁系，便敢于自嘲、自审、自剖，随心所欲地说话——说真话。如此看来，伟大的人道主义者巴金，不过是一个更重亲情的人！

一封旧信，居然让我想到了这么多，一如经受了一次特别的心灵洗礼。母亲正巧推门进来，我赶紧把信收藏起来，并笑着迎上前去。第一次克服了山里人根性的羞涩，把她拥进怀里。因为我想，幸亏还有母亲在，愧疚还可以平复，欠账还可以补偿，人生还可以看到意义的光亮。

喜乐无恙

祖父问我，在咱这个地界，哪个时辰大家都喜乐？

我左思右想，也找不到确切的答案，便对他说，你说。

纳凉和赏月的时候，大家都喜乐。他说。

为什么？

他说，你看，月挂高空，风吹阔地，空阔的地界，容不得小——没有哪个人能独自私昧起来，好风景被大家公有着，贪占之心就去了，就径直享用，不生妄念，就没心没肺地乐。

祖父又说，这意味着什么？意味着只要去掉一个“昧”字，也就是说不私取好处，不私藏秘密，一切都放在公处、放在明处，一如老爷儿（太阳）一旦直照到头顶，立马就消失了阴影，就人人温暖，处处喜乐了。你要是不信，你且留心看吧。

一旦留心了，祖父的话，竟在许多地方都得到了验证。

譬如西坡上有一片杏林，结的都是水杏。所谓水杏，就是果肉鲜美、甘甜，可径直入口，给胃以抚慰。因为是美味，大家自然都关切，村里就做了一个规定，到了杏林之下，可以大快朵颐，即便是涨坏了肚子，不停地放屁，也是允许的，但就是不允许装在兜里带回家去。

水杏大家共享，心情就敞亮，话语就稠密，大家有说有笑，其乐融融，且都盼风调雨顺滋润树木，让杏子多结一些。如此一来，虽光阴荏苒，大地荣枯，但那片杏林却至今依旧茁健繁盛，果实累累，无一丝衰相。我不禁感到，公德心不仅喂肥了乡情，还涵养了树木，喜乐也。

再譬如祖父房后的那群蜜蜂。本来祖父是羊倌，无心做蜂匠，但老天偏偏赏赐，给了他一群蜂。那天他赶羊归栏，走到村口的大槐树下，见到村里老少都围聚着，指指点点，喊喊喳喳。上眼一瞧，一群野蜂绕树飞翔，一如乱云飞渡。祖父说，它们失了蜂王，不认识回家的路了。有人问，你老精明，可有法子收束？祖父不紧不慢地圈好了羊，到了村部的库房，那里有一个闲置的蜂箱和几页蜂胚，他借了出来。他泄了一碗白糖水，涂在蜂胚之上，举到大槐树下。野蜂居然都飞来落脚，竟至伏贴得密密麻麻。把蜂胚依次放入蜂箱，搬到房后，就成了一群家蜂。起初人们惊奇，再后人们阴沉。人们说，蜂飞在野处，是大家的，入了你的蜂箱，就是你的了，是不是有些不公平？祖父一笑，说，俗话说拔腿才看两脚泥，你们真是心性小，连拔腿出水的耐心都没有，请你们记住了，日后，这蜂还是你们的。

祖父把放羊之余的时光，都给了这群野蜂。耐心调教，悉心喂养，把它们侍弄得驯顺了。待荆花繁盛时节，它们拼命酿蜜，给人以回报。摇下蜜来，祖父对村里人说，你们且拿碗来。蜜分到人们的碗里，好像也把喜乐分进人们的心田，他们品尝着意外的甜蜜，心中的纠结解开了，感到蜂箱虽然放在祖父的屋檐下，好处却放在众人的心坎上，喜乐之余，对祖父多了敬重。祖父也乐在其中，添置了新的蜂箱，把蜂群繁衍得壮大了。他说，众人皆大欢喜，我岂有不喜？既然人人皆喜，只管放开饲养就是了。

还譬如乡村的鸡蛋。

在贫寒的往昔日子，平常见不到现钱，老母鸡便是庄棵人家的银行。因为鸡蛋可以换回日常生活的油盐酱醋，也可以换回小学生的纸笔橡皮——一枚鸡蛋，一如一枚金币，是重的。而农家的鸡都是散养的，指望它们到山场草丛中觅吃食，腹中之卵，自然就担心丢。婆娘们一早起来，便有一个习惯性动作——抠鸡屁股——确定一下鸡在当日是否有蛋孕育。一旦确定，婆娘们会把信息私密起来，兀自看管，兀自留心。但是，即便格外小心，因山场广阔，人迹熙攘，鸡蛋依旧会丢，便大呼小叫，怀疑邻里，惹大家人人自危，乡情生疏，空气凝重。丢来丢去，婆娘们倒生出一丝豁达——不怕贼偷，就怕贼惦记，要是有人生了贪占之心，你怎么防备，也是没用的。再说，母鸡自己就长着脚，走东走西，也不由你，如果它自己弄丢失了，你还偏偏朝人群里寻觅，岂不是白白败坏了邻里关系？横竖就是一枚蛋，何必弄得那么私密？再抠过鸡屁股之后，索性公然宣布：我家的母鸡今天是会下蛋的，至于下在哪里，我就不知道了。奇怪地，不加小心之后，鸡蛋反而丢得少了，甚至干脆就不丢了。探寻一番之后，我明白了：私家消息，一经公布，就变成了公共信息，大家就都觉得，母鸡腹中这枚蛋，是跟自己有关系的，承担一份责任，是应该的。所以，无论那枚蛋下在哪里，发现的人，都会自觉地帮助捡回来，放在事主的手心里。即便是有点贪念的人，一想到人家已把话说到明处，类似给了你一份信任，再不收手，就对不住良心了。如此一来，鸡依旧散养，鸡蛋却不再担心丢——母鸡自在，婆娘自在，邻里自在，被疏淡了的乡情，渐渐地又浑厚起来。

村里人享受到了透明的好处，索性就连门楣都敞开了——出工在外，或走亲访友，家门也不上锁。即便是上了锁，放钥匙的地方也会让邻里知道。类似鸡蛋的事，让村里人有了豁然的醒悟：贼一般都偷上了锁的，因为锁背后的神秘，反而是一种深重诱惑。再说，屁大的一个小村庄，进出的都是些厮熟的人，一把锁，反而离间了乡里乡亲的感情距离。一如庙门大开，来的都是善男信女；柴门不锁，换来的是邻里真心的照拂——你且放心远行，乡邻的眼神就是不锁之锁。有友人从远方来，看到整个山村，家家没有院墙、户户没有栅栏，惊异不已，说，山人厚朴，心中无贼。

对的，我说，环境就是造化，一如十个人中有九个君子一个贼，相处得久了，那个贼也会变成君子，善在善中了。

一天，祖父又问我，你看咱家里谁最喜乐？

我说，自然是您。

祖父摇摇头，说，你这是在拍马屁，其实你也知道，咱家最喜乐的人是你奶奶。她一辈子不会算计、不长私心，占一点便宜就脸红，吃多大亏也傻笑，什么人在她眼里都是好人，进了家门的人就都当贵客，也不管那人是不是能给家里带来好处。她常说，旁人走近，就是预备着让你爱的，一如猪狗进家，就是预备着让你养的，不需要更多的说法。就说那年八路在咱这里打游击，小队长张成银受了重伤，昏迷中说了一句话：我就要死了，多想吃一碗炖猪肉啊！你奶奶听后，转身就进了猪圈，把一口预备着过年的半大猪崽立马就宰了。把张成银揽在怀里，一口一口地喂他炖猪肉，肉下了肚子，张成银居然活了，新中国成立后还当了大干部。后来他带着警卫员回来看你奶奶，进门就跪下了，说，老嫂子，我是张成银啊，是来报救命之恩的。你猜你奶奶说什么？她说，谁，张成银？这个人咱压根就不认识。好说歹说，就是不认，张成银以为她糊涂了，悻悻地走了。人一走，你奶奶就乐了，说，我还不知道你是张成银，细细的脖子，大大的脑袋，打你一进门我就认出来了。咱为什么不认你？这人一讲恩德就远，一谈回报就重，咱就一个小脚老太太，没有多余念想，承受不了远和重的东西，只图个心里轻松。你看你奶奶心里多空阔，空阔得能跑一挂马车，这样的一个人，怎么会不喜乐？都说你奶奶没心没肺，其实她是不给自己多长心肺，一个从不把自己看得太重的人，自然就喜乐在别人的喜乐里了。你看她都七老八十了，还长着一张娃娃脸，黑俊黑俊的，那是老天爷长眼，让喜乐的人有了不老的岁月。

山中师表

月明如洗，弦音升起。

而山环幽闭，容不得细声，二胡的曲调，就悠长如曳，似怨，似喜，撩人心地。已躺到土炕上的山里老小都知道，是陈老师在拨弄心曲。

陈老师有腿疾，高考落榜之后，被照顾到村里的小学校当代课教师，从此就白天教课，晚上弄弦，好像不能与人言说的种种话语，都说与了手中那把二胡，既喂养了自己的寂寞，也生动了山村的生活——因为山村的夜晚清寂，一如死，有弦音入耳，山里人才感受到一种叫感动的东西，才有绮丽的情感入梦，在贫寒中多了滋味。所以，村里人喜欢陈老师的弹奏，不叫其止歇。他们感到，有陈老师的琴音回旋在枕畔的日子，才叫真好。

陈老师身形小，无月的时候，他淹没在夜色里，有月的时候，他淹没在月华中，总之不显现他自己。但一如微盐可以咸水、滴油可以荤锅，大家都能感到他的存在。不仅他的琴声能撩拨人们的情绪——《喜洋洋》让人心欢，《江河水》让人心悲；即便是他平时的举动，因为有着与众不同的板眼，也让人好生掂量。

三岁那年夏季，他突然发起了高烧，父母以为是受了风寒，捂一捂被子就会好。然而久烧不退，父母就慌了，只好去医院问诊。医院在四十里外的一个小镇，且不通车辆，父母便把他放在一个背篓里，轮流背着，急切地赶路。走到中途，大雨忽至，山洪暴发，把他们困在一处高岸。但雨总是不停，且洪水愈来愈湍急，父亲望了望漫无涯际的汤汤大水，从牙缝里挤出一个字：蹚。折一树枝探路，冒死前行。其间几次遇到浪卷，险些被冲走。或许是向死而生的决绝感动了天地，他们终究是走出了困境。到了医院，医生说，孩子得的是脊髓灰质炎，若再晚来一步，就没救了，但究竟来得晚些，错过了最佳的治疗时期，命可保住，却落下残疾。

长大之后，有人闲话道：你落到这个地步，都是父母给耽误了。他说，父母生育了我，是给了我第一条生命；把我从死亡线上拉回来，又给了我第二条生命——他们只是两个普通的农民，又生在这么一处僻地，没有回天之力，能够做到这个地步，就已经很了不起。所以，我没有权力怨，只能报以真心的感激。

一如淬过火的钢铁反而坚韧，被刀斧修过的树木反而长得直，受过磨难的陈老师反而比一般人更懂事理。上学的时候，懂得用功，小学、中学、高中，成绩都出奇地好，高考落榜，也只是因为身体。村支书找到他，说，你功课这么好，不派上用度就太可惜了，当个代课的先生怎么样？就是薪水有些少。他说，能让我当这个代课的先生，已是乡亲们给予的恩德，而恩德不以金钱衡量，很好。

一个跛腿的先生走在校园里，学生感到很新奇，管不住顽劣的心性，总是在他的身后学他的跛。他只是笑着摇摇头，并不报以恼意。相反，他居然说动了校长，把学生们的体育课也代了。他教同学们列队、齐步走。他训育的要领很周正，但一示范就歪斜了，学生们就嬉笑着学他的歪斜。他虽然面色铁青，但依旧堆着微笑，说，既然你们愿意这样走，走就是了。走了几遭，学生们自己就停了。问其缘由，学生们说，累啊。他说，这就对了——你们本来长着健全的腿脚，是用来周正地走路的，偏要走得歪斜，岂有不累？再说，即便我的腿是残的，也还努力往周正里走，你们幸而有好腿，却不走周正，你们亏不亏、愧不愧？学生们懂得了惭愧，再也不好意思耍顽劣了。后来，学区里搞队列比赛，陈老师辅导的队列，不仅走得异常刚劲、异常齐整，而且带出虎虎的生气，自然是拿了第一的名次。听说是一个跛腿的老师训练的，大家都很惊异。感慨道，人究竟不是机器，立身的首要，不是外在的技巧，而是能不能立心，让其懂得做人的道理。

陈老师虽然腿跛，但他的乒乓打得出奇的好，不仅学生，即便是整个学区的老师也没人能打得过他。他的手像长着眼睛，总是把球控制在腿力所及的范围内。而且他的腕力劲狠，球一旦扣过去，能把案板砸出碎音，没有什么人能够轻易地把球救起来。问他功夫何来，他说，无他，只因为跛。见旁人不解，他说，其实人和自然万物是一样的——不长稻米的地方，必然长大豆高粱，不长粮食的地方，必然要长冬虫夏草，总之都要长。还譬如动物，黄鼠狼目盲却嘴尖，能咬得住木笼里的鸡；兔子腿短却善翻滚，躲得过猎人的追；雏狗身小却嗅觉敏锐，能察觉几十米开外的动静。总之此消彼长，各有一技，都能生存得好。所以，优长与缺短、健全与残疾都是相对的，明白这一点之后，身体的残疾就无所谓了，有所谓的是自己的内心是不是盈满——心灵强健，何残之有？心力不旺，就会残在残中，就真的残了。

于是，放学之后，我们很愿意留下来看陈老师打球，因为从他的手起手落之间，能感受到他的乐生与自尊，小小的心灵里会升起一种肃穆的东西，会感受到自己在渐渐地长大。

陈老师虽然残疾，但精神饱满，毫无颓相。他的头发总是梳得一丝不乱，颜面也修理得很白皙，他特别注重衣着，即便是旧衣衫，也穿出净洁和熨帖的效果。他好像每天都要洗澡，整个人显得那么清爽，身上有隐隐的暗香。

相形之下，学生们却普遍趋于脏——脏头垢脸，且衣生虱虫。陈老师在课堂上说，学生学生，首先要干净。

我们反驳说，我们没有肥皂。

陈老师说，然而我们有皂荚。

皂荚，我们自然是知道的，它是皂角树的果实。虽然村西就长着两棵，但平时却很难想到它们。因为它们长得虬曲丑陋，满身芒刺，一点也不美，而且一到深秋，叶子和皂荚纷纷掉落，零乱了甬路，还得烦人扫。

陈老师说，给你们布置一项课外作业，放学后就去捡皂荚，像捡宝贝一样捡回家里，晒干，收存起来，且节俭地使用。

取几枚皂荚放到清水里，慢慢地水就变得一派浑黄。我们皱一皱眉头，疑惑地问陈老师，你的这张白脸，真的就是靠它洗出来的？他点点头，说，一如粪稀可浇出脆嫩的瓜果，皂荚的药黄正可以除去脸上的油垢并使皮肤得以舒展。这叫什么？叫品质之善，不在容貌，贵在有净洁之心。

皂荚就真的洗白了我们的额面，洗净了我们的衣衫，且不生虱虫，同学接近，都能闻到对方身上散出的淡淡的药香，生出亲切温馨的感觉。以至于成年之后，喜欢身上有淡香的姑娘，觉得她与大地上的植物相近，不务虚华，有质朴之美。

学校的讲台上，是有座椅的。老师们往往是坐在椅子上照本宣科。但是，在我的印象中，腿脚不好的陈老师却从来没有坐过，总是站着授课。他还特别勤于写板书，他说，板书可以把课业传授得准确，不贻误学生。他写的是标准的楷体，一笔一画，整齐、俊朗、好看。因为他的身子是斜的，长久周正地写字，是很累的，我们便体恤地说，老师，写明白了就齐了，没必要那么认真地写。

他说，为什么？

我们说，字写在黑板上，很快会被擦去，写得再好，也是白费力气。

他说，昙花刚一开放就凋谢了，然而它依旧仔细地开，难道人还不如昙花？

他的话，我们虽然似懂非懂，但那个认真的精神却感染了我们，在本子上，我们也往好里写。到后来，他教过的学生都能写一笔好字，被周围人看重。譬如我吧——有了一点名气之后，在一个雅致的场合，人家早预备了笔墨纸砚，要求留下题词，推辞不过，只好硬着头皮写。墨猪成列，自知乖丑，不期竟博得喝彩：写得好，写得好，您是不是练过书法？我含笑不语，心里忖道：鄙人从未握过毫管，不过是从陈老师那里习染来的一点老底子而已。由此想到，为什么在浮躁的世风之下，我还能葆有一种不敷衍、不乞巧、不糊弄、不欺世的做事风格，还是陈老师那不苟的板书使然。板书的字迹易擦，然而留在心中的印痕是不灭的。

都说残疾人精明，且多才艺，这不仅在陈老师身上得到了验证，而且得到了格外的验证。他不但会拉二胡，打球，写好看的板书，还识百草——山里有的药草，他既能叫出名字，也知道它们的药性，所以，他除了会授课之外，还会给村里人看病。邻居的女崽腹胀得像一面小鼓，被折磨得连说话的力气都没有。他上眼看了看，说，取二十粒皂荚籽来。他把皂荚籽在热锅上爆炒，然后擀成细末，叫女崽喝下去，二日之后，腹胀居然就消了。二大伯腿上的风湿滞重，都不能下炕了，陈老师选了冬天的日子，把白糖水涂在他的膝盖上，然后把饿过的蜜蜂放出来，在上边叮咬，冬日一过，二大伯居然能走了。

陈老师便多了一层神奇，被村里人毫无保留地信任，因而他看好了的病人比正经的医生还多。问他怎么就识百草，他说，无他，是因为寂寞。他解释道，寂寞是个巨大的空洞，需要有东西填补，他就以看药书填补，渐渐地就多了这方面的知识。我们说，陈老师，你别谦虚，你天生就有过人之处。他依旧说，不是谦虚，譬如你们吧，只要用心，只要坚持，就会有足够的学问，一如瞎猫始终蹲在洞口，总会逮着耗子。他横竖把自己往低处说，不让我们觉得他神秘。

但乡亲们还是把他看得很神秘，敬重之心日日深甚。竟至被他看好了的病人，病愈之后，都会倾其所有，给他送重礼。他总是坚拒不受，笑着说，你们可千万别这样，你们一这样，就是对我有太多的期待，要我做得更多。然而我只是一枝小花朵，只能散发出那么一点点儿微香，不可能贡献得太多，所以，我既不能自不量力，你们也不能过度依赖，这样，咱们都轻松。

但是，陈老师到底是得到了回报——多年后，代课教师被整体地辞退了，然而他很快就被县中医院聘为门诊医师。他白天在闹市里坐诊行医，傍晚就到城外的河畔公园拉他的胡琴，拉的多是时尚的曲目，且拉得陶然忘机，直至月上中天。让人感到，他这个人，真懂得生活，活得很入世、很顺生，也很自在。村里人得知，都说，上苍究竟是睁着眼的，对有德行的善人，始终就给他预备着幸福的日子。

残人圆满

小引

故乡除了像陈老师那样有知识的残疾人外，普通人之中，自然里还会有残疾人。这些残疾人虽然不会像陈老师那样会表达感情，弄出身残志坚、且大有作为的生活传奇，但是他们每个人，也都各有风骨，不忧不怨、不悲不弃，坚韧地守望在岁月之中。因为他们明白：人横竖是个活着，一己的日子哪怕再悲辛，究竟是属于自己，不会被别人替代，便一切都要想得开，不难为自己。于是，村里残人的风景，便很是不俗。

文婆

故乡的整个村子，就这么一座桥。桥是木结构的，梁木都有些发黑了，已考究不出年代。但绝对结实，几个人同时在上边背重物走，也没见咯吱地颤抖；牲口迈在那桥面上，蹄音儿噔噔地响，脆！

在桥边上，就住着一户人家。其实也就是一个人，瞎眼子文婆。

文婆是从江浙一带逃婚来的。逃进山里的时候，她已经一点力气都没有了，绵软地伏在那个男人的背上，脸上却花着笑。

桥边上有间用木头夯得极结实的小屋，是看桥用的。村里人把小屋收拾了，让文婆和那男人住。村里人竟这么信任着一对外乡人。

老人们说：文婆是落难之人，落难人的心被泪水泡酥了，是善的，作为本地人，要懂得悲悯与包容！

文婆的男人会看病，来村里不久，垭壁上都有哪些个珍木与药草就晓得一清二楚。每日吃过早饭，他便一头扎进山里，埋头采药，小屋门前，就总断不了晒药草的箩筐。于是，谁家有了病人，他就会不请自到，且亲自煎好了汤药，叫病人喝。

文婆男人活人多矣。

但他总不大爱讲话，治病时只是默默地忙活，脸上看不出什么表情。到晚上，他一扎进小屋就再也不出来了。他的话可能都攒给文婆了。

村里男人都敬重他，觉得他有厚德，可以承载人心。

那年，他采药时摔死了，村里人像死了自家的亲人，真心地哭与哀悼。但还是比不过文婆，因为她三天三夜不间断地哭，竟至把眼睛都哭瞎了。

这让村里人很是吃惊：男女之间，竟有爱到如此境地的，一如共生共死。

于是，村里男人就悟出些什么；村里女人也同样悟出了些什么。

后来，村里女人挨男人的打就少了许多；村里女人也会在男人掏出烟袋的时候，夹一块通红的炭火递上，给他点燃。

一对外乡人居然成了本地人的生活之师，可见京西的山里人，其性情质朴至极，不仅懂得包容，而且还有向善之心。

死了男人的文婆依然住在桥边那间木屋里，还经常出来晒太阳。

她说她不能走了，她欠村里的太多。其实她的魂儿已丢这里了，走也走不脱了。

文婆在屋前放了一张杌凳，对村里人说："谁有个伤筋错骨的，就来吧，我会给捏好的。"

就有东头的瘸二爷找上门来。

二爷的腿是年轻时从树上掉下来蹴的，多年来拖着半条腿走路。他小腿上的筋聚了一个大疙瘩，没人相信这样的腿还能治过来，二爷自己也不相信。但他还是去了，他去的目的，不是为了这条腿，而是为了那个人。

文婆把雄黄酒烧热（他男人生前总是预备着这样的酒，譬如用山麂子卵泡的酒、竹叶青草蛇泡的酒……），用毛巾蘸了往二爷伤腿上热敷。她不紧不慢地焐了半个日头，那腿竟酥得有些痒，自然还有瘸腿上的那颗心。

腿上的瘀筋被酒浸软了，文婆便用劲在腿上推来推去，二爷就疼得直淌汗水，但他不愿叫出来，因他面对的是一个温柔的妇人。

文婆的手累得抬不起来了，就用擀面杖在腿上擀。二爷便疼得再也顾不上面子了，跳起来："有这样治的吗？"

文婆说："甭管，再把腿伸过来就是了。"

二爷说："不伸。"说完便朝门外瘸拐。

文婆倏地就堵在了门口，叫二爷感到了一种不可违拗的意志。

二爷就只好重新坐定了，任文婆在腿上擀。他疼得哇哇叫，文婆则咯咯地笑。

七天后，二爷的腿落肿之后，那腿上的瘀筋居然很均匀地散开了，迈出步去，那条腿很是蹬得踏实，且有了轻快的感觉。

但二爷的心却很沉重了，他忘不了文婆那咯咯的笑声，最后，他执意要把文婆娶过来。文婆当然不答应，二爷便没黑没夜地在文婆的屋檐下蹲着，吓得文婆整日不敢出门。

最后，文婆终于答应了，却对二爷说："我一定尽心伺候你，但有一样你得依着我……"

二爷忙问："什么？"

"每次吃饭的时候，再多摆一副碗筷。"文婆大大方方地把话说出来了。

二爷沉思良久，阴着脸走了。从此，就再也没见他登文婆的门了。

文婆只是淡然一笑，什么话也不说。

我八岁那年，骑驴摔了脚，被母亲背着去找文婆。文婆的头发全白了，却梳得极整洁，发丝的走向也极清晰；她的双眼深陷，眸子却眨动得很灵活，目光是两团透骨的慈和——命运并没让她变得一如人们惯常想象的那般乖戾。

文婆的手很黑，很粗糙，但在伤脚上揉捏时，却极轻柔，没有一点疼痛。她揉了很久，那节奏仍轻柔如初，我便很吃惊，不知她从哪来的这般的耐心。

脚伤很快就好了。但我极想再感受那团绵长的轻柔，便仍去找文婆："文婆，再揉揉吧，怎还疼呢？"

文婆就揽过我的脚，比往常更悉心地揉捏着。我合上了双眼。

我出门时，她和善地一笑：

"其实，你的脚早就好了。"

她很懂得人的心。

知道她体贴人心的，自然不只有我，因为许多人都被她这样照料过——病痛被医之后，都念她的好，便赞不绝口。

村里人对文婆的爱戴，让二爷倍感惭愧，觉得文婆的多摆一副碗筷，正体现着她对感情的珍重，而自己竟是那么小气，不能给以应有的包容，真是愧为一个老北京的京西人。再说，爱一个人就应该爱她的品德，不应该有那么多出于自私的想法。一如筛子承不住水，私心一多，杂念一多，再好的感情，也会被漏掉了。二爷便鼓起勇气，又到了文婆的跟前，嘿嘿一笑，说：“不知你以前说的还算不算数，如果还算数，我一切都依你。”

文婆也一笑，说：“好。”

两个人就生活在了一起。

以后的岁月，两个人相敬如宾、相互关爱，让村里人都觉得好。村里的年轻人从他们身上悟出了一个道理：爱情之重，重在彼此尊重，让对方能感受到一种叫恩德的东西，而不仅仅是男欢女爱。

就这样，京西大山里的这个小山村，在刚直的乡风之下，还潜潜地漾动着一种别的村子所没有的东西：水一样的温柔。

云伯

云伯高小没念完，就回家了。家里从逃荒的“水落儿”中给他捡了个姑娘，回去是从速结婚的。

这是极合情理的事。云伯的家境很穷，正常娶亲便是一种奢想，捡个“水落儿”，就是捡了一炷香火，万万耽误不得呀！

所以，不到二十岁，云伯就有两子一女在膝前缠绕，而云伯母也一天比一天光亮。村里男人不免生出妒忌，很少到云伯家去串门。

云伯那时心极盛，刚从垭壁上打柴回来，就抄门前那条扁担……他想，就是累死了，腿儿也伸得开了。

二十三岁那年夏天刚过，云伯的腿在一天早起时就突然伸不直了。赶紧请老巫来。老巫用蛊水在云伯膝上洒来洒去，到底是没洒出好来。就去找文婆。文婆说这是内气滞了，而她只治筋骨外伤。云伯团在炕上，眼泪吧嗒吧嗒地下：

“这是报应啊，日子哪能一下子就过得这红火呢？”

是啊，村人的日子不都过得那般平静嘛。

云伯憋在屋里，当然要悲伤一些个日子。

那天，他叫云伯母砍来一段在一头打弯的椒木，去了外皮，用小刀精心地刮来刮去，刮得白润光亮，是一柄精致的手杖。从这天起，他便拄着手杖从屋里挪出来，一心一意晒个太阳。

“横竖还得活下去。”他说。那后边还有半截意思没道出，即既然死不了，就不要自己跟自己过不去（我们多少事，都是自己跟自己过不去啊）。

他对云伯母说：“娃都好几个了，心就莫野了，不是我忍心拖累你，这好歹是个家。”

云伯这样做，是很京西化的，京西人不会放掉到手的日子，云伯自然不会放云伯母走。

他又对云伯母说：“以后就得你打官面了，遇事心硬着点，甭跟别人提我的腿。”

云伯母擦干眼角的泪：“我懂。”

云伯母就去打面。

云伯就居家打内。

妇人打面在山里不是没有过，别人做什么就随着做什么，别人咋个做法也就咋个做法，“跟上趟”就是了。在山里，“跟上趟”，是随得来、说得过去的意思。所以，妇人打面总是会说得过去的，谁会跟可怜的妇人计较呢？山里人厚道，多慈悲之心。

云伯母每天从外回来，一进院，就见云伯在阶台上圪蹴着，不错眼珠地望着她一步一步地走近：

云伯说：“洗洗手，就吃饭吧。”

云伯母问：“猪呢？”

“喂了。”

“鸡呢？”

“挡了。”

“……”

就只有吃饭。

饭是云伯打的玉米面焦饼（京东刘绍棠管这叫打糊饼）。一般人打焦饼不是糊就是硬，且只一面焦黄。云伯的焦饼则两面都焦黄，咬下去酥脆无比，嚼下去回甘绵绵。云伯打焦饼始终都是温火，斯斯文文地翻着烙；焦饼就一层一层地焦进去，直到焦彻底。这叫粗粮细作。

云伯母嚼着这样的焦饼，脏腑里有条小虫儿从心尖痒痒地爬到喉头。这虫子很肥。

云伯举过一盅酒，问云伯母：“不逗口儿？”

云伯母轻轻搪过去，脸子红红的。

云伯嘻嘻地又递来了，“就逗口儿吧。”

“逗口儿就逗口儿。”云伯母就真喝了。

这之后，云伯母也就常常陪云伯喝一盅半盅的。

在村里，这是唯一的夫妻对酌。

后来，解放了，有了生产队。云伯不愿吃闲饭，就到队里要了个保管的事干。

他在队里库房的门口上，放了一张蒲团，没人来领个什么的时候，就在蒲团上编他的荆筐。山里的荆条极多，云伯母在工歇时就打上几镰，收工后就背回来不小的一捆。生活磨砺得这对夫妻极勤勉，到了见缝插针的地界。

云伯的腿弯着，正好夹了荆筐的腰身，所以，他编得很快，也不觉累，常人可比不了他。

编好的荆筐交给队里，记上几个工分，加上还当着个保管，年终那册子上的工分便不比别的汉子少。

“眼下的世道好活人哩。”这是他心里话。

有时也遇到不顺心的事，比如那次二丫儿借簸箕。

二丫儿进院来：“云伯，借个簸箕。”

云伯从腰间摘下钥匙：“去自个儿拿吧。”

二丫儿拿了簸箕，云伯便在身边的小本上记下：二丫儿借簸箕一个。

云伯就是这样当他的保管。

“记好了？”

“记好了。”

二丫儿刚要出院门，云伯突然叫她回来。

“干嘛？”

“我瞧瞧簸箕。”一瞧竟把一只瞧出两只来。二丫儿把两只叠在一起用袖子掩着。

“这事儿得叫队上知道。”云伯说。

二丫便伏在云伯的身上撒：“云伯，就天知地知你知我知呀！”

“不成，得叫大伙知道。”

二丫儿绝望了，嘴也就损了：“云伯，你真是个老拐。”

云伯一抖，嘴角也抽搐，椒木拐杖也抬起来了。片刻后，他却笑着把拐杖往下一杵：“是老拐。”

二丫儿就糊涂了，但仍说：“云伯，你忒老拐。”

云伯还是笑，更用力把拐杖往下杵：“是老拐。”

二丫儿更发狠：“云伯你老拐。”

云伯就依然笑依然杵：“老拐。”

但二丫儿突然惊呆了：云伯的拐杖是杵在自己脚上的，脚面上已红了一大片。

云伯心里的血，从脚上流出来了。

二丫儿呜呜地哭着走了。云伯就接着编他的筐。

二丫儿的事，他从没跟人讲过。

……

云伯现在还很健朗，比以前爱笑。难怪，岁月已让他熬了一大把了，一如云团即便厚厚地堆着，终究是会散去的，而且散去之后，一定是大好的晴天，经历了艰难世事，云伯豁达了，一切都想得开了。

一只椒木拐杖，垭壁青石铺就的街路。云伯，你走好啊！

第二辑

故乡滋味

一

故乡坐落在京西深山中的一处小垭。垭里多生野菜，在铺满石子的小路上、寡瘦倾斜的坡面上、濡湿晦暗的水洼旁……均长着茁茂的野菜。其中有一种菜，垭里人叫地萝卜。见过京城的萝卜的人们会发现：这里的萝卜很小，颜色也不白，且有一种刺鼻的辣味；切掉叶子，叶根部就会泛出芜菁那样的红色来。漫长的冬天到来之前，要贮存些蔬菜，就将萝卜洗净腌起来，这似乎是垭里一年中的头等要事。开春以后，吃着那硬邦邦的腌萝卜，看着山阴处渐渐化去的积雪，便越咬越能嚼出一种难以形容的头号来。而京城的萝卜，比起这里来就显得水渍渍的，味寡了许多、薄了许多。

我觉得，当我能尝出那地萝卜的甘味的时候，我的人生才算真正开始。但我还是想走出垭口，到外边的世界去。

想起了芜菁。垭里叫蔓菁。我在垭里生活了十五年，那时的母亲很健壮，总是在雨季到来之前，拼命地开燎荒地，大面积地将芜菁播下去，坐享其成。那年，我看到京城的芜菁长得极好，就从妻的娘家要些菜籽来，让人捎回去，请母亲试种。秋天，母亲背了一捆芜菁来到我家，说这菜获得了丰收，且貌相同京城产的没什么两样。我觉得我给千年古垭做了一件大好事。但后来，母亲捎话来，说外地引种的蔬菜只有一年的好收成，第二年再用这种菜籽播种，就再长不出好菜来了。京城的芜菁到底是京城的芜菁，它终究不会变成垭里的特产。

垭里几乎看不到郁郁苍苍成片的材林，干大且直的树种在这块土地上都长不好。垭里的土地是那种瘦窄的小块堰田，堰头堰尾均长着茎矮枝繁的杏树和桃树。但那杏和桃子都不能长到腴黄而成熟。青青的就被堰里耕耪的垭里人摘吃了。垭里人喜酸好脆，有天生的好胃口。

另外，腌制的鲜黄的地梨，老醋腌制的紫红的寒蜡梅，都令人想起在垭里吃地萝卜的情景。当地人喜欢用米汤糟鲜嫩的树叶，如羊角叶、木榄芽等。糟好的树叶，通常佐以干炸的辣椒，落肚是极通畅的。垭里的阳坡上长着很多黄芩，被人们采下来焙制成形，就成了这里终年饮用的茶茗。喝茶时，把腌好的地萝卜切成条，泡在稀稀的酱汁里，一边饮茶，一边撮着吃。垭里人是这般的爱好饮茶，一如城里人的爱好喝酒。

度过漫长的冬季，到了四月，原有的蔬菜已经吃完，新的蔬菜尚未下来，这时的饭桌上就最显得单调乏味了。

“买山药啰！”

那时节，便常常听到女人叫卖山药的吆喝声。那其实是京城从外地调进的土豆，被心眼活络的垭里人趸进，便呼成山药。到了山椒萌出嫩芽时，人们自然想到那刚出锅的香喷喷的炖肉，没有在这垭里度过漫长冬天的人，是很难体味到这种心情的。树木的芽可以搀在肉里炖，树椿的籽可打成丸子，蓬艾则做成艾饼儿。逢到这时候，也是我在垭里最快乐的日子。

垭里人常吃一种面，叫“压捏格儿”。人们扒下榆树的嫩皮，放在石碾上碌碌地碾，过箩筛出黄黄的榆皮粉，搀到玉米面里用凉水和。那压面的工具很奇特，一个凹铁筒底部开着密密的小孔，填上面以后，用一个实心的圆柱用力压，“格儿”的一声，细长的圆面就从小孔处压出，袅袅地飘进热锅里。母亲做这种面时，由于腕力的缘故，常把脸子憋得红红的，如煮熟了的蟹。

于是，由于与村里人的生机有关，垭里的榆树是不能随便砍的。

采蕨菜挖蓟葱倒是一件散心的事儿，但总伴着一种阴郁而孤独的气氛。秋天里拾栗子，摘黑枣，还有采蘑菇，也是情趣各异。春天却冷冷清清。夏天最好的活路是捉蝎，卖到垭外的供销社里，换钱来买成坛成坛的臭豆腐，垭里人认为：臭豆腐是最让人难忘的好吃食。

垭里的房子是石块垒成的墙壁和石板修葺成的屋顶，灌木的枯枝扎成的花墙上缠绕着倭瓜（南瓜）蔓子。有一年，倭瓜蔓子盖满了花墙，黄色的花儿开过之后，结出很多的小倭瓜来。我家收获的倭瓜吃也吃不完。便掏出子来，在炉洞里煲干上锅炒。那瓜子奇香，嗑几个便舍不得丢下。所以，炒倭瓜子的时候，全家人最团圆。如今倭瓜种得少了，但村里人每年都还要捎几捧瓜子给我。我津津地嗑出意境，妻却动不了几粒，她嫌瓜子太皮，这真让人难以理解。

垭里可以钓到鲶鱼。这里的鱼太老实，垂钓的人便每每有不小的收获；我家的门口便常常有叫卖声。虽然都是河鱼，但香鱼、岩鱼、红鱼、鲫鱼、石斑鱼等比较少，河鳗就更少。垭里人提着酒来到垭弯的河边，从河里钓起鲶鱼，立即做成烤鱼串下酒。钓起的鲶鱼一般都比较小，钓者便不屑掏出肚腑，就整个地烤，吃到嘴里便有些苦味；但人们很喜欢这种苦味，常常陶醉其中，一如没有苦涩的日子，反而让人不踏实——苦味给这里的人一种身份的认同。这是京城的人很少知道的。

垭里的个别浅水湾，甚至还有鲤鱼；但水湾的淤泥太厚，所以带些土腥气。捉到鲤鱼之后，不能马上食用，要放在缸里，注满井水，让其在井水的浸泡中吐尽泥腥。因为金贵，鲤鱼一般要养到节日才可享用。

垭里盛产檀木，檀林深密而透香，养着有许多鸟类。主要的有雄雉、鸫鸟、斑鸠、花鸡、灰鸽、白肚鸟和金翅雀等。这里的人很会吃鸟，连麻雀都可烤出美味——在麻雀的肚里放几粒食盐和花椒，然后整个用泥裹上，再放到火上烤，烤了足够的时辰，将泥团啪地往地上一摔，红嫩的雀肉便绽出来，散发出极诱人的香气。虽然有不少的人在烤食鸟肉，但鸟类却仍不见稀少，概因植被和树木未遭践踏之故。

荞麦面条是垭里首屈一指的名产。这里的人，逢到喜庆的日子，敬酒之后就用荞麦面条款待客人。有些人家做的面条，是在京城爱好吃面的人所无法想象的美食。我的朋友曾应邀到垭里做客。母亲端上自家拿手的荞麦面条，青碧光亮，柔韧爽口，使他不由得生出几分惊奇。不过，现在细想起来，垭里之所以喜好荞麦面条，从另一方面也说明了当地出产并不十分丰富。垭里的路至今仅有一条石子路勉强可以通车，阻碍了贸易活动向里面的渗透；故垭里人不十分精通商业，一些土产的菜果运出垭外后，往往被狡狯的市人压价买去，任凭人家到集镇上去卖大价钱。但他们也不怒不恼，对这一切，垭里人自有乐观豁达的态度。垭里人最怕的是手下干不出漂亮的活计，自己的田地比别人的荒芜。生活在垭里的人们，必须同自然进行顽强的斗争。所以，那里住着十分勤勉的人们，男男女女、老老少少都习惯于进行剧烈而艰苦的劳动。

我那时也很勤勉，现在却懒得出奇，常挨妻子的数落和讥笑。一如散养的柴鸡一旦被圈养，就好吃懒做，不经心孕育，产下的鸡蛋就多含水分，人一旦生活得太安逸，也就会变得贪图享受，骄纵散漫，无所用心。

二

这虽是八年前的旧事，但中秋节迫近的时候，竟盈满于怀，拂之不去。

那年，刚过完四十岁的生日，突然就生出一种莫名的思乡之情。这种感情很强烈，近乎一种烧燎，若不回故乡住上一段日子，心里难以平静下来。

就回了一趟老家，做短期的小住。

到了母亲的老宅院，推开那一道柴门，母亲哦了一声，显出意外的喜悦，眼圈潮潮地红起来。近了母亲身边，觉得母亲很矮小，依旧是粗布衣裤，与那道柴门是一个色调。多少年了，故乡仍是那种逼人的质朴；但我心里很温暖，便觉得，自己差不多就是投奔这质朴而来。

母亲烧起柴草，煮几穗青玉米。柴草很干，火焰烧得热烈无声。

“住几天吗？”母亲问。

我说当然要住几天，陪您道一道近二十年来不曾细道的家常。

母亲笑一笑：“你已是老家雀了，只有老家雀才知道回窝哩。”在母亲的感觉里，我居然跟她一样老了。心里便生一丝凄惶。

青玉米煮熟了，剥了玉米的苞衣，米粒很黄。一粒一粒嗑着吃，在嘴里很绵软，香得和奶一样。

母亲同我一起嗑玉米吃。炉膛的余火闪着黄黄的光，照得两张脸忽闪忽闪地黄着。

我一下子找到了故乡的感觉，即黄色的温暖。

晚上，母亲问：“你到哪儿睡去呢？娘就这一条土炕。”

我说：“除了娘的土炕，哪儿都不去。”

躺在土炕上，感到这土炕就是久违了的母亲胸怀。母亲就是在这土炕上生的我，揭开席子，老炕土上肯定还能闻到胎衣的味道。而今，母亲的儿子大了，母亲自己已经老了，却依然睡着这条土炕。土炕是故乡永恒的岁月，不变的情结吗？

在黑暗中，母亲突然问："媳妇对你好吗？"

"还好。"

"你骗娘哩，如今的媳妇，有几个真对男人好的？"

"娘，您是不放心。"

"娘就是不放心。"

什么时候才能放心呢？在母亲眼里，她的儿子，在别人那里，没有一天不在受委屈啊。

这一夜，母亲睡不着，她的儿子也睡不着。母亲很想对儿子说些什么，儿子也想对母亲说些什么，却都不知道说些什么，而能清晰地听到对方的呼吸。

其实，岁月已使母子很隔膜了。但却爱着，像呼吸，虽然有时感觉不到，却须臾不曾停止。

天亮了，我却酣然地睡沉了。睡醒来，小饭桌早已放在身边。"酒给你温好了，喝几盅吧。"母亲安然道。

饭桌中央，果然就是那把几代人用过的黄泥酒壶。

说温酒，其实是把罐中的老酒，舀到壶里去。母亲给祖父舀酒，给父亲舀酒，如今，又给她的儿子舀酒，那么，在她眼里，儿子是条有分量的汉子了。

就喝母亲温的酒。

在老家的日子，我彻底把自己放松了。每日起得很迟，睡到日照中杆。母亲从不叫醒我，开心地放任她的儿子。

"快把娘的儿子宠坏了。"我跟母亲开玩笑。

"还能宠几天呢？世道上，除了娘宠儿子，还有谁宠呢？"

听了娘的话，心中竟生出莫名的一丝酸楚。媳妇好，爱情的后面是温柔的束缚；儿子好，伦常会把一副叫责任的担子不由分说地让你担下去；朋友好，友谊时时提醒你要保持一种无奈的却是必须的心灵对等……这一切，都美丽而忧伤，美得让人感到有些累。

吃过母亲的早酒，便是走走儿时的路，爬爬儿时的山……

路依旧，山依旧，感觉却大变化了。

儿时高高的曾绊得我摔破了膝的石阶，已显得很矮很矮。

儿时深深看一眼都晕眩的水井，也显得很浅很浅。

山路曲折幽长，却走来走去，又走回原处。

踅回母亲的柴门，看到柴门下的母亲，霜雪已浸染了大片发际。

我不禁低沉地吟了一声：哎，故乡。

晚上，盘腿坐在母亲的土炕上，在小饭桌上摊了几页纸，想随便写些什么。笔落下去，却写出了这么几行字：

> 故乡，就像母亲的手掌，虽温暖，却很小很窄。它遮不了风雨，挡不住光阴，给你的只是一些缠绵的回忆，一点儿小抚慰；最终你不从那爿手掌上走下来，也会从上面跌下来，走向或滑向平阔的地方。这是一种尴尬，一种无奈，却是一种必然……

写了几页纸之后，抬头看一眼熟睡的母亲，想到明天就要走了，泪水不禁热热地流下来。

淘洗成习

故乡的小河边上，平静地生活着一个米嫂。

小河边上，晶亮亮地有一爿水埠头，于是，就有了她施展的天地。

那一年，天大旱，垭壁上的田抽不上去水，便焦枯得烦人。到了秋天，连枷打在场上吧嗒吧嗒山响，分到社员口袋里的，却是晃嗒晃嗒的几袋瘪谷。年关刚过，就居然有了断粮的，就有饿孩儿的哭声拼命地往村街上灌。

场上，有一堆堆被遗弃了的谷糠，风儿一溜，簌簌地纷扬了满天。米嫂搜了家里所有的口袋，扯了颟顸的丈夫去装谷糠。

“哼，莫不是将人当猪养了！”口袋里装满了丈夫的不情愿。

米嫂拿了细篾的箩筐，到了河埠头去淘糠。日头一线一线地淘暗了，竟有一撮一撮的细米淘出。丈夫不禁愕然，也不禁羞惭——女人到底比自己懂得日子。

连着三年的旱灾，山里人就渐渐往山外走，去寻找活路。

米嫂却拽着丈夫上山，一把一把地捋树叶，一袋一袋颤巍巍地背回来，支起大锅煮。煮毕，担到河边，在流水处放一大号篮子，将树叶可劲儿地搓搓淘淘。手心儿里搓出血来，却生生将苦涩退了，嚼出津津的甜味来。于是，便有了每顿将树叶用花椒油拌了用辣椒油浇了，守着热炕充饥的光景。树叶儿虽杂虽了无营养，但认认真真地做、认认真真地吃，也把日子吃得缓慢而熨帖、苦涩却温馨……

照米嫂的样子，故乡的人们也都有了在绝境中活下来的勇气和底气。

山里的树叶都被吃光了，但山里的老少却都活了下来。

虽日月在悄没声儿地变换着，河埠头却总也消失不了米嫂的影子——平凡的日子，总也离不了淘淘沥沥的事体。

到后来，河边水埠头上米嫂坐的那块石头，竟有两片臀印儿浅浅地凸出来；阳光下，滑亮滑亮的，似两只明亮的眼睛。于是，村人在惊惊叹叹中，将无限敬意悄悄地给了米嫂，媳妇们竟也把米嫂当成了亮锃锃的一块镜子。

……

进了八十年代中期，故乡退耕还林，成了林区，便开始吃返销粮——腻腻的面粉，白白的大米，便成车成车地从山外送进来；村头那口锈钟就经常响起，家家的粮柜就也渐渐地满了——日子自己就饱满了。

有一天，米嫂竟端了白白的大米到河边去淘，淘来淘去，就把岸上一群媳妇儿的心都淘疼了。

“米嫂，生生的白米，莫非还藏着屎蛋蛋？”

“淘的米，爽口哩。”

“哪里说的？”

“没见人家城里人，把米淘得干干净净，吃起来好消化呢。”

“米嫂，你这么懂日月，不如搬到城里去吧。”

“甭糟贱人！世道好了，怎就不兴把日子淘得更鲜亮一些呢？！”

“甭跟米嫂说了，她淘东西淘出毛病了；没看她的手，淘得又粗又丑，勾勾歪歪的，像两把淘粪的耙子。”

……

于是，村上的媳妇们便和米嫂有了隔膜，远远地看她淘米，极不情愿同她讲话。然而，乡里的干部和跑收购的商客都极愿到米嫂家用饭，米嫂家便很热闹，就知道了很多山外人的事体。这颇惹媳妇们嫉妒，慢慢地，竟将对米嫂的敬意也淡化了。

外贸的一个官客，在米嫂家酒用过了量，对米嫂说：“只告诉你，山里的核桃为什么卖不上价？是皮儿忒黑的缘故。”

米嫂嗯了一声，便陷入了静静的思忖。最后，她想到了淘。

果然，在河水里，左淘右淘，那核桃竟灿灿地泛出光来，送到货栈时，就卖了上好的价钱。米嫂极兴奋，一回到山里，就把窍门儿公开了。依米嫂的做法，所有承包户的核桃，便都卖得好。从山外归来，汉子们便说：

“咱山里有福，出了一个好女人！”

根脉绵长

故乡的村口有一盘石碾，碾花已经斑驳了，却依旧完整地立在那里。因为与石碾有关的人，许多都还健在，包括我，也包括那个当着村长的人。至今村里还未曾完全开化，还敬畏着两种东西：一官，二书。所以，有写书的我和当村长的他在，短期内，石碾是不会被“请”走的。

现在，人们都吃着面粉和从东北流入的精米，石碾的功能早已废掉了，我们之所以还固执地保留着它，是因为它承载着生命的记忆。上个世纪的六七十年代，故乡的吃食几乎只有玉米。玉米被我们种下，被我们收获，然后拿到石碾上去加工，最后被我们吃到肚里。整个过程都是我们亲自参与的动作，没有多余的指望，也没有坐享其成的不安，日子虽然清寡，却也饱满着。

在故乡，还有一个不能被拆卸的“部件”，便是村口大柳树上，那挂用废铁制成的钟。之所以用“挂”而不是用“口”，是因为它虽然叫钟，却没有钟的模样，只是一块完整的铸铁，悬浮着，一有硬物敲击，便传出钟的声响。

但它规范了农人的生活。

生活，进入了人民公社的程序，劳动就变成了集体或团队的方式，那挂钟就有了发号指令的作用。钟声一响，人们出工；从那一刻起，家居下的私人生活就结束了，而变成了必须服从统一意志的“社会主义”劳动。

那个时节，社会主义建设，在这个贫瘠的山地，其实也简化为一个解决吃饭的问题。如果不服从钟的指令，如果不舒展开在“老婆孩子热炕头”上凝聚的懒惰，土地就会荒芜，玉米就会歉收，就会挨饿。况且，敲钟的人和被钟声汇集的人，都要毫不例外地下到地里去，都要“躬耕田亩”。所以，钟所敲击而出的，不是“官本位”的权威，而是“民本位”的和声，或者说，它是“日出而作”，结伴而行，共同创造生活的“安魂曲”。人们因此而敬重它，信任它。

所以，这挂钟是个温馨的历史记忆，告诉人们：昨天的日子，还有一段值得回味的时光——物质虽然短缺，但却有一种难得的公平与公正，人们一起卑微，一起忍耐，即便是含辛茹苦，血汗交迸，也是心甘情愿的。

钟是特定历史的见证。

从山地走到平原，已二十余年了，故乡的人事已更迭得无法辨认，甚至有“家园”不在之感。但是，只要一见到那石碾、那钟，心头就温厚起来——因为他们还能指出我的来路，还能唤起我昨天的生命情感，便松了一口气——故乡还是在的。

但是，短暂的温厚之后，接踵而来的是一团化不开的忧伤——一旦有关的人不在了，石碾和钟还能安然无恙吗？

四十岁那年，特意回了一趟故乡，陪母亲小住了几天。临行前望着母亲孤老的身影，我不禁泪流满面。不久，我就把她接了出来。那以后，回故乡的次数就少了。奇怪地，虽然不用再牵挂母亲，但对故乡的思念反而深了。因为母亲就像一把离乡之土，即便是离开了母体，也带着故乡的腥味——她虽然身在平原、逡巡在楼宇之间，但她乡音不改，所思所叙，都是故乡的旧事，好像眼下的生活与她毫无关系。

她常说的一句话，就是："我一旦合上了眼睛，你一定把我弄回老家去，跟你父亲葬在一起。"

她的话，让的我心头发涩，在平原生活得好好的，怎么倒像漂泊的游子一样，欢颜之下，是抹不去的凄惶？

你若跟她叨念眼前的事体，她的眼神是淡漠的，跟你的感情好像也有些隔膜；只有说到家乡的一枝一叶，她才明亮了眼睛，话语绵密得像仲夏的雨脚，一团亲情也盈盈溢溢。于是，母子的语境便总是过去的时态，好像我还未曾长大，依然依偎在她的双膝之上。

母亲真是一把故乡的土，即便是洒落在异乡，也固执地培植着属于故乡的情感。

所以，我很孝敬她。爱她，就等于爱故乡了。

故乡的村长是我的同龄人，有一些文化，有一些主见，所以他专程来找我，对我说：你也算是个名人了，我想给你在家乡修一座故居。

我问：你怎么个修法？

他说：就在你们家老房子的基础上，修得阔气一些。

我说：那可是我父母的房子啊，跟我有什么关系？

他反问道：你是不是出生在那里？

我说：我当然是出生在那里，但那也不能作为修故居的理由。因为所谓的故居，是一个人留下行为记忆的地方。我因写作而"出名"，但我的写作，起始于走到平原之后，所有文学活动都是在故乡之外进行的。故乡和故居是两个概念——故乡是出生和生长的土壤，而故居是做事和作为的居所，有的人可能二者合一，而我却不是这样。

他说：你不要认死理儿，给你修故居是小，给村里增加个旅游景点是大。

我说：你千万别做煞风景的事，咱家乡最让人动心的是村头的石碾、大柳树上的挂钟，还有南方人稀罕的大土炕和石板瓦顶的传统民居，而不是一个无名作家的所谓故居。所以，你要真的开发旅游的话，就该保留好故乡那些原汁原味的东西。

村长对我有意见，愤愤地走了。不久就传来消息，说村长贷了一笔款，修了一片南方的曲径回廊和竹楼茅舍。我心中很是不快，感到：所谓故乡，其实是相对于游子来说的，或者说是相对于过去的生活记忆来说的；故乡之内的人，往往是不懂故乡的，是体会不到故乡的意味的。

虽然我不同意村长的做法，但我没有加以阻拦；因为我明白，故乡毕竟是那里的人的生存土壤，要想过上好日子，固守是没有出路的，就得发展。而发展是不念旧的，它面对的是未来。只是出于对石碾和钟的担忧，我给他写了一封信，希望他善待它们，那是游子对故乡的感情寄托。

他回信给我，请我放心，说对待那些旧物，他的感情是与我相通的。但他在最后反问我道：如果我不在了，又该怎么办？要知道，后人的想法到底与我们的不同。

他的反问使我陷入久久的忧伤。连续几天，石碾与钟都在我的梦里萦回不散。

母亲察觉了我的情绪，送来探寻的目光。

我心头一热，对自己说：石碾与钟不在了又有何妨？还有父母的坟茔！

父母的坟茔就是游子的根脉，所在之地，也就是故乡了。

明媚有福

故乡的太阳出得迟，但鲜艳，红彤彤的，耀眼；故乡的月亮落得早，但洁净，白嫩嫩的，养眼。与之相对应的，是分明的四季，有毫不含糊的季节特征——热就热，冷就冷，雨则雨，晴则晴，清明爽利，不叫人费心揣摩。于是，人也就有了与之相对应的性情——质直、率性、透亮，爱憎分明。

譬如老姑。从记事起，就分外地明白事理，穿得破旧，吃得寡淡，也从不抱怨。因为她知道，故乡所有不过是瘦山与薄地，自然穷；其中所产不过是玉黍和小米，自然饿——既然都是没有办法的事，自然要安于忍。所以，她为人处世，一直是心胸坦荡，随遇而安。譬如夏旱，吃水紧张，洗漱类的用度，自然是厨炊后的剩水，她则安心享用，无额外忧烦，她说，只要脸子长得好，污水也能洗得白。譬如秋涝，田堰冲垮，玉米伏倒，众人哀号，她却从水里捞上来泛青苞米，放在柴草上烧烤，吃得近乎忘情，红唇之上沾满炭灰。她说，已然是涝了，不如捡回来一点儿快乐的心情。

到了上学的年龄，祖父找她商量：摆在你面前有两条路哇，一是混学堂，二是随你母亲伺候猪狗。她脖子一梗，响脆地说道，当然是混学堂。她知道父亲的心思——他内心深处重男轻女，觉得女娃子早晚是别家的人，花钱上学纯属白搭，不如早点务农帮衬家境。把一桩堂堂正正的事体，用一个“混”字形容，他的意思已经再明白不过了。绝不能让这种不公得逞。她想，该上学就上学，该嫁人就嫁人，人生一世，应该过的日子，都是应该认真地过的，决不能人为地节省。

初中毕业，就“运动”了，各地学生扔掉书本到处“串联”。她自然是随潮流而动，去了南方的几个圣地。但不久，即便是全国山河一片红，但她还是悄悄地回到了家乡，安心地务农。问她缘由，她说，原因很简单，即便是动机很动人，但坐车不给钱，吃饭不给钱，住店不给钱，还理直气壮，咄咄逼人，大道理背后就没道理了。之于她个人，高声大嗓背后，感到的总是内心的不宁。

祖父干干一笑，说，不叫你混学堂，你偏要混学堂，混来混去，只混了一个造反有理。老姑只是摇摇头，沉默无语。然而她甘心务农，无论是刮风下雨，也不休歇，直至被评为“五好社员”，乐在疲苦之中。

那时节，天天有最高指示发布，大队（村）部便配备了一台半导体收音机。为了落实上级传达不过夜的硬性规定，便先由村干部收听一下，然后再站在山巅处，向村落里吼。也是因为山偏地远，收音机里的声音总是被杂音遮掩，一天，村干部吼道：社员同志们，伟大领袖就是跟咱贫下中农心贴心，跟咱山里人一样实在，他说，路上有根桩，桩是木桩。就是说，要想抓革命、促生产，就是要把拦在路上的木桩彻底拔掉才行。

老姑闻之，忍俊不禁，咯咯地笑个不停。祖父说，有什么好笑的，难道老人家说的不是实在道理？老姑说，经是好经，可惜被歪嘴和尚念歪了，人家那是：路线是个纲，纲举目张。一经解释，祖父说，我说的，领袖是站在高处的高人，怎么会讲像废话一样的大白话？原来是村干部自己编排的哩格儿楞啊。

老姑适时地给了祖父一句：说什么混学堂，你看见没，这混学堂的跟不混学堂，到底是不同。祖父无言以对，白了她一眼。他始有所悟，一如山里的太阳太鲜艳，月亮太洁净，这柔顺的女娃子心里也藏着绝不温吞的刀锋。

由于老姑有文化，数算得准，字也写得好，大队（村）就让她当了库房保管员。有个叫栓子的青年，看上了老姑，便常常编排个理由来库房里找她。老姑也喜欢他，每一见他来，总是笑脸相迎。喜欢的理由很简单，因为栓子清洁——即便是家境贫寒，衣着破旧，但总是收拾得清清爽爽，而且身上总是有淡淡的皂荚的香味。她认为，有这样的外在，必有洁净的内心，他尊重自己，必然会尊重别人。她对栓子说，来尽管来，别再编排什么不咸不淡的理由。栓子说，这么单刀直入，多不好意思。老姑说，连表达感情都这么曲里拐弯的，生活的路，也不会走得直。

多亏了当着保管，给了他们爱情发育的空间，月明星稀的时辰，他们不必寻觅与躲闪，能自自然然地“粘”在一起。但爱情如火如荼，肚腹却饥肠辘辘，那时节天公刁难，口粮歉收，总是不给人以饱。看着库房里的种子粮，栓子总是若有所思。终于在一次温存之后，栓子把心中的用意明确地表达出来——他把裤腿扎严了，灌上灿黄饱满的玉米。但当他走到库房的门口时，老姑叫住了他，请你把裤腿的东西倒掉。栓子说，我不是为了自己，而是老妈年迈，不耐饥。老姑说，这我自然知道，但孝道的背后，应该是干净的人心。栓子有些恼，说，我把整个身心都给你了，还不值你几粒玉米？老姑说，你的身心是私，库房里的玉米是公，不能混为一谈，要公私分明。

这虽然让栓子顿生尴尬，但还是依了。只不过临走前说了一句话，我以后就不来了。老姑一笑，说，你敢！隔了数日，栓子还是来了。不是因为惧怕，而是因为敬重。因为他不来老姑这里，自己就辗转难眠，折磨自己一番之后，他突然大悟：这个女子内心周正，能辨曲直，有靠得住的好，假如日后有爱情之外的爱情，她也是不会动心的。

果然就是那样。

当栓子到十三陵修水库，旬月不归的时候，有一个人总是编排一些借口，不请自来。那个人是村里的队副，也是一个有堂皇颜面的人。老姑知道他的用意，却也不点破，因为她知道，每个人都有脸面、都有尊严，她尊重尊严。那天那个人喝了酒，说起话语无伦次，老姑虽然心生厌烦，但还是笑容以待。到了后来，那个人连无伦次的话也不说了，只是不停地在老姑身后踅来踅去，终于从背后抱住了她。

老姑果决地挣脱了他，说，你也是有身份的人，哪能这样造次?

那人说，谁让你长得这么好看呢，我就是管不住自己，不管不顾地想。

老姑抄起一把利剪，毫不含糊地说，那好，你既然管不住自己的卵子，那我就替你管一管。

那个人吓坏了，落荒而逃。

一如太阳落了，还会升起来；月亮缺了，还会圆——再见到那个人，老姑还是晴朗无云，微笑以对。因为她有的是日月性情，不挂阴霾。那个人也就很快恢复了原有的自在，悄悄地对她说，本来是想报复的，把你的保管给抹稀了（撤掉），但看到你依旧是尊重的表情，我自然也就找回了自重与敬重，咱还是相敬着做一辈子好兄妹吧。

日后，那个人果然为人周正，不仅对老姑好，也对乡亲们好，经商发了大财，也无暴发户盛气凌人的模样，而是很谦和地为村里修了一条水泥马路，走进人心里去了。

叙述至此，我心中有光，不禁想到，好的日月，自然要孕育出好的人。换句话说，透亮孕育透亮，明媚孕育明媚，在温暖的作用下，暧昧和阴冷，是难以存在的。

布鞋行远

去岁初秋的一个梦中，我突然梦到年轻的妻，盘腿坐在一方土炕上，就着昏黄的一盏老油灯，极专注地绱一双布鞋。她满脸通红着，汗也津津地下；而那绱鞋的麻绳极绵长，任妻纳满了针脚。梦中的我，似就睡在她身边，偶尔把呓语喃出来，惹妻笑得甜蜜而羞涩。这个梦就传统得很、温馨得很。

醒时，将梦境述给妻听，边说边有余味儿在嘴角回甘。

妻竟说："丑死了，你把人家做家婆想了。"

我就纳罕了，怎么做布鞋穿的女子，在年轻的妻眼中，竟成了家婆呢?！

高跟鞋的妻终于咯噔咯噔地走了，偎在椅窝中的我，却依然想梦里的布鞋。

想了好久好久，我到底是有些明白了：这一切，不正缘于穿布鞋的童年吗?

就想童年的布鞋。

那时，在垭里鞋的世界里，几乎就只有布鞋。道理极简单，偏僻的山村与外边的世界隔绝着，鞋的文明到村里就迟一些。其实，村里人是祖祖辈辈穿布鞋的一群，布鞋是一种根脉，随人丁的延续而绵延着，人不绝，布鞋亦不绝。到后来，球鞋（胶鞋）和皮鞋也传进村里了，但穿惯布鞋的汉子却说：“球，一双鸟鞋就十头二十块了，婆娘两晚上做一双，一分不差！”节俭日子中的村里人，花恁多钱去买一鞋来穿，那颗心是颇放不踏实的。

布鞋的做工是颇反映一些精神的。

素日，婆娘们将做衣裁下的边角布头收起来——这种边角布头，有个很有趣的名字叫“铺陈”，也有叫“铺扯”的，反正读起来，陈旧破碎的韵味都在其中了。待“铺陈”有一定的积累了，便用热火调稠稠的一锅面浆，在饭桌的面上，将一张张破碎一层一层地粘完整；然后，拿到太阳底下晒、放到热炕上煲或者在火炉上烘。待把案面上那层物质弄干了，就小心地从一头揭下来。那揭下来的，敲一敲要咯咯作响的，便是村里的“袼褙”。上边那一套工序，自然就叫打袼褙。

在村里，若哪一家打袼褙了，哪一家就要做布鞋了。

做鞋之前，要按脚的大小用纸剪出“鞋样子”，将“鞋样子”缝在袼褙上，才剪出“鞋帮子”，“鞋帮子”上要包上光鲜的一层新布，且细细地纳密了，才是正式做鞋的“鞋面子”。

所以，从鞋子上显家底显身份的地方，当然就是“鞋帮子”外的那层包布。因为再好的“袼褙”也是“铺陈”打的，而“铺陈”总是一些五彩缤纷的碎布头，便不管干净的手还是不干净的手，打出的“袼褙”皆一团杂色。

一般人的鞋面包的是一层老青布，簇新的鞋也显得旧。

家境好一些的就包一层“灯芯绒”，鞋子就极上眼极大方。

我家是猎户，自然有用兽皮做鞋面的资格。兽皮面的鞋子，虽未必就光亮，但是看上去就结实的，就多少要招一些羡慕。但猎户的鞋往往是那种笨拙的“踢死牛”，底子纳得要厚，敲时要传出梆梆之响，绱鞋时就极费力；所以，别人也只是羡慕一下，并不嫉妒。

好面料尽管被人羡慕，却并不被人看重，真正被人看重的，是手下的功夫。

其一，就是在鞋面上绣花。

童子布鞋上，绣花是必然的。燕子、蝴蝶、蜻蜓、猫、兔、虎、豹、狐、狗……山里有的动物，都会被婆娘缝到鞋面上，让童子们牵着走。笨婆娘自有笨婆娘的主意，在圆圆小小的鞋尖上，绣两只猫眼鱼眼，虽嫌简单，但鞋子放在地上，也像会动起来一样。

姑娘给自己做布鞋时，自然就多绣鸳鸯。绣鸳鸯跟绣鸳鸯可不一样。手巧的心细的多情的，绣出的鸳鸯也会眼目流盼，娇羞温柔；这样的鞋若再衬以小脚纤纤，汉子心中那把琴，哪怕再古意再沉滞，也会被拨弄得咚咚响，流韵悠长。

在光棍房里，翻出一只数只绣花鞋来，便是极自然的事。

后来，姑娘们觉得绣鸳鸯已忒不够味儿了，就开发别的。什么花什么朵的，还有别的什么鸟什么雀的。但花是宿花，鸟是宿鸟。双栖双宿，是一方春啊!

世上，每个女儿有每个女儿的心事；在山里，每个女儿也有每个女儿的喜爱。于是，女儿的绣鞋是她自家心性的一面镜子，就不为过。

记得是一个秋后的夜晚，一伙老少到一户独院捉奸。情报是确凿的，但屋里屋外却找不到女子的身影。然而捡到了一只绣鞋。第二天，在村中古槐下，那只绣鞋便高高地悬着，由村里的一名至尊，执鞭而抽。

树下围满了人。那鞭子虽响，而人群却默默。他们知道是抽谁，是抽他们心中的一位好姑娘。

那绣鞋上，绣着一对翠羽的画眉。

而能绣出这样的画眉的山里人，就只有不爱吱声的美丽的幺姑。

后来她就死了，死到村边那口老井里去了。

在鞋面上绣花是亮给别人看的，是鞋的一张脸，梳弄得美一些，便很好理解。

但不可理解的，是倾注到鞋底子上的细心。

那底子的料，当然缘于“袼褙”。剪成形的底子“袼褙”，要三五层叠起来，然后由麻绳（麻线）密密地纳。

纳底子的麻线，要选好麻匹子打。打麻线时，婆娘们喜欢凑在一起，于村中的槐树荫下，不疾不徐地上演一出独异的景致。

婆娘们皆坐于小小的杌凳上，把裤腿挽上去，露出自家的腿杆子。便有婆娘叹道：“你看人家的腿子，白得很哩！”就有人赞同：“是哩，人家也一天价屋里屋外的，竟还恁细皮嫩肉的，咋整的呢？”那一个细白腿子便喜不自禁，波－波地用唾液将掌心弄湿了，啪啪地拍腿子上的麻匹子，麻线就打得极柔韧了。腿子黑的，脸上的颜色却也不见暗淡下去，因为心中存着一种自信，自信自己的腿子比白皮肤色的饱满。这种饱满是一种力量，山里很金贵这种力量。

山里婆娘的腿，就都美得很。

但山里的青石板路很窄很冷清，婆娘们的美便极寂寞。

纳底子的情景是著名的，影视中常有这种经典的镜头：无非是把线抻得俏皮而流利，然后再到发缝里去光一光针。然而，这只限于一种视觉，是视觉上的轻松。山里纳底子用的是麻绳，而绝非平常的线，针便只能用大号的针。在把麻线抻动的时候，指掌间便颇要尽一些个力气。是婆娘们纳得熟了，那种力被暗暗地消隐在娴熟的指法上了，便有一种轻松闲雅的美，让人悦目。

尝尽苦头的人，反而笑得更美，也许就是这种道理。

纳底子时的针脚密得惊人，一针挨一针纳下去，针针不苟。但针脚却有很繁复的变幻，依着婆娘心中的图案。有的纳出朴素的席花，有的纳出星斗罗天，有的则纳出碎梅点点……于是，布鞋的底子便是一种缜密而精妙的境界。

然而，这么精妙的世界却要踏到脚底去，美丽诞生之时，便是被埋没之日，竟连一声人性的短叹，都来不及。

还有那鞋垫儿。

女儿在薄薄的鞋垫上，倾注浓浓的心血，然后送给意中人，是山里的古风。

我在未恋爱的年龄便走出故乡，便得不到这么一副情感的鞋垫；每一想及，不免生出淡淡的一丝遗憾。我有时竟对那时的山里的汉子生出一些个怨，因为这样的鞋垫，他们竟毫不犹豫地垫入脚下去污损；若是我，会作为一份珍爱，小心地埋入箱子的深处，把情意绵延给岁月。（其实，这是文人的一种病，事实上，送鞋垫的女儿，只管把情意送出去，其余的一切，也是不再会计较的。她们都做得这么潇洒，我为什么不呢？）

那时，若有闲暇，去问一个婆娘："闲下来干什么呢？"十有八九会得到这么一个答案："纳底子呗。"

再问："不兴干点儿别的？"就马上疑惑起来："不纳底子那干啥呢？"

这便是一种答案：对于山里女人，白天的夜晚的闲暇是极富裕的，那么，不纳底子又何为呢？于是便纳底子；纳来不精又何为呢？于是便纳得精。

所以，美的产生，未必需刻意；生成的美，未必都去寻什么价值。来有来的由头，去有去的道理，还是超脱一些的好。

想童年的布鞋，当然就要想到蜡黄的窗纸上，被油灯放大了的母亲的身影。

作为猎户之家，鞋子自然费极，母亲的鞋就做不完。

白天祖父和父亲去打猎了，地里的活计撂给了母亲，母亲做鞋就只有晚上。

到了冬天的夜晚，屋里的火炕烧得热，挨上去登时就舒坦，心里滋润着，若喝了热热酽酽的东西，腰肢便软软地弹下去，就早早地睡。于是，冬日的小山村，是嗜睡的娃娃，能在热炕上躺倒了，便不再有别的奢望。

在这样的夜晚，在我们都眠入热乡的时候，窗前的母亲，却兀自被油灯弄影。

窗纸薄脆，尖冷的北风便执着地从细碎的罅缝中钻进来。油灯摇曳，噼啪作响，一种腥臊便迷散得浓。那是一盏獾油灯。

夜醒时，仍见坐着的母亲——那个任北风涴鬓、任腥臊拨撩却不知孤寂的母亲。眼窝便濡湿，心头便作奇热。

劝母亲睡来，母亲却只报以无声的笑。

便再也睡不着。就知道，灯油热爆的噼啪是极响的，麻线抽动的窸窣是极温柔的。我屏息而听，觉得胸腔里的泥土气，渐渐跟着或清亮或缥缈的声音袅荡为薄烟，为轻云了。

有这一个母亲，无眠的夜，也舒服。

那年暑期的一个晴爽的夜晚，清风徐徐地吹，山及天空极清旷，那轮山月便若新浴，触之轻滑。同我一道回来的女同学便如酒醉，立于庭中，口中呢喃“山里的月好清啊！”便久久地与月温柔着，玩味得沉迷。

借着月光纳鞋的母亲就极诧异了：“今儿晚上，月亮怎啦？！”

女同学便愕然。

我对她说：“碧天银月亘古如斯，山里好月更是无数，母亲却没专门看过一次月亮。”

女同学便低声唏嘘：“稀见好月被如数辜负了，惜甚，惜甚！要知，明月清风不需钱啊！”我的心便阴郁了。这时的母亲毕竟还依然年轻，也正是造一些个爱月眠迟的佳境，温款她自己劳心的时候啊！

然而，她却顾不上。

现在想来，母亲身处月下，虽皎洁而不睹皎洁，但她的身心却被月光浸透了，她已与月交融，与月同在了——她手中那总也拽不断的麻线，莫不是她心中的月光吗？这种月光已无形无声地浸润了祖父、父亲、我和母亲的所有亲人；在亲人的肌骨心田中，这月光会缠绵到无限。于是，母亲虽辜负了月光，而我们却万万不能再辜负了母亲！

想布鞋居然想了这么多，可见我之迂阔。后来，竟希望妻也学做一下布鞋，因为我觉得，不会做布鞋的女人，总让人存一些个疙瘩在心里头。但妻至今也不去做什么布鞋，高跟鞋依旧咯噔得气壮，我便悻悻然，更觉自己迂阔。

毕竟不是那时的光阴了。对于布鞋，很温馨地想一想，就作罢吧。

年关志略

近些年来，年关虽然到了，但心里却极漠然，好像年节是一桩可有可无的事。这或许是小城生活给我留下的阴影。因为，城市对年节很麻木：楼墙栉比，铁栅毗连，洋洋的喜气，均被挡在一幢一幢灰色的空间了，街衢上是显得很冷清的。城市当然也有串年门子的，但那只是礼节性的，来得仓促，去得匆忙；早早地关了自家的门扉，只家里人围个热锅子，弄一番全家欢。所以，城市的年节是封闭的，是个体的，温馨虽温馨，但不热烈，有血性的汉子便受不了。

而山里却不。

山里过年过得极开放极群体；大家乐在一起，其情也切，其气也昂；暴烈的节日气氛，欲将山壁撑裂。

所以，山里过年才叫真过年。

一进腊月，碾砣子就将昼与夜碾成连襟。家家都碾黄面，家家都蒸枣子年糕。没有枣子糕的年，在山里不叫年。腊月里还有一桩最兴盛的，便是腌腊肉。素日里，山里人抠鸡屁股换钱花，日子节俭得要死。过节时，却杀一头几百斤的大肥猪，成方成块地在大锅里煮，用满缸的卤盐水腌。除夕晚上，将缸里肥白的肉方捞上一块来，在黑乎乎的案板上，用长长的猪刀切成又大又薄的卤肉片子，就大碗的老酒，所有人没有不喝舒泰的。

腊月十八那天，是山里吃糕的日子，都把盛满枣子糕的蒸笼敞开盖子，稳在灶膛的温火上，任香润的雾气于室内缭绕。街坊邻居便一个一个地上屋来，从蒸笼中取一片糕子吃。吃过，便说一声好，再到别的家里去吃一片两片。这一天，你要登所有村人的门。尝所有村人的年糕。即便平日有些隔阂的人家，你也要走到；走到了，便一切恩怨都得以化解。这叫怨艾不过年。当然也有褊狭的人，故意不登你的家门，让你哭笑不得。对此，山里人自有处理的办法，便是将属于那人的一块年糕，扔到院中去，口中喊一声“就当喂狗了！”便不再挂牵那一方恩怨。

山里的除夕是通宵醒着的。男人们都簇在村中老槐树下，烧硕大的一堆柏枝火，这叫守岁。而“柏”谐音“百”，是企盼人人都眼对眼地活到百岁，谁也不离开谁。所以，除夕前，每个男人都自觉地砍好多好多柏枝回来，让那堆冲天的篝火烧不断档。青苍的柏枝在火上烧，柏油就烧得流溢，火焰便芬芳无比，众人的鼻翼便都张得彻底，通体清爽。还有，那柏枝燃烧时，会吱吱地叫，便把一颗颗质朴的心撩拨得不再平静，就跳，跳一种杂沓的韵律。

烧柏枝火的同时，谁也忘不了在自家屋檐下，将长长的炮辫子舒舒展展地朝一只洋铁桶中顺下去。待熬到午夜，便呼地奔各自的屋檐，千年封闭的古村落，便在瞬间炸开了花。小村的山就颤抖，小村的天就颤抖。这是一种绵绵的颤抖，一直颤抖到在垭口娩出一轮崭新的太阳。

在鞭炮的热浪中，会有一排排更高亢的巨浪掀过村庄的山头。那便是祖父那一班猎人放出的一阵阵排子枪。祖父带着那班猎人，站在高高的垭壁上，齐刷刷端平了猎枪，对着无边的一片青苍，宣泄出一道道的轰鸣。祖父大声喊着：

“伙计们，莫吝惜那一点狗屁不值的火药，平时，咱是为了那帮畜生活着，今儿个，为的是咱自己！”

这是一种无遮无拦的野性，让人感到一种甜蜜的畏惧。

初一早上，属稚童们最忙乱。要依次到老人们的房中去，给老人们拜年。山里人对亲人的感情是执着内向的，很难让他们在亲人面前说几句亲热话，一切皆在无言之中。这一切，当然要深深地濡染了山里童子，他们在长辈面前，就亦显得拘谨，讷讷地，把句子弄得很疲皱。但过年了，火药把山里的沉闷驱散了，人的心里都流淌着一泓春水。稚童也自然被兴奋陶醉着，觉得年关里不该有什么顾忌，平日里不好意思说出的对长辈的那几分敬意，应该痛痛快快地道出来。所以，稚童们很愿意给老人们拜年。进入老人的房中，道一声“给你老拜年了”，便咕咚跪下去，一丝不苟地磕几个响头。炕上的老人早已满眶泪水，速疾地挪下来，把童子扶起，且从灶洞里抓两把热热的糖炒栗子，将稚童的希望装充盈。童子便偎进老人的怀中，热热地叫几声，撒一些个娇嗲；惹老人咯咯地乐起来，童子一般痴。

正月里，山里第一等要事就是唱连台的梆子戏。其盛情盛景在拙文《山腔响远》里已叙述得淋漓尽致，在此就不再赘述。

山里过年，当然也有手上的娱乐把戏。老太太们玩一种纸牌，类似平原的“打千分儿”。老太太们围簇在热炕上，有一搭无一搭地拆对牌，是一种安分，是一种古韵。但汉子们却玩得俗了，就是“搓”麻将。

山里“搓”麻将，起初是极规矩的：几个人围一方小桌，噼噼啪啪将牌摔得精响，其实也只是耍的一种阵势。玩得久了，觉得太温吞，就要比个高低，也只是点相同的数十只玉米粒子，输一盘，给出一个；结局时，粒子剩得多的，自然就很荣光了——呵呵地笑过一场，也就很快扔到脑后去了。但到了后来，觉得这样是自己糊弄自己，不如来真的痛快。有人就说："还是挂点什么吧，哪怕少挂点。"有人便应和："也成。"玩时就挂些零星的角票子。这无伤大碍，却大大地刺激了汉子们的玩兴，就玩得愈来愈尽兴。但尽兴得久了，情致就又木钝了，便有冒险的招数出笼了，就是"挂"大的，就沦入了赌博。

我不讳言，儿时的故里年关，赌博之风曾一度盛过；但后来，却悄然淡下去了。这全因了一个女人。

这便是二婶。

二叔是村里赌兴最盛的一个，彻夜泡在牌局上，正月的饺子，他也品不出一点好滋味。二婶颇好言劝过，但二叔那时正输得败兴，劝是劝不退的。二婶就只有偷偷地落泪。

后来二叔的积蓄输光了，就去借钱。借的钱也输光了，眼圈便红了，便对牌局上的对手生了仇怨。在暗影里，就听到他磨刀的声音。

那日，二叔去牌局了，二婶便尾在身后；二叔在牌桌旁坐定了，二婶也倚在他身边坐下了。

两局下来，二叔就又输光了。对手便撤身欲走，二叔则死拽着不放，恨恨地说："接着来！"

那人说；"你连本都输光了，再来，你还输个什么？"二叔的嘴唇便涨紫了，回手朝腰里摸。腰里的家伙已不知去了哪里，只有二婶温温地笑。

二婶对那人说："他叔，莫瞧不起人呀，不是还有我吗？！"

桌旁的人就都愣了。

二婶拍拍愣怔的二叔："掌柜的，同他来，俺把私房钱都给你带来了。"

对手便糊涂了，呆呆地坐下，不敢再走了。

二婶就给二叔看牌。

二叔依然是一盘一盘地输，二婶却温温地笑着，一笔一笔地给二叔还账。二叔脸上的汗就淌得无遮拦。二婶却依然笑，用帕子给二叔撣汗。

二婶的私房终于输光了，二叔和对手就都僵在那里了。二婶却催二叔说："怕什么，同他来呀！"那个赢家便感到情形尴尬，嘻嘻地涎笑着，说："得了嫂子，赢他的，都还他还不成吗？"

二婶歪一歪头，笑着说："他叔，你把你哥看瘪了不是？你哥他不趁别的，不是还趁你这个嫂子吗？"

赢家的汗便哗地倾洒下来了。

赢家便糊里糊涂地将牌打下去，但牌居然还是打赢了，他不愧是山里独一无二的高手。

他再也坐不下去了，翻身下了牌局："不打了，说什么也不打了，再打，就闷死了！"就急急地奔门而去。

"你站住！"身后传来二婶温柔的一声喝。

二婶近前来，从腕上捋下两只银镯子，轻轻地敲一敲，便有玲玲的玉音儿颤进满屋的耳朵。

"这是俺做银匠的爹留给俺的，今天，它们是你的了！"

那人惊惶地推挡着："嫂子，饶了，饶了！"便落荒逃了。

但二婶那双银亮银亮的镯子，却飞快地追上他，当地落在他脚下。他登地站住了，犹豫了片刻，还是朝前走了。

"你还算不得一条硬邦邦的爷们儿！"二婶噙着泪，低声说与那一只模糊的背影。

从此，那条好汉与二叔都不再摸麻将了。垭里的麻将，也回归到了以往的纯朴，只是年节时，拿它逗一逗乐子。

但那两只银镯子，却依然躺在青色的石板街上，执着地闪着清亮清亮的光泽，若一双不倦的眼。

乡间蛊医

在故乡，有的事是极怪异的。

二臭坐在柿树底下晒太阳，无意中，扫见树顶有一只熟透了的红柿，孤寂地鲜艳着，就目不转睛地看，直到那软柿子终于自己掉下来，自己将自己弄稀烂了。柿子掉下来，二臭就觉得极无聊了，便踅进屋去，想在土炕上好好睡一睡。突然那眼就疼得难耐，嗷嗷地叫了一宿，第二天便瞎掉了。

四叔早间上地去遇到一只白狐狸在前面挡他，心性就很有些怯怯，于是就停下来。但他停下来，那狐也停下来，就只有走。他走狐也走，四叔就有些疑惧，捡一粒石子，投过去。听到狐吱的一声锐叫，终于跑得没影儿了。中午歇晌，他骑在一株老核桃的横枝上，睡得梦象接踵。梦里竟又有那只狐蹀躞了来，且狰狞地与他作梗，就吓醒了。睁开眼，老核桃下，那只狐果然犬般坐着。四叔大骇，从树上跌下来，从此就再也不会讲话了。哑了的四叔至今还活在故乡，只是活老了，活得只剩下干干的几块骨头。

幺表姑与米粒儿私奔，生下小幺姑。小幺姑后来夭了，便找人埋。山里未成年的崽，是入不得祖坟的，且又是一个私孩子，就在一处漫坡上草草地埋了。第二年，漫坡上的草木竟全枯了。

……

这些事，若悉数写来，会写出一叠册页来；但因为太诡秘，写出来也不会有人相信，还是把笔墨经济一下为好。

这一切，却弄得山里人极不安起来，不少人扪心自省，省自己的忤逆，省自己作下的孽障，且努力把自己的念头和行为弄规矩了，以防晦暝之中，那尊眼尖的什么东西，施以报应。

但令山里人不解的事，还是随时都发生着，并不理睬这里人的淳厚、诚挚、善良与精纯。

就有请巫来一来的必要。

外请的巫，多是游民懒妇，极诈伪。环村落巡视一番，便说山里多秽事、多不孝，屈死冤死者众，因而邪气便蒸腾得浓，必要好好行一行巫事。

山里人皆懵懂不明，任巫信口雌黄，自家只是兀自地颤抖。

行巫时，设一神坛，放一平斗，斗内放陈谷新谷各半，谷上插一把剖羊蝎子（山羊）用的且细且长的刃。行巫者在神坛前的专座上坐定，用青布麻衣覆面。定定地坐一坐时辰，突然就若有神附体，语言神气皆骤变，或唱或闹，或哭或笑，天上地下，无所不谈，最甚者，便是谈村里人长短，揭村里人的男女私情，斥村里人的道德是非。于是，在村人眼里，此时的巫已为真的神体，因为他（她）讲的，多确有其事，且言之凿凿，都有依据。听者就唏嘘不止。有不少人便瑟缩得难耐，哭出声来，匍匐于神坛之前，道出自家的隐情，作掏心之忏悔。

那一年，一介女巫行完巫事，酒喝到半醉，说：“弄我们这行，不叫巫婆，也不叫神汉，更莫说什么跳大神，叫蛊医。”

怕别人听不真，便问身边的一个崽：“说，我们叫啥？”

那崽先是一愣，却很快答出来了：“叫蛊医。”

女巫就母鸡般乐仰了。之后，她说：“外请的蛊医，救得了眼前，救不了长远；若图年年月月，月月日日皆安定，有你们自己的蛊医才好。”

村里人皆曰有道理。

然而，巫者多诡，且身怀奇技——能呼风唤雨者，可为常人嘛！村里蛊医的人选就不好找。

后来，老实忠厚、沉默寡言的二奶奶竟当了蛊医。

就讲一讲二奶奶做蛊医的故事。

素日，二爷爷极霸道，抽长筒的水烟袋；稍有不如意，便将烟袋的杆子敲到二奶奶身上，二奶奶的白皮肤就常青常肿。那日，二爷爷又向二奶奶发威，身边却没有烟袋，只有一只盛着热粥的碗。那碗就有机会朝二奶奶飞过来了。二奶奶绝望之中，当然会用手去挡。粥洒了，碗竟挂在二奶奶的食指上。

二爷爷就怔了。

二奶奶也怔住了。

苦难的二奶奶终究反应得快些，干脆用那食指转那碗子。碗子果然转得出人意料。二奶奶怯怯喘息，嘴上却厉害了：

“瞧见没，俺会一些个。平日里，忖磨你是俺男人，不露给你，怕吓你个三长两短；今儿个，你忒不把咱当人了，咱就什么也不在乎了！”二爷爷脸极灰，“崽他娘，可别动真格的啊！”

待二奶奶把碗子收了，二爷爷便有资格，朝脚下软软地瘫下去。

以后，二爷爷便不敢在二奶奶面前肆虐。二奶奶却因此把自己诞生了，成为村里的第一任蛊医。

二奶奶随山外的巫医行了一年巫事，学了一些手艺，回到村里之后，就正式坐位子了。

二奶奶做蛊医之后，行的第一件巫事，便是在村子的周遭放蛊。

后来，我读沈从文的《湘西》才知道，沈从文的老家也是有放蛊的。湘西的蛊是毒蛊，包括蚂蚁、蜈蚣及蛇的活身；放蛊的方法是将蛊类放到果物中；放蛊的目的是为了仇，让仇家的女人小孩因中蛊而得病。这不免有些阴损，概因那时的湘西，正是生活着蛮族的苗裔。而二奶奶放的蛊却是善蛊，取以毒攻毒的意绪，用以驱妖避邪。蛊罐里，当然也有蛇蝎蜈蚣类，但更多的，却是女人的经血，蛊罐在阴处放得时间极久，便有一股腥秽的异臭，喷射而出，叫人的鼻息于瞬间幽闭。

二奶奶正是提着这样的蛊罐，在村子的周遭环环形而走绕着，一丝不苟地放蛊。

蛊放完了，二奶奶便趴在土炕上不动弹，昏沉一如死。

数天后，方走出屋来，面色如土，眼窝深陷，若活扒过一层皮。

但二奶奶无怨。

作为蛊医，二奶奶当然给人看病。二奶奶看病不是明里来明里去的，而是先在神龛前，蒙上盖头，呼一阵风唤一阵雨，再定定地烧几炷香几吊纸钱。这是大家熟知的蛊医的伎俩，村里的二奶奶自然不会例外。临了，从龛后取出药粉，送给病人一些个希望和安慰。

蛊医二奶奶，果真治好了不少病人。

其实，这有什么惊异的呢！蛊在低智识的人眼中，无异于一种宗教，是一种精神——蛊力在心，信心在怀，小疾小难便自愈自解，这乃情理中的事。另，为蛊之人，引别人迷信，自家却极清醒；即便欹斜癫狂，为的是引旁人的真癫狂，容巫者于癫狂的云雨隙罅之间，去审时度势，拆对穿凿。正因为蛊者极清醒，便私下里备一些小丹方，把真正的药力揉在香灰之中——蛊者欲立其身，就不会一味作假，亦真亦假，亦阴亦晴，与身份相宜。

二奶奶既迫不得已被推为蛊医，她自然就不能不懂这些道理。

但蛊医二奶奶的的确确有自己的特点，比如治“撞克”。

“撞克”，是村里的语言，其实就是癔病之一种。患者在劳累、惊吓、愁抑、伤感或思虑过甚的情况下，随时可发作。病人发作时，两眼发直，浑身抽搐，不久便挺倒了，僵成一根棍，就需疾速抢救，不然，便会因心力衰竭或窒息而死亡。抢救时，掐人中，扎针灸，作胸腹按摩。重者，要首先将僵挺了的肢体强力盘曲，不然内气散尽，醒来便迟。轻者，可向额面喷些冷水，意在给沉迷的意志以刺激，但也要杂以其他手段，以期速效。

“撞克”，在村里被认为是鬼魂附体（“撞克”一称，本身就很形象），因为患者被救转之后，往往神智癫狂，生人代死人语。就弄得居家皆惊，老少皆恐。于是，“撞克”就非请蛊医治它一治不可。

村外蛊医，对“撞克”行巫时，亦先用扎掐捏折诸法，把病人弄还了阳；待病人替死人胡言乱语之时，蛊医便也烧纸拜神，呼风唤雨，陷入冥世，与之口角。

两个人激烈地说着阴间的事体，周遭之人便感到阴风阵阵，自家也有死去之感。

口角久了，病人疲累而昏沉，渐渐睡去，蛊医便跳转入世，曰：得胜回头。

病人睡去，凡三天三夜方醒，有的干脆就永远睡去了。现在看来，蛊医是对患者做精神上的折磨，生生将其整虚脱了。恶甚！

二奶奶便不。

病人在那里谵语连篇，她则不吵不闹，不惊不乍，而是从其尾闾开始，一丝不苟地行针，直至扎到病人的虎口。行针时，边捻动针柄边低沉斥道：“恶鬼，扎着你了！扎着你了！”

她是在驱鬼。

当鬼被驱到病人虎口，二奶奶便搭上一只手，她的手便颤抖不已，之后，她的腕上竟起了一只会游动的包。她从发髻上拔下一根缝衣的针，狠狠地朝包上刺去，且一针紧过一针，那包便渐渐小了，只绽着一星星紫黑的血。

“莫怕，鬼被我收了。”二奶奶活然地笑着。

病人登时便清明了，知道自己的病状，面色极赧然。

（二奶奶治“撞克”，扎在病人身上的针，针针有穴，是为了医道；而扎在自己身上的针，针针就虚，为的是蛊道。）

二奶奶就神得了不起，在那时的山里，名气盛极。

那年，二奶奶的爹得了杂病，针、汤、蒸、药皆用尽了，病亦不见好。老爷子躺在床上，奄奄地说：“你不是会给别人求药吗？怎就不给爹求一服呢？”

“嗯，求。”二奶奶应着，但眼角却有泪光一闪一闪。

就设神坛，就烧香纸，为爹求了一服药。

喝下去了，精神像好了许多，就安然地躺下了。但夜半，二奶奶的爹便喘如旱牛，浑身抽搐了。

二奶奶便张皇得没了办法。

然而，她看到了那片神坛。

她感激地看了一眼神坛，就倾注了终生的虔诚跪下去，烧了一炷炷的香，焚了一吊吊的纸钱。她从热的香灰中，抓起那把东西时，她的灵魂，竟突然温暖起来。她确信，手里攥的，真真切切是一剂灵丹妙药。

“爹，药来了。”然后，很温柔地为爹灌下去。

太阳出来了。爹死了。二奶奶疯了。

村里便消失了，第一个和最后一个蛊医。

童心有光

1960年代。

在这个时候，村里还未扯上电。

村子的四面都环山，便有一片井底天，亮得晚，黑得早，觉便睡得绵长而无奈。

却少梦。

人情景致皆烂熟，生活无甚奇异处，那属于色彩的新异的远方的想象的刺激的劳什子的梦，会多得了吗？少梦便是很自然的事。

村里也养着狗。但推开柴门走进的，总是几个邻人卑琐的影子，狗眼很是懒得睁一睁的，鼻息温柔，比娘儿们还斯文。于是，养狗的村里竟绝少狗叫，也是很自然的事。

也养着猫，养的是公猫，公不是雌雄公母的公，是与“私”相对的那个。

村里笼统二三十户，老鼠即便是论窝数，也“窝”不过二三十。若每家皆养猫，人不再屑于喂它，过几天快活日子便被饿死，是当然的。于是，家家便在屋门的下脚处开一个任猫出入的洞子，等猫来尽义务。这个洞，便有个很人性的名字，叫“猫随眼儿”，把猫的境况形象化了。

概村里的猫是极自由极幸福的。

知道这些，进村来，见每家门脚处都开着一个覆有小小布帘子的洞，就不会奇怪。

狗不叫，猫不跳，且少老鼠，这便是故乡夜景的样相。

那时节，小小的我辗转在硬邦邦的土炕上，狠狠地想：“耗子的娘怎恁不中用，多生一些小崽子，又费了几多气力呢？”

我很早就从祖母那里听到“老鼠嫁女”的事，知道那场景是极热闹的。

然而，老鼠依然生得少，依然敌不过那“公”的猫；而土炕依然烧得热热，有梦无梦都得睡上去。

该死的猫。

那日，天黢黑下去，村路上突然晃动着几柱忽长忽短的贼火，且伴着叽喳窸窣的声响。

人正挥头望时，一道雪亮的光正扫在二婶的脸上，二婶便妈的一声瘫下去了，便起伏了一阵长呼短叫。但那几柱光却愈来愈放肆了，点点戳戳照到众人的眼前了。汉子们便以为是一场猝来的灾难。躲是躲不过的，便顺手在身边抄家伙。一支檀木短棍在二叔手里颤抖：“是什么经不得官的玩意儿？说人话的就吱一吱声，讲畜语的就吼一吼嗓，若仍阴阴的，就揍球的了！”

那几道光就也颤抖了：

“吼什么老乡，再吼，就把胆子吓破了！我是公社的老穆。”

二叔就不言语了，怯怯地等老穆走近。

果然是老穆，他身后还跟着几个背东西的人，老穆认出了二叔：“老二，去喊人吧，晚上人齐，给大伙把救济发一发。”

二叔仍愣愣地盯着老穆，老穆便问：“没听见吗？”

“听见了。”

“听见了为啥不动弹？”

二叔就抬起那檀木短棍，极小心地敲一敲老穆手里的那个发光的东西。老穆一怔，但很快就明白了，就哈哈大笑起来：“这是手电，专门照亮用的，新鲜是吗？”

“新鲜！这么丁点儿的玩意儿，竟弄出老粗老粗的一大截子光亮，嘿嘿……”二叔的笑里就含了多种成分。救济发完了，人都走光了，二叔却仍在老穆身边磨，手里团着分给他的那几尺白布。

“嫌少是不？”老穆当然要问。

二叔摇摇头，紧接着竟说：“这布咱不要了，换你那只手电行吗？”

老穆一晃脑袋：“球，不就一只破手电嘛，送你了。”

二叔回到家，孩子们都已睡下，他钻进二婶的热被窝后，身子还激动得直抖。二婶问：“怎么了？”

“不怎么。”二叔将被子抻上去，掩了二人的头，“来，给你瞧一样东西。”二叔的声音未落，一团雪炽便把被窝涨满了。

二婶着实骇了一下，二叔嘻嘻一笑：“别怕，这叫电棒儿。”手电在二叔的嘴里，就成了电棒儿。

电棒儿定定地照在二婶身上，二婶的身子就也抖：“别照了，这肉皮子怎恁痒痒呢？”

二叔却依然照。突然他低声叫起来，“怪了，你那身黑肉皮子，怎恁白净了呢？！”

“白吗？”

“白。”

两人兴奋着，摩挲着神奇的小玩意儿。

这一夜，他们睡得舒坦极了。

第二天，二叔就早早地盼天黑。

天一黑，二叔就可山环儿里踅，将那束老粗老粗的光射到山壁上，射到老槐树上，射进每户人家的窗口。果然就招出各家的老少，就有人问：“做什么呢？”

“嘿嘿，找鸡。”二叔涎着脸说谎话，他的两只鸡婆，瘦瘦地偎在那个窄窄的鸡笼里，哪里还有力气飞出来呢。

他手上的发光的玩意儿果然就敛了人们的眼目，二叔就高兴得不得了，暗笑不止。

其实，真正被诱惑的，当然是童子。这小小的东西，对村里的童子是一桩大新奇；我们朦胧地感到，有了这桩神奇，今后的夜晚便不会再枯寂再漫漫难熬了。

于是，二叔朝前走着，身后就跟了一串童子。

手电，便成了童子们的一个理想、一种欲求。

有的童子，很快就实现了“理想”，有的童子，却为了这桩“理想”，开始了艰苦卓绝的奋斗。

我的奋斗，竟是一段屈辱史。

我家有四只鸡，每天要生二三个蛋；每天早上，母亲都去抠鸡屁股，心中有数是自然的。但每天却收不回那个数字，母亲就疑心邻人做了手脚。极专注地盯了邻人数日，却发现邻人过得很秩序很安分，其恬然的脸上，总清白如水。然而，那鸡蛋依然是少，母亲便确认了我。我当然不会承认，母亲就好言劝诱，劝得没了耐性，就用荆条抽我那小小的两瓣光臀。叫喊是必然的，但依然不把真情叫出来，母亲就没办法。后来，就干脆不让母亲费口舌，只要鸡蛋少了一个，就自觉地把小小的光臀递上去，请母亲打。以为母亲会客气客气，不料母亲却打得极实在，一下也不马虎。

疼啊！

小芹只有一个寡母，油都常常打不起，买一只心爱的手电就是一桩极大的奢侈。但少女的心却不会因此而放弃应有的固执，依然要奢侈一下。

机会自然是有。黑丑的柱子对小芹一直好感得很，高兴时，会对人涎着脸说："小芹是我的小媳妇。"

其实柱子尚不到十岁，但在漫漫的长夜里，同父母在同一张热炕上苦苦地蒸烤的山里崽，自然要烤熟一些不该烤熟的东西。

柱子知道小芹的心思，便拿着他的那只手电，在小芹面前踅："嘻嘻，电棒儿。"

小芹的目光便渴慕得很，幽幽的两汪清纯便愈加无所遮拦。

"想要吗？"

小芹就点点点头。

柱子就说："你让咱亲亲，就送给你。"

别以为小芹的脸会殷红起来，若殷红起来，就太不乡土了。

"真的吗？"

"当然真。"

小芹便把颈子伸过去了："亲一下吧。"

柱子挨近小芹之后，却一下子把小芹扑倒了，亲得蛮野而无休止。

手电握进小芹的手心之后，她想笑一笑，一张嘴，却哇哇地哭开了。

委屈啊！

……

写到这里，我的眼窝不禁湿润了——这就是生活给我上的最初的人生课程啊。现在我们常常感到生活的艰辛，想得到一点点儿，往往要付出很大的代价，于是就悲惘就叹息，以为活着，的确是一桩累人的事。事实上，对人生的付出，从我们的幼年便开始了，只是那时极单纯，浑然不觉罢了——一切一切的烦忧，在童年的心中，全然不在乎着，迅速地忘却着；童年的生动和健朗，使其选择了记忆了美好的愉悦的幸福的一时一刻；童心只崇尚那泪光中的妩媚和无顾忌的激越的欲求！于是，我们能不珍惜每一次机会，去做人生回归的实践吗？于是，就写我的故乡风景，与知我的师长朋友共沉浸共赏析。

这并不是题外的话。

童子们拥有手电之后，夜间的世界就极灵动了。

每一入夜，童子便簇在村中的老槐树下，将手电晃动着，商议着该玩些什么花样。有时分出三二股来，揣摩着战争的氛围，"运用"游击战术，在山壁村路间闪闪烁烁，弄出一团团的诡谲，平添一重重的神秘。而有时却个个爬上树去，抓痴呆的宿鸟，再烧起一堆堆的火，将鸟用泥团裹了，在火上烧着吃。

还可以捉迷藏。

冬雪连绵的时候，童子们往往就玩"开火车"的游戏。几十个童子均匀地排在一起，皆将自家的手电打开，远处看去，长长的一串光，流动得极剔透。那雪白未凿的山路上，就被崽们咯吱出一串串小小的脚印，昏暗的天光之下，便似一朵朵饱满的梅花，幽幽地绽放。大人们在屋内听到了那繁复的踏雪的声音，那音响很是撩得他们的心里痒，但是已过率性儿童的年龄，便没勇气放下架子来，就生出隐隐的烦躁，就冲门外喊：

"一群猴崽，不好好在炕上挺，吃饱了撑的怎地！"

门外的童子，便甩下一串无遮拦的笑声，依然是被手电的白光牵引着，把那列"火车"咯吱到更远的地方去了。那个时节，童子们的鞋子，每天都是湿的，但童子们的心却也整天被滋润着、温暖着。

村里，有唱年戏的习惯。戏台上的照明，靠的是台柱子上的几盏气灯。那个晚上，演的正是村里人最爱看的梆子戏《秦香莲》。演到铡陈世美一场，待包公施银三百两，惹得秦妇人唱出"官官相护有牵连"一句时，台上的汽灯竟同时熄了。台下，焦渴的村人便嗷嗷地叫。

这时，有个童子喊："电棒儿，电棒儿！"

其余的童子便恍然作醒，唰地将一束束光线投到台上去。于是，几十道手电光，竟让昏暗的戏台亮了起来。

于是，老包的铡刀便按照村里老少的心愿，接着铡下去。

从此，手电就普遍被村里人接受了。

然而，大人们只是借手电的方便，去快捷地挡鸡栅门寻狗，并去串一些不能不串的门子，然后，依然是早早地睡下。于是，大人们的夜晚，依然是绵长而孤寂。

这跟童子们的世界是多么的不一样啊！

当然，现在我明白了：对待生活，大人们着重的是利害和实惠，儿童们则想到的是情味与乐趣。

也许，这就是童心的定义了。

铜杆烟袋

四壁雪白，独有那烟袋的长长的铜杆，在一面墙上，发出幽黄幽黄的光；光虽弱，但极撩人眼目，每有客人来，便好奇地去打量。

这一柄烟袋，乃外祖父生前掌上之物。物什虽小，却远近闻名。昨日踽踽地走在村街上，东头那老黄还问：“哟！什么时候回的，你外祖父的烟袋还在吗？”

那年天大雪。小门小户皆闭了院门，围热炉烤红薯，嘻嘻呵呵把年关漫磨，任那雪花儿飞飞飘飘。一连八路伤兵落在村东的古庙，冷饿、伤痛拼攒了往那破庙里涌。那连长满街踅，徒然把一串串脚印愁愁错错地遗落。外祖父煞紧了腰带，砰地将外祖母的哭叫关在门里，跌跌撞撞进了山。在那高高峭峭的断崖上，他放落了一颗又一颗古柏，吱吱呀呀烧出了一筐又一筐柏木炭。拖着一双摔伤的瘸腿，趑趑趄趄将木炭送进庙里，“烧吧，山里最好的炭！”伤兵极惊愕，久久才出声来。那连长把一包碎银子塞给外祖父，“老乡救命了！”外祖父兀地跳到一边，一包银子就银银闪闪地满世界跌落。

抗日胜利那天，还是这连兵，把一箱一箱的战利品往庙里挑。隔日噔的一锣响，老老少少去那里分东西。外祖父把外祖母挡在屋里，自己个儿往那庙门上摇摇摆摆。他那条摔伤的腿落下了残。连长出来迎他，“老乡是功臣，那上好的东西都挑出来了，等会儿就送去！”外祖父不言语，坐边上看连长给百姓忙活。他用毛纸一棵一棵地卷纸烟抽，似卷着一柱一柱的沉思。突然，他的眼睛倏地闪亮，直直地盯着连长手上的物件。连长端着一杆烟袋：那杆是铜的，直溜溜有三拃长，那烟锅却极小，浑圆如一只猫眼；那烟坠儿是一块汉白玉磨的，光光的，似一颗常抚摸的心。外祖父贪婪地瞅那烟袋，临了，竟骨碌骨碌有浊浊的泪落下。

他一把抓过那烟袋，双目灼灼，那坠儿上果然有一个歪歪斜斜的“梅”字镂着。

外祖父的表妹叫“梅”，住在隔山的沟岔。那年沟岔上有几株梅开得艳，他和表妹把终身私定。表妹要给他的礼物也个别，说要给他磨一个带玉坠儿的烟袋，烟杆儿长长的，若抽长了的情丝。不久，竟从山那边传来音信，说表妹被“皇协军”“协”走了，逼着给鬼子头当小婆。他没命地朝山那边跑，拥抱了一腔绝望……有一日，外祖母悄悄地这样对我说了，并嘱我：“别叫村人知道。”

外祖父抚着烟袋上的浮尘，一双手抖抖的，把唇角也牵得颤颤：“同志，咱什么都不要，单要这烟杆儿！”外祖父把话讲得粗切而气壮。未等连长应声，早走出庙，朝那山岭坡攀了。连长觉得外祖父古怪，但还是认为外祖父有觉悟，命战士把一块光荣匾给外祖父送了。

生舅舅那天，外祖父竟将那烟袋斜斜地挂在外祖母床头，如镇物一样。且扑扑地虚大气，像正卖劲儿地吸着一口口烟。果然生得顺利，顺利得外祖父疯疯癫癫，把个烟嘴吻在舅舅的小嘴上，骗得舅舅当乳头吮。

从那天起，那长长的烟袋，就仍斜斜地挂在墙上。幽暗的石板宅幽黄的烟杆，凭空制造出凝重的神秘。外祖父却仍一只一只地卷他的烟炮，直到卷没了他的时光。

于是，人们敬重他这个人物，也就敬了他的烟袋；人们记住了他的烟袋，也就忘不了他这个人物。这杆烟袋这个人物，常被村人咀嚼。最后十里八乡传出来，竟成了村人的一份荣耀！

外祖父要走的那一天，气息似要闭塞，喘得呼呼噜噜响。他把舅舅叫到身边，看舅舅时，那眼光竟透出逼人的不屑。因为有那荣耀的烟袋，舅舅为人很是轻飘，常和伙伴闹个色。村里老少都知道。

外祖父终于说出话来，竟是平平的一句："把烟袋和我一起埋了。"

舅舅虽然应了外祖父，但封棺时却把烟袋掀炕席藏了。舅母瞥他一眼，竟被他瞪出了满脸的惨白和满脸的凄惶。

掮夫抬着外祖父的棺材，颤悠悠地走着。当听说外祖父怀里抱着那杆烟袋，竟登地觉肩上重得很，脚步也迈得沉重而平稳，气也不敢大出。咳，与其说敬重老爷子，倒不如说看重他的烟袋。

我给外祖父摔火盆，摔得很开心，山里难得大场景，红白喜事是不常有的，这是一次难得的机会。那棺材里的老头与我有何干系，便忘得干干净净。老黄（那时叫小黄）过来喝我，叫我放规矩，"你外祖父可了不得，贵人呢！他有一个长长的烟袋你知道吗？"我白他一眼，照旧笑着跳着追那溅火星的纸钱。老黄愤极，啪啪在我脸上打出火光来。等我哇哇大哭，他才悻悻地，跟在人群之后嗒嗒地踱着慢步，鬼也似的！

我偷偷回家里，赌气把炕席底下的烟袋扛在肩上，直直地站在屋檐下。送葬的村人蜂也似的归来，急急地奔我家准备大吃大喝。猛地见我手中之物，都呆呆地如骨鲠喉。片刻，就听有嘁喳声交耳复交耳。舅舅最末迈进门槛，丧丧地，若天塌下一片。突然觉周围有异样，见我在出他的丑，便咆哮如狼嚎，拳头也就雨点般朝我身上落。老黄嘻嘻地奔我来，站在舅舅与我中间。他分明在替我抵挡舅舅的乱拳，声音也发得庄严："算了吧，稚童不可欺，独乡里可欺！"这分明又是宣传又是挑拨。果然，落座吃酒的乡邻哗啦啦走出大半，扑扑地往我家门坎上吐唾沫。有一串黏痰居然挂在门楣上，小风一吹，飘忽若秋千在荡！舅舅的威信也就减了大半。

但舅舅并不颓唐，整天把烟袋别腰里，在乡里乡间串。回屋内，慢腾腾将烟续了，把脖子仰得挺挺，唤舅母点烟。舅母哀哀然把烟点了，立在边上，仍怔怔；直到那火烧疼了手指才踅到灶下，一把一把地添柴，为舅舅把烫脚水烧适中。这烟袋怎这样，竟使舅舅有大大的资格，颐指气使于舅母！那天，我趴在他家的土炕上，正往滑石板上写字，心里异样地别扭，便在石板上写："他妈的舅舅，大王八蛋！"舅舅吐出一个滚圆的烟圈，直直地朝我睃，吓得我没命擦那石板，生生将石板戳出洞来。

果然沾了那烟袋的光，公社两个官人找上门，要舅舅做支书。先前那个支书太贪，污款肥腰包。舅舅一脸的喜气，却支支吾吾地拿搪。官人说："得了吧，谁不知你那老爷子，见便宜不占，天字号的老耿！"舅舅不再推辞，片刻后便成了村上的头人。他把会计唤来，"去买两瓶好酒，招待公社领导。"那会计说："那钱哪儿来，你出？"舅舅干干地笑出泪："屁！我是村里的支书了，记账！"那会计便登时点点哈哈顶温顺顶快捷地出院去。

酒过三巡，官人渐渐生出醉意，对舅舅说："听说那古怪的爹，有一杆顶神秘的烟袋，对不？"舅舅把烟袋递上："是这杆。"官人说："果然气派，时下很难找这样的稀罕玩意儿了！"官人不客气，摸摸索索将烟袋添上。舅舅嚓地把火划着，直让我生出疑惑：这竟是那笨拙的舅舅吗？！两个官人便轮流抽那烟袋，你一口，我一口，直弄得室内烟云缭绕，让一盏昏暗的油灯，又昏暗了许多。"过瘾！过瘾！"官人大醉，哇哇吐出满地腥臭，嘴里还嚷过瘾，手里还不放那烟袋。

舅舅故意将这事在村人中大讲，若咀嚼一个动人的故事。于是，舅舅就斜披了一件破棉袄，稳稳平平地端了那长烟袋，可街上彳亍，蛮舒适蛮气派地去主宰他的山村。

村口有一棵弯弯的老柳，上面挂一口锈迹斑斑的钟，那钟声极清脆，木槌儿轻轻一碰，便当当地将檐下的燕子惊飞了；一群群燕子惶惶地在空中飞，遮黑了山村那巴掌大的天。

先前那支书当家之时，敲钟的是那会计。每有大事要公布，只要支书一吐口，他便如鼠般疾蹿于钟下，可劲儿地敲，宣告自己在村里的地位。舅舅上台，会计便轻易挨不得那钟。舅舅转到村口，忽然觉得有话要说，便从腰上抽出那烟袋，轻轻朝钟上磕。钟声不急不缓，脆而不焦，均匀而悠长。那响声与前任迥异，绵绵的，竟有温情在里头。但舅舅讲话却绝对不客气。必要时，用烟袋戳戳点点，竟把五尺男儿训得涕泗滂沱，生出一幅好景致。那一刻，那烟袋成了他权力和威严的象征，把外祖父的爱情排挤得一干二净。

一天夜里，风嗷嗷地撕扯门扉，雨也迅如疾马蹄。舅母害怕，让我跟她就伴。此时，把我紧紧地抱了，在黑暗中，把眼中的两束幽怨直直地盯在天花板上，久久不曾翻身。但我却感到舅母的心跳得咚咚如鼓，滚滚如海。我轻声唤舅母，一声挨一声。久久，舅母僵直的身子有些温软，却听见了她微弱的抽泣，窣窣如衣磨。慢慢地，她五指梳子般在我发间挠，痒痒地催我入眠。我陡地恨起舅舅，恨他用那杆烟袋，把舅母把我抽成一缕缕烟灰，碎入脚下的黄泥：春而夏冬，窄窄的石板小屋，情结也窄窄，春意更杳无。

五更，剧烈的声响，把舅母和我惊惧成一团颤抖。舅舅曳门而进，湿淋淋的，雨水从他光光的身上淌。门外有一阵阵呐喊传入，久久不平息。炕畔，舅舅死人一般，仅有攥了的指骨咯咯爆出脆响。

第二天，钟声大作，有人狠命砸钟。进入人群，方看见，那钟上，舅舅那一杆长长的烟袋被绳系了打飘，飘飘如一羽鸡毛。老黄站在只配舅舅站的高台上，向众人发话：“老少爷们认得这杆烟袋吧，长长的铜杆，抖抖的玉坠，它居然躺在王寡妇的被窝里！可惜这个宝啊，枉了它那缘分！啧，啧……”他猛地吐了一口浓痰，“神个屁，贱！”周围一片踢踏，周围一片唏嘘，周围一片咒骂！

舅舅早该有这天，老黄和乡亲们早就恨他。

不久，还是那两个官人来村上，见到舅舅，踌躇有难色。舅舅说：“该撤就撤吧，没怨！”老黄挤进门口：“得了，念他祖上，还让他当吧。”舅舅的一张白脸煞地就如铁一样青了，终于暴跳如猛虎，咚的一拳打出，把个壮壮实实的老黄打得疲疲软软朝院墙斜倚。我兴奋至极，巴掌拍得山响。“舅舅，你第一次做得像条汉子！”我心里说。之后，舅舅卷了个小小的被卷带了叮当可数的几件家什，翻过两道陡陡的梁，下窑，当他的走窑汉去了。

我大学毕业，进了机关，舅舅对我说：“好外甥，你到底是给舅舅争了一口气，让你舅舅的腰杆有要直起来的感觉。”我成亲那天，舅舅喝闷酒，一碗一碗猛灌，如沙漠野人之狂饮。媳妇要去劝，被我拦住。“舅舅别无长物，把烟袋送你。那上边有长长的一段历史，够你小子用一辈子的了！”酒虽喝多了，但话语却清晰，且颇有深意，舅舅不枉做了他的几年村官。

于是，我便将烟袋挂墙上，尽它的职责。

它虽冷冷，却柔软如鞭。在我身后，外祖父用它轻轻打，舅舅打得重重。对他们，我便又爱又恨，踽踽地朝前走。

男女河韵

村里就一条河，一条逶迤的瘦瘦的小河。

河里的水草很纤细，河滩的石子很浑圆，是一条干净得让人心疼的河。

“水至清无鱼”是极对的，这条河里的鱼就总也长不大，清秀苗条的几尾，悉然可数。

但村里人并不感到遗憾，他们爱的是河本身，有水清凌凌地流着，还奢求什么鱼之类呢?

但村里人爱河有山里人自己的方式，人们好像并不珍惜河的清澈，而是拼命地享受河给自己带来的实惠——淘米洗菜浣衣沐身及涮牲口的毛……均在河里做。外人便极不解，这里的人怎竟这样?其实，山里人有山里人的逻辑：日月依旧是变幻，河依旧是流淌，你拿它没办法，就趁流在身边的时候，死劲儿地享受一下吧，对河，也就不枉流一遭了!

这跟山里人的性情有关。

比如爱自己的女人。男人要舍得打她，打得她满地翻滚打得她呻吟不止，一如在土炕上，那夜里的呻吟。只有这样，女人才觉得已真正被自己的男人疼起来了，在男人面前，或娇嗲或撒泼，皆有了心安理得的资格！于是，在村里，对女人太温柔了，却常要惹起女人的疑心，女人会想一些个有效的办法，去激怒男人，让男人在愤怒中，暴露其真性情。那时，女人疼的是皮肉，熨帖的心灵。也许，山里女人从飘流而来的岁月里得到了一个启示：那情和仇其实是一个东西，爱得不深，就不会生仇；仇得不深，就不会知爱——情情仇仇，仇仇爱爱，相互依衬且相辅相成。

饮食男女的这番情状，懂事以来，在现世的别处，我未曾见到。就只在书本上见到过一次，就是多米尼加的胡安·包什笔下的那篇《女人》。那个女人被自己男人打得奄奄一息，并丢弃在路边。一个善心的过路男人救了她，把她送回家。她男人仍殴打她，那个善心人便替她给那个不讲理的男人施以了一番教训。关键的，是最后一幕，当善心人把野蛮人压在身下时，女人却捡起了石头，朝善心人的头上砸去：

“他是我丈夫！”

接下来，胡安·包什沉痛地写道：

> “奇科（善心人）顿时松开了对手的脖子，双腿一蜷，双臂一字张开，无声无息地仰面倒下。身下的泥土不断地吸吮着汩汩涌出的鲜血，血泊上闪着幽幽的鳞光。”

这的确令人沉痛，但流这样的血，其价值何在呢？

有人说这是族性的落后和人性的麻木。我却认为，这是情仇之外的局外人的无谓的牺牲。

懂得了这个道理，就会懂得山里人对河的那种特别的情爱。

村旁有个小河埠，河埠上有大大小小的卵石罗列。细心观察，便可见到在一些大的卵石上，均有相像的凹痕，人若坐上去，两瓣臀叶便与凹痕极吻合了。这的确是臀子磨出的痕迹，是那些辛勤在岁月中的大臀子女人的杰作。她们坐在卵石上淘米洗菜，她们坐在卵石上濯足洗衣，把污浊交给小河了，把洁净收拾给自己了。于是，只要看一眼凹痕，就知道山里女人对河爱到何种地步了。

有一桩事，本来不该写在这里，但不写，心里总有些梗介，那就是晨昏时刻，在河里涮那些带着尿碱的尿罐。

脏衣脏袜在河里洗了，尿罐子也在河里涮了，那瘦瘦的河脉，竟无一日浑浊，总以透底的清澈迎迓人类那探寻的目光。河就是以这样的赤诚，接受着山里的人群，颇像个痴心女人，无怨无悔、没心没肺地爱着。

而山里人对河水的赤诚，也是极令人感动的。走到河边，明知那水洗过衣袜涮过尿罐，却无一刻犹豫，伏下身去，喝个肠肚饱满。山里人世代饮着河里的水，不洁的字眼，从来就不属于自己的河流。

但山里人对河的态度，却容不得山外人依此而为。对这，下放来的南先生，是有亲身感受的。那日他与二叔从山外背盐巴回来，走到一处背人的河湾，二叔突然想尿一泡，就尿到河里了。南先生也想尿一泡，二叔却让他转过身去，尿到岸上。转过身去，就有走动的男女，南先生就拉不下脸，只有再转过来，二叔就嚷："你不成！"

"就你成？"

"嗯，就我成！"

"凭什么？"

"就凭我生在这里！"

南先生就不敢再争。他明白，山里人是把自己的命脉与河的命脉摽在一起的。摽在一起的跟不摽在一起的，当然是不一样的，一如打女人，自己的女人能打，别人的女人，你能打吗？

然而，山里的河，流得忒平静忒清澈，这与喜欢在艰苦的劳作中，较量膂力的山里人就极不协调。山里人渴望河里卷起一些个风浪，卷一些个泥沙，再将自己扔进去，做一些浑然的力的厮磨，那样，则淋漓酣畅、荡气回肠，一如劫后新生，是大快乐啊！但除了暴雨过后，卷一阵转瞬即逝的激流之外，其余的时刻，河就依然温吞就依然慵懒。山里的汉子就骂：

“娘的，像个大懒娘儿们！”

于是，一到夏天，山里人对河水的情怨，便爆发得不可收拾，便要喊河。

晚饭吃得肚圆了，烈酒喝得醺然了，汉子们便招呼着：“走哇，泡娘的河去！”

到了河边，找一方高起的岸，于瞬间把自己扒得精光，精赤赤地站在岸石上，放开嗓子喊：

“噢……噢……”

“噢依……噢依……”

“啊啊啊……”

这是野性的释放，喊得音韵不齐，喊得毛骨悚然，河谷里就荡起久久旋回、似要永不飘逝的回音。

人们在喊得热汗蒸腾、喉嗓火燃的那个当口，便纷纷跌下河去，在河里打滚，在河里蹦蹿，恣肆出能想得到的一切花样。那时的河面，大浪小浪浑浊的浪，搅成一团，挤成了疙瘩，热气冲天迷漫，一片天昏地暗。

山里那过剩的活力，那征服迎头而来的一切的欲望，把河煮开了！

当汉子们从沸水里爬出来的时候，已精疲力竭；他们把自己瘫软在温热的卵石之上，懒得看一眼极清秀的满天星星。河水渐渐地平息下去，汉子们的鼻鼾渐渐地均匀起来，远远地望去，那群汉子已融化在河岸之上，是一块块光滑的活着的卵石。

河，便彻底被汉子们拥有了！

夜深了，汉子们静静地爬起来，静静地走向自己的家门：“娘的，舒坦得要死啊！”

谁不想舒坦得要死呢？

于是，到后来，来喊河的人便不仅仅是汉子，还有老少，还有年轻的女人。

而离村近，岸势好，且河底宜人的河段就那么一二处，就有男女争地盘的情状出现。

当然是男人得到好地盘的机会多，女人就极懊恼。后来女人们的犟劲儿上来了，场面就闹热了。

那日，幺姑接了姐妹的众托，抢先到河边去占地盘。到了那个好河段，果然还没有汉子们的影子，就高兴得不得了。她站在高高的岸石上，遥盼着姐妹们快些来。终于盼到了人影儿，近了，却是年轻的后生米柱儿。幺姑心里着急，说：“米柱儿，别过来，这儿俺已占上了。”米柱儿一笑：“邪了，这儿一直是我们爷儿们的地界，凭什么就成你们的了。”就要脱衣下水去。这时，一群姐妹已过来了，见到这番情景，边跑边喊：“幺姑，别让他下水。”米柱儿脱得更快了，边脱边说：“谁先进得水去，河就归谁了。”

幺姑急了，骂一声：“个经不得官的，怎恁招人厌呢！”

那骂声未落，幺姑的衣服已经脱净了，白润腴美的线条就无遮无拦地迸射着。米柱儿回头一看，呀地就蹲下了，紧紧地捂牢了双眼，浑身颤抖。山里的汉子，虽蛮野在嘴上，却真纯在心上，不敢看这样的阵势。

“哼，就是要让你知道知道姑奶奶的厉害！”话音未落，幺姑哗地就跃入水里去了。

那群姐妹就笑得极恣肆了，纷纷把一团团白影化到水里去了。下到水里的女子便成精了，把大团大团的浪花掀到老实巴交的米柱儿身上，生生将羞怯的汉子驱走了。

走着走着，身后就传来了女人们尖厉的光滑的呼喊，那声音撕裂了整个天空，一如群妖突降。

不知是委屈还是感动，米柱儿竟将泪子悄悄地滚下来了……

我当然也有喊河的经历，不过，最后那次喊河把我吓坏了。在岸上噢噢地喊完了，我便随着人群跃进水里了。刚露出头来，就见我的叔伯弟弟燕在跟前呛着水。燕是不谙水性的，却也来喊河。我便去救他。不期竟被他死死地抱住了脖子，就不容分说地与他一同沉入水底了。我在心中失声叫道：完了。我当时是那么惧怕死，就死命地掰他的手，指甲都掐到肉里去了，就是摆脱不掉他。我的手就四处乱抓，竟抓到了一束杂草。心中突然闪出一线光明，就索性沉下心来，屏了呼吸，一束一束地拽那杂草。最后，竟拖着那个沉沉的身子，从水底爬上来了。当脚蹬实了岸边的卵石时，我便悠然倒下去，什么都不知道了。

这是我人生的第一次冒险经历。所以，我记牢了家乡的河。

现在，我竟常常想：真不如当初就死到河里去，那样，就成了河的最纯洁的儿子了。一如污浊之后，渴望清澈，执意的回归，会以最极端、最强烈的方式。

父子对酌

故乡的父亲们喜酒。

故乡的儿子们喜酒。

故乡的父子，往往是一对一对的酒父子。

这跟故乡的水土有关。

故乡的水过于清冽，人怎么喝也喝不够，往往喝得满肚满腔的，竟至腰都弯不下去了，久久地立在那里喘粗气。肠胃被凉水浸得久了，自然就有阴沉的感觉。于是，将装陈酒的瓶子打开盖子，把盏饮几盅，瘀气便驱得净净，肠腹便化得柔柔，便有给个皇帝也不做的感觉。

这是故乡的水，而故乡的土过于贫瘠——并不是山里的土天生就薄，而是因为这里的雨水太勤。山里的灌木多，落叶就厚，厚厚的落叶，自然成就膏腴的腐殖土。但只要山雨来，沟坎坡梁上的水便汹涌四溢，便把膏腴的腐殖土冲得很薄。但这容不得村里人叹息，因为人们都知道，光叹息就不会有玉黍；而村里的玉黍所浴的是未经污染的清芬，所沐是极原始极淳朴的阳光，味道就好吃得要死。于是，面对贫瘠的土壤，就只有想办法将其培育得肥沃起来，就开山，就扒土，就垒堰，就拼命卖身膀。晚间依在炕头，肉身疲惫，就觉得死活要饮些个酒，觉便睡得真格的舒坦。请不要怀疑这种体验：肉身太疲惫之后，当然会很快睡去，但睡得太昏沉，隔日就醒得迟，即便起来，也觉疲软昏乏，打不起精神；若饮些个酒，再睡，就不一样了。所以村里人遇到累过了劲的人，会说："用酒给他醒一醒。"

村里人喜酒，还跟山里人的性情有关。

山里人性情极温厚极憨朴，遇事皆让人三分，从不紫了唇口涨了脸子红红白地与人争持。但梗介在心中自然是有的，郁气也在腔子里聚得浓浓，就喝酒。喝得眼前皆为软物，醉拳砸到硬邦邦的土墙之上，也觉得疼的是那墙，而不是自家的手。于是，郁气在村里人的腔子里就不会结得太久，冤仇便极少作下。在红日头之下，黄土地之上，赤膊的依然赤膊，流臭汗的依然流臭汗，抗争的是命运，而不是人。

温厚憨朴的另一面，便是怎么抹也抹不掉的那几分迂讷。素日里闲侃，也能侃出黄云紫雾；但切莫到了关口，到了关口就要陈述，就要求人，就要论出子丑寅卯。对村里人，这就像让善心人动干戈，不是心性怯懦，而是下不去手，便一退再退，一躲再躲，弄得婆娘们都满脸羞臊，浊浊地骂一句："个经不得官的窝囊废！"这一声骂，如一记重锤，砸出了汉子的自尊，便低沉地吼道："没娘的过不了的鬼门关！"便揭开坛子渴酒。喝得飘然忘我，便去找该找的人，说该说的话，虽踉踉跄跄，却也是铿铿锵锵，板眼俱到，声色俱佳，其结局自然就极完满极美好。得胜还朝，乜一乜婆娘那期盼的黄脸，"娘的，人活在世，还在乎那几句话！"但待醉晕褪去，便依然憨朴依然迂讷，那曾有过的一刻辉煌，似与自己无关。

于是，由着山里的水土，由着山里人的性情，酒与村里人的生活就密不可分了。

逢年过节，山里的酒，自然就喝得昏天黑地。一进腊月，村里人就极少出门，把炭火挑得旺旺，把酒儿温得热热，便不慌不忙，一杯接一杯地饮下去，往往要把日头饮退了，把三星儿饮上来。那些年，山里的冬日很少下雪，空气冷而干燥，从城里下放的南先生便说：

“村子上边那块天，酒气太盛！”

而关起门来喝酒的，往往是父子。

起初，父子间还有些拘谨，儿子怕冒犯了老子，老子也怕跌了父威，就客客气气地喝。小的恭恭敬敬将杯子举起：“爹，您请。”老的也会让一让：“一块儿吧。”喝到面红耳赤，心里就很高兴了。皆觉喝得不畅快，父子便撞起杯来。叮叮咣咣一阵畅饮，身膀就松软极了，骨节也咯吧咯吧伸展开来，就觉得人到底是人，活得还是开心的。小的便说：“您老不容易，您老要喝好。”老子眼窝里便洇湿了：“喝吧，爹给你的，也就只有酒了。”

这一句话，说得老少都心酸了。山里忒偏僻，天地也极小，父辈留下来的，就只有犁耙，就只有低矮的石板房。其实，父辈谁不愿留下更多的一点什么给儿女们呢？然而，得到那更多的一点什么，对没有文化很少走出垭口的山里父老是一件容易的事吗？

于是，心酸的老少就都流下泪来。那泪越流越汹涌，直到酣然作哭。

这哭，便是山里说的闹酒。

哭过了，饮酒的人才觉得真松快了，酒才真喝到了分上，就喝得无所顾忌了，往往就划拳：

“爷儿俩好啊，八匹马啊！”

“六六六啊，顺山溜啊！”

……

行的是跟山里有关的酒令。

喝到这一刻，父子遂失了辈分之囿：而对那满坛的醇酒，就只有两条汉子，就要喝出个高低——父亲不让儿子，小的也不服老的，就我喝你喝，你喝我喝，喝成了昏天黑地。这叫豪饮。

老的喝得虽眼皮已紧紧地阖上，竟还能准确地端起桌上的酒杯："这杯是老子的。"

少的腰也软得直不起，却仍极快捷地抢过杯来："不，这杯是你儿子我的。"

老的摆一摆手："咱哥儿俩谁跟谁呢。"

少的一饮而尽："不，你是我爹！"即便是醉得要趴下了，但他心里也明白。

……

那一年，考山外的高中，因了把走出山去的念头叨得过重，走进考场，我就极紧张，考数学的时候竟紧张到脑子里一片空白，自然就没有考好。

等待通知的当口，我无限放大了自己的沮丧，甚至趋于绝望，便整日躺在土炕上，眼睛呆呆地望着天花板，心中万念俱灰。

母亲一遍一遍地呼唤着，我竟未听进一句，母亲便骇极，把我的头抱进她的怀里，哭着摩挲。

父亲在地上来回地踅着，一声接一声叹息，临了，竟对母亲说："甭管他，去炒两个菜来。"

母亲就怀着极深的疑惑去炒她的菜。

菜炒好了，父亲拍一拍我的脑门："崽啊，起来哩，闹两口酒。"

见我仍没动静，父亲恼极，老拳便重重地砸在我的膀间："娘的，爬起来，陪老子喝酒！"

那坛老酒揭开之后，酒香喷射而出，摄人心魄，我的心便一阵颤抖。原来，酒对绝望之人是一种诱惑啊！

挪下炕去，见酒已倒好了，便让也不让一下父亲，将那满满的一碗酒一口罄尽，再当地把碗放在桌上。

父亲又及时地将碗斟得满满。

抬头见父亲温温地朝自己笑着，麻木的心叶才渐渐酸起来，便把碗平平地端起："爹，你也来。"

父亲就也擎起满满的一碗酒："来！"

咕咕又一气尽了，母亲便慌得很："他爹，别叫崽再喝了。"

父亲便白了母亲一眼："你就别管了，崽他能喝。"便抬头问我："是不，崽？"

"是哩，爹。"

"那就喝。"

"喝！"

喝到我再也端不起碗子了，父亲便说："喝不动了是不？"我呆呆地望着他，感到这一刻，他狰狞极了。

父亲白了我一眼，轻轻地摇一摇头，说："你不喝，我喝。"便喝完他那碗，又喝光我那碗，且将罄尽的碗底亮给我看，嘿嘿地笑。

我终于被父亲激怒，猛地把那酒坛子举起来，将那颗沉重的头颅探过去，喝他个大河奔流！

"娘的，有种！"只听父亲一声吼，我便什么也不知道了。

醒来时，我竟不敢再看父亲的眼睛。我为自己的软弱感到羞愧，便默默地装满一袋烟，朝父亲递过去："爹，我懂了。"

我是真懂了：喝酒的山里人还有其另一面，便是刚烈而坚韧，在挫折面前不改信念，跌倒了能够笑着爬起来。而酒里泡大的孩子，要对得起酒啊！

后来，高中到底是考上了，而后又考上了大学。至今虽然已在外边生活了三十多年了，但那天与父亲对酌的情景却清晰如昨。那是怎样的一种情景啊！

闲时想来，故乡的酒的确喝得有些过，喝得有时父亲不像父亲，儿子不像儿子。但这是一种真纯，是一种本色；唯如此，家乡人才活得安泰，才活得自在，才活得绵延不息。

于是，酒对故乡人来说，是一种酶，是一种信念，或者就是一种宗教！

也许什么都不是，只是一种需要。一如爱，爱在爱中，不必说出理由。

父子与烟

我上初中那年，父亲做了村里的支书，我感到奇怪：怎么那么厚道那么窝囊的父亲，竟是支书了呢？

事实上，父亲的支书的确做得很不像样子。

那天平整堰田，太阳刚齐到垭坡的半腰，就有人喊饿得很，就对父亲说："支书，散工吧。"

父亲望望日头，嘿嘿一笑："散不得，散不得，日头还烧着呢！"

那是个极要强的后生，被父亲将话头驳回，自然就倏地恼起来，低低地骂一声："烧你娘的脚！"

这一声骂，被许多老实人听见了，就唰地将目光探到父亲的脸上，父亲羞然低下头去："他还是个孩子呢，咱不跟他计较。"

这里的意思极清晰：他是个孩子，我能跟他一般见识吗？须宽容，忍。

但是，父亲却怎么也意识不到，这样的话，对一个虽稚嫩却自以为极成熟了的青年来讲，是一桩多么大的羞辱啊！

"等散工吧，散工后非让你见识见识不可哪！"青年恨恨地说。

散工了，报复的场面，果然就出现了。

父亲猫下腰去，准备背工间打的那捆柴，柴捆却被那个青年扳倒了。父亲平和地说："结了，结了，别使性子了。"

就把柴捆扶起来，再弯下腰去背。但柴捆又被青年扳在地上，父亲的脸就紫涨起来。那年父亲刚进而立之年，血性自然也在蒸腾着，但看到周遭围满了人，他就不知道如何才好。如果他不是支书，他肯定果断地做出些什么，但他偏偏是支书啊。

"支书，敲（揍）他个小子！"周遭的人却不把这时的他看作一个什么支书，而是一个受欺辱的人。

大家的同情，反而让父亲害怕起来，怕因他的缘故，而惹一场混乱出来，就索性丢下柴捆和身后那一束束关注的目光，兀自走了……

父亲的这一选择使他失了威信。这里有山里人的逻辑：既然当官，哪能不狠一些呢？哪能没一点做官人的威仪呢？做好人尽管做你的好人得了，又做什么支书呢？

不管村人如何看父亲，父亲的几个兄弟，仍然与他亲热着，把父亲拥为各自家室的座上宾，这自然有着同胞的情谊，但一次酒酣之时，三叔却道出了另一重深刻：

"哥，肥水不流外人田，打虎还得亲兄弟。支书不是给旁人当的，有好儿（好事、好处）要想着自家兄弟，剩下的，全是狗屁！"

三叔说得极实在。尽管父亲的威信不高，但仍能享受到由权力本身所带来的权力，比如由谁去当兵，让谁当工人等等。于是，若父亲活泛一些聪明一些，在家族里弄个好声名，便是一件很容易的事。

但那些当工人的指标、当兵的机会都从他指缝溜出去了，一部分溜到普通人家了，一部分自然溜到了其他干部的家属，本家族里的人竟不曾沾上一星半点。叔伯们就不能不恨他，便想着把他从家族里挤出去。

在这般情状下，父亲的支书就自然做不长，等我上高中的时候，他已是一个普通村民了。这自然有他本人品行上的原因，譬如我上高中的开销大，需要他手里有足够的钱，而他又不愿矮了做人的标准利用手中的权力去贪，而索性去挖煤，挣心安理得的钱。但家族里七亲六戚的掣肘，未必不是一个重要的原因。

一天，父亲喝了一些个酒，泪涔涔地对我说："孩子，爹没用，爹帮不得你，要想走出山去，还得靠你自己。"

父亲的话，令我感到极沉重。我那时已读了不少文艺书，譬如诗人赵日升编的《房山文艺》，心性变得灵活，对山外的世界充满了渴望，绝意要闯到外边去。但已没做父亲的依靠了，只有靠自己读书读出去——这对一个孱弱的儿童，不啻是一种厚暗的压力，便怀着一种类似仇恨的心情拼命读书。

高中究竟是考上了，而且是县里的重点高中，悬着的一颗心便放得妥帖了一些，父亲也整日里氤满了喜气。他的儿子到底是给他挣了脸面，内心的块垒得以舒展。但到了考大学的时候，又起了周折——虽然成绩考得很好，但外边的院校都要开学了，我还迟迟没有接到录取通知书。急切之下，央父亲领着，亲自到招生处去问究竟。

那年的招生处设在香山，距家乡有二百多里的路程。那时山里还未通车，我与父亲便苦苦地走了两天的山路。在路上，就啃母亲给打的几块玉米饼，就捧饮浸着羊粪蛋儿的山间积水。

到那里一问，原来我考试的档案已被弄丢了。我急得说不出话来。父亲则结结巴巴对人家说："求您找一找吧，咱是山里人，不容易哩！"

那人白了父亲一眼："档案多了，查起来是很麻烦的。"

父亲依旧嗫嚅着："咱是山里人，山里人，山里人不容易哩，就劳烦您给查一查吧。"那人竟嘿地讪笑一声："山里人怎么了，山里人就能充作圣人被人供着？"

我知道那人是不愿给找，即便是找，能让人白找吗？

我便对父亲说："给他弄两包烟吧。"

父亲嗒地就把头低下了："爹知道，但爹兜里空啊！"

那时的山里当窑工的，只是把工钱记在账目上，到了年终才一次性给以结算，素日里，很难见到现钱，爹的兜里自然就没有不空的道理。再说，来时走得急，也没想到跟邻里有个借项，以备不时之需。

到了这一步，我的心，颓然若灰，木木地蹲在地上，任满腔的绝望兀然恣肆。

我那走出大山的愿望哟！

心锐烈地疼起来，便想到死，脸色都青白了。

父亲便骇然，说："想哭就哭一哭吧，咱山里人不吝惜哭哩。"但却哭不出，只是牙关咯咯地扣动。

父亲蹲在地上，仓皇无措。

空气沉闷极了。

"孩子，抽口烟吗？"父亲突然说。

我登地一惊，抬头看时，见父亲手里果然就擎着一支纸烟。我怔怔地望着父亲，在瞬间，他变得极陌生。

平日，山里的孩子多抽烟，抽那苦苦的老旱烟。我当然也想抽一抽，好像不抽一抽就不是山里的孩子，但父亲从来都是严厉地管束着，说抽烟会把脑子抽混沌了，就不聪明了。而今天，他竟亲自给儿子卷烟了，他想叫他沉沦的儿子更沉沦吗？

"就抽口吧。"父亲执拗地将烟递过来，嘴里是一丝涎涎的笑。

我怯怯地将烟接过去，只轻轻地吸一口，那老旱烟的辣味儿苦味儿便在我的口腔鼻腔里萦绕不绝。我想喘一喘，却喘到半路又闷回去，就只有接着抽。这一口就抽得重了。浊浊的一口烟子穿到腔子里，腔子就痒痒的，像烧着了，眼泪也就酸酸地溜下来，眼前就一片迷蒙。待迷蒙过去，那颗心居然有了一丝清爽，我便不停地抽下去，且大口大口地吞咽。于是，腔子里，除了烟气，便再也容不下其余的什么了，但木然的心却被激活起来。

这一刻，我沉迷到人生第一支老旱烟的刺激中去了。

第一支纸烟抽完了，我居然无端地兴奋起来，竟渴望抽到第二支烟。

父亲极懂我的心思，把一撮烟捏到一条破报纸上，慢吞吞地卷他的烟。我看见，他那双粗糙的手，不停地颤抖，烟就久久也卷不成形。

我的心，也随着他的手的颤抖而颤抖：在老山背后，做个父亲，可多不容易啊！

当我抽父亲给的第二支烟时，竟不再尝出苦和辣，却尝到了一种淡淡的，却极绵长的甘甜。我极节省地一口一口地抽着，作久久的回味。

烟抽完了，我感到了晕眩，伏在父亲的膝头上，睡着了。

醒来，父亲的眼圈红着，他说："爹不是好爹啊。"

这时，我除了想和爹回家之外，已别无他念，便站起身来，"爹，咱们回家吧。"

……

后来，我成了嗜烟成癖的人。

但也成了遇事想得开的人。

因为，一切化不开的什么，往往在一支烟的袅娜中无声地化开了，其中之魅，一如酒。

我有一天跟父亲开玩笑："您支书的权力没有行使好，可那次做父亲的权力，却用得很让人寻味，至今，我抽的所有香烟中，怎么也不如那两支有味儿呢！"

父亲的脸更红了："你可别这么作弄你爹啊。"

我便嘿嘿地笑起来。他也嘿嘿地笑起来，且满脸羞愧，像一个做了错事的孩子。

由于父亲，我成了一个嗜烟嗜酒的人。但对父亲，我内心无怨，反而觉得，面对艰难时世，烟酒是一种生命的受用，一如鸦片既可以是毒品，又可以是救命的药物，其本身是没有对错与善恶的。

后来我想，千万种儿女有千百万种父亲——生活可以选择，而父亲你终究无法选择，就无怨无悔地爱这一个吧！

这也是做人的起点。

父辈姻亲

写这个题目，要涉及父辈的许多私情，便有几多踌躇；但又不吐不快，就拘拘涩涩地写来吧。

一说到山人的婚事，许多人会想到文学作品和电影里所描绘的情形，以为山里人除了换亲、除了近亲联姻、除了迁就着娶一些聋哑病残之外，便没有好一点的婚姻了。这太囿于片面的经验，与山里的姻亲实际是有差距的。

因山里闭塞，也很穷，村里姑娘多会嫁到山外去，这是事实。但并不要因此就小觑她们，怀疑她们在品行上有什么问题。有谁不羡慕舒适的日子？有谁不追求美好的生活？她们的选择，表现了人性的自然，是可以理解的。

这势必给山里的婚姻造成更大的困难，但我可以负责地说，在故乡的历史上，是绝没有近亲联姻的。祖上基于自己的生活遭际，给后人留下了法典式的遗训：表妹绝不可钻表哥的窝棚，姨妹也万不能睡上姨弟的土炕。

这一点，就足以令吾辈生出对祖宗的崇拜。

于是，故乡的姻缘便主要有三个路子：一是与山外更偏僻的村落联姻；二是收容一些因灾异而逃荒至此的山外女子，譬如受水灾的“水落儿”、遭旱灾的“旱落儿”（“落儿”，是个形象化的称谓，指遭灾后幸存下来的人）；三是娶“二婚头”，即死了男众，拖累很重的寡妇。

娶“落儿”是极偶然的事情，用现代话来说，便是有极强的“机遇”因素。若哪一家碰巧遇上了也就随即敲定，别人不好争执，只怨前世修行得不够，耐心地等下去就是了。“落儿”中不乏人俊能干的角色，事后给夫家带来子孙满堂，大福大吉。我的祖母便是个“水落儿”。那一年，祖母的家被洪水冲零落了，家人全部遇难，只有祖母被挂在岩畔的树丫上，得以活命。太爷是个“跑大海儿”的，正巧听到了女娃的哭声，就把她救下，带回家来。那年她才十岁，就给祖父当了童养媳。到了十四岁，她突然就出落得光彩照人，吓得太爷夜夜睡不安生，急急地给祖父合了房。祖父就拣了个大便宜。但起初，这桩美姻缘并不美好。那年天大旱，院中那株杏树，仅结了有数的几颗果，太爷便对家人说：“杏子今年结得少，除我之外，你们就莫动了。”大家都惧怕他的威严，日日见了那几颗星星般的东西，就只有悄悄地咽口津。但祖母正怀了我父亲，对那几颗星星生出异常的渴望，便撇开背后那团威严，偷偷吃了。祖父吓得浑身颤抖，拉了祖母双双跪在太爷的膝前。太爷仍勃然作怒，扔过一柄椒木拐杖，让祖父训妻。祖父便含泪打下去，且慑于太爷的眼神 ，打得一下比一下重。终于失手打在脆脆的踝骨上，把祖母的腿子打折了。于是，祖母的腿瘸瘸拐拐了一辈子，祖父的爱情也瘸瘸拐拐了一辈子。在一个酒醉的夜晚，太爷曾说：“这怨不得谁，谁让她是个‘水落儿’呢！”这是一句刀子一样令人不寒而栗的话。因了“水落儿”的身世，尽管祖母人俊能干，也得不到珍惜。祖母曾在私下里质问过祖父，“难道拣来的美好就不美好吗？”祖父只是默默无语，他什么也讲不清楚。其实，他不是讲不清楚，而是不敢触及，便把自己对祖母的感情悄悄地压抑着。待太爷过世之后，他才无所顾忌地表达了对祖母的怜爱。后半生，他们一直就那样亲亲热热着，让儿孙们看到了美好爱情的样子。所以，归根结底，祖母还是幸运的。

再说娶“二婚头”。娶“二婚头”的，多是讨不上亲而把年龄拖大了的男人。他们已经受过不少生活的苦难也积累了不少人生的经验，有了承受重负的能力，便有勇气娶那拖儿带女的嫠妇。当然也有性情软弱、少不更事的人取“二婚头”的，那多是对婚姻缺少自信，期望值过低，或家境实在糟糕的人。

这种婚姻也有混得极好的家庭，比如我的叔伯二叔。他过了不惑之年，才讨上了一个有两个女儿的寡妇。寡妇上门后，跟婆婆的性情不合，常相吵骂。二叔的母亲就对他说：“你挣的钱，切莫全给她，娃儿不是你亲生的，留点儿后手才好。”但二叔并没“留后手”，把所有进项都给了那寡妇，且一有空闲便把一双女儿拥在膝前，讲一些祖上逗人的故事，教一些做人的礼仪，制造出一团融融的气氛。久久，媳妇被二叔的忠诚敦厚所感动，抛却了所有的戒备，真心实意地与二叔过日子。后来，两个女儿到了待嫁的年龄，却都舍不得离开二叔，要给二叔招女婿上门。这也是一种有厚味儿的人生境况，薄情之举，山里人是很少做得出的。

此类婚姻还有一种特殊情况，便是村里的女人死了男人，招本村的外姓男人做上门女婿的。村里人管这叫“结枣树”。这种叫法，我始终弄不明白，也许取枣树木质坚固、果实繁盛的美意吧。不管怎样，写在这里，立此存照。

最后要说的，便是与村那边更偏僻的村落的联姻的故事。

先说说牵线的媒人。这些媒人是对山这边与山那边极熟悉的一群人。他们对两个村落中的家庭皆有基本的了解，在牵线之前，他们已对双方的人品与家境做了反复的比较，择其般配者而成就之。所以，经他们撮合的婚姻，成功率是很高的；久而久之，两个村落的人便对他们寄予了共同的信任。于是，这里的媒人，地位都很高，品质不端、行为不正的人，就很难进入这个圈子。以至于每到选干部的时候，常常从这个群体中寻找候选人，成了山里一个奇特的现象。

牵完线后便是相亲。

山里人相亲极简单，双方在媒人家中拘涩而紧张地看上几眼，甚至连不疼不痒的家常话都未拉呱，便各自退到一边，等媒人上前询问。

问男方，男方答道："成了。"

"看上她什么了？"

"长得结实"

问女方，女方也答："成了。"

"看上他哪儿了？"

"身板儿硬朗。"

这两句，故乡的父辈几乎都说过，好像不是在选择他们的爱情，而是到地头去，察看自己的庄稼。我曾跟诗人 D 讲过这些，他瞪凸了双眼，说山里的婚姻很鄙俗，还说，这是山里文明不发达的根源。我当时恼极，一拳将他打趴在地。我并不全为了他对我父辈的侮辱，而是为他作为文人却这么浅薄而感到羞耻。

山里人要同乖戾的生存环境作艰苦卓绝的抗争，生活的创造，要靠着极端的勤勉和极为茁健的膂力。所以，他们对爱情的选择要同他们的劳动结合起来，他们没有别的选择。

冷静下来，我不得不承认，山里的婚姻，的确有其功利和粗鄙的一面。

山里人的结缡，大多也只能算是婚姻，而不是爱情。他们放弃了对情感和悦己等最起码的爱情因素的选择。而这种婚姻，奇怪地，在山里竟是异常的牢固，很少有离异的反抗，唯有如此，便让人感到有说不出的滋味骨梗于心头。

伯母是个丑陋但健壮能干的女人，她给伯父生了五个儿女，并靠着那健壮能干，把家庭弄得极红火。但伯父对伯母却是很冷漠的，每晚，伯父在炕的一头枯坐，一袋一袋地抽自种的旱烟；伯母则在炕的那一头一小口一小口地啜她的黄芩，整个晚上并不说一句话，好像对方的世界与自己一点都不相干。熬到眼皮打战的时刻，伯母说："睡吧。"伯父便磕磕烟袋："睡。"然后就熄灭了灯，倒在各自的炕头，兀自睡去。屋里是一团死一样的沉寂。

我曾冒昧地问伯父："当初相亲时，您就看上不上伯母吧，为啥不再换个女子相一相？"

伯父木然一笑："当初就看不上她，但转头一想，她身胚好，生崽子干活是硬手，还折腾个啥，老辈子不也这么过的吗。"

于是，我想，祖辈们完全可以改善他们的婚姻状况，却轻易地放弃了这样的努力；他们因袭了旧有的婚姻观念，婚姻选择上形成了一种惰性，这种惰性之初，便是个性和自我意识的消失。

令人欣慰的是，父亲的爱情是美好的。

父亲在山外读了几年高小，回到村里便做了团支书。祖父视父亲为掌上明珠，对父亲的婚事便极上心，媒人就托了三个，让父亲相了三次亲。每次相亲父亲都很认真，主动与女方扯一些他认为该扯的话题，但最终都令他失望，便毫不犹豫地谢绝了这三桩婚事。父亲的行为，惹怒了媒人，媒人联合起来，断了他的媒路。祖父就极慌恐，骂父亲狂妄，骂父亲忤逆，将他踹出了家门。但父亲并未失去自己对爱情的信念，耐心地等待着。终于在一个雪花纷飞的季节，在山两边民兵联合冬训的时候，他发现了母亲，被她明眸中无遮无拦的激情击中。

于是，我便有了美丽而聪明的母亲。

父母的美好结合，就有了洒脱、热烈而精明的我，便激励我在自信和骄傲中走到山外。

我确信，我的幸运，归功于父亲读的那几年高小。

但现在山里的不少孩子，竟都不读书了，每一想起，心里便是一阵难过……

惊悚荨麻

儿时的故乡，或山荫之处，或垭壁之畔，或村路之侧，均长着一片一片的荨麻。

初次见到荨麻的人，会欣喜于它叶片长得肥厚和洁净，那齿状叶裂上泛出的幽幽光泽，会把人的眼睛粘住。它的叶柄及株身，皆生着一层茸茸的、纯白的细毛，使人生出一种强烈的欲望，便是轻轻地抚摸一番。

然而，当你那多情的手，一旦触到那层温柔的茸毛，你就会像被热油溅了一般，呀地失声叫。你迅速抽回来的手上，准确地说，那只手的手面上，会瞬间肿出一片红色的“相思豆”，密密地挤在一起，一种难言的奇痛便喷射出来。你当然希望把喷射出的疼痛按回去，便用另一手去掩那一片红肿或抓它一抓。然而，这一抓，会使你更加难耐，那本来向外喷射的疼痛会倏地折回去，朝你骨肉的深处奔攒。于是，你只能无可奈何地将手垂了，由它兀自地疼去。于是，面对美丽的荨麻，你会破口大骂：

“娘的，怎是一个蛇蝎美人儿！”

就是一个蛇蝎美人儿。

懂它的山里人，管它叫“蝎子草”，就是这个道理。

山里人既然知道它是蛇蝎美人儿，却任其在路边碍手脚，不但不铲除它，而且还小心翼翼地与之相安无事。懂事之后，我曾问过祖父，祖父极严肃地告诉我：

“别看它叫‘蝎子草’，却万万动不得的，它是草神！”

我不解，“为什么偏偏它是草神？怎么就不能是大蓟呢？”在我心中，大蓟是最了不起的，因为，山里所有野菜中，就属大蓟好吃，且好吃的大蓟还生得繁，灾荒的月份里，它给人以饱，活人多矣。

“因为它生得好看。”祖父说。

“大蓟也很好看哩！”我说。

祖父瞪我一眼：“它不好惹！”

我说：这倒怪了，不好惹的倒金贵，又好看又好惹的却轻贱，人怎么会这样？”

祖父就极不耐烦了，“你一边歇着去吧，这草神是祖上传就的，你说变就能变得了吗？”

祖父的指头就在我的额前戳点着，我便害怕得很，大气也不敢出一口，蔫蔫地退了。

在山里，庙自然是有一些，比如山神庙、灶王庙、药王庙，甚至还有一处“碧霞元君”的娘娘庙。但庙的年代久了，山里又多灾，大风和疾雨就将庙糟朽的骨架搞坍了。坍了的庙很难修成原样，山里人就干脆不修。于是，庙就只剩下残垣雉堞，就将山羊栅进去，作羊圈用。

庙虽废了，但灾民却常有。遇旱遇涝，还是要祷告一下子山神。人们便面对破庙的残痕，虔诚地烧几炷香，叩一些个响头 。但一切做罢，旱依旧是旱，涝依旧是涝，山里人就醒悟了：

“庙都让羊臊漫了，还灵光个鸟！”

就不求庙了。

那年天大旱，数月未滴雨，村里人就极惶恐，若再无雨至，蝗虫便飞来了，而后就瘟疫，就不得了了。

村里人就都说："不能不求雨。"

求哪一个呢？"求草神呗。"有人说。

就求荨麻。

路边的荨麻很多，人依路径跪成行。也祈，也祷，也烛，也叩。然而人声尽管嘤嗡如潮，雨云杳无半缕。就你觑觑我，我觑觑你，苦脸皆垂悠长，一声接一声叠叹。

终于有人说："是咱求得不诚吧？"

便有人吱声："是哩。"

就把揖作到荨麻的棵子里去了，就将额面贴到荨麻的根脚上了，奇痛便把众人搞得颤抖。但这是神赐的痛苦啊，是万万哀怨不得的。就平心静气，就承受忍耐，执着地将额面送依旧。

天终于黑了，众人就理直气壮地红肿到屋里去了。

半夜里，果然有沉沉的风一涡一涡地在屋墙上撞，且有细雨淅沥。疲累的人们便眠熟了。

但翌日看时，干裂的地上，并未有一星雨脚，便明白，夜半听到的，只不过是一缕缕的干热风——草神的笑声。

这草神其实真无用，大家心里都知道，但谁也不说出来——草神虽带不来雨水，但得罪了它，会降些灾异给你，那是肯定的——村里人确实是这样认为的。

虽然不再用荨麻求雨了，但作为神，荨麻仍被人恭敬，做一些严肃的事体，比如治偷。

那年三叔家年仅七岁的小豆子，为换几根麻糖来嚼，悄悄拿了邻人的三颗鸡卵。几根麻糖尚未嚼出境界，状子已告到三叔那里了。三叔极要脸面，受了邻人的揶揄，便很气闷。踅到一方荫处，作了三个揖：

“得罪了，跟您借把戒尺。”

便把那株荨麻拔下来。

将小豆子喝到身边：“把手伸过来！”小豆子已经吓得哭了，但三叔的荨麻仍一丝不苟地撩少年的手。

“还敢偷吗？！”三叔问。

“不敢了，呃呃……”

“说真的了？！”

“真的不敢了！呃呃……”

臭丫儿的父亲常年在山那边走窑，臭丫儿的母亲独守时就不甘寂寞，自然找相好的在腿上坐一坐。坐一坐就坐一坐吧，生生将臭丫儿给带坏了，以致年方十四的臭丫儿也有孩子私生下来，遭村里人瞥。臭丫儿的父亲其实极颟顸，对臭丫儿母亲的放纵是颇容得下的，但女儿也坏下去了，就从根本上伤了他的心。便先用酒将自己灌得颠颠倒倒，然后就将一株荨麻“请”到屋里来。将女人扒光了绑在门房上，用荨麻撩女人的私处。

“还偷人不偷？！”

“哎哟我的娘，不偷了！”

“说真的了？！”

“哎哟娘呃，假不了啦！”

这叫惩淫。

用荨麻治偷惩淫，是引人行善，是尽“神”的圣职，虽做得有些过，但村里人均理解，且给予一种默默的支持。于是，被惩治的人虽有奇痛、奇辱，也悄悄地忍下去，是自然的事。

但那一年的事，却很难让人理解。

那一年，浑圆的一个山里村落，却凭空分出两个派来，两派频频摩擦，就常有你斗我、我斗你的场面。

父亲和三叔是亲兄弟，但三叔和父亲却是两个派。

有一天，三叔那派把父亲抓了，且戴上纸糊的高帽游街。村子的街路上，便拥满了人。

三叔那一派人就兴致极高，就挥拳喊口号，当然是打倒父亲的那一类口号。但围在周遭的人却只是怔怔地站着，并不喊打倒。三叔那派便悻悻地质问："他对你们有什么好，你们不打倒？"

周遭的人便说："当然没什么好，但也没什么坏呀！他只是爱会那一个相好，但他老婆都不管，我们管他做什么？"

三叔的那一派就恼极。在村中古槐下，用桌凳搭一高台，把父亲架上去，任父亲在岌岌可危的情境中，兀自瑟缩。

那一派却还有些言犹未尽，派人把父亲的裤管高高地卷起，人群正在疑惑间，有人倒提着一株荨麻向父亲走近，果然就朝父亲腿上撩。

父亲便疼得牙齿打架，双腿疲软，就咣地从高台上跌下来……

有人便悄悄地为父亲落泪。

时间不久，三叔那一派终于也有人落到父亲这一派手里，这个人正是三叔。

当然也要架到高台上去，当然也要倒提一株荨麻。父亲被派里的同志推到前边去，说是要向那一派讨还血债云云。

父亲抬起头来，看到三叔眼中正氤氲着一团绝望的薄雾，心中有些酸涩，倒提着的那株荨麻就颇踌躇。

就有人喊："还犹豫个什么？他不仅仅是你的一个兄弟！"

父亲知道，起初睡在一个炕头上时，三叔是他的兄弟，而现在却不是了。

父亲便缓缓地将荨麻举起了。

"哥！"三叔却适时的一声叫，叫得凄切而沉闷。

父亲便迷惘了。

“在你面前的，是一座分水岭，是忠于你的兄弟，还是忠于你的同志，立马就要见分晓了！”就在这时，迷惘的父亲听到颇不迷惘的一个声音。

父亲的荨麻便高高举起，但却是狠狠地撩在自己腿上。

这是如何的一撩啊！这一撩，撩得三叔哇哇大哭，撩得村人嘤嘤长泣。

农民的父亲，既没有忠于他的兄弟也没有忠于他的同志，他忠于了他自己！

这时的荨麻，便不再是山里的荨麻了。

山里的荨麻，即便是神，其实最后也是败在山里人自己手里。

那便是每年的深秋。

秋深以后，荨麻的美丽便彻底凋枯了。叶片抽缩在叶柄上，株身也成一管瘦黄；那层柔中藏针的细白茸毛也脱落了，它再也没有撩人的魔力。但山里人却没有忘记它，反而觉得它有些亲切了。

因为它那层金贵的茎皮。

荨麻的茎皮是一种韧性极强的纤维，能打成极柔韧的麻绳，而山里人的布鞋极费，就爱穿用荨麻打成的布鞋。

于是，秋深了，村里人第一等觊觎，便是荨麻。

山里采荨麻的方式很奇异，要选在浑黑的晚上。

到了荨麻边上，采麻人要左顾右盼一番。看看周遭确系无人，便低声叨念：

“麻神，麻神，你老听真，偷你的不是我，而是村西的二蛋。”

小心地叨念过了，便下镰割那麻了。割麻人的身手，这时是极敏捷的。

山里人相信荨麻黑天里不认人，人叨念给它什么人，它就记住什么了，那么灾异就离割麻人远了。

于是，割麻人叨念的，总是跟自己不太对劲儿的人。

然而，生活得久了，谁跟谁之间还没点儿隔膜呢？你咒完我，我咒完他，他却正巧咒的是你，就咒成循环了。实际看来，自己咒的不是别人，而是自己。

但依然是咒。

其实，荨麻若真的是神，是欺哄不了的；而欺哄了荨麻的山里人，活得不仍然是故我不二吗？！

植物到底是植物。

懂得这里的道理之后，村里人便不轻易信奉什么了。这样一来，他们反而活得轻松起来、乐观起来，邻里关系也更加融洽了，一如风雨过后，自然是晴；大雪融化之后，自然是大地清明。

朋友无言

人，都会有一些无言的朋友。在故乡，驴，则是这类朋友中，和村里人最不密可分的一种。

驴，对村里的男人，是老婆之外最温顺的。

驴，对村里的女人，是汉子之外最忠心的。

故乡的庄户，几乎家家都养驴，因为，山里的生活，是很难与驴分开的。

一是行脚。

山里的油盐酱醋及灰煤等都需从山外运进来。故乡的路，窄而多石，能走好这般路的，就只有驴。

比如驮煤。煤窑离村子，有三十里的路径，把煤弄进来很不容易。本来山里烧柴是件极容易的事，但年关迫近的时候，村里人突然就变懒变娇贵了，非要生个把月的地炉子。以便偎在烫人的火炕上，自自在在地喝些个闲酒。

村里驮煤的时候，驴子要集中起来，由大家信任的一个人赶着。于是，家家就在驴的头脸上做一些记号。驴子的脸本来就丑得很，这样一来，驴的脸就更丑，丑得斑驳。

在村里，大伯父老实而柔弱，从我记事起，就一直由他赶驴脚。

驴队出村时，正值三更，再来回走六十里的山路，进村时就已繁星高悬。所以，走一趟驴脚，驴和伯父，要顶两片黝黑的天。

驴子胆儿小，伯父的胆儿更小，走路就都惊惊乍乍。山里的夜，太寂静，极微弱的声音就极清晰。惯常的虫鸣鸟叫还无所谓，怕就怕偶然间那三两声异响，响声一起，伯父就跳，驴子就叫，好一派恐怖世界。最令伯父叫苦的，是黑暗中那三两点磷火，幽幽的火光闪闪烁烁，很容易让驴们受惊，而四处奔逃。待汗一把泪一把地把惊驴找齐，日头已高挂中天，这一天的行脚算走不下去了，就只好折回村里，挨乡邻的笑骂。

屈辱使伯父生出主意，再走夜路时，就把驴的眼睛统统蒙上，自己则牵扯着头驴在前边走，让后边的驴踩着前驴的蹄音紧紧地跟随。蒙了眼的驴，磷火是看不见了，那偶起的异响、凄厉的狼鸣，就听得更真了。为了保险，伯父便用羊毛绳子，把蒙了眼的驴串起来，把绳头挽在胳膊上，手里则执一盏锣，走两步，敲一下。敲惯了，驴也不惊，他也不惊，相安无事，久了，一听锣响，村里人就说：

“拉驴串儿的走了。”

“锣驴的回了。”

后来，文化部门来山里采风，听人们管赶脚的叫“拉驴串儿的”“锣驴的”，很是惊奇，待晓得其中因由，就乐得直不起腰来了，连呼“山里人好幽默！”

驴的第二种用途，是拉磨。

山里多产豆类和谷类，磨豆腐和碾黄米是常有的事，而磨豆腐和碾黄米是两桩细活，磨盘需转得缓慢而均匀，太着急则会把豆汁弄洒了把黄米碾卤了。婆娘们便把驴子牵上碾道，蒙了眼睛，让其一圈又一圈地走下去。果然就转得均匀，那老旧的碾框就不慌不忙地咯吱着——这是一种单调的声响，很容易叫人疲倦。婆娘们哈欠连天的时候，驴子当然转得也很没意思了，就自动停下来。婆娘们就登时精神起来，用笤帚把儿敲驴的臀子，驴子就又支起耳朵，把蹄铁蹬铿锵了。但不久却又停，就又敲。虽停停敲敲、敲敲走走，那磨盘上的卤汁却流得欢畅，那碾盘上的黄米也碎得很香甜了。临了，男人来卸驴子，轻轻地抚着驴的臀子，对婆娘嗔着：

“怎么就那么舍得打？屁股不是你的吧？”

婆娘便翻一翻眼白：“个不经官的，怎恁不正经！”

在山里，驴最突出的贡献，便是犁地。

山里的地，都在垭壁之上，一小条一小条的堰田，环山叠成梯状。垭壁很陡，牛们爬不上去，驴却很矫捷，犁地时就用驴。山里的堰田极贫瘠，土薄石多，犁刃下去，哗啦啦地响，需很大的拉力。按道理，一张犁要有两副牲套，但堰田太窄，两条驴子施展不开，就只好套一条驴。主人手轻轻一挥，那驴便绷直了绳套，用力往前扎，犁便慢慢启动了。不久，驴便浑身湿透，鼻息也喘得粗剧，但却毫不懈怠，仍拚命地把绳套绷直。主人便激动不已，鞭子就一直夹在腋下，不忍抖开。后来，主人心疼自己的牲口，就差年轻力壮的后生掮一根绳扣，去帮驴的套。身后的犁花开得很烂漫。

待地犁完，驴子并不咴咴地叫张扬，兀自跑下垭壁，而是静静地立在地头，等主人收好犁具，然后伏下身去让主人把沉重的犁具在自己的背上安顿好，驯顺地和主人走在一起。

在山里，驴子还有个很风雅的美差，便是接亲。

山路窄而多石，红轿顺不过来，所以，山里接亲用驴而不是用轿。接亲的驴，笼头要簇新，鞍鞯要披红，蹄要换新掌，皮毛要梳洗放光。牵驴的人，要是家里的小叔公，出门时，要垂着两条鼻涕——这很有意思，也许是要告诉新娘放心：这还是个孩子，不需避讳什么。

牵驴的人，只要上了路，就要叫他“领轿的”，叫别的，就很犯忌。

有一年，有个下放干部进山来，迎面正赶上一家接亲的，他想抽烟，却没带火，便走上前，冲牵驴的青年礼貌地说：

“牵驴的小师傅，请借个火。”

不期，那青年竟恼了，吼道：

“你娘才是牵驴的！”

那干部便极尴尬，懵懂地立在那里，困惑不已。

接亲的驴到了女家，要在院中踏踏地走两圈，嗷啊嗷啊地响叫。屋里是一双双窥视的眼睛，看一看那驴是不是精壮矫捷、是不是整洁驯顺。若驴子的腿子走不稳，蹄脚落下来很疲软，屋里的人便不出来。若驴子瘦小无膘或有明显的缺陷，比如瞎，比如蹇，女家不仅无人出门，还要把骂声送出来，甚至砸出脏物泼出脏水，让接亲人无立锥之地。山里人太看重这一环节，认为这与将来的生活有太重要的干系。

当女家的门终于开了，面对女家的娘家人马，领“轿”的人要单腿跪下，双手托起一方红盒，娘家哥便迅速接过去托到新娘面前打开。那里静静地躺着一把木梳，纤尘未染。待新娘仔细摩挲过，点点头：“嗯，是正格桃木的。”才可以由女傧搀着，小心地迈出门槛。

出了门的新娘要由娘家哥抱上驴去，这时的驴千万不要鸣叫，更不要乱动弹，怕出了纰漏，领“轿”人紧紧地抓住笼头，指缝间便有大滴大滴的慌汗淌出。说来也怪，在山里，还从没见到新娘上“轿”时，驴子惊的。可以想见，山里的驴子是极通人性的。

接母亲时，是上中学的老叔领的“轿”。老叔很要干净，让他垂着鼻涕出门，就极不情愿。但这是山里娶亲的规矩，他就没办法。快快地到了我母亲家，看到穿红戴绿地簇出不少人，就臊得不成，吸溜一下，便把鼻涕吸进腔子里了。母亲极不高兴，一路上默默地骑着驴背，嘴儿噘得很别致。老叔想把新嫂子逗乐了，就往上提手里的缰，以期让驴子竖起前蹄，颠一颠背上的新人。但任老叔怎么动作，驴子却始终走得稳稳，无限忠于它将来的主人。这些，母亲都看得极真切，便忍俊不禁，扑哧一声乐响了。进了洞房，母亲便把路上的事对父亲说了，父亲就说了一句我不好说出口的话，二人便乐成一团。

后来有一天，父亲会相好的回来，母亲给他温了一壶酒。待父亲饮得面红耳赤时，母亲轻轻叹道："这人，就真的还不如那驴吗？"

父亲便登地怔了，之后，便哗地将酒桌掀翻了。

但从此，他再也不去找那个女人了。一如绵绵细雨反而使地湿通透，温柔的指点反而使野性的人心懂得收敛。

第三辑

本色习性

故乡的物事已写了不少，也发表了不少，自然就会产生一些影响。有朋友见到我说：“你笔下的山里风景是极有趣的，但人写得都有些不寻常，甚至有那么一点点怪，怎么会是那样的性情呢？”说这话时，他的脸上自然是氲着一丝怀疑。

朋友是平原人，自然就怪不得他。但朋友的话却给了我一个启示：是该给故乡人的习性单写一篇文字的时候了。有了这个交代，我相信，朋友就会有了不疑的理解。

首先，是故乡人有自己极个性的尊崇：水，则尊崇养育自己的那条浅河（见拙作《男女河韵》）；草，则尊崇美而刺人的草神——荨麻（见拙作《惊悚荨麻》）；人，则尊崇怀有绝技的人——我家是猎户，祖上套得住狡猾如人的雪狐，追得上野跑如风的山獐，自然就受尊崇。而父亲对祖上依仗超人的猎技，滥捕善良的小生灵以示炫耀的做法，是感到厌恶的，就不愿去承继他们的衣钵，虽然也擅猎，但他更看重犁田。犁田是个极平常的活计，但父亲却弄出了顶凌下犁，使冻土如酥的奇迹，也成了受人尊崇的人。无须自谦，到了我这里，也是被村里尊崇的“人物”，因为我竟靠啃山里普遍被认为无用的书本而啃到山外的大世界去了。出山时，村人竟如贵人嫁女，擂牛皮老鼓，抬迎新喜轿，把我“供”出村口。

山里敬能人而不敬官人，至今仍古风流长。

但山里太喜欢搞尊崇，在一群无甚技艺无甚机巧的人中，也要以矬子里拔将军的方式，树一个尊崇的对象。比如比一比膂力，力气大的那一个，就被人尊崇了。我太爷的被尊崇就源于此道。那年冬天一群汉子往垭坡的堰田上送粪，人人皆背一个单腰的背篓。太爷想争一个强，就背了一个双道花腰的大号花篓，装满土粪足足有二百斤过头。汉子们均不屑，也纷纷背上这样的篓，背同样轻重的分量。不同的是，太爷负重后，走得轻松些，其余人则滞重些，未比出个明显的高低来。太爷终于搞了一个出格的举动——当负重的汉子们走到一处崖头上，太爷突然说：“我要拉一泡。”有人便说：“拉就拉球的，斯文个什么？！”

太爷就说：“众人们瞧着，拉给你们看！”

便背着那二百多斤的土粪，拉开肥厚的缅裆棉裤，稳稳地蹲在两片崖棱上，任黄物质朝三丈崖下抛去。背着二百多斤的重量，且蹲在陡陡的崖尖上，浴凌厉的崖际风，这是何等奇观啊！

汉子们便呀地叫。

从此，太爷也被人尊崇了。但每当人们提到太爷的这一桩尊崇，我总有一种哭笑不得的感觉。

与痴愚的尊崇相因果的，是村里人怕横的，这横，自然是凶、野的那层意思。对于横的，人们心里虽然不尊崇他，但也不招惹他，且在面子上对其给予佯装的恭敬。不完全是怕他，而是村里人息事宁人的根性使然。但人们对这些横人，也有自己的心理法则：做事莫太过，得理得让人；做得太过的人，是不可爱的。

那年夏天，老实的天忠打了一篷硕大的柴捆下来，过横人天龙的院时，耸起的柴梢，将天龙瓜棚上的丝瓜碰下两只来。天忠吓得不知怎么好，迅速地将柴捆弃在一边，把两个落瓜捧给天龙："龙哥，兄弟毛糙，多有得罪了。"若天龙懂一些事理，笑一笑，便作罢了。但天龙素日横惯了，蛮性已无拘拦，便脱口骂："娘的长眼没？"天忠自知理亏，默默地赔着笑。这时天龙应该得理让人，放天忠这一马，但天龙却又骂道："你娘瞎，你也瞎吗？"天忠就倏地颤了一下，泪也流了下来。天忠的娘确实是个睁眼瞎，因了瞎娘的缘故，天忠吃了太多的苦头，受了太多的屈辱。屈辱的泪流了一会儿，绝望的天忠终于动作了，他抡起柴刀，将自己的一只眼睛剜出来了，凄切地喊："天龙，你说得对啊，我是比我娘还瞎。"

伤了的天忠便跌在地上，抽搐如雏狗。

邻人便都围上来，愤怒地喊："拿下个混人天龙，把他的眼珠子也剜出来！"

看到逼过来的人群，素日极傲慢的天龙，也颓然跪地，向众苦苦地求。他虽然保住了自己的眼睛，但汉子的尊严和为人的根基，却陡地从他跪下的膝头，被人抽去了。

于是，两条汉子就都毁了。

横在山里是一种个别，而拧则具有普遍意义，几乎每个村里人，都是有三分拧的。

这是与山里的闭塞相伴而生的东西。山里人的生存空间极有限，视野也极窄，人和物皆烂熟，且生存受不到外来的威胁。而生命中那些潜在的抵抗和竞争的意识时时让人不安分，就不满足于生活的平顺，总想在温和中找出一些生冷，在秩序中弄出一些忤逆。所以，在村里的家庭生活中，常出现"让你上东你上西，让你摘枣你摘梨"的个色局面，便是情理之中的事了。

暑天的晚上，老叔要到屋脊上去纳凉。祖母善意地劝他："别贪凉啊，睡着了会跌下来。”老叔白了祖母一眼：“哪儿那么多事！”就决然地睡到房上去。果然于梦中跌下房来，把门牙跌落了四颗。祖母就说：“我说什么来着！我说什么来着！”老叔就羞恼相加，重又回到房上去：“我就睡，跌死了你也别管！”

所以，遇到山里人发拧的时候，最好是什么也不要说，说了，倒适得其反。

山里人拧的实质，是怕别人忽略自己的存在。其实，怎么也是被山外忽略了，再被自己忽略一次又何妨呢？！整体都被忽略了，个体的所谓存在又有什么意义呢？所以，我对那时还依然生活在故乡的两个弟弟说：要拧，就拧到山外去！

山里人是极勤勉的。小苗出来了，遇到大旱，地皮干得要冒烟，收成几无望。但山里人却要猫下腰去，任毒日头烧那两瓣瘦臀尖，执着地做那三遍耪：一遍、二遍、三遍……收不收在老天，耪不耪在人。许老天作贱，不许人下贱。秋景到了，也许仍是收了几颗瘪谷，人们并不一味地哀叹，麻胀的脸上竟也有几分安然：“我们已经很人了。”很人了——在精神上，就是山里人的自尊、自立的粮食。

而山里人的懒也是极出名的，看一看冬日和早春的村里街景，你就会什么也不说。街的矮墙下，或干草旁，三三两两抽烟的汉子，倚在墙皮斑驳的矮墙上，双眼紧闭着，衔着那一柄浑黑的老烟斗。他很久才吸上一口，唇缝里也只出极细的两缕烟线，三摆两摆那线就断了——那烟吸得有一搭无一搭。冬日里好天气极金贵，甩了那一双张嘴的老山鞋，打一打赤脚是自然的。那一双赤脚极黑，趾缝间竟夹着几颗草籽。寻食的鸡婆踅过，小心地啄那趾间的物质，汉子听任着，任痛痒于心尖上暗暗撩拨。

懒！

知趣的人不要惊动这一番境界，他们不要多想心思，也不要多看几眼闲景。你若非得要他们想心思，非行要他们看几眼闲景，他们会极其不耐烦起来，骂："球的，还让不让人活？！"

有谁担得起这等干系呢？走开吧，让人家活。

说山里人的习性，就不能不说男女的事。

对山里的女子，若长得美，路人尽管专注地看，目光之躲闪是不必要的。若想夸几句，就尽管夸几句，人家只是乜乜地笑，不谢不恼。在山里人观念中，美不美是女子的事，夸不夸是你的事，皆是自然的事。

但丈夫却不能在人前夸自己的妻，若一味夸下去，老人便说轻浮，同龄人便说下作。于是，再美的妻，聪明的丈夫也是不夸一夸的。然而，待到只有夫妻的世界了，就是另一番情景。

我的堂兄从唐山带回来一个姑娘，姑娘的眉眼儿长得极俏，皮肤也极白，坐在那儿，便如一尊玉或一枝带露的兰。

这样的美人儿给如何的好字眼，都不为过啊！会说好话儿的人，就都把好话儿对姑娘说了，没说好话儿的，就只剩下堂兄了。

"这怎么成呢？"一群后生便不甘心，"成亲那天，一定要好好地听一听房。"后生们就为这样一个念头兴奋着。

堂兄成亲那天，后生们便去听房。午夜前，灯亮着，屋里的耳朵是惊警的，后生们当然什么也听不到。突然就下了一场夜雨，雨很大，枝上的叶子竟被敲掉了一片、两片、三片……屋里的灯就放心地熄了，但屋外，那被夜雨浇透了的几双耳朵，却一下子惊警了。

一阵窸窣之后，便听到堂兄把气息弄得很粗壮，"哎哟娘，你怎恁好看呢！"

"怎么个好看法？"一个羞怯的软声。

"好看得要死！好看得要死！好看得像麻老爷的轿！"

屋外那一丛被压抑的笑，便陡地茁壮起来，把雨后的天，刺得响晴若洗。

麻老爷是村里的地主，出入一方轿。那轿身极小巧，围腰的檀木被磨出花纹兀然光亮着，而轿篷是滑软的缎，轿帘坠着两块如脂的玉……这样的轿，甭说是坐，即便是看，凡人也不敢多看一眼啊！山里的汉子便说：“来日，咱若也能制上这么一方轿，死也值了！”

土改时，众人都觊觎这方轿，就谁也得不到它，便砸之。但记忆却刻在汉子们心的深处，在汉子们有限的阅历中，什么美能美得过这方轿呢?！

于是，任何习性都缘于脚下这块土地。若要改变人的习性，首要的条件，便是要改造脚下这块土地。

作为山里人，带着这样的习性走到山外，生活就多了几重艰难。也想学得斯文些学得入流些，但一到关口，便将根性显现，凭空叫人嘲：到底是山里人啊。

虽然有些恼，但对自己的出身，却从无一丝哀怨。到后来，自己竟给自己开脱了，为什么非要刻意改变自己？粗犷豪放、顺其自然才好。

也许，这也是山里人的一种习性吧。

尊严花开

在故乡，有一个李姓人家，家里仅两人：一个叫坛的青年和他的瞎眼睛的母亲。

坛的父亲是在很年轻的时候，得一种怪病殁去的，坛的母亲便瞎于过甚的悲伤。

坛是村里最美的汉子：身板有些瘦削，却挺拔；眼窝很深，在两道漆黑而秀气的眉毛遮映下，有两团温柔的阴影……他很爱笑，笑起来，两排洁白而整齐的牙齿，便让人羡慕得啧啧作声。

坛并不穿什么好衣服，很平常的蓝布衣衫，两肩也打着补丁，但衣服洗得极干净，阳光下，有些发白的布面上，有一层细细的茸毛。挨近他时，会闻到一种淡淡的皂荚的香味儿。他总是穿他瞎眼母亲缝的那种家做布鞋。那鞋的做工，很粗糙，村里最笨的女子，也会做出比坛的布鞋光亮许多的鞋子。况且，许多女子很喜欢给坛做一做布鞋，但坛如何也不应允。坛穿鞋时，与村里的汉子不一样。汉子们一年四季均赤脚穿布鞋，坛却四季都穿着一双很干净的白布袜。于是，再粗糙的布鞋，一被坛穿出去，也帅气得没办法。

坛的干净，自然就很让女子们喜爱。

坛是一个真心的孝子。他每天很早便起床了，在上工前给母亲做一碗不稀不稠的白面疙瘩汤。汤面上有两片葱叶绿缨缨地飘着，看着便喷香。坛的母亲虽然看不见这一片用心，然而坛却从来没有马虎过。母亲倚在被窝里，痛痛快快地啜那香香的汤面，坛就圪蹴在地上，就一碗热水，慢慢嚼昨晚剩下的煨在炉洞拉火砖上的那两块玉米糊饼。

母亲将汤喝光，极响亮地打了一个热热的嗝，“坛啊，去上工吧，娘再睡一会儿哩。”

坛给娘掖好了被角，顶着冷风爬上垭壁去割山草，娘则在被窝里暖暖和和地做梦享清福。

坛的孝顺，很让老人们喜爱。

冬天在垭壁上垒堰，汉子们要用背膀背二百多斤重的青石。看着坛秀美的面庞和瘦削的腰板，汉子们就不去指望他，让坛自己做一些他自己做得来的事体。然而坛却很执拗，他尾在汉子们的身后，一块接一块地背下去，且腰背上的分量也不打一丝折扣。一天下来，硬汉们扑倒在干草上，爹呀娘地喊一顿，累啊！而坛却依旧笔直地坐在新垒的堰墙上，看着哼叽的伙伴，无声地笑。伙伴们说：“坛是在硬撑面子呢，甭看他这时笑，明儿个他就起不来了！”第二天，汉子们爬到垭壁上，一抬头，竟见到坛已在堰墙上坐了，就呀地叫：“个死坛，你还真起得来啊！”坛一笑，“光起得来哪儿成呢，我娘天天要喝的那碗汤，咱也侍候她老人家喝妥帖了。”

坛的坚韧，就也叫伙计们喜欢。

坛不但人长得帅，还天生一副好嗓子，山里的小曲儿，山外传来的流行调儿，他会唱的多矣。晚饭之后，坛便踅到村东老柳树下，陶然地唱起来。他的嗓音好柔好悠长，唱得女儿媳妇全出来了。她们围着坛坐下来：“坛，你就多唱些给我们吧。”坛很大方，大大方方地给女人们唱。

"坛，唱一个快兴的。"坛就唱得小桥流水喜鹊登枝。

"坛，唱一个哭腔吧。"坛就唱得喉嗓酸涩清泪涟涟。

女子们的情绪，就被坛拽着走啊。

于是，晚饭后，那古树之下，便是女子们最喜欢的去处了。

坛是个极懂情理的人，看到自己的歌子，能给姐妹们枯寂的生活吹进一缕清风，自然就唱得尽情。不尽情则已，一尽情就唱得更好更浑然，就更使女子们陶醉。最后，竟致一些管家的婆娘，连晚饭后的家炊都顾不得弄停当，就草草惶惶地去听歌子。有些汉子便对坛生出猜疑："这个坛，怎恁神道呢，会不会弄些心术，勾婆娘的魂呢？"就尾在婆娘身后，看坛的举动。

坛唱歌时，端坐于一方青石上，腰板挺得极笔直，绝无懒散倚斜之状。看坛的目光，眼前的人和景好像都装在他的眸子里，又好像什么也没装。那目光空蒙柔和，无一丝流滑，让人感到温暖轻松而平静，让人敢于迎着它抬起头来，很亲很亲地注视它，而心里不生一丝惊惶和杂念。

女儿媳妇们就极喜欢这样的目光。

坛不但唱歌，也跟女子们聊一些她们感兴趣的话题。女人的话琐碎絮叨者多，在汉子们眼里很是不屑提一提的。然而坛却有耐心听女子们絮叨，很认真地和她们唱和着，女子们便尝到了被人尊重的好滋味儿，心里就极畅快。既然坛能唱歌，给女子们创造有激情的生活，又能关照女子们那一隅被冷落了的天地，坛比别的汉子有魅力，便是很自然的事。

那些犯猜疑的汉子，弄清了个中因由，感到坛很有意思，说："嘿嘿，这个坛，倒是很会讨女人的欢心啊。"在村里，这是一句很善意的话。

于是，在村里老少男女的心坎上，坛是最占位置的一条汉子。

于是，在私心里，苦苦恋着坛的村中女儿，便不是一个两个啊。

玉环是村里最漂亮的一个女儿，又读过两年书，心性高得很。她觉得，若不嫁给坛做媳妇，人便白做一场了。她给坛塞过纸条，当面说不出的话，在纸条里都写了。再见到坛时，坛依旧平静地对她说笑，好像并没有被一股少女的情火烧燎过。情急之下玉环便闯到坛的家中，当着坛那个瞎眼的母亲，把少女那颗爱心袒露得一览无余。坛不得不予以回应，便说："玉环，你恁好个女子，坛不配哩。"玉环说："别找借口，在咱村这地界，要是坛再不配，玉环便无人可嫁了。"坛一笑："那就嫁到山外去吧。"后来，绝望的玉环，果然就嫁到山外去了。临出垭口的时候，望着送行的人群，玉环突然失声痛哭，大骂："坛，该死的坛，你今生今世不得好死啊！"

坛当然在人群中，听到这样的骂声，他的肩头一震，很快从人群中消失了。

汉子们便议论，可惜个坛啊，被人宠得晕过了头，竟连甜点心也不当甜了。

珍也是个极不错的姑娘，脸白如粉，巧笑如铃。给珍找婆家的人自然多，提的都是一些好人家啊。但珍却冷傲得很，一家接一家地给人推出门去，伤了不少好男儿的心。珍的父母怕将山里的好汉都得罪了，待又有人提媒之时，便替珍应允了。珍就被气晕了。珍的父亲说："你这个忤逆的贱胚，再不依，砸断了你的腿子！"珍就哭，从晚哭到早，竟把梁上的悬尘，哭落了一层。太阳刚把草尖上的露晒落了，珍的心就绝望得没一丝光亮了。她跑到山里最深的那处河段，决然地朝河里走。后面的人，便拼命地追。珍则走得更快，嚷："甭追，追得越快，珍死得越快！"人们便不敢再追了。谁愿这么好的姑娘死去呢，谁又担得起这等大干系呢。喘息着的珍的父母，便跪在岸边哀求。

然而，珍依然是往河里走，但走得很慢很沉重。

水已经把珍那两个美丽的肩头淹没了。

这时坛赶到了：“珍，你就这么抛下生养你的父母吗？”

珍一顿，但只是一顿，仍往前移动了。坛便喊：“珍，山里谁像你那个样子死呢，要留下笑柄吗？”

珍就又停下来：“坛，别说浮漂好话，除非你肯娶咱！”

坛怔了，不知再说什么才好。

珍便怪谲地大笑起来，是一种逼人的嘲弄。

坛终于开了口：“珍，我说话算数，娶你哩！”

珍又说：“那你就蹚过来，把咱背回去。”

坛就蹚过去，把珍背在身上。珍把头紧紧地贴在坛的颈子上，欢乐地哭起来，嘤嘤如歌。

那天晚上，珍很甜地睡去，而从坛的那扇小窗里，却传出低咽的哭声：一个声音是坛，一个声音是坛瞎眼的母亲。

珍得到坛之后，更加丰艳如花，连连催促坛，早一天把亲事成就。但坛却说，我的收项少，得慢慢攒一些钱。珍说那何必呢，跟着你，受穷也乐啊。坛说，坛是个很要面子的人，还是叫坛争这个面子吧。

珍就只有等待。

然而坛却突然得病了，腰脊间疼痛如锥。人们认为，一个青年，病一场是无大碍的，很快就会好起来。不曾想到坛却再也没有站起来，半年之后，竟死去了。

临死那天晚上，坛自己有预兆。坛叫母亲把他恋念的几个女儿找来，说有话要讲。当坛说这几个女子的名字，坛的母亲惊呆了：坛几乎点到了村里所有的女儿。女儿们听到坛病重了，都急急火火地赶到。平时那个潇洒的坛，已趴在床上不能动弹，且体瘦如柴，脸苍如灰。女儿们的泪便汩汩地淌在一起。坛抚摸了每个女儿的手，久久哽咽不语。

屋里的气息极凄然。

最后，坛说：“咱们再唱一支歌吧，唱什么呢？就还唱《苏武牧羊》。”

都什么时候了，还唱《苏武牧羊》，他要把羊赶到哪里去呢？

女子们便呜咽。坛唱得喘不上气来，便不唱了，沉默了许久，坛含泪说道：

“你们，我都爱啊！”

坛死了，从坛的母亲那里知道了坛的悲伤。

坛的父亲死的时候，也是坛的这个年纪，死于腰脊生瘤。坛长大以后，发现自己腰脊中，也有异物生长着。凡遇节气变换，雨雪风寒，喜怒忧愤之时，腰脊间均隐痛不止。从乡医那里，他知道这病，即乡人所说“烂骨头”。此病遗传，待人生的花朵开得正璀璨夺目的时候，劫数却也悄然而至。于是，坛天生便是一团绝望。

然而，生活中的坛却没有绝望下去，败颓下去。

他爱世间的生活，却不给旁人增添忧戚；他爱美丽的女儿，却不曾有私心的占有。

他成了一个好人。

一个极平凡的百姓，却做成一个让人忘不掉的好人，回首看坛的行迹，便不能不嗟叹，那背后，洇着多少血和泪啊！

我懂事之后，坛是我的第一个教义。这个教义太沉重了，以至于在现世生活中，我每欲做人格和道德的选择时，便想到坛。

我一直弄不明白，坛，一个山里孤陋的青年，怎么就能够从血泪中爬出来，做成一个好人呢？

就不能不跻身于民众中去，去看看百姓那更深层的东西。

珍没有把自己嫁出去。在坛的坟上，见到珍。看到珍白皙的脸上，没有想象中的那一轮阴影，却平静恬然如水。于是，对珍说一些劝其嫁人追求所谓新生活之类的话，便是不必要的。

坛的坟极小，上面长满了一丛又一丛的杂草，作为一个普通的山里青年，坛的坟理该这样。

老人与猫

外祖母与外祖父的结合，在我看来，是一桩很有意思的事。

说是包办，却也不完全是包办。外祖母的爹问她："有人给你介绍了一桩婚事，愿意吗？"外祖母并未见过外祖父，竟说："愿意。"外祖父的爹问他："有人给你搭勾了一桩婚事，愿意吗？"外祖父也不要求和姑娘见上一面，竟也说："愿意。"

于是，坐轿的坐轿，抬轿的抬轿，故乡就又多了一个家庭。

第一次吵架是婚后的第七天。

外祖父从地里回来，抱一捧新剜的土豆，高兴地对外祖母说："焖一锅土豆小米饭吧。"外祖母便马上生起柴火，高兴地焖土豆小米饭。

高兴的外祖父不是抽他惯常的铜杆烟袋，而是依在被垛上，耸肩摇头地吹荆管制的笛子，呜哇呜哇好听得很。外祖母觉得他真了不起，就被他的笛子吸引了。当锅中传出煳味的时候，外祖母才怔地觉醒。外祖父也住了笛声，勾勾地盯着外祖母：

"煳了？"

"煳了。"

"你怎恁不中用！"

“谁让你吹那勾魂的玩意儿？”

“你的魂儿就那么容易被勾吗？又不是吹给你。”

“那你吹给谁？”

“反正不是你。”

“既然不是吹给我，最好别在我跟前吹。”

外祖父这才发现，外祖母的脾气蛮倔，是个爱顶嘴的主儿，便窝在被垛上，生外祖母的闷气，饭也不吃了。

外祖母也感到委屈，认为外祖父有些混不吝，有些不懂人情礼短。所以，她不但不劝慰气郁的外祖父，竟也倚在土炕的另一头，默默地不吱声了。

一对新人，竟有了分庭抗礼的样相。

外祖父便觉得丢了面子，极想发作，但想到正在蜜月里，就忍了。

过了蜜月，外祖父对外祖母说：“我是当家人，不管什么事，面子上得让我过得去，不许跟我鸡一嘴鹅一嘴的，那样，邻人见了，成何体统呢？”

外祖母头一歪：“看美得你……”话音未落，外祖父的巴掌就已打了过来了，外祖母便掩面而泣，心中竟渐渐生出恨意。

这以后，外祖母常常和外祖父因一点小事而吵嘴，并不顾忌外祖父要的所谓面子。久了，外祖父便习惯于动手。起初尚有一些顾忌，到后来竟发展到在门后放一把荆条，待外祖母再耿耿地与他争持时，外祖父便大打出手，外祖母白皙的手腕上便常常留下一道道抽痕。但她仍不屈服于外祖父的威压，一边挨着鞭笞，一边还勇敢地申辩。

待儿女们该嫁的嫁了，该娶的娶了，只剩下两个孤独的老人时，他们却突然不吵了。外祖母再也不屑于顶嘴，外祖父发作时，她呆呆地圪蹴着，似不再听到声音。外祖父觉得没趣，兀自唠叨一番后，也戛然陷进沉默。

有一年，我去外祖母家。外祖母也是焖一锅土豆小米饭，给我盛上，她自己也盛上，殷切地劝我吃。外祖父被冷在一边，那黯淡的目光，透着一种无奈的阴郁。我想给外祖父把饭盛上，外祖母却说：“甭管他，他自己有碗。”在我纳罕间，外祖父从碗橱里拿出一双碗筷。那碗又黑又脏，像久未刷洗。他低下头去盛饭，手不停地颤抖。我抢过他的饭碗，给他盛上了。外祖父很激动，一边闷声吃着，一边悄悄地淌着泪。未咽下几口，他就咳咳地喘起来，晚年的外祖父害着极重的肺病。

晚上，患肺病的外祖父竟要陪着我喝酒。我劝他要保重身体，少喝一点才好。他竟执拗地喝下去，一杯接一杯，招惹着一阵阵喘息。待到微醺时，他竟对外祖母说：“他外祖母，不喝一口吗？”那表情有些巴结，但却是极真挚的。

外祖母说：“老了不是？知道俺有用了，晚了！”她将那一双端酒的老手，无情地搪了回去，令外祖父尴尬地说不出话来。

外祖父是可悲的，并没有征服外祖母，却吃了自己专横的苦果。

两位老人一辈子都没照过相，来时我带了机子，临走时，想给他们照一张合影。凳子放在日光融融的院井中，可怎么也不能将二老拢在一起。让外祖父先坐在凳上，外祖母就怎么也不去坐；外祖母先坐下了，等外祖父刚挨她坐下，她就又起身了。好不容易将二老哄妥帖，但挨在一起的那种表情却令人哭笑不得：一个脸朝东，一个脸朝西，两张脸扭曲而僵硬。就只好让他们分开来照，再到暗房里做技术处理。舅姨、母亲所珍藏的两位老人的唯一的一张合影，便是这样的作品。

到后来，孤独的外祖父，就只好抱养了一只猫。

外祖父整日里把猫放到膝上，用梳子细心梳理猫的毛发。晚上则把猫拥到被窝里，搂着猫睡。外祖父管猫叫“梅子”，而他的铜杆烟袋的玉坠上也刻着一个“梅”字。我觉得这里面一定有一个远遥的故事，或许与爱情有关。外祖父吃饭时，也把猫放到桌旁，把自己爱好的食物也放到猫碗里一点。冬天，他怕猫拉肚子，饮猫时，总是给猫晾一些温开水。渐渐地，猫竟与外祖父建立了感情。外祖父在屋时，猫从来不出门，总是偎在他身旁，咪咪地解除老人的寂寞；外祖父出门了，那猫便不安地蹲在门前，支起耳朵，谛听那一重一轻的脚步声。外祖父的衣裤都很脏，身上长了不少虱子，只要躺下身子，便不停地抓痒。他的胳膊抬起来很吃力，肩背就抓不到。他把上衣脱下，斜倚在炕上，那猫便极殷勤地给他抓背。晚上，外祖父总是睡不着，便唠唠叨叨给猫讲故事，那猫竟也久久不寐去，总咪呜咪呜地支应着，似全懂了外祖父的心事。

炕的那一头，外祖母也并未睡去，听着那低一声高一声的人与猫的对话，烦得很，便辗转不止，暗暗地恨着那该死的猫。

一天，外祖父从外边回来，见那猫伏在地上不起身，只是一声接一声地叫着。将猫抱起，见那猫腿竟被打折了，露出尖细的白骨。外祖父那愤怒的目光搜寻着外祖母的身影，终于在柴棚的一角，搜到了外祖母那惶恐畏缩的目光。他抄起杌凳狠命地砸过去，终于将外祖母的腿子也打折了。外祖父悉心地包着猫的伤口，任外祖母一声接一声地哀叹。

姨舅们闻讯赶来，拥着瘫软的外祖母，悲而无声。与其说他们不敢有声，不如说他们悲悯，因为他们都知道，父亲的心上有一处心结，一如老伤虽然痊愈了，但留下疤痕也会一遇变天就痛痒，老人的愤怒，也是出于身不由己。

后来我才从外祖母那里知道，外祖父的表妹就叫“梅”，住在隔山的沟岔。那年沟岔上有几株梅开得艳，他和表妹把终身私定。表妹送给他的礼物也个别，就是那个悬着长长玉坠儿的铜杆烟袋。但不久，表妹竟被“皇协军”“协”走了，逼着给鬼子头当了小老婆。外祖母悄悄地对我说过之后，叮嘱我："别叫你妈和姨舅们知道，更别让村里人知道。"其实，我知道，妈和姨舅们都是知道的，就独独欺瞒着她本人。既然大家都知道，为什么还要相互欺瞒呢？渐渐地，我懂了，外祖母的欺瞒，是为了自尊；儿女们的欺瞒，是为了体贴，都是为了亲情的圆满。如此一来，外祖父的悲哀就重了。

最后，外祖父终于被肺病夺去了生命。我不禁觉得，他与其说因病而逝，倒不如说是再也承受不起那漫漫无期的心灵孤寂。

下葬那天，那只猫也嗷嗷地哭着跟到坟地，几次跳下坑去欲与外祖父同葬。掮工们极惊奇，说这是一个神猫。就没人舍得它被埋进土里，便派一个人把猫抱了回来。那猫倚在门边，叫了好几天，之后，便不叫了。只是不肯进食，直至饿得仅剩几把瘦骨，奄奄而毙。

外祖父一生没有得到爱情，只有猫理解他。我总是想：外祖父若是把对猫的那一份精心，匀给外祖母一点，那么，外祖父的晚景将会好过一些。

怨侣逝去，外祖母也病了好几天，痊愈后，就竟变得有说有笑了。后来，她竟也抱养了一只猫，也一心一意地将自己投入进去。

我去看望她时，那猫正极温顺地躺在她怀里。她接过我带给她的蛋糕，挖了大大一块奶油，喂给猫吃。那猫肯定同外祖母一样，是第一次尝到奶油的滋味，因为它津津地咂摸着，久久也不咽下。外祖母快意地笑起来，那黑色的牙床，泛着幽幽的光泽。

我问她猫的名字，她竟做了一个调皮的鬼脸儿，"嘻嘻，叫梅。"并说："我们姐儿俩可好了，我跟她说些心里话，她都能听懂。"这时我才留心了一下，原来她养的是一只母猫。

外祖母至今还很健康，注定她一定会很长寿。但我分明感到，跟她一样长寿的，是那看不见的啃啮心灵的东西：孤独。然而，外祖母已经感觉不到它了，它与她差不多同化成了一样东西，即岁月本身。

一如人一旦卸下期待的沉重，在无望中，反而能尝到生命的欢欣；也一如久闻其香而不觉其香，久处孤独之中，便也不觉孤独。所以，我认为，晚年的外祖母，是幸福的。

柿树童音

家乡的村子极小，四周皆峭拔着摩天的山，紫巍巍的，有几缕轻云在山尖儿上擦来擦去。

山环儿里的人家，被一层层的树紧拥着，院落里是斑斑驳驳碎金般的花阴凉。有一径石板墁就的梯形路，依山在树影里绕；绕到山口便看不到踪迹，仅有一片贼蓝贼蓝的天，镜般在山口两壁上嵌。山外便极具诱惑。

山口外有学校。

偌大个四合院，墙刷得极白，且有一行极光彩的红字，队伍般在墙上雄赳赳、气昂昂。院中有棵极老的柿树，黝黑的干上已有锅口大的洞蚀出，干瘦的学子仄进身去，顷刻便掩了身影。在里边喊叫，或尖或厉，或疾或徐，或男音或女声，均化成嗡嗡的闷响，贴树壁静静地听，若有一段深浑的古乐漫奏。老柿树便神秘得不得了，竟至远远的山环儿里，那再也走不出疾风，再也走不出山口笃笃敲杖的老翁也信然抚须曰：“老柿树的歌子，我也时时听得真呢！”

于是，山口外的诱惑便是老柿树的诱惑。

我要上学那年六岁，而学校只收八岁（山里入学晚），我便求母亲帮我瞒岁。妈妈胆子小，几天都辗转而叹息。站在校长面前，母亲竟不说话。

校长问：“几岁了？”

我答：“八岁。”

“八岁吗？”校长的声音弹软悠长若蚯蚓。

“不八岁上学干什么？不价，还爬树收我的桑葚儿，那真是好吃得很呢！”

校长嘿嘿笑：“小家伙儿，蛮调！”

从学校走出，我很生气，问母亲：“你怎么不言语，好让我着急！”

母亲那张酱色的扁脸上，竟蠕蠕地爬出两行泪虫。

他妈的，都是为了那棵该死的老柿树！

新生入学那天，极热闹，便都朝柿树下跑。拥拥挤挤若扎堆的一群蜂，涌动而喧哗。那洞一次仅容一个人，而进去的人，往往都想细细地谛听那神奇的歌子，便久久不出来。外边的学子情急之下，便捡石子掷。果然迅速地出来，紧紧地抱了脑袋，蹲地上嘤嘤地哭泣。于是，依次地进去，依次地哭出，顽强而悲壮，童心淋漓，童趣淋漓啊！

在我前面有个女孩拼命地挤，长长的头发，小小的肩胛，挤不动便停下来喘息，因而浸出汗滴的小脸，通红而鲜亮。她身后的我，突然感到局促，突然感到有了一份责任，便一下子闪到她前面，东推西拽，准备辟出一条路。但终于也被挤出，便于悻悻中感到一丝愧疚。回头一看，她果然冲自己乜乜地笑。不是嘲笑才怪呢，我想，便忘了老柿树的诱惑，从她身边闪出去，远远地逃遁。

上课铃声响了，新生高高矮矮地排队：男女分开，男一队，女一队。老师将教室的门打开，依次从队列中叫出一个男生和一个女生，众目睽睽下，一前一后进屋去，在指定的位上坐下。这是新生排座次。

老师刚叫我出列，又叫一声“隗兰玉”。我心里怦的一动，觉这名字极好听。隗兰玉也走出队来，竟是嘲我的那个小肩胛的女孩。待坐定了身子，才偷偷地觑觑一眼左边的她。她竟大胆地看我，一双极黑的大眼睛，长长睫毛轻轻地瞬动。极薄的唇上，有一层柔媚的茸毛，再觑时，竟透出一种温温的对人心的抚摸感。

“钻柿树洞了没？”她小声问。声音极细极柔，若梦中初醒一般绵软无力。

“没呢。”我极不甘心地回答，使劲搓弄的，是自己那双黑黑的小手。

“我也没呢，下课一起去好吗？”没等我回答，兰玉便陡地坐直了身子。前头，老师正朝这里睃她的厉眼。

课上到中间，心里忽然有了计谋。举起手，“老师，要尿尿！”

耳边有嘁嘁的笑声，兰玉在偷笑。

出了教室的门，便脱兔般朝老柿树下奔跳。钻进树洞，竟闻了一股淡淡的腥涩的香味儿。身子贴紧树身，极兴奋。喊叫是不敢的，就攥拳头朝树洞上擂。顷刻，耳畔便嗡嗡地响起，若远山炸响的一列捻子炮。悠长悠长的声音过去，便有木屑从头顶簌簌地撒落，那香味便更浓郁，浓得让人窒息。这让人奇怪，因为柿树原来是并无香味儿的。我忽然想到了母亲，这一切，应该让她都知道。

回到教室，老师正津津地讲得酣。兰玉也听得正认真，尖尖地下颏，鸡啄米般颤抖。我却再也坐不安稳，总觉得该让兰玉知道，让她知道，我和她是并不一样的！

“我刚才钻洞了，果然嗡嗡地好玩儿，还有受不了的香味。”我捅捅兰玉那瘦瘦的腿。

兰玉倏地把眼光斜过来，怔怔地，如面怪物，“刚才吗？”

"刚才。"

蓦地，她那只好看的小手，竟极残酷地举起。

于是，在黑板下，面对着一双双贼黑贼亮的小眼儿，我努力地站成了一团颤抖。

山环儿里的家离山口外的学校有八里远，那时的中午，便用方方正正的小铝盒带饭。当时的年景极荒唐，茂密的层林被伐去，螺丝转儿般依山绕出梯田。小棒子长得正齐刷刷扬眉吐气，一场大雨，腾地浇起黄尘，若九龙搅天。雨过，梯田竟随山势瘫成一堆黄泥，玉米悄悄努力拱出泥，奄奄地呼唤几日，便萎枯逝去。

叮当的驴队，便从山口外载进加拿大的小黄玉米。

那玉米初倒出口袋，金黄而焦脆。扑扑的一股股甜香荡漾。搁碾盘上碾，哧哧地响，簸箕行过，抡在碾道里的，却是一层粗砺而坚韧的厚皮。别看是皮子，但山风居然也刮它不起，蒙面的老驴低头嗅嗅，哞哞地打着鼻息，也不屑于吃。

村人便每日里呼噜呼噜地啜稀粥。村道上熟人碰了，"老哥，喝了吗？"那位便答："喝了，喝它两大碗呢！"

办法是没有的，上学的午餐竟只能是这稀可鉴赏的黄粥。学子的家长们便纷纷扯几尺白布，缝个布袋，先把空饭盒放停当，再将锅子端起来注。注完轻提布袋慢抖，让稀物待踏实。然后，伙伴们呼喊着上路，小心翼翼地走成一队"提袋人"。

老柿树的学校，有初中和小学两块牌子。老叔在这里念初中。老叔时年十八，却刚读初二。他个子虽不高，脸相却极清俊，班上颇有几个相好，便长了几分傲气。奶奶将粥袋子扎好递上，他却倏然出门，边走边嘟囔："老是稀粥，把人脸都吃尽了！"祖母怔怔地发愣，老泪贴鼻梁滚下来，极浑浊。我极敬重祖母，不忍她兀自悲伤，便把粥袋子提过来，“奶奶，我给老叔提着，饿了，他自然就吃了。”

中午，众学子都在教室里啜粥，奏响了一阵好听的音乐。

窗外，老叔东东西西地踅，焦躁而凄惶，似遗失了无价珍物。我轻轻唤：“老叔，过来。”他不解地看我，站在原地不动。我把饭盒举几下，他便倏地闪进门来，眼睛滴溜溜闪亮。几下便把粥啜光，且极用心地抹去嘴角的粥汁，昂昂扬扬地奔他的教室了。

兰玉的父亲是粮店的工人，所以有资格一小勺一小勺地品她的小米豆饭。她用肘子碰我，“喂，他是你老叔吗？怎么不自己带饭？”我说：“你不懂。”她却说：“谁不懂，这种人顶酸！”

我极气恼，便在她的小手腕上掐。她咬紧了嘴唇，任泪花于眼窝里打转，竟不曾吭一声。

第二天老叔便自动找我，伸手要他的饭盒，兰玉竟把饭盒递过，“老叔，咱换换好吗？我极爱吃粥。”老叔怔一怔，居然接了，且呵呵地乐出声来，在兰玉的小肩胛上轻轻拍一拍，倔马般蹦跳尥蹿奔他的教室了。

不久，便从老叔的班上，传来他极响的声调，附有几声女生的欢笑。

兰玉则一小勺一小勺地喝粥，努力喝得爽利而满足。我望着她翕合的红红的小嘴，脑际有浪花扑叭扑叭地飞溅。我倍感羞耻，悬着老泪的祖母的皱脸，竟也在眼前极迅疾地闪回。久久，对老叔竟生出强劲的憎恶和仇恨：老叔怎么会这样？

从此，我便拒绝和老叔讲话，他已被我抛到九霄云外。后来老叔参了军，上了南海舰队。久久等不到老叔的来信，祖母便求我去信询问。我说：“奶奶，你死了这门子心吧，他说不定早奔香港花花世界了。”我觉得，像老叔这种爱慕虚荣的人，其结局必会如此。不期，他竟立了功，得了升迁，极荣耀地转业，在地方上谋了美差。再后来，我竟同他在一个城镇上生活，仍不情愿和他来往。一次，他喝得大醉，抹抹鼻涕，对他的同事说：“今生皆无畏，唯心怯于我的侄子！”其实，我何尝不想体恤他，然而童年的记忆，却生生地抹而不去。

童年，家极贫。父亲便打了两条数丈长的粗羊毛大绳，去跑山。山富处，皆在巍巍的险处。父亲便常在两峰对峙间，将绳索荡得极惊险，掬几捧五灵脂换钱。我上学后，父亲就更终日默默，在狐踪狼迹的深山就转得更勤勉。于是，我便不敢向母亲更多地索要。

在学校，我极避讳与同学一同入厕。入厕来，同学唰地从裤前把小家伙掏出，手儿背起，冲墙壁滋出声色皆俱的趣味。我却极猥琐地解下裤袢，蹲下身去，女儿般尿尿。小学几年，我穿的都是母亲穿剩的裤子。母亲想翻改，被我挡拦：因为，空空的裆胯，小小的光臀，内里竟不具窄窄的拃长短裤；而女裤遮身，总也便当，同学之斜睨戏讽，便于假装的颟顸中不作顾忌。

然冬日苦短，晚学刚放，便见星儿已稀疏地在当空挂了。村上的童子便惴惴地牵着手臂，结伴朝山里的家舍探摸。走到半路，大家都小解，有顽皮小子便生出诡计，趁我窸窣提裤间，大喊一声：“狼来了！”便呼啦跑远。懵懂的夜色，山间的异响，造出几多惊惧。踽踽独行的我，便紧悬着心儿，叨念着父母的恩德，压下无泪的暗泣，蹈出砉然的锐响，绝决地朝前走。

于是，我便有了弥坚的志气和茕然而孤高的举态。当举班喧哗时，我便钻进老柿树的洞，轻轻敲响它的琴弦，让它那嗡嗡的古韵，沁入我的肌肤和腔髓。久久，我便读懂了老柿树的意蕴和历史。我相信，老柿树也仅有我一个知己，在它绵亘的生命长河。

每次走出洞来，都见兰玉面对老柿树站着，娇小的身姿，精彻的情态，如小而惊警的叹号。我凝视着她，她凝视着我，两束柔弱的目光交迸出童贞的晶体。久久，她竟乜乜地笑了，且摇曳着那笑，扭扭地离去。

理解我的，便还有个窄肩胛的兰玉。

今生，父母只有我们哥儿仨，没有女儿。

记得母亲曾对我说过，在我脚下曾有过一个妹妹，刚生下来就不会叫，小眼睛紧紧地合着，眼球在薄薄的青色的眼皮下蠕动。父亲卷一支旱烟，坐在杌凳上无可奈何地抽个不停。兼做接生婆的祖母，把那小生命抱了，拍拍打打，左摇右摆。久久仍无动静，便对父亲说："抱走，埋了。"父亲登时扔了那烟袋，呜呜地号破了嗓子，整个山环儿里，便有父亲的哭声久久回荡。临了，他用破衣包了女儿趺趺撞撞出了家门。山里多发水，他担心女儿埋不好，会很快消失，便可山环儿转，找可靠的地势。终于发现了一个山洞，仅狗类可以钻得进，便把裹紧的小小遗体慢慢地顺进去。而后，把洞里填满了土，洞口再用有棱角的石头砌牢，舐犊之情可鉴，人伦之情殷殷。父亲作罢，把我拽到那里，"记住，等父母不在了，想着祭奠祭奠你的妹妹。"

殒妹以后，又来了两个弟弟，母亲就不再生育。父亲便长吁短叹，就嚷嚷认干女儿。候选人倒是找了两个，我都不喜欢，便极力抗拒。父亲便常常暗叹。我心疼父亲，心里也是凄惶的。恰巧兰玉摇动了我的心旌，便找父母商议。父母极高兴，迫不及待地要找兰玉的父母。我说："还是问问兰玉自己吧。"父母点点头，"也好，也好。"

一日，我偷偷地问兰玉："我父母要认你做干女儿，行吗？"

兰玉一愣，之后，白皙的小脸就涨得紫红，久久竟问："是你的主意吗？"

一问，竟弄得我很尴尬，支吾支吾若吹不响的瘪号。

兰玉却乜乜地笑，透出一线的诡谲。

兰玉回家将父母说通过，传话选良辰吉日定干系。

那日，晚学才放，学校屋后的石阶上，早有咋咋呼呼一干人马。

父亲牵一头足膘的驴子，青辔红缨铜铃。母亲则牵着亲家母的老手，摩摩娑娑如姐妹。两个弟弟各执长杆挂鞭一串，泥污小脸上，小眼儿鬼般眨。兰玉见状，先就垂羞了脖颈，懵懵懂懂中被父亲抱上了鞍鞯。脆鞭打过，铜铃曳响，鞭炮噼啪，古风流长。

身后，拥聚着学校里看热闹的学子，把小小的手臂统统扬起，呐喊：

“娶小媳妇喽哦！娶小媳妇喽哦！”

驴背上的兰玉，肩胛竟一抽一抽地颤抖，且伴有细若蚊嘤的低泣。

于是，我便有了可心的妹妹，父母也有了安恬的容颜。

而兰玉却失去了自由。

再进学堂，兰玉身后，总有学子嘀咕，且有嘲谑的目光极肆意地朝兰玉脸上撩。不久，老师也将我们调开桌，和她同桌的是个脏兮兮的调皮蛋。一得机会，那小子便呼群吆众，一齐喊：“小媳妇儿，羞不羞！小媳妇儿，羞不羞！”

兰玉兀自堵紧了耳朵，瑟缩如淋雨的鸡雏，怒火便在我心间燃，便拼命和那小子扭在一起，打得头破血流。于是，尽管我学习极好，仍彻底地失去了三好生的资格。

其实，是父母将他们的小儿女害了，不知不觉地害了！

小学未上完，兰玉便退了学，她把乜乜的微笑带走了，留下了幽怨和绝望。

她的家就在学校近旁，所以，在我回家的路上，便常常碰到顾盼的她。

兰玉在家里练就了一手精巧的女红，让我第一次穿上了短裤和属于男人的裤子。衣服穿在身上，就增添了一种莫明的动力，一定要学习好，不辜负她的殷殷情意。

后来，我到平原的城市去上学，因寄宿在那里，回家的次数就少，见到兰玉的几率就更小。有时在课堂上，就陷入对她的冥想。想着想着，心里就热得难耐，眼窝也湿了。是兰玉让我懂得了什么是牵挂，年少的心灵，也渐渐有了温厚的东西。

再后来，她出嫁了。出嫁那天，她希望我作为娘家的哥哥去送她，然而，我却没有出现。因为我心里空落落的，有很复杂的意绪。本来是兄妹之情，却掺杂了男女恩怨，抹不开面子。这连我自己都感到奇怪，第一次感到，人间的事情，并不是像你表面上看到的那样。

但那棵老柿树却仍钢茎铁枝地生长着，空空的树洞，任人钻进钻出，一有撞击，便嗡嗡出声响，不舍你我，没心没肺。

冬夜行怯

若去上学，就要走八里多的山川路，到山外一个叫九道河的地方。学校的条件极简陋，课桌均是石头砌的，学生想住宿，更像是白日做梦。我们便只好每天走往返二十里的路程。还不能误了上课的时辰，就顶着晨星走、傍着晚月归，两头都睡不安生，这对嗜睡的少年来说，是多么艰难的一件事啊！

因此，多数伙伴辍了学。

父亲对我说："山里的日子，哪一天不艰难呢？"

是啊，就不能不上学。

这上学的路，夏日还好走，夏日天长，一早一晚的天都很亮堂，暑热中在山川中走，正好贪一些川风的清凉。但一到冬天，心里便很抽搐了，白日苦短，川风刺骨，走在寒冷的黑暗中，感到有爹有娘也等于没有，任手脚上的冻疮暗暗地淌血，真是咬着牙往前赶路啊——横竖就这一条路，哭也不顶用，走他娘的走！

那日，做完值日，我走出校门，看了一眼天，天上没有星星，只有一层雾霭，黑黑的，像拉煤的马车，漏撒了一路的煤灰。走到川口，迎面袭来一股暗风，听不到它的声音，却飕得人不敢张口。再走两步，身上很厚的棉衣棉裤倏地如纸一样薄了，好像风吹在光身子上。我本能地叫了一声：要毁，风怎么今天冷得这么邪性呢？

走了没多久，骨头和肉都疼了。书本上形容冬天的风，用“寒风刺骨”一词，说风的冷冽如锥如刀。此时的风，却如长满针刺的舌头，不声不响地舔到你的身上，再猛地抽卷，将皮肉撕得淋漓，透出生生白骨。

我感到有无数条这样的舌头在撕扯我。

刀和锥刺在骨肉上，也只疼于骨肉。含刺的舌头，撕撩在皮肉上，却疼到了心。心里恐惧极了，因为，皮肉似乎已被撕撩尽了，移动的，只是自己的一架骨头。

不禁遗下一泡尿。尿顺着两腿往下淌，若瞬间点燃了两串火焰，尿淌过的皮肉便生起两串热麻。热麻仅是顷刻的感觉，之后，就有两柄刀刃在尿淌过的地方划过，钻心的疼痛之后，就失去了知觉。就一如生冷的铁上浇一层浮油，瞬间燃烧过后，陷入更沉寂的冰冷。

就这样无知觉地往前走着。

突然，心里生出更深一层的恐惧。父亲说过，四肢冻僵了的人不能倒下去，一旦倒下去，便再也爬不起来了。千万不要跌倒啊！心里很绝望，却不敢哭泣。眼泪会模糊了视线，会导致你跌倒，遭没顶之灾。

战战兢兢往前走，只一个念头：不要跌倒，呃不，不许跌倒！

但随时都会跌倒。

这个念头，便给少年带来一重很大的压力。在这重压力面前，少年感到自己是那么的弱小、孤单和毫无希望。爹呃娘呃，你们为什么谁都不来帮我呢？心里有一声微弱的呐喊。这时，多希望有一个怀抱，不是为了躲避寒冷，而是觅得些微的一点支持。

想到怀抱，心头一阵颤抖。

四肢已经麻木，但仍可机械地走下去，因为胸怀还温暖，心脏尚跳动。从记事起，便知道，人的胸怀是最不易被冻僵的，一如冬天里大葱的葱心。当胸怀感到渐渐地被冻结了，离死亡便不远了。也正是有这样的常识，在厚厚的棉衣里，母亲仍给我缝了一个厚厚的棉兜肚。在以往的冬日，再硬的老北风，都未感到怀里冷过；但今天，这股偷偷袭来的无声的风，却已使我的胸际感到了阵阵的刺痛。多么可怕啊，如果胸怀也冻麻木了，一切就完了。

的确需要一个胸怀！

以胸怀温暖胸怀，让人远离死亡。

而黑暗的山川却如一条死亡的隧道，隔绝了人间的胸怀。

想到了农夫和蛇的故事。恶性的蛇，老天尚赐给它一个农夫的胸怀，而人呢？老天最不顾怜的，恐怕便是人了！如果人有罪的话，一个不经世事，未被俗恶污染的少年肯定是没有罪的。我只有小过错，曾偷过二婶的两个鸡蛋，想换两把酥糖；二婶追赶时，鸡蛋烂在裤兜里了。二婶看着我满手的蛋清，竟乐了：“瞧，咱俩谁都没落下。”没落下，就是惩罚了，还要怎么惩罚一个单纯的少年呢？

这时，我感到了大自然的冷酷，以及命运对一个少年的不公平。强烈的委屈便油然而生，便无所顾忌地流下泪来。似乎委屈是一种酸，能蚀化人对死亡的恐惧，我已不怕因泪光迷蒙而跌倒。眼泪刚流出眼窝便冰化了，掰下那两串泪冰，放到嘴里咀嚼，咯嘣嘣脆响，操他个娘！

胸际像从里向外长出一排针，感到一种由里向外辐射的疼痛。看来，在得到那个温暖的胸怀之前，少年已冻毙于路的中央了。我不甘心地朝路边绝望地望了一眼，那颗微弱的心脏突然跳起来。

路边的斜坡上会是一捆干草吗？

一定是捆干草！

果然就是一捆干草！

把草抱进怀里的那一刻，竟失声喊道：

妈啊，我一定可以活着回到家里了！

我抱紧了干草，生怕被无声的风无情地刮走。脚下也似乎蹬牢了许多，能有力地一步一步朝前走。耳畔，草叶窸窣弄响，若听到伙伴繁杂的细语，我不再感到孤单。继续走下去，胸际竟微微地热起来，于朦胧间，好像父亲把自己裹进他那穿着羊毛坎肩的胸前，努一努鼻子，果然嗅到一缕腥味儿；又像拱在娘那热烘烘的怀里，抽一抽鼻子，果然闻到一股乳香。喃喃地自语：

“爸啊，妈啊，原来你们都在啊！”

抱着那捆干草走下去，少年自己把自己救了……

秋草缱绻

山口之外，除了一所学校，还有一座兵站。

原认为，兵是用来打仗的，腰杆挺挺，枪刺亮亮，有威武雄姿。而兵站里的三十几号人，那军装穿得皱皱，总也提不起精神；但却养了两百多匹马，两百多匹体格壮伟的马。

清晨，几个兵将马拉出去，踏踏地走成两行。顷刻间，那山谷里便有隆隆的响声回荡，若开山的捻子炮，响连接了。

于是，刚有秋风吹几缕，那兵站的大胡子站长便骑一匹快马，进山来，找村人要干草。他开了好大一个价儿，每百斤八角钱。村人便连夜将草镰翻出，在砺石上使劲磨。

父亲下窑回不来，母亲便找幺姑搭伴。身后，那驴高马大的米柱儿竟也跟着，回头看他，他便眨鬼眼逗看他的人。米柱儿，姓米，孤儿寡母从山外搬进来，极孤僻，整日里愁眉不展，可惜了他那张好面相。

终于有一坨草好茂密，厚而齐崭，且有茸茸籽穗相扑打。那籽穗里有一包瘪米，微苦而甘，人饥皆可煮而食之，马儿自然就极爱吃。

母亲对幺姑说："一坨草，够打一天的。你和米柱儿在阳面，我们娘儿俩在阴面，中午在坨顶歇晌。”那干粮袋便甩在坨顶，人则顺势溜到坨底，停也不停，便将身子深深地埋进草里，噗噗嚓嚓地把草打起来。

那草镰素日拿在手上，好轻飘，但和细而成束的草杆相较，便觉沉重而拘涩。半个时辰未到，手杆上的青筋便蚯蚓般蠕蠕地绽，镰刀砍在草上便失了气力，久久也割不成把束。再看母亲，则腰弯如弓，将草大把地朝怀里薅拢，顺草倚倒的方向，极迅速地一抹那镰，就已割下满抱的草；扎成大大的一捆，很潇洒地扔在一边，就又朝前进身，待她将腰直起，人已立在半坡了。

打草极爱小解，开镰前母亲便叮嘱：有尿就往阳坡跑，别偷懒在阴坡撒，一撒会中病的。于是，一有那意思，我便扔了草镰，惶惶地跑向坨顶。草可以少打几把，病却千万别中下。然而也忒奇怪，竟久久看不到母亲朝坨顶跑。正思忖间，母亲已打到了坨顶，回头朝我望一望，说了一句“就在坨顶等妈吧”，便又哧溜地下坡去了。待我在坨顶坐定，母亲也已将属于我的那条窄窄的草带剃完毕。母亲的头发已被汗浸得如雨浇过，一绺一绺地纠结在头顶，青青的头皮便闪闪烁烁，那素日极苍白的阔脸，也红紫若猪肝，显得有些丑陋。我心中有些异样，便不忍再看她。

俯身朝阳坡睃，那幺姑和米柱儿才打到半坡。臀撅得倒翘翘，动作却极滞缓 ，三二镰刚上去，就直腰喘大气。“他们可真笨！”我心里说。

母亲大声叫：“上来吧，别把晌午饭也给省了。”幺姑和米柱儿便闻声像脱兔一般朝坨顶蹿来，片刻间便把饭袋在摊平的膝上放稳了。

我打开饭袋，不禁呀出声来。那小米饭上竟爬了一层黑黑的蚂蚁，正贪婪地啃食那几块酱红的猪肉。那是母亲特为打草的儿子准备的。我不知所措，便哇地大叫。母亲接过饭袋，“该死的黑货，也知道找肥的心啊！”骂完便用草杆往外拨那蚂蚁。那小物种竟极顽强，愈拨愈多，母亲便拨得失了耐性，将她饭袋扔给我，“就凑合一下吧，活该你没那口福！”不待我省悟，她已埋头吞那饭团了，佐着那一层黑色蚂蚁。我吃了一惊，失声喊一声“妈”。母亲并不看我，只管埋头吞咽。那咀嚼声极响脆，咯吱咯吱，若炒热的芝麻被木杖擀。

将饭吞完，母亲灌了好大好大一顿凉水，之后极舒坦地笑笑，让我躺一会儿歇乏，并将外衣脱下，盖在我的头上。她则接着打坨顶的草，片刻也不歇息。

我躺在草丛中，静静地听母亲割草。那声音利落而有节奏，像蕴着无尽的力量。

下午，坨上的草，早早就打完了，母亲、幺姑、米柱儿便互相帮衬着，打了三个大的草背子。剩下的草，便簇成堆待来日。母亲并不要我背，心痛我那柔弱的腰杆。等母亲三人将草背起，竟像赫然搬动了三座小山。

村口架着一架台秤，支书和胡子站长含着笑，招呼归来的人群。

母亲、幺姑和米柱儿依次将草称了，母亲的草竟比米柱儿的重几十斤。三人中就数米柱儿的草背子大，竟有这样的结果。我要支书再称称，支书竟哈哈大笑：“小子心眼不坏——你娘打的是阴坡草，草湿、气饱、穗大、秆重，好下镰，好上捆，且捆小量足，背起来也不兜风，顺溜！”米柱儿竟也嘿嘿憨笑，无怨无尤。只是幺姑将嘴噘得别致，我便为母亲的狡猾生出一团又一团的惭愧。

天渐渐凉了，草就打得渐渐不容易，村人便都抢抢跌跌去占山，好有资格不慌不忙地打阴坡草。母亲、幺姑和米柱儿便撇下我，灵猴般满山跑，将手中的标子插上一道又一道山梁。三人的标子上都拙拙笨笨地写着：刘舍哥。那是母亲谜一样的大号。

将坡占得足够施展，母亲我们一行四人便将一个接一个的日头，依次在一个接一个的坡坨上消磨。

母亲仍打阴坡的草，幺姑、米柱儿竟心甘情愿地放弃那份权利，整日里待在阳坡上。他们每天打的草比母亲的要少得多，却未有一丝羞惭，好像他们并不在乎那几捆山草，在乎的是在阳坡上的日子。我便心里骂他们："这俩人，怎会这样！"

那日，草打得实在没兴致，母亲也只顾打她的草，心里有话更无处说，便踅到阳坡上，找幺姑和米柱儿。

那阳坡上竟没人，砍倒的一片草竟随意地摊散着，也不打捆，两把钩镰则被甩在一边，刀刃上满挂了土屑。真差劲儿！我心里说。因为真正的打草汉，草镰锃亮如雪，是挂不得一点泥星的。母亲那镰就这样。

正要转身离去，不远处竟咯咯发出一串笑，再听时，竟断了。只见那草窠窸窸窣窣的，像一群雀子正酝酿飞翔。心中便陡地生出好奇，便蹑了手脚朝那边探索。

近了，我惊呆了：幺姑正倚在米柱儿怀里，那薄棉褂儿上的纽子竟有两粒开了。我愤极，大咳一声。幺姑倏地就将身子闪开了，迅疾如鬼。看见是我，她竟说："咳，原来是只小狗。"我便尖尖地骂一声："脸皮太厚！"决然朝回走。走到半途，竟想："幺姑好黑好黑的脖子脸，胸脯却恁白，怪了。"

跟母亲一说，她竟"妈唉"一声抛了草镰，笑翻在地，且将鼻涕眼泪笑出来了。

中午吃饭，米柱儿躲得远远，兀自吃他的饭，幺姑却仍然坐在母亲身边，将窝头啃得极香甜。母亲居然也不骂她，只说一句："死鬼，搂着点儿火，别太野了。"竟又平安无事。回家路上，母亲却嘱我："奶奶面前，可别多嘴！"我便久久懵懂，直到情窦初开才知道，一如野草一遇到火毕竟要烧，青年男女只要近在一起，即便是艰苦的劳动和清贫的生活，也挡不住他们泛滥的春情。这或许也是大自然的一部分吧。

入冬以后，手伸不舒展了，坡上的草便也揽不到怀里，村人就罢了镰刀，而是将秋日里囤下的干草一趟复一趟地朝回背运。

跑了一秋的山路，我的腿也跑得爽快了，便也背上小小的一捆，衬衬母亲的脚力。打下的草经秋风吹过，就变得干脆而浮泡，母亲的草背子便胀得很肿大，但从秤上走过，却不及百斤，母亲便很失望，轻轻嘀咕：真不如秋上少打些，早早都把草运回来。后来，当草背到离村口近了，母亲便捡些滚圆的小卵石，将几只衣袋装满。正要问母亲，母亲却要我也装一些，“甭问，随妈走就是了。”

我随母亲连人带草被称过，正要返回称体重，母亲却拽了我的手，“不解解手吗？”到了背人处，母亲低声说：“快把兜里石子掏出来，抡远些。”我便知道了，母亲是在找便宜；但我并不言语，不中用的儿子是没资格埋怨背负太重的母亲的！

那日回得晚，未过称的便只有母亲我们四人。母亲刚将草称过，支书便叫母亲慢走，母亲正愣怔间，支书已极迅疾地将草捆一一抖开，且仔仔细细搜寻，像搜寻宝物一样。我、幺姑和米柱儿也依次被查过，才听支书叫走。

母亲明白得快，“支书，莫非是有人夹石头了？”支书说：“除了你们，都夹了，太丢人了！”

果然草堆旁有一堆各色的长条石头，赫然地呈现着重量。

支书对胡子站长说：“站长，对不住，将石头称了，从草里刨吧。”胡子站长久久沉吟，竟说：“别，乡亲们也不容易，穷啊！”

支书的泪唰地流下，紧攥了站长的手，久久不松开。母亲、幺姑、米柱儿和我便在边上陪着，心里很不是滋味。

草秋终于过了，母亲挣的钱自然要比幺姑、米柱儿多了许多，便整日里串门，将她那一份得意、满足和热情执着地传播。而幺姑和米柱儿却很不在意，只是那野性的爱情熟得再藏不住了，一如熟了的果实必然要红在枝头，终于被恼怒的祖母赶出家门，欢悦被浸泡在泪水中了。

母亲在村口送他们，死命地将一卷钞票往幺姑手里塞了，叮嘱他们："千万要善待自己啊，等老人家气消了，还是要早些回来。"

现在的山草更茂密了，但再也见不到割草的人了，因为廊檐下他们有了新的生活。幺姑和米柱儿的儿子在大学里谈恋爱，给女孩讲了父母的故事，女孩竟久久地陷入冥想，最后，轻轻地说道："真好！"

紫荆本纪

在《蜂擎荆旗》一文中，我写到了荆花，但那是为了寄情论理，对荆花本身着墨太少，特辟专章述之。

山里的春冬色寡瘦寒，但到了夏天，就绿成浑然的一团。没有一处是裸露的，哪怕是极险仄极瘦薄的山壁上的皱褶，也有丰腴之姿。

因为有紫荆。

紫荆就是荆花的本木，山里人俗称荆子。

山里的紫荆分布极广，腴渥处贫瘠处均有它紫紫熏熏的影子。它不舍贫富，只知道生长，一如山里的人们。

我记事以后，最先认识的灌木，便是紫荆。家屋西边的衬墙上就有大大的一蓬。灼灼的夕阳，细碎的叶子，筛下的影子极美丽。我那时的心灵虽幼小，竟也被这一方出色的小景所感动，常踅到它身边来，摩挲那紫荆的茎和叶子。

母亲适时地走过来，对我说："崽啊，记住，这叫荆子。"

我抬起头来，冲母亲笑笑："娘，知道了，它叫荆子。"

我长大了，真正懂得紫荆以后，便对它生出一种肃然的敬意。因为山里人与紫荆的纠葛太绵长，没有紫荆的山里生活，是根本无法想象的。

山里的房子，是依山而建的。最早的房子，建在山脚，后起的房子，就依势往上傍——房子的坐落便步步登高。从远处望时，那观感极别致：像一架硕大的梯子，紧紧地贴在山壁上，陡陡的，峭峭的，透出逼人的气势。

这“梯子”的顶端便是一层接一层、一层比一层更绵密的紫荆。它们的根紧紧地抓住山壁的土壤，它们的枝密密地相互纠缠。山口的风再大，也只是在紫荆的顶梢，掀起曼妙的微波。山里的雨再倾盆，也浇不烂那由紫荆的枝叶织就的大网。于是，这里不会有泥石流，也不会发生滑坡。紫荆将这些妖孽封住了，山壁虽陡峭，却绝没有危氛。

那么，这漫漫的紫荆便是一条巨大的臂弯或一张巨大的襁褓，这小小的山村便是臂弯里的一个温柔的梦或襁褓里的一个紫色的婴儿。

于是，这里的紫荆就不能随意砍伐，村里人以极大的细心爱护着，任其恣意地生长。便有紫荆的原生态，在这里无忧无扰地生息，圣洁未凿如贞洁淑女。

紫荆的叶子，呈掌状分裂，是绿得比较深的那种。在酷暑时节竟长得极肥厚，让人感到它有极强的生的意志。

夏日的夜晚，山里人睡得晚，喜在瓜棚豆架下纳凉。山人虽淳朴，蚊蚋却失厚道，常攒拥于人前人后，搅扰纳凉人的那一份恬适。

这时，就想到紫荆的叶子。

紫荆的叶子，有一种独特的涩味儿，遇火烧燎其味更剧，有很强的熏蚊驱蚊作用。山里人家家备有炭盆，将其置于院中，把炭火吹旺，覆以厚厚的荆叶，浓烟便登时缭绕，蚊蚋就只能逃之夭夭。睡前将炭盆置于室内，大敞了门窗，待烟雾散尽了，再挡门关窗睡觉，好梦境就绝无叮咬，极酣然。

秋日，荆叶簌簌地落了，山里就像铺了厚厚的一层毯。山里人便起早贪黑地把荆叶扫起来，运回家里垫猪圈（山里家家皆养猪），酿一些个好肥料。

城里的农学家到这里考察，见到此般情景，喟然叹曰：“这里的人真会钻空子啊！”

山里人便说：“是啊，既然有空子可钻，干吗不钻？我们又不傻。”答得颇机智。

在荆叶未完全落尽以前，有一桩山里儿童最喜做的事体，便是背着搭兜捋紫荆的籽。紫荆的籽，自然呈紫色，且结成穗状，山里人就把这种活计叫做“捋荆穗”。把籽背回家，或晾或炒，弄干透了，就送到山外的货栈去，换一些个零花钱。紫荆的籽粒是一种较名贵的温性的中药，到底治什么病，当时不得而知。后来查了查药典，始知主治妇女月经不调，瘀滞腹痛，风湿痹痛，小便淋痛，喉痹，痈肿，疥癣，跌打损伤，蛇虫咬伤等。药典上还说，其实紫荆皮的药性更好，可惜山里人包括货栈管事的都没有这方面的知识，没能开发利用起来。

荆叶完全落光之后，勤勉的山里人就要割荆。一如野草经了山火，反而长得更好，紫荆经了镰刀，第二年繁衍得反而更绵密。将紫荆齐根割下，成捆成捆地背回家，经一冬的风干，便是来年的好烧柴。这种柴，枝梢俱在，极易引火，山里人叫它“毛柴”。紫荆的根是块状的，若肯卖力气刨出来，就是烧炭的好“料柴”。秋深之后，山岩间常传来乒乓的声响，便是有人在刨荆根（荆根即便是被刨了，也不会影响原有的生态，因为须根还留在土里，第二年还能漾出新苗）。

想一想，当铺天盖地的瑞雪把山村包裹起来之后，围着通红的炭火，边烤野味，便饮老酒，是多么惬意啊。好像山里的人生，从来就没有冬天一样。

紫荆的老枝是斜攲而丑陋的，但新生枝蔓却往往极柔顺。这柔顺者，就是著名的荆条。

荆条不仅柔顺，还柔韧，或编筐或编篓或编攞篮，手巧者，还可以编出式样奇异的灯笼。这就是山里编织业特别发达的原因所在了。以前，山里人打荆条，要等秋老了再动手。那时的荆条芯实而质韧，编出的货色便很耐用；但色暗而滞重，很少能卖到平原区。现在的山里人就很活泛了，在秋浅的时候，也要打一些荆条。这时的荆条很脆，编织时就要极精心，即便如此，也有断条的时候，就要耐着性子把断条换下来。这样编出的货色，风干之后，色浅如洗，轻便无比，很招一些用户的喜欢。这种编法编出的，多为一些办公用品和女人用品，譬如字纸篓、文件筐和女人的手篮、针线笸箩等。于是山里的编织品便销路宽了不少，传播得也远了不少。

最后，我还是不能自抑地再多情地写一写荆花。

紫荆入夏就开花。花蓝紫色，其小如豆，但极香，是一种沁人的药香。

荆花在日光下，开得极热烈——光虽炽烈，其蕊竟不打蔫，若不倦的眼睛。入夜，荆花的香味便吐得奔放，夜幕愈沉，其香愈剧，稍有微风拂，其香就流动致远。所以，要有夜行客进山来，才进山口，便闻香味——山路虽坎坷崎岖，他也不恼意惊惧，盖荆花的香味能静心安神，让他有乐观兴味。

自然要写到荆花蜜。

荆花蜜蜜质极好，稠而不滞，不仅有很高的药用价值，还能开人的脾胃，除了在国内行销之外，还多出口。

荆花在伏天里开得很繁复，一场暑雨，一拨花，蜜蜂便总是能采到新鲜的花蜜，蜜的产量就多。于是，山里就有“一场暑雨，一轮蜜”的说法。

山里养蜂的人就多矣。

祖父虽然不是专职的养蜂人，但他收的那群“野蜂”，后来衍发成了不小的一个蜂群，便也能时常看见他戴着细纱面罩侍弄蜂的影子。

祖父摇蜜的时候，是全家最欢乐的时候。祖父把蜂的巢胚放在摇蜜机的架子上，轻轻摇动摇把，机架便转得极欢畅，蜂巢里的蜜就借着离心力的作用，纷纷甩向桶壁，便形成了蜜的涡流。而蜜的颜色是黄黄的灿灿的，这甜蜜的涡流便是煞好看的风景。

那年暑期，雨水最勤，荆花最繁，蜜事也最盛。蜂巢隔个三五日自己就溢出蜜来，摇蜜机的吱呀声也就频频响起。姑家的表妹正从城里来，被那金色的蜜流所吸引，脚尖便高高地踮起来，任那玉般净洁的脖颈低低地勾向桶边，而手臂则向身后扎着，不停的，是那脆嫩的笑。当桶里的蜜盈盈地满了，表妹小小的鼻尖就粘上了大大的一滴。待那蜜欲滴时，她便及时地用纤细的指头抹了，放在嘴里吸吮。她啧啧地咂着甜蜜，也啧啧地唱出赞叹：

“这荆花蜜，甜得很哟！”

表妹这时极妩媚。

我在这时极感动。

于是，我在暑期的时光，就注定了与她相厮磨。

那日的傍晚，表妹很兴奋，着一袭蓝底白花的棉布裙，于荆丛中蹀躞，裙裾掀起的微风，便拂过香飕阵阵。我深深迷醉了，已辨不出这香味是来自那欢畅的荆花还是那欢快的女孩。便情不自禁，脱口说道：“你真像一束圣洁的紫荆花啊！”

表妹嫣然一笑，竟问：“那你呢？”

我说：“我当然是那金翅膀的蜜蜂啊！”说完，一种莫名的甜蜜已令我窒息，我喘息着：

“表妹，亲亲你好吗？”

“不让。”

“那就亲眉毛。”

“眉毛会掉。”

“那就亲眼睛。”

“眼睛会瞎。”

“那就亲鼻子。”

“鼻子会塌。”

最后，还是亲了，轻轻地，亲在她红润的唇上。

还想往深里吻，她笑着摁住了我的嘴唇，“别贪心，只许亲一下。”

这就是一个男孩的初吻——两小无猜，清纯如水，然而，余香久远。虽已近知天命之年，但一忆及，顿见青春的影子，心生欢悦，更爱生活。

山外先生

在我走上社会以前，称得上朋友的人有两个：一个是我的父亲，另一个便是南先生。

那天早晨，风刮得极烈，吼吼地，若逃犬急吠。伯父却顶了那土黄的鹿皮帽，一边抹着风刺出的稀泪，一边懒懒地甩响了鞭子。咯吱颤响的驴车，便朝迷雾遮掩的山口，咯咯吱吱地走。

父亲说，你伯父要去接人，去接一位城里来的南先生。

我问父亲："他在咱这儿有亲戚吗？"

在我的记忆中，有亲戚在村里的山外人，到了年关才极不情愿地钻一次山，素日，是极少有人进山的。村子几乎是个与外界隔绝的世界。

父亲摇头。

我便又问："那他进山是为了好玩吗？"

父亲更摇头。再问，父亲竟阴沉如铁，一字不吐。我便有些惶惑。

掌灯了，伯父才回来。进屋便圪蹴在火炉边，把那冰坨般的手，直直地往火上烧。吱吱地冒着青烟，缕缕焦臭便掳了那青烟直直地往鼻里灌。父亲问：

“那南先生呢？”

“自己卸行李呢。”伯父仍极专注地烧他的手，烧出扬扬的惬意，好像他接的人与他自己无关。

父亲跑到那驴车边上，见那架车的驴也栅在乌黑的圈里了，呼噜呼噜地喘咳。那车被顶车杠顶着。一个穿破棉袄的汉子，正躬身扛车上的大背包。那背包绑得滚圆，白白地结了一层霜。那人吃力地扛上肩，便猛地挺身，以期扛稳了迈步。但那包却又哧地滑下来，僵僵地往车上瘫。他再搬，竟一丝也搬不动了。这时，他腰弓得更深，手拼命地往袖里抄——他已被冻得半僵了。

父亲迈前一步，一手便拎起了那包，另一只手则拍那人肩上的霜粉，“南先生，走吧。”

这就是南先生。

南先生吃惊地看了父亲一眼，紧接着便连连哈腰，“好的，好的。”他那两只棉帽的护耳便扎煞扎煞地，极滑稽。

随父亲走了几步，他突然低低地叫了一声，车转身子往回走。原来那车上还有一在大的网兜，网兜里有两只崭新的铝盆和一只雪白雪白的瓷盆。他吃力地拎着，走得趔趔趄趄。将要迈坎时，他一下子登脱了，身子前后左右摇晃，我以为他会马上站住，不料他竟于一番挣扎之后，砰地摔倒。那网兜甩得远远，盆们也顺势脱了那网线的羁束，在坎坡上潇洒地翻滚，且叮叮当当奏出清响。那薄暮的山环里，便有一群雀子，喳地飞起来。

我感到极好笑，放嗓子乐。这就是城里人，这就是南先生！

不一会儿，队长便吆喝村人开会。等老少在那四面漏风的队部聚齐了，他便敲掉烟灰，对大家说：“介绍一下，这是城里的教授——南先生。”

南先生便哈哈地弯腰。老少便哗地笑。

队长说：“别笑！我问了，教授嘛，就是老师的老师、先生的先生。别笑！从今天起，南先生便是咱村的社员，大家多照应点儿！”

倏地，大家都不笑了。屋里静极，一束束鼻息便突然显得滞重，空气好像凝固了一样。

南先生便双手合十，又连连地哈腰，“敝姓南，南北东西的南。犯了错误，下放到贵地，请父老乡亲们多多批判，一定好好改造，好好改造！”

见大家仍没动静，他便极不自在起来，尴尴尬尬冲人笑。大家仍没动静，他的嘴角便哆哆嗦嗦地抽搐。

队长就又开了腔：“大家也看见了，数九隆冬的，队部没法住，谁家有闲房子，先给南先生腾出来，队上给记工分。”

人群如解冻的一泓水，喊喊喳喳一阵好嘀咕，终于纷纷嚷：“让南先生去我家！让南先生去我家！”

队长龇牙一乐，“都吵吵，到底去谁家？干脆去我家吧！”

大家便都嚷：“去个鸟，你家崽多，满炕尽虱子！”

于是，队长那红通通的脸膛，瞬刻焦黑如酱。素日极骄横的队长，觑一觑南先生，居然也难堪地将头垂了。

紧拉着，便有人去拽南先生，有人便去抄南先生的行李……大家搅成一团。

终于，南先生的泪，蠕蠕地流下来，在昏黄的灯光下，那泪居然也晶莹。大家便又住了声息。

“乡亲们，多谢了！我哪儿都不去，就住这儿了！”那声音浑厚而震颤，村人那一双双争持的手，便悄悄地放松了。

于是，南先生便在破败的队部安了家，镇日里与那刺骨的寒风相揉搓。

害了他的，是村人们那过度的热情！

第二天，南先生便上工了，跟汉子们去开石凿岩，造梯田。工地上，简直没他做得来的活计——抡不得锤，扶不得钎，推一推车，竟将脚砸得乌青乌青。只有往田沿上搬石头，大的搬不了，便搬小的。他搬石头的样子极特别：小小的石头也要紧簇于怀，肚子微微腆起，挺挺地迈碎步。于是，小媳妇们便三两一群地踅到跟前，当做新奇看，且扑扑哧哧捂嘴乐。但南先生却连头也不抬，兀自搬他的石头，兀自迈他的方步，表情庄重，一丝不苟。

如此这般，他那一袭旧棉袄的襟上，便砥砺出一面镜子，光光地闪亮。汉子们便不再觉得他可笑，只觉得可亲。

南先生不会笼煤火，晚灭早生，夜里生生挨冻。日久了，他便失去了耐性，索性彻底将火灭去。于是，田间歇息，或收工的路上，便见南先生如村妇样，寻旮旯，觅柴枝。待近了村口，就有小小的一捆柴，极紧凑地背在他的背上；脸上挂着童子般的羞怯，惹起爷们婆娘的无限爱怜。

于是，等到晚炊时分，便有三两个童子，受父母之命，怀揣一些好吃食，往队部蹦蹦跳跳。

南先生正撅臀笼火，腥熏的柴烟呛得他扑朔迷离。猛听身后窸窣地响，转身见童子们正极恭敬地望着他。他那白皙的脸子竟也殷红如花了。

“南先生，我妈叫给您送些熬南瓜。”

“南先生，我爹叫给您送些狍子肉。”

南先生怔怔地，久久不说话。孩子们便放下盆罐们，闪身跑了。他便在后面大声喊叫。因不知每个孩子的名字，便哎哎地发出一串单音节，给孩子们留下一串嬉笑的话柄。

第二天，多是孩子的母亲去取装食物的盆罐。一掀盖子，竟不曾动过，女人们便抱了罐子扭扭地走了，且鼻子酸酸地——她们看不下这男人的孤介与寒酸。久久，竟对他有了怨艾，似乎与自己有扯不断的干系！

慢慢的，南先生竟有些不自在了，他觉得大家对他太好。

他找到队长，“队长，我有文化，就给大家记记工分吧。”

队长摇摇头，“南先生，甭费心了，好好拾掇几顿像样的饭吃吧，别净吃摇疙瘩汤哩。”

南先生竟死死地坚持，使队长陷入无奈的思忖，他觉得这事棘手。原来记工的，是上过两年私塾的瘸二爷。他腿瘸瘸的，上不得工，便靠记工挣三两个工分。以前颇有几个老者为此活路争持。那日，瘸二爷还动了手杖。但队长仍不愿伤南先生的心，便说：“别急，让我考虑考虑再说。”

跟瘸二爷一说，瘸二马上就把嘴巴撇得斜斜地翘，似哭不哭，似哀似叹。终于把账本啪地合上，“该死个城里的侉子，什么不好，偏看上了这搭！”他把那叠工分簿往前一推，“拿去吧！”队长竟被感动得转来转去，“二爷，服您了！赶明儿我给您做个抛光的椒木拐杖。”因为残人多怪，生倔生倔，瘸二爷能够如此，队长心中暗乞爹娘。

南先生做记工员以后，那队部便换了大灯泡，通堂锃亮，晚饭前后，村人陆续走来，极专注地看南先生记工分。

果然不凡！南先生把字写得极流丽，竟无一次涂改，惹村人惊叹而敬慕。记工回去，大人们就将儿女叫到身边，把工分簿一亮，“记住，再写就照南先生这样写！”于是，不少上小学的儿童，便将南先生的工分簿作字贴，极认真地仿。整个村上二三十个童子，日后均写会了南体（姑且称之），出村之后，还理直气壮地炫耀。我系学得最认真，也最酷似的。现在再看，那字其实很一般，跟后来的陈老师的字相比（见《山中师表》），甚至还显得有些丑陋。所以，这样的字居然出自大学教授之手，应是一件令其自身感到惭愧的事。但那时却风靡了整个山村，被山里人视为不可超越的神笔。

南先生的住处灯亮人多，颇使他开怀。白日里，那紧皱的眉头也渐疏朗。收工后，他便用捡来的干柴烧灶烘屋子，专心地等村人来记工。混熟了，村人便在灯下端详，发现他人长得很有福相，也极斯文。有人便问："南先生，有伴儿没？"一问，竟使他嗒地将眉宇收敛了，苦相登时挂得阴浓欲滴。但山里人不知趣，极爱穷根，仍问："南先生，有伴儿没？"问急，南先生便支吾，"没，没。"村人便齐叹："咳！你真是的，四十大几没对象，是不是当教授的都那么清高？"他嘿嘿一笑（苦笑），"极是，极是。"于是，刚走出队部的一群婆娘便说："该给南先生介绍一个。""就是，就是。""可咱这小地方，哪儿有合适的？""就是，就是。"

南先生听在耳里，连连摇头。人散尽，他便从灶膛里翻出两只烧白薯，津津地啃。那白薯烧的时间太长，大部已经炭化，便啃得满面焦黑。不一会儿，他的一双眼圈也焦黑如炭，但那绝不是炭灰染的。啃完那两只白薯，便啪地拽灭灯，用被子将头严严地捂了，和衣而眠。

夜死一般寂静。

两只红薯在他肚里咕咕吵得欢畅，伴他度那耿耿长夜。

我跟南先生交上朋友，说来，是很偶然的。

那日，在门槛上捧一本小人儿书穷白相。正巧，背柴的南先生款款走过来，"小家伙，看啥呢？""京虎。"我边说边把封面示他。他笑笑，"不对吧，念琼虎。"我极不服，"就念京。""有字典吗？"我便拿来字典，一查"琼"，果然读"穷"。我便嘿嘿傻乐。望着他负重的身影远去，我便想：既然有这么大学问，干吗到山里来捡柴禾。

但他仍让我不服气。他在村里已待了五年，竟是不读书的。于是，我便开始不敬畏他：不读书，还可做先生吗？我便觉得他便像个大朋友，晚上就早早地去他那里玩耍。

南先生性子极绵。他的东西你随意翻了，他竟也不恼。他头上那一顶帽子，常被童子们掀掉，每次都是他默默地捡起来，土也不掸地再戴上。那日，我将他的帽子摘下来，戴在自己头上，斜了眼觑他，“南先生，看我像你吗？”他一惊，之后，便极认真地端详，说“像，像！”此时，他眼睛闪光，唇角颤抖。他轻轻将我抱了，摩挲我那短发，“我很喜欢你，孩子，但当着旁人，就不要再这样问了。”我竟极温顺地依着他，可劲儿地点头，好像天生我俩就该有这样的誓约似的。

大了，我终于懂了这个中芥蒂：戴父亲以外男人的帽子是一种忌讳，戴了那人的帽子再问像不像他，更是犯忌！南先生竟早早地知道了山里的风俗——他是一只沉伏的鸷鸟，感觉是极敏锐的！

进入腊月，村人便辘辘地碾黄面，蒸糕子准备过年。

这时，男人们变得极懒散，镇日里睡长觉，盼年关迫近。南先生就不停地在村首上踅，显得很焦灼。末了，他便踅进碾道里帮妇人推碾，任妇人与他开些极琐碎的玩笑，他也一声不吭。他每年都不回家过年。久了，人们便不再问他，默默地把年糕腊肉送与他。年节是他唯一收村人赠物的时刻，他干脆灭了炊火，裹在被窝里，享受这山里人赐予的美味。

那日，我提了一串冻狍肉，诡仄地闪进他的屋里。见他身子机灵地动了一下，慌忙地将什么往席底下藏。我把狍肉扔在他的案上，乐乐地将席子揭开。那东西竟是一张照片。

照片上，南先生极精神，他西装极挺，面上有喜气。膀右是个女人，极漂亮，是那种温馨而又迷人的漂亮。她笑得虽浅微，酒靥却绽得饱满。中间是个光头小儿，像年画儿上的那么可爱。

“这是你老婆吧？”我问他。

他那眉眼竟笑得出奇的妩媚：“是。”

“那她怎么不来找你？”

他的泪，刷地就下来了，“跑了。”

我极惊罕，这么个大教授居然会这样哭，便又感到亲切。“你应该打折她的腿！我婶儿背着我叔跑了，就让我叔捉回来，将腿敲断了。”我真心地为他愤慨。

他却说：“不能怨她，她是个好人。”

临了嘱我，别对村人提起。但我嘴碎，轻易就将这秘密泄了。他便对我说：“你这孩子，真让人伤心！”于是，我便第一次尝到了被人责备的滋味。但我却有些爱他了。

那日，不期间来了一辆吉普，听说是他学校的人接他回去。他颇慌乱了一阵，颠颠倒倒地将行李搬上车。当时村人都在上工，他是被人喊回来的。于是，他钻进车篷，连招呼都没跟村人打，便呜呜地走了。

车走后，我去他屋 ，竟在那席底捡了那照片。我以为他还会回来，便打算他回来还他，但他竟一去不复返。我便恨他，村人也恨他。但恨也虚妄，南先生在村上待了九年，竟不知他到底是哪个大学的！

日前，我翻箱底整理旧物，又见到了那张照片。但整个目光却凝聚到了那个女人身上。我居然觉得，他不像是南夫人，南师母，倒更像是我的一个姐姐，永远是那么年轻，那么美丽，那么迷人，要比南先生可爱得多了。

但村里人，仍时时叨念那个孤介而温弱的南先生。他们十分想知道，他到底过得好不好。便时时向虚空里发问：

你在哪儿啊，南先生！

雪狐绝唱

这也是一只著名的狐，而且是一只更远遥的狐。

狐轻捷而美丽的身影，在山里，是至少有三代人都亲自见过的。

顺德家是山里最好的猎户，有很昭彰的猎迹。于是，能不能抓住那只狐，在顺德的祖辈看来，便是与家族的名声极有关系的事。接下来的故事，是顺德亲自讲的，听过的人，无不表情肃然。

曾祖父当然踌躇志满，觉得抓一只狐实在是一桩没什么了不得的小事，但终其一生，终其所有伎俩，都始终没有抓住狐的一根毫毛，便饮恨而终。临死前，对祖父和已经开始懂事的父亲说："后人若问起我，千万别说我是做过猎手的。"

这老人的气性有多大啊！弄得祖父和父亲都酸楚难耐，着实多淌了几颗泪。

于是，父子便对那只狐抱了很深的用意，把许多宝贵的时光都交给了她。但后来，父亲却因这狐与祖父闹了极深的纠葛和隔膜，其中的故事，就很耐人寻味了。

这是一只母性的狐。

她的身架很大，当她把前爪举起的时候，那身姿极挺拔，挺拔若一个青年。她浑身的毛发，繁茂绵长而白，白得耀人眼目，让人不可久视，故是天经地义的雪狐。她的性情很怪僻，一般的狐是昼伏夜出，而她则很随意，日暑中，也可见其身影。不是她的眼睛与别的狐有什么不同，她在白天行走时，双眼也是紧眯着，实际上，也许并没有多少视力；但她仍能走得很快捷很自由——这是她对山里的地貌极其熟悉使然。

那是个冬日的白天，天阴得极沉，雪却迟迟不下。本来想在炕上喝喝热酒，但阴沉的天气使人极烦躁，酒喝不下去。祖父就对父亲说："待也待不踏实，就出去找一找那只狐吧。"

在山上转了大半天，翻了不少山的皱褶，查了不少座或斜或陡的梁坡，狐的蹄迹，竟没找到一颗。就在一小块平地上，燃了一堆篝火，扔上去半干不干的柴枝，任其噼啪声繁密。两个猎人则闷闷地烧烤着带来的食物，津津地嚼着，谁也不对谁讲话。

慢慢地吃饱了，肩背也被烤得极温暖，便有一丝惬意的慵懒从骨缝间滋出来。

"睡上一会儿吧。"祖父说。

父亲向火堆上扔了一批新柴，便学着祖父的样子，把麅皮帽的护耳扎紧了，把羊皮大衣的阔领子也竖了起来，两只手抄到衣袖里去，就团在离火稍远的地方，听木柴的噼啪声入眠。

木柴已烧塌了架，送出温暖的，便是被微风吹得忽红忽暗的炭火。两个猎人睡得很沉。

这时，从远处的一片矮树林中，闪出一团雪白的身影，若一团流动的雪，缓缓地滑向篝火。是那只雪狐。

她踅到两个猎人的身边，轻轻地嗅一嗅，便走到炭火旁，坐定了，她抖一抖头上的露水，便低下头，一点一点地舔身上的绒毛。从前肢到胸腹，依次舔下去；舔到两条后腿时，就舔得更慢更仔细。那两条后腿极腴美，绒毛那浑圆的轮廓，辐射出一团勾人心魄的温柔。这种美，只有人类可以媲美；而这种感觉，也唯人类所独有。

狐一遍又一遍舔着这两条美丽的腿，那片紧凑而小巧的脸上，氤氲着一团妩媚的笑。她或许为自己的美所深深陶醉了。

这时的父亲，其实是醒着的。雪狐在他身边嗅的时候，他鼻子的灵敏，使他闻到了一种独异的臊香。他不能不睁开眼睛。

这是父亲第一次见到狐。

他当然要暗暗一惊，但他很快便被狐那醉人的美所攫慑，便静静地看狐为自己梳妆。

"狐原来竟恁美，跟老人们说得不一样哩！"父亲心里叹道。

不知怎地，父亲竟想到了自己的姐姐。姐姐已有十八岁了，长得很好看的，但她从来没用心梳过她自己的头发，整日里乱蓬蓬地，竟还长了一些饱满的虱子。其实姐姐的肉皮很白，但她从来没用心把自己洗一洗，白净的脸下，那张脖子总是黑一块白一块，斑驳而油腻，给人的感觉便极不舒服。而这狐竟比姐姐有出息，她知道珍爱自己那美丽的容颜。

父亲不声不响地躺在那里，竟自己把自己弄得很心酸了。

这一年父亲才十岁。他很爱他唯一的姐姐。而第一次见到的狐竟有这么出人意料的美。那么，他把自己弄得心酸起来，且默默地情不自禁地淌几颗泪下来，是自然的事。

父亲极想把狐领回家去，给令人失望的姐姐作镜照，且自家的炕头暖和得很呢。

父亲轻轻地捅一捅祖父，"爹，有狐呢。"

祖父猛地坐起身来，以猎人才有的警觉，一下子就见到了那狐。狐也适时地抬起头来，她温柔恬适的目光正同祖父的目光撞在一起，而祖父的目光是惊警而凶厉的，是要把她吞下去的目光。狐却未因此而受惊，只是目光有些迷惑，脸上的妩媚也收敛了一些，便显出更惹人爱怜的柔媚。

“娘的，这该死的狐媚！”祖父闷闷地骂一声，手就去摸索那猎枪。

就见狐轻轻地摇了摇头，目光里迷散着雾一般的怅惘，慢慢地转过身去，朝来时的矮树林走了。她的步态极从容，那身雪白的毛，因舔完又被炭火烘干，就愈加洁白愈加蓬松。温柔的父亲便觉得这是一团洁白的神圣，送给她的，应该是深情的抚摸，然而祖父送给她的，却是属于猎人的理智而又冷厉的仇恨。

祖父更恨的，是狐走得那般从容，好像她并不在乎身后那森然的威胁。

祖父的枪终于响了。

矮树林许多娇嫩的树枝被铁砂拦腰击断了，落下繁急的一阵树枝雨。

祖父几乎是随着枪响跑出去的。跑到林畔，除了吱咯吱咯踩响的断枝的碎尸以外，并不见狐的一丝踪影。

祖父茫然地站在那里，站成一柱冰冷的失望。

父亲心中却散发出一种莫名的热情，捡拢了地上的背裹，对祖父说：“爹，还是回吧，天要黑下去了。”

喊了几遍，祖父才缓缓地挪动了，脸上，一团疑惑，被培植得极饱满。

晚上，睡在被窝里，只要一合上眼睛，狐那妩媚的笑，便在父亲的脑际映得极清晰。对于父亲，狐的美，已在他心中铭记得深刻了。

突然，祖父问：“崽呀，你是不是早就见到狐了？”

“是啊，爹。”

“那怎么不早一点告诉爹？”祖父有些生气。

“她好看得要死啊。”父亲竟说。

“好看有什么用，她是狐！”

“她抓鸡吗？”

“不，她是一只不抓鸡的狐。”

“那么，干吗非要打她呢？”

“要打，祖上有话，有狐便不吉利呢。”

父亲就不吱声了。他感到祖父好笑——笑得那么好看的狐，竟不吉利，哎，山里的事，真是好笑。

过了几天，山里的雪就来了。雪纷纷地下，不日，便没膝了，山里就更显得小。然而，雪后的山垭，终究是有些个温柔而爽洁的气氛了，好喝酒的，就纵情地喝下去了。

祖父却依然喝不下去，整日里擦他那杆猎枪。

待雪停了，祖父就上山去了。尾在他身后的，当然是懵懂的父亲。

祖父是很有他的道理的。雪后，松鸡和灰鸽们就生活得极艰难了：疲备地逡巡在林间的空地上，费力地用指爪把积雪拂开，啄食雪下草窠里那几颗零落的松子。而雪后的山间回暖，使狐喜欢出来活动，狐很容易捉到味美的松鸡和灰鸽。

在山间，父子俩很快便遇到了几只普通的狐。那些狐的皮色灰暗若土，脸颊亦窄小，透着鄙俗的狡狎。祖父便没有好兴致，只是出于猎人的本能，把枪砰砰地打响了。然而竟打了三四只。然而，祖父的脸色却依然阴沉。

父亲理解祖父的心思：猎人喜欢对付的，也是那些出类拔萃的猎物。他之渴望，是那只美丽的雪狐。

邻近傍晚的时候，在一片原始的冷杉林畔，终于见到了那团雪白的身影。但那身影飘然一闪后，就杳了踪影，父子便寻着狐的蹄印，追下去。

那狐的蹄印精巧若花瓣，由于她走得轻盈，花瓣的边缘便极完整，没有跳开的裂痕。也因了步态的停匀，花瓣散落得亦均匀，印在白白的雪底子上，便如星丽天。父亲深深迷恋着这些蹄印，拼命地跑在祖父的前面。他舍不得这些白雪中的美丽，在未经欣赏之前，便被祖父那丑陋的大脚无情地践踏。

父亲便跑得气息喘喘。

这是一桩不该被遗忘的事：一个少年，为了一排美丽的雪狐的蹄印——一桩自然中的神奇，而恣意地迸发着激情。这是一种多么独异的人生感受啊！讲到这儿，已是成年的顺德不禁看看我，心潮起伏，说，我的父亲，是不是很让咱们羡慕？我也情不自禁地说，那当然！

顺德舔舔嘴唇，接着说——

当暮色四合的时候，父子已追到了一个极陌生的境地。空前的疲惫使他们仰翻在雪地上，吮着从树挂上零落而下的雪沫，感受着人在极度疲惫之下，把自己躺倒以后，那种透骨的惬意。而那串美丽的蹄印依然朝前延伸着，祖父的惬意便极短暂，而父亲的惬意却极绵长。当祖父咒骂着去折树枝点篝火的时候，父亲依然静静地躺在那里，绝决地属于着处子般的雪白世界。

父子被饿醒的时候，天竟蒙蒙亮了。

坐起来，父子就呀地叫到一块了——那未熄尽的炭火的周遭，竟环绕着两排极清晰的蹄印。在炭火的另一端，有被坐压的凹痕，且蹄印繁沓；那凹痕的边上，有两只未被啃啮的松鸡的腿骨，而两扇松鸡的灰色的翅膀，也平覆在白雪之上，泛着诱人的幽光。

“那狐夜里来过了！”

“嗯，来过了。”

父子便都感到了雪狐的诡秘。

接下来，父子便有了不同的感觉——父亲感到了这狐的善良，恶狐咬断追捕她的猎人的喉咙的故事，他是听说过的；而祖父却感到了狐对他的戏弄，他感到了做人的惭愧，尤其作为一个猎人。

在自然中，人类容不下畜类的机智。这是一条生存原则，是比祖父更聪明的一些人总结出来的。祖父在世时没弄明白，而父亲成年之后就很明白了，因为，他学了几年文化。

祖父恨恨地对父亲说："操，回家。"

父亲也学祖父的样子："操，回家。"说完，竟乐出声了。

祖父便瞪他："笑什么笑！"

父亲依旧是笑，且笑得咯咯的了。

祖父就恼极，重重地打了父亲一个耳光。虽打出了父亲的眼泪，那笑声却未被打住。在泪水的滋润下，那笑声就愈显得清脆而鲜艳。

回家以后，祖父就借来了山里所有的地夹，又做了几十副套索。山里的地夹，又叫火夹，两排硕大的铁牙之后，是两只能敲出脆响的钢簧。这簧有极强的弹性，当夹板被踏翻之后，啪的一声，两排铁牙便被钢簧匝在一起，且匝出璀璨的火花；再打开这火夹的牙，就得好一般力气。于是，只有祖父这样的猎人，才配用这钢性的火夹，一般的山里人，则敬而远之。

这些地夹和套索，自然就下到了雪狐出没的地方。

这时，雪花又下得很轻慢了，山里的世界就更小就更温馨了。

祖父终日闷闷地喝酒，他那套猎法是需要时间的，他需要忍耐。

而父亲，则终日忐忑着，把雪簇成堆，然后狠狠地将尿柱射上去，看白雪在嘶嘶的弱声中，无奈地化去。他第一次感到了雪花的不够可爱。雪花把山里世界弄得过于美丽，而美丽之下，却藏着一团团阴谋。那只雪狐，虽机智，却不会机智到分辨人间的真假。在她眼里，洁白便是洁白，洁白的世界正可自由地走一走的。

雪终于停下来，祖父便极兴奋，冲父亲喊："走，快跟爹上山哩！"

爬上山里的主梁，祖父问父亲："下夹子的地方知道吗？"父亲点点头。“下套子的地方知道吗？”“知道了。”父亲的回答，便透出不耐烦了。

“那好，这山场忒大，咱就分头踩一踩吧（山里管收取地夹和套索上的猎物叫踩）。”

在父亲踩的路线上，雪狐果然被夹住了。

那是一座矮崖的根际。狐从上边跳下来时，踏翻了雪层下的地夹，地夹那冷冷的铁牙，自然就紧紧地夹住了她的一条后腿。

狐腿中的骨头已被铁牙猛烈的瞬间撞击击碎了，相连的，是腿上坚韧的内筋和柔韧的外皮。血仍不停地从伤处渗出，但雪却只被洇红了小小的一块，热血滴在上面，便嘶地被吸收了（雪厚啊！）。那一小片被洇湿的雪，便黏稠成一团红泥。

狐浑身颤抖着，泪水和口涎混在一起，凝成黏浊的绝望。

父亲的喉间痒痒的，蹲下身去，欲将铁牙打开。但他的力气太微弱，铁牙一动不动。他看到了不远处的一株小树，就走过去，折一段枝杈，以期借树枝的力量，把铁牙撬开。

狐误会了，她因此而惊惧，她闷闷地叫一声，决然地俯下头去，拼命地撕咬那伤处的筋皮。

父亲被惊呆了。

狐终于把铁牙中的腿咬断了，而那是一只多么美丽的腿啊！

她跑走的路上，留下细细的一线血痕。

地夹的牙缝中，狐那条美丽的断腿被静静地衔着，丰沛的血已将雪白染成殷红，远远望去，便似一束火焰，灼灼地烧着。

灼灼烧着的，其实是一柱极强烈的生的意志！

父亲那幼小的心灵因此而震撼，久久地立在那里，对周遭的一切，已无感觉。

但祖父却不理解这少年的感觉。在向这边攀缘的路上，发现了这断腿的狐，便穷追不舍。狐终于还是被捉住了。

在庭院中，祖父霍霍地磨着刀，任父亲苦苦地哀求。祖父说：

“这不是一只普通的狐，而是一只狐仙，既伤了她，就再别牵就了，放了她，她会回来加倍地伤害你！”

这是山里的古训，幼小的父亲就动摇得了吗？

那美丽而哀怜的狐被吊在树上，她不作任何的乞求；她平静极了，绵绵地垂着那颗精美的头，定定地看祖父把刀磨得亮亮。

在一边上，就坐着无可奈何的、善良的，且是柔弱的那个多情的少年。

祖父狞笑着，走近了狐。

狐积攒着她终生的力量。

当刀锋刺进她仅剩的那条美丽绝伦的后腿时，她终于甩出所有的力气，仰天长啸。

那嘶声凄惨而嘹戾，枝头的积雪，簌簌地颤落着。

祖父毕竟是娴熟的猎人，把狐腿上的毛皮割断后，便贴着狐那柔滑的肉身，将狐皮整个撕下来——完整的一张狐皮固然能卖许多钱，但祖父却并非为了钱，而是对手间一种莫名的较量。

于是赤裸的狐便如粉色的婴儿，在寒风中无助地抽搐，那锐厉的嘶叫，就更袅然不绝。

在恍惚中，父亲竟觉得这叫声是那么的熟悉。那一年，东头那一个美丽的女儿被蛮野的幺叔强暴时，也是叫得这么凄哀。但后来幺叔到底是被处治了，而狐的呼嚎又有什么结果呢？！

父亲嘤嘤地哭泣着。他已弄不清，狐的最后的绝唱，是用来呼唤恶，还是呼唤善！

他只知道，山里的天地是极广阔的，既容得下不屈的猎人，也容得下柔媚的狐的……

讲到这儿，顺德也已是泪流满面，对我说："你知道我爹为什么独独尊重你爹吗？因为你爹虽然也是打猎的，却没有那么残忍的内心，他知道尊重和同情对手，而不是一味地赶尽杀绝。"（见拙文《生命同谋》）

我自然知道，顺德也是把他祖父的猎狐与我父亲的猎狐在心里做了对比的，表达的是真诚的敬意，但还是安慰他说："你也不能说你爷爷他们就是错的，他们有他们自己的逻辑。"

"狗屁逻辑！"顺德愤愤地说。

我便知道，一如再麻木的树木被刀斧砍过，也会流下黏着的泪水，再木讷的内心一旦被伤害，也是无法被安抚的。

旧时风物

木壶

故乡那时盛水的桶、担水的筲、擦身的盆，甚至沏茶的壶，都是木制的，更不要说桌椅板凳之类。

木只是山里的木，是就地取材的意味。

其实木壶是只有一把的，比不得家家都有的木桶、木筲及木盆。

就是老木匠五爹那把。

五爹无嗣。黑乎乎的那半边炕上，就盘着他那无牙的老伴，整日吧嗒着一杆烟。

五爹的手艺是山里无双的。靠手艺，他吃了一辈子好饭。

那年他进山择木料，就见到了那一棵长瘤的檀，削去那处疤瘤，五爹就迷惘了。

匠人有匠人的癖好，有料就想琢成器。

相了半日那瘤，五爹到底是拨开了迷惘：就旋一把壶吧。

于是就旋了一把壶。

壶面用砂纸打了，纹路极斑斓。但五爹意犹未尽，又刻了一个女子的头像。

五婶刚瞥过，就说："个经不得官的，那是你表妹。"

五爹就乐成孩子了。

之后，五爹就用那壶啜茶。

把烟抽枯了，五婶央求说："也给一口喝吧。"

五爹说就不给，五婶就不言语了。

五爹临终前攥着五婶的手："别忘了，把那壶给我带上。"五婶没言语。

装殓时，五婶把木壶抱紧了："个经不得官的，他想得倒美，就是不给他带上。"

木壶就留下了。

幼小的吾辈，便多了一件珍器和一桩很不错的故事。

祖上，往往是这样，给我们留下了什么。

眼子

故乡的人爱养羊。

山里的羊叫山羯子，腿精细，个儿也不大，身子却极灵活，在悬崖峭壁，荆棘丛中，时时能见到羯子们的身影。

羯子走路不走熟道，单找人不瞧狗不去的险处，比如山的皱褶，山的沟坎。

山里牧羊就不用牧羊犬。

山里人走路就都走不过羊倌子。

后来我和伙伴去登黄山，伙伴说，好险啊，都是羊肠小道。我就说，球羊肠小道只是人的概念，羯子们是不屑的！这话，他至今也不明白。

山里的草杂，就不免有毒草。羯子误食，就吐出满口的白沫，抽搐着死去。

羊倌子就在梁顶和一些沟坎，放几块平展的石头，撒一层细盐，叫羯子舔一舔。盐能缓毒解毒。

羊倌子管这叫“淡羊”。

为什么山里的羊倌子，在腰间总挂着一个白布袋，道理就在这里。

那年，下放来的南先生曾喟叹：“喂咸的还曰淡，悖论也！”

这只是他自己的事情，倌子们依然是“淡”下去了。

山羯子耐旱，但淡后的羯子，仍急着要喝一些水。山上的梁峁上很难弄到水，倌子们就很费筹措。

后来倌子们发现，雨后的梁上，总有一小块一小块的凹处，有一汪一汪的积水，把羯子轰过去，就能喝个半饱。

但山顶的日头极毒，不到几日，水汪便被晒干了，倌子羯子就都失望。

到底是倌子有主意。他们在汪过水的地方凿出坛子样的洞，里大口小，存的水又多，蒸发得也慢，水就留下了。

红日头下面，那洞子里的水，泛着幽亮的光，极像美人的眼睛。倌子就叫它“眼子”。

自有了眼子，两个羊倌相遇，那碰头话儿就这样了：

“伙计，眼子还满吗？”

“满哩，嘿嘿。”

那年大旱，日头早落山了，羯子们也都咩咩地回圈了，倌子二爹的影子却久久也不曾见到。

大呼小叫地一个梁一个梁地找了，终于在眼子边上找到了。

二爹躺在眼子边上，胸口动得很微弱，人给渴过火了。灌下两口凉水，二爹就睁开了眼睛。

二婶说：“就是个死人，怎就不喝眼子里的水？”

二爹嚅一嚅干裂的唇竟说：“有羯子哩。”

圆米

圆米是玉米做的。

把当年的老玉米，用沸水过一下，热腾腾地就放到石碾上，待老皮被碾破了，碾身也就停下了。

只去个皮儿，米粒还整呢，这就是圆米了。

圆米看着就让人饱：白白的，圆圆的，亮亮的，濡湿濡湿的香气将鼻孔都堵满了。

圆米是用来烧圆米粥的。

圆米粥的味道很特别，甘如栗，香如酥，韧如牛脯，苦人吃着忘了忧苦，病人吃着忘了病痛……能吃上圆米粥的山里人，在苦日子里也从不叫苦。

圆米粥的辅料是大豆，黄豆、小豆、黑豆和豌豆都是代用品。

于是，山里的作物，便主要是玉米和大豆。

烧圆米粥的锅子是大一点儿的好，米膨得彻底，吃着上口。

圆米粥熟得极慢。

早晨起来，劈足了木秆，就坐稳了，慢慢地烧。火是文火，旺一点儿圆米就抓锅，便由不得性子。待圆米把锅盖顶起来，自然就熟了，那日头也就高挂中天了。所以，农忙时节，山里人，是很少烧圆米粥的。

山里人家有客来，再忙，也总要烧上一锅圆米粥。这样，客人尝了鲜，主人安了心。

问到过山里的城里人，山里如何？

竟脱口而出：圆米。

由于圆米粥的缘故，山里的石碾至今也是没有废弃的。

电磨磨不出那个茬口。

一进腊月，石碾便停不下了。

心急的婆娘们，总想早些碾下圆米，围着火炉踏踏实实地过年，就吱吱扭扭地连轴转了，山里就分不清白天和夜晚。

碾圆米是个力气活儿，却没有哪个婆娘惜力偷懒而少碾一些的。

五婶劝二婶说："嫂子，少碾一些吧，吃多了爱放屁。"

二婶竟说："放屁也不臭，五香屁。"

吃圆米粥的山里人，是很幽默的。

皂荚

皂荚是故乡很不稀罕的一种树。

山里不叫皂荚，而叫皂角。

皂角，开很淡的黄花，有卵形的小叶子，一到秋天就落了，遒劲的枝上，那一列列的刺就显得很锋利了。

皂角树，结的果实褐而扁平，酷似豆角，又有不错的洗涤作用，就叫它皂角。果叫皂角，树也被人称皂角了。

村前那棵皂角，因家乡人没人能说得清它的年龄，就叫它老皂角。

老皂角，其实是极丑陋的，花也不美艳，去它身下纳凉的人就极少。

然而就有个幺姑。

那年，幺姑很美丽很懂世故了，就常在老皂角下想心事。

皂角还青时，幺姑就已吃力但兴奋地举了钩镰，早早地摘皂角。

把皂角捣烂了，她便坐在山间的溪流边，可劲揉搓。揉得久了，便揉出黄白的沫子，她就很高兴了。沫儿涂在脸上，脸就洗得桃花般明丽；涂在腿上，腿就洗得如两节藕。

她的嗓子极动听，一边搓着沫子，一边柔媚而欢快地哼出歌子：

皂角儿，滑沫儿，
小媳妇，洗脚儿，
老头儿，洗袄儿，
就是不给脏小子儿！

那年，我已八岁了，望着幺姑那两节藕般白净的小腿，高兴得不眨眼了。

幺姑轻轻地摁一下我的脑门，看什么呀你看。

我说："幺姑，你是小媳妇儿吗，不然，你的脚儿怎就变得恁白净了？"

幺姑便又在我的脑门上轻轻地摁一下，说什么呀你说。

我说："就给我当小媳妇儿吧，我很想摸你的脚儿呢。"

幺姑的眼泪就乐下来了，就当你媳妇儿吧，幺姑掩着脸儿说。

我便怯怯地摸她的腿儿。好白净好光滑呀，光滑如滑沫儿了。

那一刻，我想我明白了，为什么"皂角儿，滑沫儿……就是不给脏小子儿"了。脏小子儿丑得很哇。

后来，幺姑爹给幺姑找婆家了，而幺姑从轿上跑没影儿了。

同时没影儿的，还有山里最能干的小伙儿，米柱儿。

后来，幺姑又悄悄地回来了，肚子也翘翘的了。米柱儿被幺姑爹聚人绑了，送山外经官了。幺姑爹对幺姑狼般吼，把她打出门去，住岭上的一个山洞了。

幺姑便在山洞里生下了小幺姑。

幺姑爹已得了喘病，老痰一块一块地吐。幺姑便背着孩子掰老皂角的刺，细细地磨了，给他入药。幺姑被刺扎破的手，红肿了一个冬天，她竟没有一丝丝苦相呢。

幺姑爹的病被侍候好了，火气就又牛般了。

幺姑的腿，终于被他打折了。

折是折了，但允许她回家住了，而且也默许米柱儿时不时地回来看一看。

幺姑爹苦笑一下，对幺姑说："这一回，咱谁对谁也不该欠了。"

燎荒

故乡很偏僻。

家乡人就多吃自己种的菜。

野菜当然极丰富，吃多了野菜的山里人，味觉自然比城里人要好得多。但大宗菜就要自己种了，比如芜菁、萝卜、土豆及胡萝卜。

山里的萝卜，叫地萝卜，比城市的萝卜小，味儿微苦。

但山里渍菜，绝对少不了地萝卜，渍得久了，饱满、响脆和有咬劲的优点就出来了。而城里的萝卜，一渍就瘪，不知什么缘故。

"咬得菜根，百事可做"，其真意，估计就是"咬"这种萝卜。

农历对山里极重要。"头伏萝卜，二伏菜"，反正一到交暑季节，山里人就异常忙活。

种菜，不用熟地。山里地少，好堰地都让给谷黍了，次一点的也给了玉米。

就用燎荒地。

燎荒时，出工的人最多。也有凑数的，便是一群一群的崽们。

先在梁与梁的袂处，拓出宽宽的防火沟。山里的山场广阔，这一点极重要。

崽们喜火，燎荒的引火就由他们点了。

火争着往梁顶爬去，万头攒动，且毕剥成一片，火愈烧愈剧，人也愈来愈感动，终而情不自禁了，于是就呐喊了。

大人嗷嗷。

崽也嗷嗷。

男人嗷嗷。

女也嗷嗷。

大火映射下，那声音都是通红通红的，且冒着一股子一股子的青烟。温柔的秀和野性的乔站在一块峁上，一同嗷得没缰子了。

乔就问：秀，好绵的你，怎么恁大气性了？

秀说：痛快得要死啊！

火头终于熄了。老少男女却更亢奋了，如林的镐子就挥舞得如雨点一般绵密了。

开娘的荒！

秀的镐子也抡得欢快呢，大汗就把薄衫子淋透了，紧紧地贴在身上，胸便鼓得没办法。

正被侧面乔看去，乔便脱口叫：“哎哟娘，秀，你可真结实啊！”

秀就低声“骂”：“快抡你的镐子吧，个经不得官的乔！”

乔的镐子就抡得撒欢儿了，远远地跑在众人的前头。乔喘着气，心跳着：不成，俺死活都要把秀娶过来！

于是，干草味的山里生活，就被创造出来了。

从这里走出的崽们，便个个乐观，个个精壮。

砸场

在故乡，婆娘们聚得最齐全的时候，便是砸场的时日。

砸场是个细活儿，婆娘们干着是最合适的。

先是把去年的旧场招酥软，再用水泼湿，然后在场面上盖满了红羊草，就赶毛驴上去，拉碌碡压。

就说说红羊草。

这种草，长在山垭的阳坡上，红的茎，红的穗，长得比别的草要高许多；但它味涩筋多，羊就不爱吃。所以，山里人把红羊草叫“轰羊草”。

但正是它的筋多，使它质地柔韧，很有拉力，就成了砸场用的好料子。这是植物界的机智，它昭示了“尺有所短，寸有所长”的哲学思想。因此，孔子和老庄们，可能都见过红羊草。

碌碡压过，婆娘们便成排地坐上去，用扁平的木榔头在压熨帖的红羊草上砸。砸场是急不得的，要前茬接后茬地跟进，且力气也要使均匀，一下是一下。

砸场，不仅仅因了娘婆的心细和有耐力而由她们独揽了权利，更重要的，是山里的那条古训：生产过的婆娘臀子肥，大臀子砸场谷成堆。

于是，从婆娘们身后望去，便见到慢慢蠕动着的极壮观的一片浑圆。

在一起砸场的婆娘是很开心的，唰地扬起手臂，又唰地放下去，寂寞的山谷便回荡着一个很强劲很整齐的节奏。

吧嗒——吧嗒——吧嗒嗒……

在一起砸场的婆娘也是很齐心的，面对着共同的丰收前景，各自的芥蒂是微不足道的。谷场的平展与凹凸，牵扯着她们同样的命运；心必须没有杂念，榔头必须砸成一个声调。

吧嗒——吧嗒——吧嗒嗒……

细细地砸过之后，便小心地用手把砸烂了的红羊草揭去。于是，浑圆的、光滑平展的一片谷场便镜般可鉴了。

场体被日头晒干之后，谷物便被不断地送到场上，在汉子们高亢的号子声中，谷穗便被碾成金黄的谷粒，谷山便把今后的日子耸饱满了。

这时，砸过场的婆娘们，便被人们遗忘了。

打柴

儿时，山里的植被极茂盛，果木也葱茏，烧饭暖炕便都用柴。

故乡的山柴约略可以分为五类：

一类是山壁的干草和作物的秸秆。这种柴由于太易燃而不耐时的缘故，人们并不把当它作正柴，而是作为点火的引柴。

二类是果木的干枝。山里的果木，老树多于新树，又由于那时山里人并未重视自己的果木资源，而是荒疏了、放任了果木的管理，病枝和枯枝便很多，就被人们折去，当柴烧。

三类是山壁的灌木，灌木自生自灭，但却极茁茂，就成了山里柴料的大部。只要人勤勉，是取之不尽的。

四是材木的下脚料。山里人对材林是很珍爱的，只到了盖房、筑桥、打车具的时刻，才小心翼翼地砍一柴木料，素日，即便是打些家具，人们也轻易不动用好料。所以，这类柴的量便极少。

五便是羊牛的干粪。粪柴燃的是暗火，且火势温温，常被婆娘们用来焖饭或煮不太爱熟的圆米（玉米被碾掉外皮后的整粒，也叫碌碡米）。年关煮牛肉时，也要烧一些干粪，用暗红的牛粪火，煮暗红的牛肉，是很有趣儿的。

山里人打柴的事体，并不是单独去做的。是出工时捎带手的事，为的是把午晌和小憩的时间一点也不浪费掉。

我家的燃柴主要是靠母亲去打的。

那时父亲正当着山里的支书，出工的次数自然就比别人少些，就不免引起老少爷们的嫉恨。母亲为了给大家一个心理上的平衡，就不管风霜雨雪，天天和大家劳动在一起。

人们很少和她说话，工休时母亲就拼命砍灌木柴，晚上收工时，走在曲曲的山径上，就属她的柴捆大。

但砍柴毕竟是汉子们的事，母亲打柴的勤勉，就渐渐引起汉子们的敬重，在热被窝里便对婆娘说：瞧人家支书的婆娘，能干得很呢！

婆娘们便很怨恨母亲。

那日收工，母亲刚欲背起柴捆，便有三二婆娘奔过来，把她的柴捆搬倒了。母亲不解，看一看大家，就又把柴捆扶起来。但还是被搬倒，母亲就明白了。她放下柴捆，轻身踏上回家的山路。身后，那几个女人便呵呵地笑着，把母亲的柴捆推下山涧去了。

背惯了柴捆的母亲，空空地走着，步子就颇不稳，泪无声地流在她的脸上。

她不知道该恨谁。

后来，父亲不再当支书了，去山那边做了走窑汉。因为不是干部家属了，嫉恨就平复了，母亲就又于出工的间歇，毫无挂碍地打起了干柴。不久，山里走窑的多了，人们就渐渐烧起煤来，但母亲却仍执着地烧着自打的干柴。

山里的煤极便宜，母亲自然就省不了几个钱，但她说，烧柴的日子，才过着踏实。

这种习惯她一直保存到现在，以至成了与故乡的一种感情纽带。

捉蝎

那时故乡很穷，许多来钱的路子都被堵死了，连猪都卖不上好价钱。

但山口上的供销社收蝎，而且每斤干蝎能卖到八元之多，对山里人便是个极大的诱惑。

于是，山里老少就都朝山壁上攒拥，掀翻了许多陈年石板，用筷子制成的镊子捉那丑陋的蝎。

曾一度荒芜了农事。

上头撤了那一任支书，庄稼地里才有了人声。

自然的，学子们便成了捉蝎的主力。

起初是三两个结伴去捉，蝎捉得多与少是很少被考虑的，要的是大家相聚在一起的那一份情趣。但大人们很不高兴，这般那般地叮嘱之后，学子们就懂得了在情谊之外，还有一种叫利害的东西。

就都独自去捉了。

再见面时，大家都觉得有些尴尬，但久了，就什么事也没有了。

在捉蝎的学子中，我捉得最多，因为我很聪明：我发现，阳坡的石板底下蝎最多，而阴坡的石板下蝎则寥寥无几。我就不盲目地翻坡上的每一块石头了，而是单拣照到太阳的石头翻，收获自然就多。

那一年的夏秋两季，我竟得了八十多元的蝎钱。这是一笔巨款，把山里人都惊呆了。

母亲曾答应给我买件新衫子，最后却买了两头瘦驴，去犁地去驮脚，让本来就懒的父亲变得更懒了。

抻一抻衫子的破袖子，我黯然神伤，心想；这准是父亲的主意，父亲真不是个好东西。

来年却仍捉得极欢，只是怕伙伴儿超过我，就又为母亲挣了不少钱。乐得合不上嘴的母亲便对我说："崽呀，咱的书就别念了，就捉蝎吧，将来娘给你说一房好媳妇。"

我就怔了。

那年我正念五年级，秋后便要考初中，中学就在山外，那里的世界我向往已久。

晚上我睡不着觉，点灯翻自己的作业本。那本上尽是红红的对勾，尽是一个一个的五分——那里藏着我多少骄傲啊！我心里很迷惘，我的家的确是很穷啊，酸酸地，眼泪终于是流下来了。

第二天，我却对母亲说："妈，还是让我上学吧，如果考出去了，咱家就在山里叫响了；要是没考上，我就白天黑夜拼命地捉蝎，把欠了的都给您补上。"

娘兀地就没了主意，在地上扎煞着双手："崽这是怎么说呢，崽这是怎么说呢！"

于是，善良的娘终于还是让我去继续读书。

后来，我便走尽了弯曲而狭窄的山路，走到了广阔的大平原。

山里的蝎们仍自生自灭着，我却学会了如何主宰自己的命运。

那年，母亲被我接出山来，让儿媳陪她看了一出她盼了大半辈子的古装大戏，走出熙攘的影剧院，母亲抹去了一行热泪：

"这人哪，还是看得远些好啊。"

捕鱼

故乡有一条迤逦的小河，清清浅浅地流到山外去。

河里有自生自灭的鱼。人们叫上名字的，有草鱼、石鱼、鲫鱼、鲢鱼和鲶鱼，当然还有泥鳅。

山里人没有打鱼的习惯，河里的鱼就生得安然，游得实在不耐烦了，便跃出水面，翻个筋斗，水面便有一朵好看的浪花开了。

那年，城里的工人叔叔要来山里支农，怎么招待客人呢？便想到小河里的鱼。

便找了一张纱网。

一网下去，还真的捞上来了一些小鱼。父亲乐了。他是被逗乐的。网里的鱼全是小手指大的鱼崽。就再捞一网。网子起来，仍是一网小手指。“真是小山沟啊，水里连条大鱼都没有。”父亲说。

就又把网里的鱼放回水里。

真的没大鱼吗？有，便是鲶鱼。

鲶鱼长得很美。有一颗大大的脑袋和一张不停翕动的大嘴巴，腮边有两对长长的须，很优雅地摆动着。只要它一露头，你便会认出它：瞧，鲶鱼！

但鲶鱼总是待在河底的石头下面，你站在河边望它半日，也不见它露一次头。你用长把的锤子捶那石头，仍不见它出来。把石头都捶碎了，被捶扁了身子的鲶鱼还依然在那里伏着。

懒！懒得大难临头都不屑动一动身子。

怎么办呢？

父亲坐在河边的鹅卵石上，想主意。

“药它。”父亲突然说。

“用啥药呢？”我问。

“苦杨。”

“行吗？”

“兴许行。”

便随父亲到山上去打苦杨。

苦杨，并不是一种杨树，它是山上的一种灌木，枝条柔曼，有细长的叶子。苦杨的皮剥下来，捣碎后放到碗里，倒上水便呈一派浑黄，喝上一口，苦极了；但去火治瘀病，是一种山里人离不开的药材。

随父亲打了几捆苦杨，背到小河边上。父亲选了一处河面最窄的河脉，从上游截断，把河道改到一边去；再到下游筑一道沙垅，便截了一段有十米长的不流动的“死”河。

把几捆苦杨放到这截河里浸泡。两天后，再把泡酥了的苦杨捞上来，我与父亲坐在岸边，一人一把锤子，以一块大的卵石为砧，把苦杨的枝条砸碎，然后再撒到河里去。

啪啦啪啦，砸。

哗啦哗啦，撒。

河水被染黄了。

我们注视着水面，那黄色的水面很平静。父亲看看我，我看看父亲，心里都着急。

哗，那黏滞的水面终于被撕裂了，几条肥大的鲶鱼浮上了水面，身子懒懒地扭了几下便舒展开了。

它们被“呛”晕了。鲶鱼的线条很流畅，很优美。我被惊呆了。

“快用网把它们捞上来，等它们醒过来，就不好抓了。”父亲说。

苦杨的药性很快就会过去的，因为河水不断地稀释着。

赶紧用小网捞，竟捞满了两只水桶。

果然有些鱼苏醒过来，不耐烦地扭了扭身子，又游回水里去了。

父亲笑了笑，“回家。”

鱼跑了，并不存有一丝焦灼和遗憾，山里人对什么也不太贪婪。

客人来了，便用焖好了的鲶鱼待客。用筷子从鱼的中脊上轻轻一戳，两片细白的鱼肉便完整地从鱼骨上分离下来。

那么大的一条鱼竟只有细细的一根骨刺。

客人很惊异。再吃那鱼肉，客人更惊异，已顾不得城里人的面子，大块大块地往嘴里送。

“这山里真有好东西。”他们说。

草木无忌

老核桃

曾祖父在世时，那棵核桃树就很粗壮很蓊郁了，把三间石板小屋衬得极孤陋极拙朴。鸡婆在荫下咕咕地唱，曾祖母在荫下仄仄地扭，是一方长满苔藓的风景。

曾祖父也不知这树到底经了多少岁月，逢人问及，便随口答道："老核桃了。"

这树就叫成了老核桃。

老核桃的果子结得很稀，仅数十颗，其果皮比一般的核桃要厚两倍，任你在街石上、沟坎上摔来摔去，只听到啪啪的脆响，表皮的纹理竟不曾有一丝破绽。所以，若食核中之物，便需重锤砸。砸开之后，令人叹息不止：果核的内里多隔，其隔厚且坚硬，果仓就极狭小，核仁不易弄出来，就用刀尖剜。一剜，果肉就碎，只好把砸开的果子放在鼻翼之上，张大了嘴巴，接碎下来的果肉；细细嚼来，甘香无比。

这甘香是一种诱惑，激起人的贪心，便想多剜些果肉入口。但多隔的狭小的果仓里，并没有多少果肉，剜不到两下，便罄尽了，就只好觑觎下一个果子。仍是收获甚少，仍是不能满足，就不停地砸下去。待果实已砸尽，入口者却零星，贪心得不到平复，心里就忒烦，骂道："什么鸟果，招人性起，又惹人性丧！"

于是，这果就珍贵得近乎无用。

谙其性质，每当新果下来，曾祖父就以他从私塾那里温习来的古旧语气，说："这果，啖一啖十，其性同焉，啖一足矣。"

大家就都吃一个果。

余下的，曾祖父就放到砺石上去磨，那密密的纹络就愈来愈明晰，晶晶地闪着光，让人爱不释手。山里人管这叫麻核桃。曾祖父就分头给老伙计们送去，揉玩于指掌之中。

曾祖父每只手搓动四只麻核桃，双手可同时搓动。他将身子陷在太师椅之中，不慌不忙地动作着，室内便哗响成一片，这气氛竟有几分诡谲。

到后来，老核桃的果结得愈来愈少，枝杈也枯了二三。每到夏日，老核桃的肥叶上，爬满了黑色的毛虫，蹲在院中吃饭，便常有毛虫掉到碗中，令吃饭人吐咽两难。更甚者，便是溽热的晚间，老核桃的上下，均是蚊蚋嘤嗡之处，树下的梦境，便总是被咬得很红肿。祖父便说："爹，还是把老核桃砍了吧。"

曾祖父不停地捻着麻核桃，像什么也没听到。祖父便大了嗓门又说。曾祖父的麻核桃仍捻得声色俱在，若进入忘川。祖父就挪到跟前，刚要再张口，猛地发现，曾祖父那鼓鼓的眼泡，分明是悄悄地垂得沉了，便倏地一个冷战，偷偷地退出屋去。

祖父便对父亲说；"别急，这树早晚是要砍的。"话里的意思是很分明的。

但曾祖父活得极硬朗，一活活了一百零八岁。他掌中那八只麻核桃，被揉搓得光滑如润，抚之若温，放在托钵之上，置于油灯之下，灼灼然，若八只小星。

曾祖父殁去的翌年，父亲问祖父："老核桃，砍了吗？"父亲没忘祖父说过的话。

祖父赧然一笑，"砍它做甚？老爷子高寿辰，兴许跟它有干系哩。"

后来，老核桃干脆就不结果了，只是叶子长得又黑又肥，招更多的毛虫，聚更多的蚊蚋。秋冬变节，便"败叶纷纷拥砌石"，小小庭院，总也收拾不干净。祖父却耐心地扫着落叶，似出家人，无欲无念地扫冷清的庙门。

但老核桃的荫惠，并没有让祖父比曾祖父更长寿，虽然也活到了九十岁的高龄，与乃父相比，到底是差了一些。那日，他叫父亲把曾祖父的八只麻核桃拿来，两只干瘦的大手抖抖地握住，却怎么也搓动不起来，便哀叹不迭："到底是前人的物件，怎么敬重，也不属于后人。"

到了父亲这里，我总以为，那无用的老核桃该作釜底之薪，尽一点实实在在的用处。但父亲却说："都习惯了老核桃了，没有它的日子到底咋个样子，想一想，都觉得凄惶，就留着它吧。"

老核桃就依然是老核桃。

于是，老核桃下的生活，因为不曾改变，便很让我迷惘，很让我郁闷，也很让我无可奈何。

在远离故乡的地方生活得久了，故乡的许多记忆，都渐渐地淡去了，但奇怪的是，老核桃的影子却愈来愈清晰了——一想到故乡，就出现老核桃。

老核桃，你还好吗？

老核桃，原来在游子的心中，居然还有这样一种情不自禁的感情。

对老核桃的思念，使我的心永远与故乡贴近着；且思念愈久，愈有一种深沉的况味，它滤去了许多市井风尘。

但思念归思念，老核桃下的日子，却横竖不想再过了。一如思念过往的恋情，之所以时时感到美好，因为都是无用之用。

杏的故事

也是一个曾祖父与树木的故事。

曾祖父在祖父娶亲那年，在庭院之中植了一株杏。栽时，他并不知其性之甜苦，因它的叶子长得硕大而干净，日后是可以用之包一些肥肥大大的粽子的。

到了第二年，杏树竟结了第一颗果实。杏极红艳，硕大如鸡卵，是曾祖父平生所未见也。曾祖父便终日厮守，以防不测。待熟得滴紫时，曾祖父烧过一炷香，才小心翼翼地将它“请”下来，且于掌心中摩娑复摩娑，终是不敢尝一口，便奉在祖祠里，任红艳的光芒幽幽地照，那灰黄薄脆的龛纸上，就亮了好大一片。

数日后，满室便奇香氤氲。病中的曾祖父便让爷爷搀他入室，拼命地嗅。

此时，祖母正小心地孕育着父亲，那奇香扑面的杏子便很让她不安分，便将“圣果”偷吞了。正巧被祖父撞见，脸色就煞地灰白，便偕妻在曾祖父膝下跪了。曾祖父果然就气得手舞之足蹈之，纵情的骂声，是一串极动人的歌子。兀然，他住了声息，俄顷竟说：“拿册子来！”祖父便将曾祖父枕边的书小心地捧上，是一部古旧的《周易》。

待曾祖父极沉重地翻了一过，竟朗朗地笑了起来。又沉吟片刻，对祖父说：“一颗杏，为‘独’，独谐‘犊’，她身怀六甲，泽被后世，该受用也！”祖父母的泪才敢流得恣肆一些。

曾祖父竟问：“味儿厚吗？”

祖母便一把抹去满脸的泪水，努力绽出微笑，“好香好甜！”

曾祖父说："但要记住，明年的果子，你们却莫动了。"

"记住了！"

来年，竟有十数颗杏子在枝头红艳着，但想到曾祖父的叮嘱，即便果实多多，祖父也是不敢摘的。祖母却经不住那奇香奇甜的诱惑，忘了已应允的孝悌，任自身的贪婪去嗫嚅。曾祖父得知，也不说话，只是两腮抽搐了一下，把手中的拐杖扔给祖父。祖父的两腮也抽搐了一下，捡起了拐杖。但久久不见动静，他是等待着拐杖的主人能猝然生出悲悯。然而却听到严厉的一声低吼："孽障！"祖父无奈，便把拐杖打在祖母的身上。羞恼与怨恨，让祖父手下失去了方寸，不小心将祖母的一只腿子打折了。于是，祖母瘸瘸拐拐了一辈子，祖父的爱情也瘸瘸拐拐了一辈子。

祖父那年冬天病得重，以为自己不会再有来年了，便对父亲说："你娘几十年不吃杏了，院里的杏熟了，给你娘留着。"

杏一下来，父亲便给祖母端去。祖父看见，远远地躲了——他是在躲内心的惭愧和迂腐的夫尊。祖母长长的一声叹息，泪水就汹涌了，两腮抽搐了一下，"且留给你们的父亲吧。"

祖父竟也不曾动过一颗，就久久地搁在一边，终至烂得淋漓，惹苍蝇满室嘤嗡。于是，父亲便觉心里别扭，杏子再熟时，也就没心思去摘，任璀璨的杏子掉在地上，被猪狗们噬得得意……

我长到能爬树时，就盼着那棵老杏树结得一年比一年多，杏子才熟了五成，便攀到桠间，一颗接一颗地吃下去，酣然无顾忌。父亲便在树下或斥或乜，我便骂：

"爸，你真是个大傻蛋，恁好的玩意儿，谁吃不是吃呢！"

现在想起来，老杏树毕竟是属于岁月的，而且，祖先的规矩因为跟他们的私心有关，反倒让后辈失去了敬意。

古松林

故乡之西畔，有一片古松林。

幼时，古松林是一爿眠床，常去那里寻一些似懂非懂的梦幻。后来，经过世事沧桑，有闲时，竟还能淡淡地想起它，得一片温馨。

古松林的第一诱惑，便是它的静。

晨时的古松林，叶披珠露，伸手必湿，去的人就少。日挑中竿，古松林就很干爽了，穿于林畔，除沾惹些松香，便是眺小鸟栖于枝畔。

仰于厚厚的落叶之上，鸟之啁啾就愈显热烈。

只因为风在林中不兴，尘在林中不起，除鸟声之曼袭，便是梦的氛围。

朱光潜说，极微弱极平静的背景中，稍强一些的信号就极强。所以，鸟声之响脆无比，便不足怪。

这与古诗所说的“蝉噪林愈静，鸟鸣山更幽”，有相辅相成的意绪。

其实鸟就那么一二种，数也就四五只。

于是，在古松林，闻鸟啼声久，便分雌雄，又一不足怪也。

古松林落叶之厚，是我以前没见过的。小心翼翼地踏上去，便陷了半身。于惊惶中将身腰拔出来，就闻到了微腐的幽香。

香有三种：一种是清香，就如真美人；一种是淡香，恍若轻烟；一种便是浓香，令人窒息，如市井脂粉。但腐香就独特了，明明是臭，却香，令人张大了鼻翼，吞噬不已。这或许是身不由己之故，进了古松林，必闻其味，不香也香，一如不可拂逆的寂寞，沉溺的久了，反倒觉得好了。

其落叶已积了千年。

古松林就怕骤雨即晴。哗的一场急雨，倏地就一片响晴，松林之中窸窣一片——千万种松菇就从根畔挤出来，如待嫁之村姑。村里人便奔入林中，往荆编小筐中采摘，顷刻间，便白白胖胖地拥满了。

往陡陡的房脊上晾了，如抚的阳光下，鲜菇便含蓄成深厚却其貌不扬的情谊；挨过夏秋，到冬日中客来，扔进沸水中滚煮，炖进肥肉数片，便是稀世珍馔；客人食过，便终生难忘。

有一种极难令人相信的奇观，便是夏雨之后，马蕈子簇生。雨后采菇时，远远地看到一胖胖大大的人形菇兀然立着，人便喜不自持，往往脱口而出："马跑儿！"喊声未落，那巨菇便急速萎下去，终至萎成一抔滑腻的黑土，让人怜惜不已。于是，若偶然触及，千万莫呼出声来，悄悄地奔到跟前，猛地掐断根际，再呼、再喊或狂喜若哭，它终不萎去。幼时不懂个中缘由，视之怪异；后来才知：此乃珍贵菌类之一种，怕骤袭的声波。山里人叫它"马跑儿"，乃是一种智慧，喻消失之疾如奔马矣。

后来查了半日《辞海》，终不知其学名，便不去再查，安慰自己说，仅记住这一客观存在就行了。

于是，合理的不一定存在，存在的不一定合理。

踩着腐叶咯吱咯吱地进去，见到不少古松的根都腐了，枝叶却常青如洗。细细望去，原来这松的枝杈与周遭的松紧紧地纠缠着，成一种刻骨的爱情，且生出不少气根，或攀于它松之躯干，或飘拂于空气之中。松树不同于玉米，玉米的气生根，是一种作物属性，而松的个体生态，或拔地而生，或訇然毁灭，不依不倚，所以，古松林之中，松之攀附、根之气生，便是很难让人理解的。

后来，读了几本书，多了几重世态，就释然了：那松毕竟是生于群体之中，群体的力量是可敬畏的，可化腐朽为神奇矣！于是，芸芸众生中的英雄不必嘲笑懦夫，懦夫也不必一味地自我惭愧——因为，生存的土壤是互相造就了的。

古松林的启示很多，说多了，就没人相信了，适可而止为好。

党员家谱

祖母

祖母姓贾，京西佛子庄黑龙关人。

她十二岁那年黑龙关发大水，爹娘皆被卷去，她的头发正巧挂在一棵古槐的枝杈上，活矣。

山里管灾异之后，幸存的人叫“落儿”，祖母自然是“水落儿”。

曾祖父是个“跑大海儿”的，到黑龙关去捡“水落儿”，把祖母捡了回来。

祖母便成了我们家族的童养媳。

少年的祖母极美，皮肤白，眼眸灵动，步态也袅娜。村里人都羡慕得很，曾祖父心里就感到熨帖，要家人对她好一些。

一好就好得祖母极温暖，感到生就便是这家的人，自然就很贤惠。

与祖父“合婚”那天，曾祖父叫家人杀头肥猪，因为他有一房好媳妇，很高兴。

祖母却对曾祖父说：“爹，咱是您闺女，不是外人，为咱糟践一头猪，咱心里不落忍，紧日子稳着过才好！”

曾祖父的心当时就热得不成，把祖父叫进来：

“你媳妇不是凡人，要好好待她才好。”

祖父愣了一下，说：“是哩，爹。”祖父不敢忤逆太爷的意志。

“合婚”当然要有个仪式。祖母对曾祖父说：“就别惊动大伙儿了，就让咱给您烧袋烟吧。”就跪在公爹脚下，给他烧烟。曾祖父是个烟鬼，但这么一袋烟，却把他抽醉了。他坐在太师椅上，不让人动一动，坐着睡了一宿。其实他并未真的睡去，在想他一生的德行。

祖母在屉里蒸了两个窝头：一个有眼儿空膛，一个无眼实心。一炷香下来，揭开屉盖，捧着热气吃。那个空膛的给祖父，实心的留给了她自己。

“这有眼儿的是说咱以身相许了，实心儿的是咱一辈子死心塌地跟人过日子。”

亏她想得出啊!

空膛的，熟得透，祖父吃得无声而顺畅。

实心的，还没熟过来，吃的时候，面渣儿就哗哗地落，祖母便捧着落下的面渣，一点不糟践地吃进去。祖母小巧的鼻尖尖自然就粘上一些个，其神韵就极别致。祖父看到，被击中了，很冲动起来，将祖母猛地揽进怀里，“娘的，你怎恁好看哩！”

祖父这一次之后，是从心里爱祖母了。

冬天，小日本开到山外，杀了一些个人，抢了一些个畜，毁了一些个美丽善良的女人。

祖父看着美丽的祖母，久久地发了一阵子呆。

临了，他把村里的汉子们聚拢起来，说，不能叫小鬼子进来，就跟山后的八路挂上了，八路给成立了一支游击队伍。

队伍常住在祖父家里，祖母就不停地焖大锅饭、热大锅水、补百件衣。汉子们感到幸福，就有勇气打硬仗。

小日本就果然进不来。

当然要伤一些个好汉。一个伤了脖颈的叫张成银的汉子，躺在祖母烧热的炕上，昏沉沉地说梦话："这辈子，还能再吃上一碗炖猪肉吗？"

祖母听见了，泪默默地流。

她求曾祖父把那头猪杀了，炖了一大锅肉。

但张成银已咽不下东西了，祖母就端了一大碗肉，把他的头抱在怀里：

"哥呀，就让咱喂你吧。"

张成银静静地偎在祖母的怀里："好吃得很哩。"

子弹好像从没有伤害过他，因为他感受不到一点痛苦，而且在脸上，结出了一串串鲜嫩的笑花。

祖母就这样与队伍上的人好。

一天，队伍上来了个瘦子政委，"贾婶，入党吧。"

祖母一怔，"不入，共产党不是凡人，咱配不上哩。"

瘦子在地上走一走，说："贾婶，你看我瘦瘦的，连媳妇都说不上，比凡人还凡人，可我是共产党。"

祖母就乐了。

她说："入党，咱凭什么呢？"

瘦子便说："贾婶你很仁义，战士们常说，取媳妇就取贾婶这样的。"

祖母的脸就红了。

入党那年，祖母才二十一岁，山里的斗争形势正一比一天严峻起来。

四爷

四爷是队伍上的人。

杀了一百零七个鬼子之后，他入了党。

那年夏天，队伍在山里的荫处歇伏。四爷靠在一棵苦楝树上抽烟，身后有个叫张成银的战士在擦枪。

突然就响了一枪，四爷激动一番之后，就栽下去了。

张成银的枪走火了。

那枪打得还是地方，子弹嵌进四爷厚厚的小腿肚儿里了。

四爷跪在地上，哗地就把枪栓拉开了。

张成银的脸被吓得惨白惨白的。

四周的战士就都围过来，谁也不知怎么办好哇。

四爷的眼神凶凶的，烧如两块炭。但不久，那火竟渐渐地黯淡了，手里的枪也绵软于地上：

“娘的，没你的事。”

说完就自己给自己包伤口。

张成银才哇地哭出声来，爬到四爷跟前：

“四哥，老了咱养你。”

四爷这才发作了：“娘的站起来，哪儿是条汉子，整个一个大老娘们儿！”

那时老区没医生，四爷的伤虽然慢慢地好了，子弹却留在腿里。虽然路还是能走的，但走得长了，或遇到阴天下雨，便酸得如一截木头。

行军时，张成银要替四爷背一背枪，四爷竟说：“党员的枪哪能叫群众背呢？”

四爷一瘸一拐地在前边走，张成银就在身后抽泣。

四爷就嚷："连长，把那个叫张成银的家伙赶到前边去！"

于是，这个连队的队伍，有很长一段时间，打头的都是张成银，收尾的都是瘸腿四爷，成了一种奇特的景致。

解放后回乡，四爷的年纪也有些大了，腿就很不听使唤。家里许多该汉子支撑的事，就落到了四奶身上。一天，四奶挑水跌了一跤，红着眼对四爷说："去找那个张成银，叫他给咱家挑几担水来。"四爷不动身，也不搭话，任四奶徒然地叫。那时，张成银已在外边当了大干部。后来的一年，山里大旱，没粮吃，许多人都拖儿带女到山外觅生路。四爷走不动，饿得整天躺在炕上。四奶便说："去找那个张成银要吃喝吧。"张成银当着大官，吃着公粮，自然能给一些接济，而且这种接济是四爷一家应该得到的。

然而四爷死活都不去。

因此，四爷与四奶之间就一辈子都疙瘩着。

其实，四爷在困难时，找一下张成银，也是极合情理的，张成银也希望四爷去找他。但四爷却想：起初都没跟张成银提过什么，如今张成银做领导了，是组织上的了，哪有党员向组织伸手的呢？

四爷真是愚啊，张成银就是张成银，怎么能是组织呢？

四爷的腿瘸了几十年，吃了许多常人难以想象的苦头，对张成银却从来没有一丝怨怼。

只怨过一次。

那年，搞运动搞荒了田地，无几多口粮，村里人就多喝菜粥。大家心里都窝着火，却无人敢吱一声。但四爷觉得自己是打过仗的，在一次"早请示"的时候，就甩了几句闲话：

万寿无疆万寿无疆，

一天喝三顿稀菜汤；

喝得老壮无力出工，

喝得少小黑介尿炕。

闲话甩完了，他也就成了反革命，被推上台去批斗。人家叫他跪下去，他就是死活不依，就把他双手捆了，令其站在高脚险凳上，在毒日头底下暴晒。

“站就站球地，老八路了，还怕站吗？”四爷心里说。

站得太久了，四爷那条伤腿就开始颤抖。

四爷心里就急得不成，死死地咬着牙关：“千万要挺住啊，别在人前丢了咱老八路的脸！”

可怜那条腿呀，一阵钻心的酸痛之后，竟失去了知觉。

终于在一个重重的闷声中，硬汉子四爷跪下去了。

那些人就乐得人不人鬼不鬼了。

四爷的泪就恣肆地淌下来。

他屈啊！

“张成银，我日你娘！”

他骂道。

荒年粥事

那时，故乡的主产是玉米。虽也种植谷黍，但这些杂粮的产量极小，承担不起度荒疗饥的担当。另外，谷子碾出的小米可以焖出香喷喷的大豆干饭，而黍子打下的米则叫黄米，碾成细面，可以蒸出黄肥的年糕。所以，谷黍在故乡是作细粮用的，大都留到年节，平时没人舍得吃。

于是，山里在凡常日子，就多吃玉米。

那时，山里还没扯上电，玉米就靠人力加工。山里昼夜吱咯着的，就只有村东的那盘石碾。

用石碾加工玉米面是极费工夫的：把玉米糁碾碎了，要用箩筛过——山里管这叫担。这样的叫法，可能是因为为了省臂力，箩面时，常常要把箩担在箩架上的缘故。把细面担出，再将米糁接着碾，碾碎再担，担后再碾……几经反复，直到碾得只剩了皮屑，再也无面可担，方止了碾声。那担剩的皮屑皮得很，只有扔给猪，猪兴奋地拱一拱，很快便摇摇耳朵离去，其情状若受到了弥天的欺哄，可见皮至极。

加工好的玉米面就用来蒸窝头、贴焦饼，若掺些榆皮面，就可以“压捏格儿”，这种吃法，我在《故乡滋味》中有详细的叙述。还有一种做法，就是掺一点青嫩的香椿芽或花椒芽在热锅上拌饭团。加工这种饭团，山里有个极怪的称呼，叫“打傀儡”，其中“儡”字要读平声。这种饭团松软而香润，无牙老者也可以吃出津津的厚味。傀儡者，无骨，无骨则软，给此等饭食，取如此的称谓，便形象至极生动至极！所以，民间文化也有极多的深趣需探究，乡间的文化人无须悲哀，只要潜下心来，也可以做出大学问。

玉米还有一种奇特的加工方式，便是把玉米用水煮过，捞到碾盘之上，将米皮碾破即可。这种没皮的整米，山里人叫圆米或碌碡米，煮出的圆米饭甘美如栗，其名远扬。但用这种米煮饭，有一个最大的缺憾，便是费时；这对勤勉劳作、紧抓农时的山里人来说，就显得极奢侈。

于是，节俭的山里人便极少把玉米加工成面，更极少加工成圆米，而是把玉米碾成米糙，米糙中面和皮不分离，就省下不少粮食，为山里人所乐为。

碾成糙的玉米只有一种做法，便是熬粥。

熬粥，山里人叫调粥，这很恰切：当锅里的水沸了，甩碗舀了玉米糙，左手持碗均匀地抖，右手执筷均匀地调，要不紧不慢，节奏谐和。快了，溅起沸水，烫伤皮肤；慢了，米糙聚在一起，形成大小不等的疙瘩，再也不好搅开。

于是，调粥也是一门技艺。巧妇调粥，均等到汤沸，曼曼妙妙地抖下米糙，曼曼妙妙地将粥子搅均匀，那粥子不凝不僵，不稀不稠，见者无一不言好。手笨的人，自有愚笨的办法，便是在水尚温时便抖下米糙，温锅里的米糙聚得慢，即便是聚成团也不甚牢固，还容人不疾不急地用筷子搅开；待米糙调匀后，勺子就不能放下，需不停地搅拌，直到烫沸，不然米糙要“抓锅”，沉到锅底化不开，烧成煳粥。

这是把调粥说玄了。如果喝粥者不挑剔，疙瘩多些，稍有些煳腥也是无所谓的。其实，山里人正是很不讲究的，只要粥子不夹生，熬成个啥样子，就啥个样子的吃；只要粥把肚子灌饱，有力地打出饱嗝来，精神也就饱满，话匣子也就滔滔不绝。

山里的土地都在山壁上，极易旱，所以，从我记事起，那玉米就没打得太多过。山里的口粮就不充裕，很少有人家把口粮吃满四季。于是，山里人就更舍不得吃窝头、焦饼类的干货，就一味地调粥（当然，节日除外），因为调粥可以迁就人：粮多时，可调稠些；粮少了，就调稀些。而水是取之不尽的。

也是从我记事起，就几乎天天喝粥，但奇怪地，喝来喝去，竟未生出厌烦，因为这是从一开始就接受了的现实，不容易产生反抗意识！大人们吃完饭往往要一起聚一聚，见面时要打招呼，那吆喝竟是这样：

"哎，二哥，喝了吗？"

"喝了，喝了它两大碗！"

"怎么，你也喝了吗？"

"喝了，还不都娘的一样！"

于是，一样的日子，便使山里人和和睦睦，虽不是家系中人，也分不出亲疏。调侃时说出大实话："谁不知道谁呀，都是喝粥的脑袋。"正因为都相知，谁也不算计谁，日子虽清淡，但极恬静。

但喝粥的日子也有喝粥的讲究。

一是调粥必搁碱。

会过日子的山里人，很少把粥调得太稠，以稀而黏溜为度。达到这般境界，一靠经验，即把米糙下得适度，其二便是靠碱。当粥锅滚起之后，用拇指和食指捻一小撮碱入内，再把锅底的旺火撤小，那碱便均匀地滚开了，粥也就有了微黄的颜色，这时，就干脆不要再加火，只用灶中的余烬，温温地煎熬着，最后那粥就果然极如人意了。

二是喝粥要有好的佐菜。

粥是寡淡的，古书中就有“寡粥”之说。于是，山里人就极重视粥饭之外的佐菜。

寒冷季节喝粥时就的是渍咸菜。秋天从燎荒地里收下大量的地萝卜，除了晒些干萝卜以便在热锅上炖猪肉、炖狍肉外，大多都用来渍咸菜。所以，山里人家的屋角里，总蹲着三二只黑黝黝的大缸，把屋子弄得极丑陋。对这，山里人极不在乎，竟说“好看不顶吃！”

山里渍咸菜，不用酱油（酱油多金贵！），而是用用晾凉了的白开水。即便是放盐（盐也贵啊！），也是很节俭地放，渍出的咸菜就有酸味，故又叫酸咸菜。

喝粥时，切一盘酸咸菜，嚼在嘴里，爽爽的，脆脆的，有声的日子就驱除了那无声的忧愁。有条件的，在黄黄白白的咸菜丝上滴一滴香油，那粥就喝得回肠荡气，边喝边叫：“痛快，半挂肠子都油汪汪的了！”

天暖的时候，山韭、野葱、老蓟、黄花……都鲜嫩无比，掐下来用盐水清渍，就爽然上口，粥便也跟着喝熨帖，晚上的觉就睡得极酣甜。于是，粥虽寡淡，但山里人的好梦却总也不断。

但山里人并不惰于改变自己的生活，他们投入了智慧，把粥调出了很多花样。

开春，崖畔的鲜木槐子灿黄若暖，看几眼便撩得眸子酸。摘下黄黄嫩嫩的芽，放锅里同米糙一起搅，那粥口儿，很是清爽；喝这样的粥，即便肚里压着闷滞的凉气，也会被爽爽的粥热，顺得温温若抚。

榆钱儿，在农家是很著名的一种上口物，刘绍棠在他的《榆钱饭》中，对榆钱寄予了感人的深情。这榆钱儿，白白的，薄薄的，搁嘴里嚼一嚼，清芬若乳，所以，鲜榆钱儿常被山里童子作水果吃。在粥中放上榆钱儿，其香其醇，就更令人忘怀。但榆钱儿的量必定小，山里人调粥时，就多用树梢上的嫩榆叶取代，其香虽比榆钱儿淡一些，味却也绵长。

以树叶入粥的，还有花椒叶粥。这种粥，麻辣俱全，在暑热攻心食欲衰竭的夏天，喝上这样的粥会激活食欲，且解毒败火，怡神克唠，显出温温的药性。

以南瓜块和红薯块（白薯）入粥的南瓜粥和红薯粥是城里人也熟知的。不同的是，南瓜粥甜得清润，而红薯粥则甜得甘洌。

大豆和土豆也常常入粥。土豆粥稠而面，大豆粥则甘香诱人；但大豆粥却莫贪吃得太过，会腹胀如鼓，屁声联翩。

至于野菜调成的粥，品种就更多得很，差不多能上口的野莱，就都入得粥的。

于是，在事实上，山里很少有纯色的粥。

细细想来，粥的斑杂，并不仅仅是为了省粮食，而是表现了山里人的生活意志，他们从不忧怨，而是倾其心智，于刻板的生活中，制造出独异的感人的况味。

那时，山里还有一个有趣的说法，叫“久粥识人”。这是很有道理的。由于粥的花样的纷繁，就可以从粥的调制习惯上，窥出喝粥人不同的品性和趣味。味投者近，色异者远，山里也是。

怕之三昧

一

少时有遗尿疾，路上走着，尿便滴零，裆内便洇湿不绝，便常有淡淡的酸臊袅出来。于是，熙攘喧闹处便不敢近，心里抑郁着，将许多童趣失去。

但最苦的却是夜眠。

入夜，吹熄了那盏柏油小灯，便与父母同扯一被。梦正酣，骤听一声锐音，尖尖地刺进眠耳。登地吓醒，见身上的被已被揭去，母亲正佝偻了身子，将那浑黄小眼瞪凸了，表现着极端的愤怒——身下那张破棉褥上，果然又被我浸淋了偌大的一块疆土，温温的湿烟，正袅得安然。

我便蜷曲了身子，将尖瘦的臀摆过去，等母亲的惩罚。

母亲求过神，说是淋鬼附身了，驱之是难的。但尚有一法可试，便是将一支荆条放身边，待鬼一出来，便重重地抽下去，直到那孽障消了踪影，曰恶治。

于是，每当夜里遗了尿，母亲便将精细的荆条抽在我的臀上。我哎呀一声蹦起，母亲也跃了身子紧追。那荆条抽下去时，伴着嘶嘶的风声，挨了皮肉响得便更脆——伯父抖展驴鞭时的那声音，与之极酷似。荆条抽在臀上，初时并不疼，酥酥地麻，有一种热炽感。不久，皮上便起了一条条肉埂，与被面摩挲时，便咝咝地疼起来，若从肉里喷射出物质，极难耐。

这是每夜的日课，躲是躲不过的，便自觉地将臀递过去，罚过了，就可以安心地睡了。那时的觉怎么也睡不够啊！

但母亲的努力终是白费了，整治有日，我自然还尿。院内那树杈上，便仍断不了那床破被褥的影子，日复一日，招惹着村人的睥睨和嘲讽。

于是，母亲便不知所措，掩面而暗泣，那荆条便也抽得无力，但仍然还是抽。她爱她的儿子，儿子要长大、出山、做官、娶妻，若带着这么一个奇丑的病根，希望则全枉了。但那时，我却真的怨恨母亲，恨得无可奈何，又心存体恤。

以往，我睡在父母中间，但那一日，父亲却让我睡他的一侧，母亲不解，父亲便说："尿就让他尿我，你好生睡就是了！"母亲就将荆条交父亲，"若还尿，别忘了打一打。"

半夜，懂懵间觉自己被人搬动了，睁眼，是父亲将我移到他的位置。我睡的地方，正有一泡热尿汪着。我正要动作，父亲低低说道："别出声，尽管睡就是。"我便扔头睡去。

早起，母亲便问："尿了吗？"父亲正在地上拾掇跑山的索子，竟说："没尿。"

母亲不信，要我起身，我与父亲睡过的地方竟不见一丝尿迹。母亲便说："也真邪了！"父亲边上嘻嘻笑，极诡谲。

我惊愕间，听母亲说："别得意，再看一夜。"

第二夜，竟又平安无事。接连几夜无事故，母亲悒郁的容颜便舒展，便将那荆条撅了，扔入火塘，烧出一片蓝火苗。

不久，我发现父亲的背上，竟有红红的一片疹子。我豁然醒悟：是父亲将尿焐干了！日子久了，父亲的背上便生出一块疮。于是，心里生出一种说不出的痛苦，似酸又涩，莫不如挨几下荆条更痛快！

久久，竟生出双重怕意，既怕母亲那种凌厉的爱，又怕父亲那过于宽厚的爱。因为，爱到了极端，味儿便变了。但父母多固执，始终以各自的形式延续着各自的爱。我便被爱得很不轻松，每次走过那山神庙，便吐出几口浓浓的痰渍，粘在那朱红的门楣上，兀自飘零。

奇怪地，我的遗尿疾竟慢慢好了。一如坚冰不畏惧寒冷，只忌惮温暖，顽疾不是痊愈于恶治，而是却步于宽厚的爱。

二

母亲爱笑，该笑时笑，不该笑时也笑，且笑得旁若无人，只顾张大了嘴巴，呱呱笑得放肆，惹旁人好一阵不舒适。

待又白又胖的孙子依入她怀里时，她竟不再笑了。接她出山时，妻颇费了一阵口舌，直到娇气的脸上泪流得汩汩，母亲才重重地叹出一声“唉”，打了小小的一个包裹，尾在妻与我身后，默默地赶路，话是绝不说一句的。

母亲每日均悄悄地喂奶、弄饭、洗褯子……若京剧有程式，总重复那几套动作。晚间饭后，道一声：“歇吧”，便缓缓地挪进她那间卧室。不久便将灯熄，使那小小的板床，久久地唱着“吱吱扭扭”的歌子。她居然睡得比我们还要晚。

妻终于被压迫得受不住，对母亲说：“妈，你老有啥想念，说说好吗？”

母亲便咧一咧厚厚的唇，咕噜一声，将欲出口的言语咽干净。之后，便不吱声，一支一支吸她的烟。不一会儿，便满室氤氲，那张发黄的脸，便被烟雾遮模糊。妻便问："妈，住不惯对吗？"母亲说："惯。"

妻就不知说什么好，两人便在一片云雾中枯坐得久久，把一间洁净的卧室待得污浊而压抑。妻便决计不再睬母亲，母亲竟不生一丝怨言，好像她喜欢被冷落。

一日，我在家改稿子，母亲在外边晾她的被褥。我踅到母亲的房间，在那裸露的床板上，竟看到一封信。信是写给父亲的，字迹极熟悉，心便跳得激烈，若阵鼓击。

打开看，果然是她写的：

> ……叔、婶，我很想做二老的干女儿，但在我与您们之间有一座无形的大山，崴崴立着，那便是您们的儿子。莫怪我逆了二老的心愿，我不过是个软弱的女孩而已……

蓦地，我终于明白了母亲，明白了她的怪异，但酸涩却塞了鼻腔。急急地将信在原处放妥，回到书房，将无尽的惆怅和凄惶放牧。

在妻之前，我有过一个恋爱，极精致的一个城市姑娘。

大学三年级暑期，她极坚决地同我回老家，她渴望见到我的父母。

母亲迎到村口，远远招手。她鹿般地跑到母亲身边，极热烈地喊"妈"，声音极脆嫩，若新芽初绽。母亲怔忡间，她已拥了老人的臂膀，依依偎偎朝村里走，母亲便喜得只有拭泪的空隙。沿街站着一排爷奶、叔婶辈，母亲介绍一个，她甜甜地叫上一个，将整个山村叫得缠绵。

众人便交耳："一房好媳妇！"

回家几日，她竟极真挚地演着儿媳的角色，将终生无女的父母逗惹得喜不自禁，父亲竟将山村的古老的情歌，用山梆子调门一段一段地唱，将做公爹的架势，丢得一干二净。

我知道，她作为城里人，这一切做来也是很不容易的。

但最终还是和她分了手。原因很简单，因为毕业分配，我们被分到迢遥的两处，而我们又没能力调到一起，是空间离间了爱情。

分别之痛，我们慢慢淡了，相互之间也能自然相处，但不自然的是母亲，她总是唉声叹气——母亲已深深地爱上那女子，认为，她本该是自己的女儿，若不，就怪了！

娶妻那天，母亲竟躲得远远，且对叔婶们说："他们长不了！"慈母竟如此诅咒，我心中是理解的。

我与妻过得却还好，母亲就早早地抱了孙子，那一丝隐秘的想念便彻底失落了。对那女子的眷恋便让母亲失了心灵的安宁，于是，就让父亲给那女子写信，认干女儿补偿。不期，竟遭拒绝，母亲的笑脸就若失了骨的伞，便再也张不开了。

读过那信，再见母亲时，便觉得有些不自在，心中竟有一股拂不去的悲哀。终于下了决心，给那女子写信，写了满纸恳求，但我的心却在哭泣：我是凡人，凡人最忌惧的，便是向被自己舍弃的恋人的那种类似贪念的乞求！

不久，母亲的脚步轻松了许多，虽仍一支一支地吸纸烟，但被烟雾罩着的那张苍黄的脸上，却有了一丝笑容，隐隐地，只有我能察觉到。

但我从此再得不到安宁，怕那女子给的恩赐太短促，怕母亲的愁抑再复来。那样，妻的心就要受到伤害。然而，在世间，母亲、妻和她我都是爱的——虽然爱与爱是不同的，但一如清水与烈酒，靠颜色的区分，对凡人来说，是难的。

三

不出山，仅翻一过座岭，便是外祖父家。虽仅一岭之隔，这边有吃不迭的杏子，黄黄的，极撩人眼目。那边却只结几颗黑枣，寒星般泛着几星黯淡的光。于是，每年的夏季，便有了可做的事体，便是为外祖父送杏。

最初那一次送杏，才七岁。临出门，母亲说："可别贪玩儿，快去快回。路上躲着人走，免得把杏抓干净。"

虽是翻一座岭，一上一下却有十里八里之遥。途中自然要有砍柴、牧羊、锄地、挖药的人们。上岭时，担心是不必的，遇到村里人问时，便爽爽地答话："去姥爷家送杏。"自然有人夸："好小子！"

翻过岭，便走得不顺畅，见一小小稚童，背着大大的背篓，慢慢朝下移，路畔人便围拢来，将我的背篓搬倒，一颗一颗地吃我的杏。大人们绝不会管一个小人儿的哭泣，津津地吃得忘我，且不时叫一声："妈的，过瘾！"

将牙吃倒了，人们才将背篓为我扶正，编几句有鬼有怪的瞎话，吓我上路。于是，我便不敢再计较，背着剩余的半篓杏，疾了步子跑。

山路上，素日极寂寥，久久遇不到一个活人，单等我送杏的时刻，人却冒得不绝，躲了一个，出来一个，杏子便一个一个地少，泪就一滴一滴地流。进了外祖父的家门，将空篓放下，就呆呆地站地上，睁着红红肿肿的一对小眼儿，让外祖父一遍一遍地审视。外祖父终于摇头一笑，伸出一双粗糙大手，我便拥进老人的臂弯，继续那路上的哭泣。

下次再来，我便有了主意。上了梁，便将小褂脱下，严严地罩在篓口，且用几只荆条别扎实。果然遮了一些人的眼目，虽然并未完全奏效，但毕竟有多半的杏子进了外祖父的家。望着赤膊的人儿，望着精瘦精瘦的膀间那一条条红红的硌痕，姨舅们齐呼："外甥好精明！"便拉我去合作社，买了一些稀罕物送我。

得到夸奖和鼓励，下次便更精明。衣服不必再脱，仅在杏子上盖厚厚一层家产的菜蔬，如山韭、野葱、毛豆类，底下的杏子便安然无恙。舅姨们便更喜欢我，说待我长大，帮我找一房好媳妇。

山童的智力，在曲曲的山路上，便如此地被开发，且在大人的怂恿下发展……

但人一天一天长大，我却愈来愈猥琐：每有一得，便忐忑不安，便把守护的药方寻寻觅觅，唯恐不意间失去；久久，便把个人看得过重，容不得他人一点点的不恭，花极多的精力去计较。

工作之余，也常哗哗地翻书。翻来翻去，竟认出了一己的卑琐和自私，竟把可怜可爱的自私化成首敌：喉管里的唾液咕咕地咽，拳中的骨节咯咯地响，誓要在拳打脚踢中跳出自私的泥潭。但这需要勇气，需要毅力，需要忘我。然而，每每关头到来，无意中就露出本相，留下无限遗憾……

那日，大弟结婚，姨舅们全来凑趣，酒酣间，舅舅说："从小就见你有出息，果然。"我竟死死地盯着那张苍老而恭维的脸，手中的酒杯情不自禁地滑到地上碎了。原来我怕，怕人提起那童年的一点点"出息"。

但我更怕，待我的孩子长大之后，有人于不期之间对他提起！

难忘瓜豆

在故乡，菜蔬的品类是极单调的，除了芜菁、土豆和地（旱）萝卜之外，便是瓜豆。而芜菁、土豆和地萝卜是秋深之后，才大量食用的蔬菜，所以，晚春到深秋这漫长的时日里，可以吃到的青菜，便只有瓜豆。

山里人种瓜豆，不用专门的园圃，其中情景，是很独特、很有趣味的。

山里的瓜类仅那么三五种，便是黄瓜、倭瓜（南瓜）、丝瓜和葫芦。山里曾试着种过冬瓜和西葫芦，但冬瓜长不大，西葫芦只开谎花，很让山里人没办法，就干脆不种了。后来我上了专业院校，学了蔬菜栽培，才知道是山里人的栽培方式不得当。很想回去传授一下这方面的技术，但后来一想：冬瓜和西葫芦对山里来说，毕竟是舶来品，不种并没什么不好，相反，还可以保持山里风物的原始和真朴，就没有下决心去做这方面的事情。等我进入文学之途之后，便愈来愈觉得当时的决定是聪睿的，就时常暗自得意。

山里的黄瓜多种在水气极盛的泉边或沟畔。有流水，再有一片平地，就准有几架黄瓜。循着这样的一个概念，你去觅黄瓜的芳踪，是十有九不空的。山里的黄瓜有刻意侍弄的，也有极不经意极散漫种植的。离村较近的地方，是要刻意种植的——偶有客来，就不惊慌，啜茶的那一片刻，就可以摘回青莹莹的一篮丰盛，或丝或块、或糖或渍、或炒或煮……转眼间便成就了几道好酒菜，酒杯里端起的，便是殷殷的情意。

山里的土地，有不少是在离村子很远的沟岔或山壁上，做农事时往往要带上中午的干粮。这些离村远的地方，当然少不了有泉有水，山里人上工时便随身带着黄瓜的籽粒，在干完既定的活计之后，就在那泉边的润土上随意开两条沟垅，撒几把黄瓜的种子，然后，再砍几抱近旁的紫荆，插两道松松散散的瓜架，就带着一种充盈的适意，唱唱咧咧地回家去。之后，那黄瓜到底是何时起的身，何时开的花，何时做的果，好像那只是黄瓜自己的事，与那个播种的山里人就再也没有什么关系了。还有那赶羯子（山羊）的羊倌子，每天都要尾在羯子们的身后，跑百八十里的山路。于是，他随时都可以遇到清泉和水泽，便随时撒下黄瓜的籽粒，所以，遇水种瓜其实是山里人的一种习惯。他们觉得，有那么好的水脉而不种点什么营生，实在是一种罪孽。这大概缘于农人对水的崇拜。

在山里，这些随意种植的山里人感到疲惫和饥渴之时，若迎面碰上这么几架黄瓜，会倏然生出欣喜，会睁大了亮晶晶的眼睛。他们心安理得地嚼着那响脆的甜蜜，忘记了一切疲劳和忧烦。晚间回到村里，他们会找到黄瓜的主人：

“幺伯，您的黄瓜，让咱吃了几条。”

“吃呗。种它不就是让人吃的嘛。”

“那瓜的种不错，水子足。”

“是吗？”

“是。”

嘿嘿。哈哈。

“幺伯，也给咱点籽儿吧。”

“行哩。”

之后 ，那吃过幺伯黄瓜并要了幺伯籽儿的山里人，便也格外留心了，遇到水脉，便也深情地侍弄几垅。他知道，肯定会有别的山里人走到这儿来，也睁大亮晶晶的眼睛，看到它们。

少时，我常同伙伴们一起，整日整日地逛山，那山中的百花、群鸟和古松林是一种诱惑，而那一架架寂寞但果实累累的黄瓜更是一种诱惑。

山里的倭瓜，多种在地头地尾。瓜埯挖得很深，要施进足量的温性的农家肥做底肥。山里的地是堰田，地头地尾连着的是漫漫的山壁；瓜的藤蔓便可以恣肆地伸展开来，装点得满坡青碧如诗。倭瓜那结实的花和不结实的花，开得同样生动，黄灿灿的，若一颗颗摇曳的太阳。那不结实的花，在山里也没人叫它“谎花”，而是叫它“花菜”——当倭瓜蔓上的花开得极繁盛的时候，便可以见到那幼小的山里女孩儿，攉着小小的荆篮，小心翼翼地掐那“花菜”。彤红的汗津津的小脸，映着金黄多粉的花瓣，让人悟到什么叫美的乡野或乡野的美。采回之后，将那“花菜”放到开水锅里，放几颗盐，滴两滴香油，就喷香无比，喝上两碗，就将肚腹中那梗涩的浊气，冲得一干二净。

倭瓜嫩时洇青洇青的，或炒或炖，或煮或拌，均可弄出好口味。若将青瓜切条热蒸，再放入坛中拌葱节渍上一些日子，便会渍出酸爽可口的“瓜泥”，佐饭伴粥，生津开胃。由于倭瓜结瓜数繁，在秋后，山里人就收得很多透熟染霜的老瓜。这些金黄的熟瓜，山里人往往要堆在一边炕头上，垒成且宽且高的一堵瓜墙。所以，城里人在秋冬之际进山来，面对这堵奇观，就极惊叹，认为那是团诡秘的生活趣味，至少会给山里生活染上一些富贵之气。

这正默契了山里人的心思。山里人自己用歌谣说道：

倭瓜堆炕边，
枕着锅灶眠。
不怕天阴，
不怕地旱。
瓜块彤红饱肚，
瓜汁滚热若酒。
喔喔……喔喔……
天地水长流……

山里的葫芦和丝瓜，则种在房前屋后，在房顶上和院井中插有极讲究的棚架。当藤蔓把棚架爬满了，便成了天然的凉棚。在架下吃饭饮酒纳凉，就其乐无穷。关于在棚架下纳凉的趣味，我有过专门的文字，颇淋漓畅快地叙述过，若有兴趣，就去翻一翻。但最令我念念不忘的，是葫芦给我的那绵长的童年趣味。这趣味便是捉蛾。

葫芦开白花，有淡淡的香味儿。每到傍晚，便有一只只肥硕的蛾子，嘤嘤地低回于棚架上下，用长长的触须采食那粉状的花蜜。在山里，这蛾子有个很怪的名字，叫“葫芦个儿”。曾问过祖父，祖父极不耐烦，你只管叫就是了，他说。

天微黑时，我们便掐下不结实的雄花，轻轻捏着蒂部，把那花仍送回原来的花叶之间，待那蛾子贪婪地伸出触须的时候，便猛地捏紧了花蒂，那蛾便在懵懂之中，被童子装进身边的广口瓶。这对童子的诱惑力极大，捉蛾时，心情是极兴奋的，再加上小伙伴们之间的竞争，捉蛾的游戏便愈演愈烈。

那年，有个叫南先生的知识分子下放到山里来，目睹了我们的游戏，对大人们说：葫芦乃雌雄同株异花，授粉靠虫媒；那夜蛾正是替那葫芦授粉，捉多了，葫芦便结少了，就莫叫孩子们捉了。大人们竟摇摇头，说，这有什么，少结几个就少结几个，莫败了崽们的兴致。

山里有山里的哲学，虽忤悖，却很亲切，很人性，为人们所喜。

山里的瓜，我唠叨得太多了，现在就说一说豆。

山里的豆是与玉米间作的。这种间作，决不成行成垅，而是把豆极散漫地撒在玉米之间。当玉米亭亭玉立之后，那豆角的藤蔓便情人般的在玉米的茎上攀爬得缠绵（这很会让人想到菟丝子——但菟丝子是用吸盘剥噬被攀附物的营养，而豆则有自己的根，与玉米是相依相安的微妙关系）。所以，山里吃豆角，不管是豇豆、菜豆还是其他的什么豆，只须拎上篮子到玉米地里去转上一会儿，就会收获得很盈满。

于是，有多少块玉米地，便有多少个“菜市场”。这是山里的一方奇特景致，颇有遍地生息之概。

山里人在菜用豆角上，是颇有远见的，并不是所结下的所有青荚都摘光吃净，而是把座荚丰腴的留下来，直到玉米秋收。临收玉米前，山里人要普摘最后一茬豆角，把这些已有八成干的豆荚晾在房脊上，然后，就去专心地收玉米。

秋闲之后，山里人便家家都盘腿坐在暖暖的热炕上，听着窗外那满庭的秋风，围着炕中央那堆透干的豆荚，娓娓地说着款款地笑着，哗哗剥剥地剥着。剥出的，就是那著名的大豆。

于是，对土地上那朴实的生活，我至今仍然深情向往，每与友朋说起，都滔滔不绝。有人说，你是个保守主义者，有反现代城市文明的倾向，我含笑不语。因为我觉得，一如衣是为了保暖，食是为了果腹，无论哪种文明，如果没有人性的内涵与趣味，就可疑了。这与什么“者”、什么“主义”无关。

夏夜纳凉

在《山村夜话》一文中，我虽对故乡的纳凉已施与过笔墨，但行文所致，侧重于借婆娘的议论阐发“哲理”与“意义”，就纳凉本身的风情与韵致，未曾细细描摹。一如大树不掩小朵，细碎的花草也有自己的风流，便有理由尽一下笔底公平，从细处专写一下纳凉。

月色尚好时，正适熏风烈烈，瓜棚豆架下，便有了极好的景致。

架下，青石板墁就的地面，纹路勾得别致，似一笔泼墨，慢慢地洇开去。青石板上，几个或白或黑或胖或瘦的婆娘，或坐在杌凳上，或盘之于蒲垫，或席地打坐，或顺势朝架柱上依靠……其姿态率性而舒坦，应和着每人的性格。但绝对划一处，是每个婆娘的上身都是光袒的，被娃们千嚼万吮过的奶子都吊吊地颤着，颤着极富韵味儿的山村风光和无惊无叹的惊奇。

于是，在山村成堆的纳凉人中，便排挤了幼小、姑少和未开怀的新人。

夏夜，山村的月色多绝好。西山山口，总有极薄极绵软的雾岚极殷勤地擦着那片天。婆娘们停当了碗炊和猪狗，便扯去护身小褂，往身上甩两把清水，用湿毛巾津津地搓擦，弹去一线一线的泥屑，还自然的本洁。然后，随手抄一把半旧的蒲扇，挺挺地奔那棚架。

依次来齐了，总是那么几个相熟的人，气味也相闻得熟悉，稍有差异，便有人嚷：“哎，新鲜了，莫非要新上轿，官粉搽得倒厚！”于是，再相聚时，便没有再搽香抹粉。汗腥氤氲也好，腋臭漫曳也罢，只要从众（故乡俗称随大溜儿），便感到格外亲切。

在棚架下坐定，噼噼啪啪打那撞身子的飞虫……一阵繁响奏过，只要一人开腔，每日需上演的段子，便一节一节朝下演：从从容容，有疾有徐，遵从程式，按部就班。

首先是发布奇闻。

婆娘们禀性好奇，白日就穷于搜罗，一时有新鲜货色，便盼夜幕早拉下，以期在伙伴面前，抖抖包袱，风光一场。

其实，脸盆大的个小山村，铁板样平稳的秩序，从来缺少变幻，以至于谁家娃娃哭声高些、哭声低些，都分辨得分毫不差。于是，山村里便没有真秘密。每有事件发生，东边的话还没说完，西边的人就早已听清了舌音。所以，纳凉而来的婆娘，往往都揣着同一个秘密，急呵呵地想开头腔。极有兴致地一开口，大家都说：“知道。”兴致便一落千丈，腾腾跳的一颗心，就别别地跳平稳。满跌宕的事体，便你一句我一句，不慌不忙平铺直叙了。因此，山村的奇闻便很少让婆娘们激动过、亢奋过。如此说来，山村的沟沟坎坎、枝枝蔓蔓，真有些对不住这般辛劳而忘我的婆娘。

但从山外传来的新闻，却是绝对新奇的，也是绝对为发布人所独有的。哪一位婆娘从山外走一遭回来，便成了当晚棚架下的主宰。她不紧不慢地絮叨着，且手在奶子上一把一把地搓着泥捻。她不想顷刻间跌了身价，便把故事拉得长长，极尽兴地掺些水分。看伙伴们被撩得急急措措，大呼小叫，她便开心到了极点。

慢慢地，婆娘们出山的次数与在群体中所享受的尊严，竟神奇地交织起来。于是，要强的婆娘便不妥协地从汉子手中要出山的权力。日子久了，从婆娘出山的次数，便可以看出家庭之民主、之专断，也可折射出家底之殷实、之拘涩。随婆娘出山之日猛，瓜棚下的谈资也就逾丰厚，其戏文也就愈曲折愈跌宕。形形色色地道来，惊惊叹叹地听去，山村古琴便有新韵流长，寡淡的日子就也过得有了兴致有了新意。不知不觉间，婆娘们竟还揣了不少曼妙的生意之经，于夜色迷蒙中抖落，也商讨起山村富庶之大计，不仅吊大了各自出山之胃口，也提升了瓜棚豆架下的风情格调，一群琐碎小女子，竟也人物一般了！

其二便是议人家小。

俗语云：婆娘的嘴，吃饭的腿。婆娘好发议论，且常议及人家的隐私和短处，也就常常招人恨骂。其实，婆娘们议人短长，也是有客观的是非标准的。

一日，李婆娘提起西边的大柱，王婆娘便哈的一声接话："恁精的个小子，天天读死书，连考了三年大学不中，竟不想一想其他的出路，还偏偏要再考，你说死兴不死兴？"见自家话端有人响应，李婆娘便极真诚地点头，"极是！极是！山里娃有出息的人多了，二妹高中毕业学养蝎，不也发了？一条道儿走到黑，这人不是呆就是病。"王婆娘阐述道："也不是的，大柱爹当书记那会儿，整天价拉大闺女钻高粱地，名声扫得那么净，他便死活要柱儿给他长脸，生拉硬拽地，不连柱儿毁了也邪！"王婆娘那张阔脸，竟抽搐出无限凄恻，众婆娘便一齐点头："害人！害人！"改日再见了大柱爹，婆娘们便唰地转过头去，狠狠地吐唾沫，冷冷地甩话音，爱憎分明立竿见影，直弄得大柱爹的脸色一片灰暗，恨不得化鼠钻洞。

于是，在婆娘面前，人们便争强斗气，力图把事业混得顺达兴旺，把人做得规矩端庄；少留话柄给婆娘，免得被狠狠地揭裂了情面，疼得无着无落，窝窝囊囊。

夜已深，风愈清，月更明，便到了婆娘自诉衷肠时分。

山村婆娘各有各的艰涩，各有各的苦衷。汉子们东跑西颠，失了耐性，难得听婆娘倾诉一回。有时，婆娘不禁在男人面前叨叨絮絮，不期竟惹起汉子的一股莫名之火，徒然招来一顿打骂，被骂过打过，也无处申冤，便向隅而默默独泣。于是，婆娘们便把一肚子的委屈，连根带梢地带到晌晚。待服侍完夫家，便抽冷子扎到姊妹群中，边纳凉，边叨念，招姐妹们一阵唏嘘，得一片理解，于挂泪的眉梢绽出一抹笑，得一点小小抚慰。

其实，在婆娘的记忆中，甜蜜总多于苦涩，自家的珍奇和幸运也时时如雨淋过的笋尖，茁茁壮壮地生长着。于是，月光下，她们常把体己的事体当笑话痛快地宣泄，也把自家的福分公之于大家享受。一婆娘的一身新衣，总被众婆娘依次试穿，一婆娘的一种感受总被大家依次评品……婆娘们能掏的都会掏得透亮而彻底，丝毫的小气和拘泥都会败坏了瓜棚豆架下的囫囵情分！于是，一个婆娘就是一片云，就是一片温馨，瓜棚豆架下，是她们憩息的港湾：从你身上找到了我，从我身上找到了你；你温馨了我，我温馨了你；浑然而一体，日日月月总相依！

其实，纳凉不仅是山村特有的乡土风情，更是一脉从远处走来又朝渺远走去的绵延不绝的民间文化。文化之温温、之古道；乡情之温温、之古道，已深深嵌入山民的皮肉和灵魂。小时候，我总是偷偷地奔蹿于一个个瓜棚豆架，于懵懵懂懂中，知道了该知道和不该知道的许多。山里婆娘，不仅用乳房喂养了我，而且也用她们造创的俚俗文化启蒙了我，使我早熟，有了一般山里少年所没有的忧郁气质。这或许也是我亲近文学的一个潜在的诱因。

但不知从何时起，山里人在房前屋后种瓜点豆少了；荫荫的瓜棚、袅袅的豆架便日益寡落。有三两只雪白的遮阳棚伞，竟星般飘入山际。

月轮一爬上山口，那伞便把水一样的华光，极刺人地朝四下泼送。然而它奢华而不温馨，有心的婆娘们便于心头荡起汩汩的不安，便吆使愈来愈图享受的汉子，去努力把原始的棚架搭起来，把瓜秧豆蔓于棚上架上，扯得绵密些……她们并不是有意地对抗什么，而是她们内心需要。一如有人喜欢总是穿布鞋走路，不是装朴实本真的样子，而是服从脚。

称谓小掇

一

家乡人对长辈的称呼，若不是土生土长在山里，是很难弄得清楚的。

叫父亲，山外人叫“爸爸”，后一字读轻声，叫出来轻柔乖巧；叫母亲，山外人叫“妈妈”，后一字也读轻声，叫出来也是轻柔乖巧。然而在山里，管父亲却叫“爸杯儿”，前一个“爸”字读得浊重，后两个字读得连惯而急促，外人听了，便很惊诧：“爸杯儿？”山里有造老子反的习惯吧！

父亲的称谓，虽有些怪，但总还有一个沾边的字眼，称母亲时，就叫人懵懂不明了——管母亲叫“卖”。母亲在眼前，“卖”得短些轻些；母亲在远处，就把“卖”吆喝得又响又长：“卖哎哎哎……”

“妈妈”和“卖”是怎么联系到一块儿的？如果故乡的村庄是一个民族部落，还可以理解，但实际上，这里的人，人人都是土生土长的汉民，把“妈妈”变“卖”，便不好理解了。

长大以后，我曾就这两个称号，进行过调查和考证，却没有考证出结果。

问祖父，祖父说："我爷那辈儿，就'爸杯儿'了。"

问祖母，祖母说："我奶那辈儿，就'卖'了。"

这两个称谓如此之沿袭，便是个谜。

山里也管父母叫爹娘，不过，面对面极少这样叫；逢父母不在跟前，同人叙述与父母有关的事时，才说"我爹""我娘"。

山里人叫祖父祖母，与山外人区别不甚大，山外呼叠字：爷爷，奶奶，山里却呼单字：爷，奶，透出人性的果断和耿直。至于称大伯大妈，大伯则为"大爷"；大妈自然就"大卖"了。

称叔、姑、婶、姨等等，山里人均喜欢在正字后加儿话音：姑儿、姨儿、叔儿、婶儿、妗子儿……

大有将所有长辈都降低了辈分，与吾平起平坐之气概。

要特别提到叔叔的读音：叔儿，有的读成"书儿"，有的读成"收儿"，无论如何，总不给你读端正便是。

山里人人都有小名，比如，我父亲叫"奘儿"，母亲叫"舍哥儿"，老叔叫"六蛋儿"，大伯叫"印子儿"，我则叫"小义子"。素日，山里极少称人大号，挂在嘴边的，往往是那些怪里怪气、亲亲切切的小名，而山里称呼长辈时，总要把小名挂着；若不把小名挂上，人家不一定应允，谁知道你叫谁呢？

所以，我堂兄见了我父亲，开口称"奘儿叔儿"；见了我母亲，则坦然地叫"舍哥儿婶儿"。我见了大伯，则叫"印儿大爷"，见了老叔，则呼其"六蛋儿叔儿"……

城里人进山时，为山里的这种称呼而连连摇头："叫叔就叫叔吧，还称'六蛋儿'，一声'六蛋儿'把叔的辈分叫没了，叫叔不叫叔有何用呢？"

后来，我到山外读书了，再回到山时，也学着城市人的样子，叫

“爸爸妈妈”或“叔叔姑姑”……家人便看着我发呆，临了，父亲对我说：“没出去几天，怎学侉了，要学人家的本事，莫学人家的浮飘！”

称谓的一点点变革，竟遭父辈的这般指责，可看出习性风俗在人伦中的力量。

二

山里对方位和时序和称谓，就更特别。

母亲问父亲：“你把新买的盐放哪儿了？”

父亲回答说：“放在板柜高楼了。”

又比如，母亲到头顶上那一户人家去串门儿，父亲问：“到哪儿死了一晌？”母亲则说：“还能死哪去哩，高楼院呗！”

这个“高楼”无非是“上边”“上头”“在……上”的意思，但这么一“高楼”，就把外人唬住了——山里只有低矮的石板房，哪儿有什么劳什子的高楼呢。

“下边”“在……下”，在山里则称“底坎儿”“在……底坎儿”，比如“把油瓶放在碗柜底坎儿”“井口在石崖子底坎儿”等等。这“底坎儿”与实际意思总还是贴的，便不怪异。怪异的，是这样的句子。

“把被户（被子）放在炕疙里（炕里头）。”

“把白薯码到窖疙里（窖里边）。”

疙，疙瘩，乃突起物，无空间可通，怎么还有里边之说了？这只是山外人的冬烘，山里人没闲心追究，只管“疙里”便是。

对时序的称谓，山里人常被外人笑。

把昨天，叫“列个”或“列列个”，前天，叫“强个”，大前天，叫“大强儿个，”把明天，叫“明儿个”，后天叫“后儿个”，大后天叫“大后儿个”。

儿时去门头沟矿区的姑姑家，姑姑的邻人问我几时到的，我说："列列个。"

邻人就笑，仍问："几时？"

"列列个。"我仍回答得认真。

那邻人就笑得前仰后合了。我终于明白他是在嘲弄我，脸子就涨得很难受。我很想骂他一句啊，然而想到人人都夸我唇红齿白，是个可爱的小白小子，便忍下了。

也难怪人家嘲弄啊，山里人口齿并没毛病，怎么就不把音读得准一些呢？比如说"今天"，山里人生生说"真儿个"。"真儿个"明明是从"今儿个"衍化来的，舌蕾稍用一下力，便读准了，但山里人很懒，偏偏就不用那一下力。

不是懒不懒的问题。

然而，山里对早、中、晚的称谓却是极生动的。

早晨，叫"早清儿"，早晨的天气，早晨的空气，早晨的草木，一切都是清凌凌的，"早清儿"得好！

中午，曰"晌午"，晌，总给人以日上中竿的感觉，晌午，便是日晷儿转了一半的感觉，感觉得准确。

晚上，称"黑晌"，日晷转得黑了，不就是晚上了吗。

夜里，说"黑介"，妙不可言：夜里的形象是黑的，"黑"，是一种直接的感觉；而"黑介"，则是人处在黑暗之中，有身临其境的意绪。至于"夜"，雅得须借助想象，便文得与人有些隔膜。还是"黑介"痛快！

为了经济笔墨，把山里其他个色的用语，择要者而录之：

看、瞧，山里说"对对"。如：这件衣裳是啥料的，拿来让我对对。对，有调光聚光的意思；对对，便看得精确。

骂人，不言"骂"，而称"滔"。"再惹我，小心我滔你！""滔"，一波衔一波，汹涌连贯，骂人的气势，皆在其中了。

嘲弄人，讽刺人，称“撩火”。“别再撩火人了，我的心眼儿小，受不得。”再坚强的人，火一样撩弄，也是极难忍受的。

山里方言中，最奇特的也是在山外著名的，便是把“闻”味儿用作“听”味儿：

听听，这饭馊了！

闻、嗅而通听，这是通感的不自觉应用（关于通感，钱锺书先生曾有过专门论述，所举例证，涉及古今中外）。这让一些现代诗人汗颜，因为他们以为，只有他才会使用通感，孰不知，碗大的字不识几箩的庶民，竟用得比他们自在。

在古诗中，乡音系指说话的声调，其实，个色的称谓用语，也未尝不是乡音的一大特点。我出外多年，北京话说得很流利了，但忘形中，也不免带出一句半句山里俗称，让人捉住我出身的尾巴。

乡音难改。

红叶落寞

香山的红叶，我是赏过的。第一次赏香山红叶，我正上着一所专业院校，是陪一个要好的女生一同去的。那次去，适逢红叶盛季，满山皆红遍，那个女生便惊叹不迭。

我只感到亲切，并没有难抑的惊奇。因为我觉得，故乡的秋天，也是红叶满山、流丹溢彩的。而且，山脉绵亘，红到极远遥的地方，比香山来得有气魄。并且，故乡的山名为百花山，物种繁多，生长呈次第特征，就红得此起彼伏，又比香山来得长久。

只因为香山离市区近些，且是一个著名的公园，命运便很达阔了。

故乡的山峦，植被是极丰茂的：黄栌满坡，柘丛盈岗，楸树峰耸，檀木沟伏；夏时山色蓊郁，入秋，则渐渐变化起来，先是淡黄，而后是斑驳，最终是红得一统了，满山满野就一如火烧。

但这时却是故乡的农忙时节——庄稼的秸秆被村人铡碎了，厚厚地铺到猪厩中去，再取山上的表土覆盖，以期在来年沤出一些好肥料来。所以，未上冻前，村人的第一宗要事，便是背土垫圈。而后，有余力的，要在地堰的边上，砍一垛垛的干柴杂草，烧一堆一堆的草木灰。撒上草木灰的土地，蔓菁憋得大，土豆长得足，谷穗也结得沉。

此时，山上的红叶正红得烂漫呢。

人们哪顾得多看几眼呢。

所以，山里人并未想到，那一丛丛的红叶，便是一团团的激情、一首首的诗，自己正生于美境与福地，正可以坐享一番。红就让其兀自红去吧，我们还有正经的营生干不迭呢，他们想。

那时，我并没有一丝悲哀，因为身在其中，与村人的感觉相同。

真正醒悟了，感到有些惆怅了，是看到城里人，居然要爬那么远的路径，到香山专程赏红叶之后。

我想，人跟人怎么就不一样呢？

于是，怀着这么一种情绪，待人们去香山赏红叶的时候，我便回到故乡去，去探抚那故乡的红叶。它们被漠视和遗忘得太久了！

我爬到屋后的山上：高远的天，衬以峻拔的山形，那凌风的红叶，簌簌地，便让人极感动。

但激动的心，很快就黯然了——沉默的父亲，正在地堰的边上埋头打柴草，他要多烧几堆木灰啊。于是，观赏红叶的这一份闲雅，就显得多么不合时宜，显得多么奢侈，兀然就生出一丝羞耻，便踅到父亲的身边，想给他打个下手。

父亲很懂我的心思，笑笑，“去赏你的景吧。”

见我仍迟迟不动，父亲说：“有什么不好意思的呢，你高兴赏景就赏景，我高兴做活就做活，不都图个自在吗？”

我知道，要父亲埋头干他喜欢干的活，比要他赏红叶更使他心安与欢悦，这是情理中的事，不关乎我的勤与懒。但我终究不忍在劳作的父亲身边，做赏景的清客，便同他一起干下去了。

这里第一次回故乡赏红叶的情景。

第二年秋深，想到故乡那满山的绚丽，仍有热热的归心。但父亲在地堰上弯曲的身影从脑底晃出的时候，归心就有了几分迟疑。

心中有一种莫名的惆怅。

最后，还是回去了。因为红叶岁岁依旧，而父亲却要一天天衰老，父亲已经辜负了红叶，儿女还要辜负父亲吗？

回到故里，父亲很高兴，抱出一坛雄自酿：“崽呀，知道你要回来，爹特意给你留着呢。”

我的眼窝便不由得湿润了。

从此，每到秋深，我皆毫不迟疑地回故乡去，同父亲一道，砍一些枯枝败株，烧几堆草木灰，并有意无意地看几眼父亲苍老的容颜。

我们低头砍着柴草，把红叶搁置于一边了。但只要我们抬起头来，山上的红叶，便很执着地红到我们的眼眸中来。

红叶没有怨艾，只有默默的守望和多情的注视，一依如山里的人们。我们也无怨，因为心心相印；甘苦与共，亲情厚重。

质朴安神

我是十二岁那年，才认识麦秸的。

故乡偏僻，多旱，且山地窄而陡，种不得麦子，只种耐旱的苞米，认识麦秸晚一些，便是很自然的事。

那年，不知何人的主张，非得在山里推广种麦。麦子种上，即遇旱象，又无水可浇，麦秆细极，无风也飘摇。

于是，六月，山里破天荒地有了麦秋。但上好的一亩堰地，仅打了一百多斤瘪麦，就等于无几多收成。但终究是吃上了自己打下来的麦子，粗糙的生活中有了精致和细腻的味道，所以，即便到后来，虽因亏粮而不得不去剜野菜充饥，竟也无一人哀叹。

麦子没打多少，麦秸却有硕大的一堆，稚童去堆上滚，成一种好游戏。暑中雨多，麦秸便被淋得精透，待阳光一出，竟倏地生出一片一片金色的平顶菇，村人采去，好吃得很。那时，一场暑雨一场菇，神奇的麦秸，给我留下了深刻印象。

于是，到了平原，最感兴趣的，便是田畴上的麦子。

平原的麦秆茁壮得很，用指头在上面敲一敲，就发出沉实的声音。在垅间坐着，青青的麦秆会发出青涩的香味。这香味与青春的香味或许有相通处，反正我很喜欢这种味道，久久地嗅着，若期待着一种莫名的温柔。

忍心去折一柄青麦秆，极清脆地响一声，白色的琼浆便汩汩地淌出来；这便是生命的一种原状，努嘴去啜吸，便满嘴甘甜。于是，生命本身便有厚味，只是在凡常，均被浮躁的激情忽略了。

“草生四季，麦熟一晌”，这样的农谚是生动而准确的，因为一晌之暴晴，麦子果然就熟了。放眼望去，浑黄的一地麦秆，风吹时，只听到簌簌的干燥的微音，并不见到大的招摇。此时的麦秆，已褪去铅华，内外同质，成一束坚韧。所以，与其说麦子熟了，莫不如说麦秆熟了。

就去刈麦。

刈麦时，将一束麦棵揽到怀中，顺其倒势而下镰，便听嚓的一声响，麦秆便很忘情地投到臂弯里了。投到臂弯的瞬间，干草样的香味，就突然从切口处喷射出来，鼻息便肆意地吸进去，得一刻的沉迷。臂弯里的麦束，不仅沉实，而且温暖，若幽火幽幽地烧，直烧到人的筋脉里去。于是，僵直的四肢，便猛地活络起来，手中那一柄镰，就唱得很欢畅。

这是太阳的功力。

麦子一生都被太阳照射着，麦秆里贮满了太阳的热情，一束麦秆，便是一束阳光。阳光是抓不住的，但可以抓住麦秆，于是，劳动着便温馨着，劳动着便幸福着，在这里，便不是一句空话。

一个朋友来，倾诉其化不开的忧愁。我倾尽真诚，以情以理去抚慰他，却不见那一张阴郁的脸，有半点舒朗。我便无话可说，陪他沉默着；那一团阴郁，便也一点点地啃啮着我。我开始烦。突然，我想到麦秸。便拉起他的手，朝原野跑去。在朋友懵懂间，找到了一片麦场。场上正有新麦的麦秸堆着。我说，就在麦秸上躺一会儿吧。

躺在麦秸上，朋友仍要唠叨，我说，什么也不说，什么也不想，只须静静地躺一躺。

就躺着，数天上的星星。

夜深了，看一眼身边的友人，见他大大地睁着眼睛，眸子里的星星也很亮。我说，回吧。

他说，再躺一会儿吧。

我暗暗地笑。麦秸里，一束束太阳的火苗，在幽幽地烧燎着他，心中的块垒，快被烧化了。

归来的路上，朋友说，躺在麦秸上，竟这般舒服，舒服得要死。

但他活了。

他原来生活在虚空中，现在他与地气交接，输进了一种沉实的东西，感到忧愁类似无事生非，是额外的闲情，一如奢侈。

再讲一段与她热恋的故事：

那时，热情煎熬着我和她，第一重渴望，便是拥有一方自己的空间，在那空间下，与对方融化成浑然的一个人。但苦苦寻觅之后，却发现，偌大的世界，居然找不到这样的一块地方。时空的压抑，使我们感到极端的痛苦，甚至想到死。

绝望使我们在夜空下四处游荡，将要筋疲力尽的时候，竟遇到一堆麦秸。

她欢叫着，把自己扔到芬芳的麦秸之中，贪婪地吸着麦秸那温暖的涩香。她将自己躺平了，胸起伏如潮。她开始解自己的衣扣。

我竟轻轻地按住她的手，让我们静静地享受一下这麦秸不好吗？我说。

我们静静地躺着。没有风。天上的星星也不说话。

她枕着我的臂膀，呼吸渐渐停匀下去。她睡着了。她的眼轻轻地合着，温柔如花；她的脸恬然地舒展着，恬静如水。我这才知道，女孩的睡相，竟是这般的美啊！

虽然我很疲倦，但没有睡去，作极深情极专注的守护。我的心，异常平静，无一丝杂念……

事后，我想，麦秸是最质朴的，生活和感情的内核不也是最质朴的吗？质朴是一种自持，质朴是一种本分。于是，拥抱麦秸的时候，我们能听到纯真的声音，羞于产生多余的欲望。一如守着成堆的金银，肯定会放纵地消费，身临清溪，首先想到的则是净洁的洗涤。麦秸和山树往往不是物，是随处可遇的菩提，它们关乎土地道德，是美好情感生成的土壤。

所以我常说，离土地近一些，是好的。

继世犁魂

故乡的犁耕之事，多在春秋两季：在春季，叫开春墒；在秋季，叫打秋墒。其中，以打秋墒为最繁盛：收秋以后，上冻之前，土壤疏松，天气虽稍有凉意，也只是多穿两件夹袄而已，人还不至于窝在屋中、不敢出门。春墒就不同，三四月间，春风吹来，远暖而近寒，犁刀下去，顶冰挂凌，除了误了秋耕而不得不抢春墒的耕夫之外，老少妇幼，就不大出门，隔着厚厚的毛草窗纸，听隐约的牛鸣。

在山里，祖父的犁活是没有敌手的，是样板，虽然他的专职是放羊。他在犁活上的功夫，主要下在牛身上。未上犁之前，他把牛赶到草茂虫少的阳坡上，随牛们任性吃草，自己则躺倒了身子，懒懒地寐去。其实，他的耳翼是始终张开着的，专听牛咀嚼的声音：

“咕吱——咕吱——”单调缓慢而有节奏，牛就吃得好。

“咕咕吱——咕咕吱——”节奏突然疾了半拍，祖父便一跃而起，用鞭梢捎那牛的唇尖。牛就放慢了速度，回到原来的调子上去。

牛要上犁了，那牛被养得既不胖也不瘦，很适中的架骨，很坚韧的腱蹄；拉长套不嘘，拉连套不疲。这是祖父追求的境界。后来我弄明白了，牧牛与放羊，其中有相通的道理，都是食草动物，习性近也。

祖父对犁杖却不刻意追求，只要犁弓是枣木的，犁面上未被虫噬过，就扛在肩上，下地去。

犁地时，祖父总赤着一双脚板，专在翻出的新土上踩踏，外人以为那是他的习惯，并不太在意。其实，那是他犁活中最重要的部分：他凭翻出的新土在他趾间龇过的感觉，掌握着犁尖的深度和牛走的快慢，这一招，靠的是感觉的积累，旁人是不易学去的。于是，祖父的犁活便又快又妥和，每到祖父做犁活的时候，周遭便围满了山里的老少。

祖父由此成了山里名望很高的人（自然还有他新中国成立前老党员的名分），以他为榜样，村里人踏踏实实种庄稼，虽旱涝频仍，也不怨尤，也不懈怠，总是依农时而作，便也总没断了收成。

父亲高小毕业那年，正赶上村里改选。碍着祖父的威望，村人选父亲做支书。选举那天，是一个数九的冬日，当宣布父亲当选的时候，祖父却站出来说："大伙莫太宠他，先看看他的犁活，再最后决断不是更妥当吗？"村人好一阵喊喳，但终究还是依了他。

父亲对祖父虽有些怨，但却不敢吱出声来，就带着耿耿的心怀去准备犁杖。他用墨尺量了一截枣木，拟出最佳的弧度，用温火耐心地打犁杖的弓身。单这个小小的犁弓，父亲就打了整整两个白日，因为身后有祖父期待的眼神。

开春犁的日子还远，父亲就只得强捺了性子等待。在那枯燥烦闷的日子里，父亲常常在磨石上磨那犁铧，把铧面磨得滴锈不沾，日光晃在上面，熠熠如镜。祖父却呵斥父亲："把铧磨得忒薄，还吃得住力吗？"父亲沉默着，并不与祖父争持。

终于到了顶凌下犁的季节，村人就簇着父亲去演练犁事。那犁刃犁在土中，传出嚓嚓的脆响，那冰凌还很厚呢！但父亲没有丝毫的犹豫，尽情地放牛朝前走。祖父从犁沟中抓起一把新墒，稍一用力，便攥成了泥团——春墒的水分忒重！但再看那犁尖，却仍熠熠地闪着光芒，并不曾沾上些许泥星。犁轻松地朝前走着，只留下极动听的嚓嚓的犁韵。

祖父不禁暗叹：好小子，他比我机巧得很哩！待开犁的那爿地刚犁完，未等众人开口，祖父便说：“那支书，就让他当吧。”

父亲当支书后，总也记不了那个春天的犁事，勤谨地干着该干的事体，终于在离任时，留下了一个好声名。

山里千年因袭，几乎没人真正走出去。所以，对我的走出大山，村人当作一件盛事——人们敲响牛皮老鼓，找出迎亲大轿，欲抬我出村。祖父让父亲搀着走到村口（其实他身体很健朗），把极动情的人群挡回去了。他怔怔地看着我，似有千重叮嘱，临了，竟对父亲说：“找一挂犁来，让小子扶扶犁吧。”

父亲把犁套好，将牛鞭交给我：“要扶好，你爷爷老了，可别扫了他的兴致。”

于是，那牛鞭握在我的手中，就显得极沉重，心中惴惴的，久久不敢轻轻挥下去。牛走得很慢，但那犁我却怎么也扶不稳，身后的犁沟便极弯曲、极丑陋。

我怯怯地朝祖父看去，准备被他训斥。但祖父送给我的，却是温厚、宽容的、鼓励的目光。我便少了顾忌，用力挥起牛鞭，大胆地犁向前方……

回头望，祖父挣脱了父亲的搀扶，独自站着，那瘦弱的身子，回复了他素日里执拗而挺拔的模样。

这时，我明白了：我已不可能有父辈们那么精湛的犁艺了，而他们也不希望我再背负那过于陈旧的因袭，他们要我继承的，是那永远不能死去的犁魂！

我感受到了他们的良苦用心，暗暗对自己说，出山远行，无论顺逆，无论显隐，都不能忘了来路——脚踏实地、本本分分地埋头走下去，不彷徨、不摇摆、不停顿，就是对父辈们最好的尊重了。

第四辑

祖母别传

十二岁那年，祖母家乡发大水，山洪汹涌，将屋窗漫了。父母于惊惶中卸下一块柜板，将她放在上面，合力推出窗外，虽喝了不少污水，最终却挂在树杈上，活了下来。父母则被洪水冲得无影无踪，她成了孤儿。

活该被“跑大海儿”的曾祖父发现，把她带回家去。

跟曾祖父回到家后，她两眼茫茫，不知自己该怎么活下去。曾祖父说：“留家里，哪儿也不去了。”于是，祖母便做了祖父的童养媳。

捡来的祖母像要报恩似的，拼命地给祖父生养，前后将八个孩子养得驴高马大，她却渐渐萎缩，又小又矮；在儿孙簇拥下咧嘴笑，一如老丑的榆木疙瘩上，环生了极翠极嫩的新芽。

儿孙满堂后，痛苦于她竟多了起来。

那些年的年关，鞭炮响过，一群孙儿孙女就忽然而至，扑通跪成一片，齐声叫祖母，那一片童声若一群春雀儿登枝头叫，娇脆而甜蜜。祖母的心便倏地热透，泪就汩汩成细流。孙儿们则伸直了耳朵听动静，渴望祖母快些让站起来。起来便可拿到几张毛币，然后便可以朝村东的代销店颠颠跳跳，喜滋滋地买几袋五彩的糖豆，咯咯嘣嘣嚼出一片歌子。

久久不听祖母叫起来，孙儿们便抬头偷看，见祖母不停地围着孙儿们绕，脸上是极浓的羞惭，且抖抖地用长袖抹眼圈儿，呵出一声又一声低沉的叹息。不知是谁先喊了声祖母，便祖母祖母成一片，且有嘤嘤的哭声相伴——祖母叫一帮孺子跪得太久了！

久久，祖母才说："孩儿们，都起来。千万别骂奶奶抠，都怪奶奶手头俗哇！"说罢，祖母竟小儿般哭得欢畅，哭得一帮小小童儿懂懵无措，纷纷拥了祖母同哭。寂寂的山村，这是怎样的一方景致啊！

于是，年关刚过，祖母便随了一帮青壮男女闸沟垫地，期冀多挣几个工分，等年终能多分几个钱，在给压岁钱的时候，依次塞到孙儿们的手中，有足够的资格做祖母。

那沟槽里，北风吹得劲大，吼吼如狼犬，尺把厚的积雪瞬间便被吹起，扬扬洒洒遮黑了天。祖母头上包了一袭藏蓝的头巾，搬着石头在沟沿上走。两只如锥小脚不停地别别绊绊，鼻涕则出出溜溜不停地淌。一天下来，两只擦鼻涕的袖口结了白花花的两块冰，指头弹在上面，嘎嘎地响。到家往炕头一挨，便再也下不得地来。她的两只脚已冻裂了，祖父便要帮她脱鞋子，用热水烫。见屋里有一小孙儿站着，祖母便拼命往回抽那脚，"动什么，两只白薯脚，丑死人了！"说完，脸子竟涨红如紫酱（祖母一生极泼辣，夏天总裸了膀子做活，少禁忌；但若有人看她的脚，却慌极，古怪而神秘）。见祖母不脱鞋子，祖父便将祖母的脚朝火口上按，便有嘶嘶的响声伴着缕缕青烟袅起，一会儿，屋里的气味便很难闻了。

果然挣了不少工分。分红那天，祖母便早早地踅到队部。待会计叫到她的名字，她从旯旮里嗖地站起，高声喊："有了！"很有饱满气势。于是儿媳们回家便对儿女们说："今年还去拜你奶奶，她有钱了。"

这样，老了老了，祖母竟一年一年出起工来，且极少歇一个，正巧上面抓学大寨的典型，祖母便当上了劳模。县广播站执意要采访她，她推辞不过，便在麦克风前久久干咳。她很想说，我虽人老了，但端不了一筐端半筐。话刚要出口，却觉得不够气派，人老心红吗，当然要多干。便说："我虽然老了，但端不了一筐端两筐……"围拢的人便一阵静默，接着，竟爆起一阵掌声。她并不觉尴尬，仍嘿嘿乐。广播站的记者也不剪辑，原样放送，在全县上下激起波澜，成为笑谈。

祖父放羊之余兼养蜂，蜂蜜、蜂胚、蜂药皆时常拥有，很被人看重。每日阳婆爬上了垭口，他便喜洋洋地晃到阳坡上。阳坡上，荆花开得正旺，泛着极沁人的苦香。他便依在荆丛里边放羊边放蜂，也边不顾身份地唱一些"哥也么，妹也么"的情歌。这歌子，他并不当着祖母唱，被祖母怨骂和奚落终究不是一桩惬意的事。其实，早被祖母听去了。祖母就在不远处的岩子下圪蹴着，怀里抱着给祖父送的水和饭。她听着听着便流泪，她知道祖父并不是唱给她听的，而是唱给臆想中的一女人。即便是臆想中的女人，祖母也是妒的，因为这说明男人有花心，离端庄远些。祖母便有些怨祖父，怨祖父一生都没给她当面唱过一支情歌，但她却极爱听祖父唱给别人的情歌。她偷偷地听，偷偷地脸红，心里竟也鼓荡了春潮。于是，祖母和祖父虽一辈子互相敬着，却缺少男女之间那种欢爱。祖父去世时，祖母竟落不出半滴泪来，虽拼命挤那瘪瘪的泪腺，终于挤不出结果，便拼命号啕，极巧妙地遮了乡邻及儿女的眼目。可怜那时我太年幼，不懂得人间沧桑，竟在无人时，将祖母的秘密无情地戳破：

"奶奶，你是不是不爱爷爷？"

祖母猛地惊呆，"什么，我不爱他？你怎能凭空瞎说。"

"不然，你怎么会有那样的哭法？"我怪异地笑笑，离她远去。

从此，祖母因知道我心中敏感，有别的少年所没有的温柔性情，便出奇地关心我，隔些时日，便偷偷地塞给我三两个硬币，偷偷地将好饭食端给我吃。她望着我的眼光总是那么张皇不定，若一抹驱不走的阴云，将我心地之纯净遮去了。到了晚年，祖母愈发固执，儿女们若不依她，她竟拼了老骨头去撕扯。母亲的脸就被祖母抓破过若干次，至今仍有两块小小的白疤，有异光闪得很别致。但若是我出来反驳，她便马上变得很依顺。我觉得，祖母不是爱我，是惧怕，因为我看透了她的心。这是她一生最大的痛苦！是我毁了与祖母间那淳厚的天伦之情，心中就缺少了少年应该有的那份轻松。

前些年，地和山林均被承包了，祖母自然有了该有的那一份。父亲曾找祖母商量，说："爹不在了，我又居大，您跟我过，地由我种，有我吃的，还会少您的吗？"祖母竟狠狠白了父亲一眼，"我还没老，自种自吃，还能过得周正。"父亲觉得这是做童养媳落下的病根，忒要强，不愿意放下身架子。父亲无奈，便任祖母去自由，任村里人讲闲话。从此，那山坡上，几堰薄地里，便整日闪现着一个孤老婆子的身影，刨刨点点，翻翻砍砍。那庄稼竟长得极好，秋后，那寡落的小院竟也堆得极丰满：白的是玉米，金的是谷子，绿的是蔓菁；檐下还有几串辣椒红得极鲜艳。祖母那一张皱嘴便整日乐，便把儿孙们招来吃团圆饭。那饭菜全是她一个操持，且将碗筷摆得很齐整。

待儿孙围满，她便在上座恬然坐下，慢声慢语地指派父亲，"老大，给娘盛饭。"父亲便恭恭敬敬地给祖母盛饭。祖母筷子一指，"吃，都吃。"便率先吞咽起来。她拼命夹那炸焦的辣椒，吃得唏唏呵呵，满眼流泪。父亲知道，那是她在秀精神、秀畅快，便暗暗皱一下眉头。孙儿们则没心没肺地笑仰了身子，且努力学她的怪样子，忘我地快乐。

有一天，祖母找父亲商量："老大，娘吃喝不愁，就缺俩现钱儿；下月起，你每月给二十块成吗？"父亲说："当然成，但得找几个弟弟商量一番，大家都出才妥。"祖母便说："那你就去召集，把道理讲清。"

兄弟六个均到齐（两个姐妹除外），父亲就将面孔板得极严肃，“哥儿几个都儿女成群了，从下月起，开始孝敬咱娘，每人二十，不偏不倚！”话落，竟久久无声响，父亲便有了一次为长的机会，吼道：“都球的聋了，说话！”几个弟弟便都与各自的女人相支吾，终于依次说：“那好，同意了。”

待几个儿子就要出门，祖母却要大家等一等，开口竟说：“老三娃多，就给十块吧；虽上有长兄，下有幺弟，为娘做主了！”那态度很坚决，不容几位分辩，虽有不悦，顺从地退出，是当然的。

几个月过去，老三竟先几个兄弟买了电视，且看时将音量调得极大。几个兄弟便有些恼火，压下吵嚷要去看的娃儿，呷闷酒，任那尖脆的聒噪将心搅得沸沸。看祖母整晚整晚往三弟家跑，大家不免议论，“瞧把老三美的。”父亲便劝那几个弟弟，“老三有了，娘便有了乐子，不是一件好事吗？”兄弟几个便不再吱声，且将女人孩子调理得熨帖，维护出一团和气。

一天，祖母竟和三婶打起来，嘴角有血丝殷红殷红地淌下，而那一双枯手竟抓牢了儿媳的头发，娘儿俩便耸耸跳跳地撕扯，一如木偶开场。见父亲奔到跟前，祖母扑通坐在地上，努力打自己嘴巴，“打个老没出息的，打个老没出息的！”一会儿，便昏死倒地，双腿抽搐得别致，于是，尖尖的鞋子便抖掉了，那小脚上的线袜竟破没了跟际，露出大片的脚肉，泛着青白的光泽。

祖母原来将几个儿子每月给的钱都悄悄贴补了老三，希望老三将家治得上眼。老三竟买回电视来，很寒祖母的心。但看到儿孙在那如焰小人儿前那极开心的样子，便也乐在其中，便也理直气壮地去看一会儿。不期时日一久，竟遭儿媳的嫌弃，抑制不住荡漾的屈辱，终于将老脸撕破了。

于是，那几个儿媳便怨祖母咎由自取，便愤愤地商议，要将那二十元的孝道取消。父亲就让几个弟弟做各自女人的工作，就说莫要小肚鸡肠，惹乡邻笑话。总算一切照常，但几个弟媳都断绝了与老三家的来往，把无限的鄙弃极尽情地朝那块门坎上唾去。祖母也不再理睬那房儿媳，婆媳相遇一如路人。

不知从何时起，祖母竟又与老三一家和乐如初，老三家的孙子也一天比一天穿得光鲜，诱人的肉香也不时从那扇门里袅出，门前那株老柳树便也将枝条拂得得意而欢畅。

那几个叔叔便又来找父亲，“大哥，娘记吃不记打，死向一家，从下月起，养老钱您愿给便给，我们不奉陪了！”

果然就见了行动。

祖母便依次登儿子的门，均被冷面孔撞得喉头发紧，走上大街去，腰杆登时塌了，步履极蹒跚。几天不出门，最后竟戴了一顶白帽子，将支书找来，“你要给我做主，不然，我便撞死给村里人看看！”支书骇极，因为祖母也是新中国成立前的老党员，救过伤员，有历史贡献，便将双手捧得高高，急急地作揖，“老嫂饶命，老嫂饶命！我管还不成吗？”于是，支书便将此事列入年内的村务重点，极细密地安排，极耐心地落实。

哥儿几个便接着续那二十元的孝道，但名声却空前地坏了。

父亲很诚挚地劝祖母：“娘可别再那样办了，若还那样，不也伤了儿女间的和气吗？”祖母却说：“你也跟着臊你娘，你不知道老三最无能？做娘的不接济谁接济，他混不好，你就体面吗？”

父亲便将面子抛了，愤愤地说：“娘，您也忒不懂事了吧！”

祖母竟哇地哭得惊天动地，怨爹娘死得早，怨公爹将她从水里背回家，最后竟指着父亲的鼻子尖儿，“我从小没人教养，不懂得怎么做人，儿呀，你做娘的先生教教娘好吗？”说完便嘿嘿笑，极怪异。

父亲骇极，远远地逃了。躲在大树下朝祖母窥，怕问题又无端地出了，因为，他也是党员，党龄比母亲要短得多啊。

之后，祖母居然公开接济三叔，虽时时有与三婶间的吵斗，但终究未动摇她偏执的信念。

儿女们便失了往日的敬重，甚至私下里还说老人轻贱。

我看在眼里、听在耳中，很是伤心，对父亲说，你们做儿女的真没有肚量，就连我这隔辈人都感到脸上无光——你们想想，奶奶她自己到底得到些什么？她什么也没得到啊，一切都付出了，不仅是钱财，而且还有名声和你们应有的尊重和爱戴。

父亲说，这能怨谁？她横竖也是一个老党员了，怎么就不懂得公平做事？

我说，她再是老党员，在家里也只不过是一个年迈的老人，说来说去，还是你们太自私了。

父亲怔了一下，之后啪地掴了我一巴掌，“给我滚得远远的，你一个毛孩子，哪儿有你说话的份，再说，你又懂个球！”

手足同心

父亲最好的朋友，是同村的大邹。

大邹能成为父亲的至交，缘于童年一段极独特的经历。那年，村里破天荒地来了一帮唱折子戏的，大腔小调地吼一种极悦耳的梆子。父亲和大邹趴在台沿上看得两眼发直，全不顾身后高一声低一声的叫骂。父亲他们其实皆听不懂那铿锵古道的戏文，只记牢了戏尾那锣鼓切切、舞刀弄棒的武场戏。于是，一帮幼崽便照戏里的样子自制了兵器，聚在村街的一小片空地上，学那戏中的一招一式。大邹与父亲是支招的一对儿：父亲执的是一柄长枪，大邹抡的是一把大片刀。招路初开时，每人嘴里还铿锵地叫着锣鼓点儿，没支几招，便真的进了角色，息了口鼓屏了呼吸，拼命地抡抡砍砍。打到正酣处，只听大邹哎呀一声大叫，扔了手中物，软软地瘫在地上，虽张嘴巴大张，却久久说不出话来。

父亲怔了，握着那把扎着几根红缨的木枪，也久久不动，一如庙里的泥塑佛胎。大邹终于能喊出声来，躺在地上嚷："我完了，我完了！"父亲惊惊惧惧地挪到他身边，"大邹，你到底怎么了？"

大邹并不回答，只兀自嚷着我完了我完了，让大家不知所措。待大邹的父亲来到，才知道，大邹的卵子让父亲挑豁了。大邹的家人很惊骇，一阵大呼小叫之后，连夜从山外请来一介郎中。鼓鼓捣捣止了血，敷了一些莫名其妙的药粉，才平息了周遭的一派恐慌。

大邹的父亲说：“伤得忒奇怪，怎偏就伤了传命脉的家什？我就大邹这么一棵独苗，不是成心让我绝后吗？”说完，便蒙头呜咽。

祖父选好了一根精细的荆条，命父亲递过去，打出了一片灿烂的好景致。父亲也瘫在地上，站不起来了。父亲并不哭泣，铁青着脸，对大邹的父亲喊：“邹伯，哭就有用吗？大邹完了有我呢，我要做你的儿子，做你的真儿子！”

于是，双方家长便立下了状子，要父亲陪大邹到娶亲时刻，若大邹能拱出崽来，便大家同庆；不然，父亲就只有过继给邹伯，既为其养老送终，又要为其传宗接代。

那年父亲才八岁，大邹比父亲小一岁。

父亲长到十八岁，大邹的父母竟双双殁了，祖父便收留了大邹。大邹有着极开朗的性格，并没有多少愁苦。他白日里同父亲拉一张犁，晚间与父亲同盖一床被——他认为自己就是这个家庭当然的成员，不应该有亲情之外的一丝怨怨仇仇。但父亲却一日比一日心情沉重，终至整日里也不说一句话。原来父亲已有了一个恋人，感情已处得要谈婚论嫁了，但姑娘的父母却把她看管起来，不许她再接近父亲，且说：“他与大邹小时候就定了一张状子，你若嫁过去，还不被共了妻？”

大邹后来知道了这件事，抱着父亲流泪：“哥，是兄弟把你给毁了！”之后，就坚决地搬回邹伯留下的老宅院，独自生火过日子，怎么请也请不回来。大邹并不会煮饭，就顿顿熬玉米粥喝。父亲实在看不下，就卷了一床被褥，去老宅与大邹同住。远远地看父亲朝宅院走来，大邹咣地把大门闩死，任父亲于门外捶打出扑啪扑啪的裂声。父亲说：“大邹，别耍性子，哥的心已被你搅碎了，就别在伤口上撒盐了。”大邹说："哥，你要是不忍看我过这寡淡的日子，就娶个嫂子来，老辈们定下的什么狗屁状子，在我这儿是不算数的！"

父亲就只有听大邹的话，以一种完成嘱托和使命的悲壮，努力去寻找他新的爱情。就有了母亲的登场。

依家乡的风俗，接亲用彩驴，且由小叔子在前边牵着，有板有眼地"请"进婆家来。大邹就把鞍鞯系得极牢，驴毛梳得极熨帖，且一遍一遍地擦那驴铃上的陈垢，硬是擦得锃光瓦亮，像新打的一样。以至于铃舌才轻轻碰到铃唇，铃声就早已脆脆地传远，响得机敏，一如人的善解人意。驴子走在陡陡的梁脊上，母亲的身子急速地朝后仰，好像再不扶持，人就跌下来了。在前边牵缰绳的大邹偷偷乐一乐，对父亲说："哥，你快扶扶嫂子吧，摔坏了，我可赔不起。"因为父亲太扭捏，大邹是用这种方式引发他能够殷勤一些。父亲就只好去扶，脸子一阵酡红。待驴走到缓处，大邹对母亲说："嫂子，你看我哥有多好，日后，你可千万别亏待他。"母亲瞪了他一眼，低声说："还用你说嘛。"声音虽低，还是被大邹听了去，便哈哈大笑，直笑得丢了缰绳，蹲在了地上。父亲看见，一步跨上来，"大邹，这缰绳可松不得！"大邹止了笑声，说："哥，你中计了。"母亲把这段经过讲给我听时，我便想，若没有至善至纯的心地，大邹能这样欢乐在别人的欢乐之中吗？

父亲婚后的第三天，大邹对父亲说："哥，你的婚事办了，也给我办一办吧。"父亲的脸上倏地就布满了愁云。大邹嘿嘿一笑，"哥，不用你犯难，人我已经找好了，东头瘸丫儿不嫌弃我，等我去迎娶呢。"父亲一怔，久久不语，他明白大邹的苦心，是不愿再在这个家里叨扰，以免旁人说闲话。父亲攥牢了大邹的手，"兄弟，你让哥在这世多积些阴德，待来世再报答你。"

我五岁那年，天奇旱，秋日收成无几，以至于刚入冬，家里就颗粒皆无，只有出山去买土豆充饥。然而钱却借不来，父亲就愁涨了心火，整日里与母亲吵嘴，让母亲的眼泡终日红肿着。大邹对父亲说："你不是会下绳索吗，就到山里跑一趟，掏五灵脂换钱嘛。"父亲醒悟，在大邹的陪伴下，进山了。

那天，北风刮得寒烈，水刚泼在地上，嘶地就冻白了一片冰。夜深了，还不见父亲和大邹回来，母亲便不让我睡觉，点了两炷香，对着跪祷。终于将二人盼回，母亲也嘤嘤哭出声来——那是极度紧张后的自然宣泄，是劝也劝不住的。父亲砰地将口袋扔在地上，扶大邹坐下，对母亲吼道："苦什么哭，快撕几缕布，给大邹裹伤。"一看大邹，见他双膝厚厚的棉裤已磨破了，淌出的血竟漆黑如墨，但一滴到地上，就变得极殷红。母亲将大邹半僵的腿抱进怀里，极小心地包扎着。大邹几次想把腿从母亲的怀里抽出来，都没有抽动。大邹呆呆地看着母亲，眼泪汹涌而下。

父亲嘿嘿地笑笑，"恁大个汉子，肠子倒软，哥不会疼人，还不该嫂子疼疼你？"话虽然说得憨朴，却是一片热热的真情。

五灵脂卖了，背回来两麻袋土豆，父亲将一袋送到大邹家，大邹晚上却又背了回来。大邹说："哥呀，大人饿不着，可是崽爱饿，我又没个崽，还是你留着好。"父亲说不出话来，只是用手点着大邹的脸，不停地抖。

兀地，父亲抄起一只饭碗出门去了，回来时，手里提着两瓶老白干，碗中竟是几块臭豆腐。那时，山里人把臭豆腐当作一种稀罕的珍物，素日里是极少买的。

父亲给大邹斟满酒，"咱哥俩痛痛快快地喝一次，为球的这个穷日子。"他本来想说为了咱哥俩的情谊，但山里人脸热，说不出那么温情的话。最后，两人喝大了，醉仰了四蹄。

我给醉倒了的父辈们盖好被子，默默地注视着那两张粗砺的大脸，一种端庄的敬爱倏地生出，翻涌如泉。

那是两年后的一个傍黑，父亲喝完粥，正一口一口地品着旱烟，大邹通地撞进来，喘着团团大气，一句话也不说。

“大邹，出事儿了吗？”

大邹急急地说：“我那口子偷人了，不然怎么会有了。”

父亲也吃惊，压低了嗓子说：“别张扬，咱暗下里想个整治的办法。”大邹点点头，“这事儿，哥你得给我做主，非让她知道厉害不可，不然，就反了。”父亲不住地点头。

第二天，大邹竟割了一整天的酸枣棵子，堆了半个柴棚。入夜，他来找父亲，“哥，我把她给办了，看她还偷人不偷！”

父亲问他怎地整治了，大邹只是嘿嘿地笑，是一种压着凉气的野笑。待父亲随他出去，我也爬出了被窝——因为关心着瘸姑的命运，我并没有真的眠熟。

尾到大邹的老宅院，仄在院墙的阴处，窥二人的动静。

大邹对柴棚里低声喊：“有大哥在，你说，还敢不敢？”柴棚里传出一阵呜咽，再喊，仍是一阵呜咽。

大邹便扯一扯父亲的衣角，“甭管她，咱到屋里喝两盅。”

待他们进屋去，我贴近了柴棚，向里一望，不禁大吃一惊——那酸枣棵堆上，竟蜷曲着一个被捆了四肢的光身子！听到有人来，那光身子便动一动，一动，便是一阵不迭的呻吟。我倒吸了一口凉气——酸枣棵子多刺，成堆的酸枣棵，便刺若密雨，人躺在上边，将是多么可怕的一个境界。

我飞快地跑回去，投到母亲的怀里，颤抖着告诉母亲这一切。母亲攥着我的手，也不停地抽搐着，且放纵着汩汩的热泪。

我怀疑所看到的一切：恁忠厚的大邹，怎就也那么残忍呢？还有上过学读过书的父亲……

后来村里来了一支医疗队，做地方病检查和治疗。父亲便催大邹借机看一看卵子。看罢，大邹对父亲说："怪了，原来屁事没有，仅将卵隔儿挑破了，没碍着真家伙，白白皱巴了二十多年。"

于是，瘸姑的被整治，便是一桩极冤枉的事。

大邹本来可以借机还瘸姑一个清白，但他却对瘸姑说："那崽可惜被咱打掉了，不然我大邹也有儿子了。"瘸姑便恸哭，将满腹的屈辱尽情地释放着。哭罢，一瘸一拐地朝娘家走，和大邹离了。

大邹找父亲，父亲竟说："这有什么，回头哥再给你找一个棒球的，三条腿的蛤蟆咱没见过，两条腿的娘儿们，还不是满地跑吗？"

大邹便离不开父亲，竟至父亲被迫下窑时，他也跟了去。

父亲有一桩不甘心的事，便是没能娶从前的那个恋人，虽然他跟母亲的感情很好，这让我很难理解。父亲每到喝得微醺，就当着母亲的面，呼出那个女子的名字，惹母亲偷偷抹泪。但父亲从不约那个女人会面，表现着做丈夫的那份忠诚。那女子早嫁给了一个挖煤的，钱愣多，人愣横，与父亲走对了面，总是用斜眼睨父亲，父亲好像做错了事一样，低头躲闪。大邹知道父亲的事时，曾于一个大年初一的午夜，将一撅新人粪包进纸里，再插上一杆炮仗，点燃后扔进那个汉子的卧房，崩撒满天璀璨。听着那汉子狂野的詈骂，大邹乐得极开心，父亲却摇摇头，叹出几声苦涩。

后来那汉子死在井下，那女子成了落寞孤雁，父亲心眼开始活动，总想到她身边去，送一份年深日久的情谊。但毕竟已多年不来往了，已全不知那女子的心地。父亲便终日在徘徊思虑中煎熬。大邹说："哥，你怎么恁闷葫芦，去走一趟，她的心思不就知晓了吗？"父亲仍摇头，大邹便直奔那女子家，待回还时，果然喜笑颜开。他怂恿父亲去会那女子，父亲把持不住，终于是去了。他那一份忠诚怎么轻易就瓦解了呢？我迷惑不解。

母亲终日无言，人也日渐消瘦。那日，母亲托人割了一块肥肉，炖得膘红肉烂，且买了一瓶上好的青梅酒，把父亲让到正座，极虔敬地给他斟酒。待父亲喝有了兴头，母亲说："求你别再找那个女人了，我虽给不了你花天酒地，但总能给你半边暖炕席。"父亲登地站起，不仅砸了杯，还在母亲多皱的脸上，打出不皱的脆响。父亲甩身出门，直奔那个不该去的地方。望着父亲那愤然无情的背影，我怨，怨那多事的大邹，凭空搅乱了一个温馨的家庭。

虽然迷惑，虽然怨怼，却终究不忍心恨：大邹与父亲，毕竟是相依相靠、休戚与共的好朋友——且不说我们家对大邹有那么多的该欠，就是他帮父亲并和父亲一起渡过了那么多的难关，也不能说他一点也不值得尊重啊。但终于不愿再叫他邹叔，见面时也本能地不愿理睬——少年的纯净，容不得杂质，我说不服自己。然而，我是痛苦的，因为我总也忘不了那个水落成冰的夜晚，大邹那淌血的双膝。在痛苦中我悟出了真相：父亲和大邹那辈人，极看重友谊，却不珍视爱情，即便是天赐了团圞的爱情，也会被他们渐渐地撕扯成残缺。

我考上了山外的中学，要到远遥的县城去住读。大邹竟将所有积攒都塞给我，且说："你要好好读书，给你爸争气！"我愤愤地把钱扔给他，招来了父亲的一番呵斥。上车了，于摇晃不定的座椅上，我往一个本子上写：大邹的钱，是他给我爸的，而不是给我；因为他张嘴就是给你爸争气，为什么不说给你妈争光呢？

待我有了儿子，也有了一大批朋友，才渐渐明白，左右大邹和父亲的，其实是一种文化，一种发达在偏僻落后地区的以男性为中心的农耕文化。我想，根本没必要去怨怼大邹和父亲，最好不要把他们作为不可冒犯的辈分，放在高处看，应该放在平处，把父尊当朋友，一不过分地崇敬，也就不会苛求其完美，也就不会再背负过多的困惑和焦虑了，人就活得潇洒轻松了。

其时也真的怨不得他们，故乡的土壤，就给了他们那样的意识，他们不会有别样的眼光，一如蚂蚁再勤劳，也只有在地面觅食，它不会想到头顶上还有更好的食物，譬如树莓、核桃和甘栗。只要悲悯地看一下，父亲还是个好父亲，大邹对父亲的友谊依旧有令人动容的温馨。

媒婆礼赞

中国盛产媒婆，在我的京西故乡更盛产媒婆。

虽是旧时人物了，但对今天的民众来说，还是很不陌生的，甚至依然有很高的知名度，因为在影视、戏剧、绘画和小说等形象艺术中，均有其生动的画像——

铅粉搽得如瓜结霜，
衣饰媚得如戏衣；
磕磕脚，蹁腿上炕，
抻抻袖，伸手要钱……

撇式辣嘴，嗲里嗲气；姑娘见了如躲瘟疫，女子爹娘敬之如宾，滑稽、谑闹、讨厌、可笑……

然而，这不是真正的媒婆。媒婆有媒婆的欢欢乐乐，媒婆有媒婆的悲悲凄凄。下贱的身胚要成就神圣的事业，这才是山村、平原乃至中国的媒婆。

一

做媒婆者，多为中年或老年，年少者，有之，但极罕见。

女人到了中年或老年，辣性便绽出，智慧便挂在脸上，满脸的皱褶便是勇气和资格。若自己有意，或受人之托，便做成了媒婆。

大凡第一次做媒婆，一如自己去相婆家：躲躲闪闪，欲吐不出，欲罢不能。想着人家的千斤重托，想着人家殷殷的礼仪，便合紧了双眼，冲女家要一杯水酒，汉子一般灌了，脸子红得像煮熟了的蟹，张口说了一句："大婶子，侄女冒犯了，咱小妹有主了没？若有，算咱白说；若没，看李家老六如何？"其实，女方的爹娘比自己还要嫩得多，这样一叫，心里踏实——兵都不打笑面人嘛，况凡常的村夫村妇。

往往会听到骂声甩过来，炕头扫帚疙瘩也敲得山响。好听的，也有两句不冷不热："老嫂子，您就歇歇您那小脚儿吧！咱家庙小，生不得莲花托哩。"到此时，赶紧把藏着定礼的包袱往腋下一夹，颠颠地跑出门去。跑出二里之遥，方敢回一下头来。最最无情的是，仓皇中，把包袱落入人家炕上。那里头有男方的珍物，事不成，再拿不回，便真的老脸丢尽。就只得吸着凉气，拉长脸皮往回走。待到人家大门前刚要敲门，门"吱扭"一声自开，包袱便狠狠地向自己砸来："拿走，别脏了我们家的炕头。"一声噎得一踉跄，踉踉跄跄顾命忙。

进了家门，儿女也挤出几个白眼："您老事儿篓子，自找人嫌！"这一锤砸得更重，只觉天黑地暗，跌进汗腥氤氲的炕窝窝，三天不思茶饭。

也有例外者，遇到明理人家，或好言相告，或快言应允，直换得头脸放光，乐如小姑娘状，蹀躞奔男家。那一家老小正等得急急切切、忐忐忑忑，见媒婆挟一股春风而归，便自知枝头有鹊要叫，赶紧上茶备饭，忙忙呼呼，众星捧月。媒婆也把二郎腿跷得别致，理直气壮地吃喝，颐指气使地吆人，架式一如西太后玉立听政的垂帘之后。于是，这一媒婆便有了很辉煌的一笔。

不过，媒婆的发家史是个极独特的存在——经过头遭，不管辉煌也罢，黯淡也罢，似拿起金刚钻，凿不得玉器也绝不予人；又似小媳妇上轿，哭尽还是要上的，这鹊桥之伟业注定要干下去了。

所不同的是，辉煌者，再书辉煌之笔；黯淡者，失街亭、斩马谡，再唱空城计。奇怪地，后者的诱惑反而较前者还要大出许多，颇有愈挫愈奋之动人气概！

二

媒婆算不算建筑师，或不可考；但架“鹊桥”之雄姿却决不可无。

以往，做媒婆者，多贫。素日衣着，或缟朴、或褴褛。但每每在“红场”出现，总也装扮得齐齐整整、光光亮亮，似出自大富大贵之家。

媒婆在此用心之良苦，个中滋味，颇可悯。

说媒是一桩门面之事，再者，受人之托，寄人之情，便更显庄严。媒婆之着装，一半为己，一半为人。为己，登堂入室，操君子芝兰之雅事，既风光且体面，穿着风度要与之相谐。为人，媒婆之齐整，之邋遢，正折射出男方之殷实，之拘涩。有故事云：有一伶俐之媒婆着素日炊前之装，进一闺房，脚未落稳，便见女子的一双老人掩鼻低语，嘁喳之声可闻而不可闻真。正疑惑间，猝听帘后那女子一声脆嗔：“托一邋遢妇婆做媒，可见那家之穷甚，羞煞我了！”媒婆听罢，话不敢多说，悄然出门，伤心至极，暗喊爹娘。

于是，集贫婆家婆媒婆之一身的媒婆，便搜尽家底，置一身亮装。这一亮装即世人所称之“行头”。为这套行头，媒婆常把私房垫支，常把男人的血汗借贷。不过，这是媒婆们的私事，秘而不宣，怕玷污了所操之圣业。但恶谥便随之而来。人们皆称：媒婆吃，则吃托媒家之饭；穿，则穿托媒家之衣；油嘴滑舌，刮人骨血，乃一群讲吃讲穿之懒婆之恶婆。媒婆人人有悍性，但人人怕揭裂了一张面子，便忍气吞声，便作出可悲可叹、无人知晓之牺牲。

有美衣，便要有美面。于是，媒婆便涂脂抹粉，重妆上阵，此乃从业“行头”之外延也。无奈媒婆多未学过《美学原理》等时尚秘籍，便涂抹得不伦不类，恰似粪蛋儿结霜。凭空让诗人无聊时，作诗讥诮：“老人簪花不自羞，娇羞上了少年头！”无辜的媒婆在戳戳点点中，顶残阳，傍老树，听昏鸦，为他人奔波，为他人酬酢，可怜可叹可爱！

三

其实，说媒是一门艺术，近乎戏剧，有套路，有程式，而媒婆既是演员又是导演。

媒婆的“媒路”有十数种。常见常闻常用者亦有六七：说媒、笑媒、吵媒、骂媒、哭媒、坐媒……媒媒有声，媒媒有情；场面之生动，机关之承转，声色之淋漓，不输专业伶人。

说媒，多用于门风文明，且知书达理之家。说句不恭之语，此等家庭，虽非显阔，但极看重面子，便可理喻。进门掸掸风尘，恭恭敬敬接过茶盏，像蚕抽丝，边啜边叙。喝到面温耳热，聊到笑口大开，方切入实际，几句话便定了命运。成则皆大欢喜，情胜一筹；败则和和气气，媒不成，仁义在，斯斯文文送尔出门。

笑媒，则多用于有权有势之大户或素日烂熟之乡邻。遇到大户，媒婆的心首先便怯了，谨谨慎慎，笑脸相赔，加上十二个小心。先是一阵恭维，把贵人哄放下架子，长脸渐渐有些圆润，便不失时机地道出来意。赶上命好，幸甚喜甚，主人要送媒婆可观之厚礼，面似谢意，实示显赫。若时运不佳，刹那间面沉似水，媒婆就要在慌张中，赔上无尽好话，然后，匆匆告别，且防着门边那条专横的大狗，逃出门去。因此，对媒婆来讲，到大户说媒，是一桩最有诱惑力的冒险：既可得到殊荣，又可弄得骨肉不自在，甚至伤痕淋漓。至于烂熟人家，绝无拘谨，于嬉笑怒骂中，好事成全。恰似清凌凌一盘小葱拌豆腐，自在明白，但油水甚少，常为媒婆所不屑为。

吵媒，遇上女家姑嫂婆婶多如狼毫，就像秀才遇上兵，纠缠复纠缠，生出无限枝柯来。问个底儿掉不算，还要讨价还价。好像家里的姑娘嫁出去，是仙女扑落尘世，有无边的遗憾一样。她们紧簇了媒婆，恰似一群黑乌鸦争食一块酸肉，你一嘴我一嘴，吵吵嚷嚷，直弄得半老媒婆要躲回娘的肚皮。此时的媒婆背水而战，于拳打脚踢中捍卫自家尊严，护卫男方利益，勇士一般！

骂媒，概遇上泼皮无赖之徒，礼不我礼，仪不我仪，便摆出老娘之厉姿，以短相揭，和尚骂秃："就凭你家祖上那个狗屁德性，还想找王公大臣怎着！老娘屈尊登门，是看得起你；得罪了咱，给你鲜蛋淹臭，臭蛋泡烂，臭名远扬！"媒婆队伍，多有勾连，女家怕真落下个不吉不利，也就板了顽性，正正经经话事宜，客客气气论短长。

哭媒、坐媒，往往与寡妇有干系。如果有哪位大爷慧眼顿开，相中了一位素首孤雁，就有好戏唱了。当孀妇弄清媒婆来意，虽心有所愿，但为了显示"好女不嫁二夫"之境界，以及端庄守节之贞操，便搓手顿足，暴风般一阵臭骂，直弄得媒婆目瞪口呆。此时，媒婆性情大敛，端端正正相坐，端端正正恭听，一如自己真的不如人家重操守。待风暴平息，那人便泪雨滂沱，诉尽寡妇之辛酸、之孤苦、之无助；弄得媒婆也情动于衷，再也不能自抑，便以哭相陪。哭罢，便款语相劝，不成，便还坐，直坐得你失去了任性儿。就这般坐坐哭哭、哭哭坐坐，终换得个柳岸花明之景象。

不过，媒业之“套路”很少单用，往往是几种“媒路”兼而有之，或相助相协，同时发起攻势，以防久而生变，速速取胜。

正由于说媒也如戏剧，也集说、做、唱、念于一体，便像有梨园世家一样，也有了“媒业世家”。这其实是艰辛与屈辱相传，故“媒业世家”从无人炫耀，锦衣夜行，兀自走路，于无声处独享个中甘甜！

四

说媒之列，兼做者有之，专职者有之，率性而为者有之，嗜媒如命者亦有之。

成人好事，索礼受礼当之无愧。更况媒业有不成文规定：事成，概要收礼；事败，礼当送还。中国百姓多讲罚有罚由，奖有奖因，媒婆多为普通人家，何能例外？

嗜媒如命者，何其多也！

中国文化封建传统已久，时至当代，虽开放之风日益熏燃，但文化之惯性，礼俗之惯性，怎若脚踏车，握闸便刹？山村婚嫁仍多为媒连。有情者，虽暗送秋波，私下胶和；等定亲之日，还要请出媒来，这叫“面媒”。此种仪式实乃一种风俗，一种情趣，虽不可喜，也不可恶。做媒者愿促成此种趣事，为寂寥山村添些诗意，这是当日新语。

以往，情路闭塞姻缘涩结，有多少痴男怨女，背泣孤隅；啼血于绢绢香罗帕，饮恨于悠悠伤心桥。媒婆便应运而生。她们是爱河之纤夫，在气喘吁吁中，换来爱心之安宁，自家的欢乐也便在其中了，媒做久了，就逗起了兴头。有细心的媒婆，用毛笔在粗纸上画正字。每有姻缘成就，就粗粗一笔。一笔笔的墨痕，就是一缕缕的情丝，就是一丝丝阳光在人世间照耀。

媒婆也有经验之交流。三弯四河的媒婆们，相聚有日，相叙有时，相聚时，竟把骄傲袒露，每每也激起相互的妒心。于是，暗暗的竞争也在风蚀剥落的岁月里进行，便有了说媒成“嗜”。

嗜，为的是在情人的欢爱中，将自己逝去的青春追回，将自己衰枯的生命延续出生机。爱在爱中，乐在乐中，乃大爱、大快乐也！

我非圣人，但有一言即出，殊可为春秋章法中最圣明的一笔，亦即炎黄子孙之延续，中华历史之繁荣，民族文化之传承，有媒婆之功！媒婆，系东方中国之维纳斯！

五

说媒成嗜，就有了遭人嫌际遇。

既嗜，则急。有时无人拜托，便寻未娶后生。有后生早有意中人，面上就不慌不忙。苦于媒婆之殷殷情谊，便撒口道：“你老说说看。”经过百般沟通，百般调理，终于找到一般配女子，但后生却连连摇头。催急了，便骂一句：“老 × 多事！”于是，媒婆在迷惑不解中，写下了一节羞辱史。

有时，看一焦枯女子，常在柳荫下踯躅，便以为其寻爱心苦，尚不得法。不但上前开导，且动员其家长，请把姑娘大事交老身办理。谁知，触犯了女子家长之自尊，大声喝斥：俺家闺女，缺胳膊缺腿怎着？那意思是说，俺闺女虽不是皇帝的女儿，但也不是拔了毛的鸡或丑小鸭。媒婆便在似懂非懂中，又写下了羞辱的一笔。

不但嗜媒遭人嫌，说媒也常遭人怨恨。

大凡婚姻不美满，含怨饮恨时，便有女子（或男子）迁怒于媒婆。河北有一首民歌，叫“恨媒婆”，在历数了在自家之惬意在婆家之辱苦之后，痛骂道：

说媒的，贼煞你，
挣下红布烂成灰；
烂掉你的两条腿，
看你日后再说媒！

封建枷锁被视而不见，却统统加罪于也受着封建文化之害，只不过糊里糊涂做了此种文化的小小载体的媒婆，不仅有欠公允，而且大有愚在愚中不知愚的味道。

在中国之戏剧史中，《西厢记》《花为媒》中的媒婆却善得可爱。之所以戏被人喜，常演不衰，道理或许就在这里。

事实证明，媒婆是最不屈不挠的一群人。

遇到挫折，不但势头不减，竟干脆拒收礼物，赤膊上阵。不收礼，则心底宽，气也顺，有理直气壮之力。成则，一桩美事；不成，也不该欠。到了新中国成立后，媒婆的心理结构发生了根本的变化：说媒是一种责任，是一种义务。

概因为此，如今的媒婆才受人尊重，才受人爱戴。新《辞海》中，也有了褒义的词汇：红娘，月老。

进入新时期，媒婆之势更有些不屈不挠，竟有现代化的机器“媒婆”，并且有了集体媒婆（婚姻中介所）。“媒婆”们那奇妙的媒路，令人眼花缭乱，诸如：知识结构；性格类型：多血质、黏液质等；爱之信息系列；爱素之储存信号及程序；择偶新趋势；跨国婚姻须知……

媒婆队伍空前壮大，媒婆服务现代化、产业化！

但媒婆还是愈来愈谨慎了，托媒的人也还是愈来愈少了——现在人的婚姻（感情）要求复杂化、多元化，且婚姻的自主缔结、自由选择，有些让“媒婆”们目迷失措，几无用武之地了。“闪婚”“闪离”怎么理解？“同志”“二奶”又怎么理解？于是，说媒的“套路”几乎就剩下两种了，即小心翼翼地出击或守株待兔！

即使有了现代化、产业化的媒婆，媒婆的身份也仍然是低的，仍常常被人误解。媒业成了可有可无，被人小觑并相忘的事业！

大凡一对情人新婚燕尔之际，也是来个漂亮的挥手礼，和媒婆Goodbye 的时刻。

正因为被人们相忘，我这背时的文人才顾不得人们的嘲笑或厌恶，写下这一阕有关媒婆的文字。

愿世人和媒婆一起骂我！

乡思不泯

从故乡走出来，在县城工作并安了家，由于自己的疏懒，多半是惧怕那交通极不便的一百多里山路，故乡是很少回的。只是偶有进山办事的车，便顺便回一次，给父母撂几个养老钱或山里少见的稀罕物，横竖待不上个把小时，就又随车出山了。父母便常托人写信来，诉说思念之情，字里行间也常流露出对我的不满。

那年，干部恢复了休假制度，便觉得应该借此回故乡住几天，尽一点孝心，还一点感情债。起初，妻是不十分乐意的，喃喃有微词，觉得假期应该全家出游。便细声款语地讲一些山里的好景致好风情，以期让她生出兴致。然回忆的闸门一开，自己先就被感动了，言辞便极生动起来，惹妻托颐悉听。

故乡的村子极小，在我未出山之时，才二十几户人家。四面是山，树木极蓊郁，且有一泓山泉叮咚，甜润了空气。由于草密，村人每家都养着几只山羊，中午在荫外歇晌，便会凑成好大的一片雪白，一只鸣一声，便咩咩呀呀成一片极动人的歌子。除爱养羊外，每户都轰一群鸡，但养公鸡的只村两头的两家。夜初晓，村东的那一只刚啼个头，村西那只早将尾续上，村人便都灌了满耳。大人们便起床做生息，崽们则提上母亲刚熬就的玉米粥东唤一个西唤一个，结伴朝山外走——山外八里之遥，有一所小学。

白天，精壮劳力都到梁上耕耪，家里就剩几个身子不便的病残和几个年迈的老婆婆。上梁干活的人中午懒得下来，皆带足了吃喝，家中事体便托给了婆婆们。于是，村人极少锁门，即便锁了，也都大声告诉婆婆们那钥匙的“藏”处。村人搁钥匙的地方都极个别：或尿盆底下扣着，或鸡窝内壁挂着，如果谁家门边的窗台上倒放着一破鞋，翻过来，准会掏出一把钥匙。婆婆们便可自由地登门登户，这家的鸡婆生蛋了，便有个婆婆将这家的门打开，将鸡蛋放进去；那家的小猪饿了，便有个婆婆到那庭屋里调一些泔水，将小猪喂熨帖。时间久了，不但婆婆们知道每户家里都有些什么，什么什么都放在哪里，全村人也各自知了各自的家底。到后来，互相间借点什么事先也不用招呼，用过还回便罢。村小人少，容易了解，便没有什么秘密，便都活得坦然，互相信任着。

那时，母亲生计上是把好手，但灶上的功夫却欠佳，而邻居叔婶伯妈家中却多善烹者，常弄出些好吃食。我便闻香串门，到叔婶伯妈家混吃喝，久了竟同家人一样，看不出他们对我有一丝嫌厌。

那些梁上劳作的劳力，总是那二十几号人，谁长谁短，谁什么样禀性，谁擅长干哪样活路大家都知晓。派工时，便依了各自的能力，放到一个极适宜的位置，干时，便都默契地配合，不言轻言重，使气斗嘴。小憩时，便都寻好了对象，放开了玩笑。叔婶可以摔跤较力，姑舅也能言酸言淡，小伙儿和妞儿闹得连裤头都抓破了，竟说：“不碍的，他没邪心。”在这个集体中，若谁有了不爽快，会将大伙的心情都阴郁了——大家就都活得快乐些，既为己，也为人。

向晚，男人们簇在村中大柳树下，悠悠地吸着各自的土烟，悠悠地扯一些总也扯不断、总也扯不清的话题。扯到兴处，不知哪个说一句："还不晕两口。"便呼啦一声众人响应，分头跑回家去，寻出些腌菜、豆干或腊肉等，自动围成一圈，比竞着啜出辣味的韵调，且开怀吼几声山梆子，把一天清凉的空气，搅得极热烈极红火。

待月爬上山口，婆娘们已停当了碗炊和猪狗，便有资格在瓜棚豆架下相聚。依次来齐了，也总是那么几个相熟的人，气味也相闻得熟悉；稍有差异，便有人嚷："哎，新鲜了，莫非要新上轿，官粉搽得倒厚！"于是，下次聚会时，便无人再抹香搽粉。汗腥氤氲也好，腋臭摇曳也罢，只要大家都随得来，便感到格外亲切。婆娘们每日相聚无非是叨念一些琐屑和细碎的小事体，或以她们固有的尺码议人家小，做一些极善意的批判。但她们极珍爱这种相聚：她们有太多的话要说，而男人们却又极少有耐心听，她们自己欢悦自己。在姐妹群中，边纳凉，边念叨，招姐妹们一阵唏嘘，得一片理解，于挂泪的眉梢上绽出一抹笑，抚慰而熨帖。

于是，小小的山村，少少的人口，造就了透明的空气、无限的信任和分不得你我的感情氛围。

以至于有个城里的朋友对我说，对山村，我有个最深刻的感受，便是不管哪家的客人来，大家都会热情地簇拥着，里里外外一同忙碌，荡成好一片爱的海洋……

听完我绘声绘色的叙述，妻被感动，同意和我一道回老家省亲，说："那就跟你回老家住几天，感受感受吧。"

到了老家，还没坐稳，果然就有一群孩童云涌入室。进屋便张嘴叫，有的叫伯，有的叫叔，还有的叫姑父、姨父或舅舅……几十张精赤小嘴，喷出几十团烫人的火，我与妻便极陶醉。但也惑然，一不留神，怎么有了这么多小字辈？妻从提兜里掏出几大包糖果，望着这群雀跃小儿笑笑，"怎个给法，都叫得这么亲热，还分得清谁近谁远吗？"

我说："不是同你说了吗，到了老家不分你我，尽兴给便是。"

妻便依次一个接一个地给，小儿们也乖巧，得到了便叫得更亲热，便撒欢跑远。妻的脸就红得兴奋，手下的糖就给得更多。等糖果发完了，却还有两个没得到，妻便有些尴尬，包里包外翻个遍，仍没翻出糖来。这时，两个小儿你看我，我看你，竟嘤嘤地哭着走了。

一会儿，就见那两个小儿拉着一个少妇来，进门便叫："大哥大嫂回了？"我正疑惑间，母亲介绍说："这是你伯家老三媳妇。"我便很惊叹："老三都有俩孩子了，弟妹还没见过呢！"老三媳妇说："大哥大干部，还看得起咱小土人儿。连外姓崽都大把大把地吃大哥的糖，你的两个侄儿倒一颗都吃不上，这理好讲吗？"老三媳妇虽是笑着说的，我的心还是咯噔了一下。

晚上，我要串门，母亲说："除了自家的叔伯外，别家就别去了。"我极纳罕，"为什么？"

母亲说："咱村里不如从前了，人多了，庙大了，性情就杂了。你在区上工作，大小是干部，到谁家不到谁家会惹人议论，闹不好还会生出毛病来。"我的心就变得很不爽快，"怎么会这样？"

第二天，我到村边转，竟见到山周遭的坡上也挤满了人家，数一数，全村横竖竟有一百多户了。最让我吃惊的是，每户都筑起了高高的院墙，都立了大大的院门，而从前却一家都不垒院墙的，说憋闷。

回家对母亲讲了，母亲竟说："也难怪，以前全村的人都烂熟烂熟的，现在可不，有时跟人走对了鼻子，都不知人家叫什么，谁还敢大敞开门！不光这，村里连羊和鸡都少养了，人多手杂，羊丢了蛋没了，费不清的口舌。"

问其究竟，母亲说，乡里说搞生态旅游，便撤村并户，把上下邻村聚拢在一处，腾出山场来，盖休闲木屋，建人工猎场。老辈说五里不同乡，十里不同俗，这是对的——搬过来的人习惯了有院墙的日子，到了这里依旧是垒院墙；咱老村里的人就心中不平，你这是防谁呢？

也就把院墙垒了起来。就像十个人里有九个君子一个小人，到了，那个小人也会变成君子；要是十个人里有一个君子九个小人，最后，那个君子也会变成了小人——人性和习俗，是会随着风头变的。

我不禁笑了，“妈，你可真成，说话都一套一套的了。”母亲说：“人常在浑水里走，不用看，也知道走哪儿稳当，嘿嘿，身边的道理我还是懂的。”

我又问：“村里就这么点儿地堰，那男人都干点儿什么？”母亲说：“大多都在外包工呢。人多拢不成伙，分了五六股呢，有时为争点活，村里人跟村里人竟打了起来，弄得婆娘之间都少说话了。”

我突然生出一种惆怅——人多了，世界闹热了，正是风生水起之时，可人与人之间却筑起了一道墙壁，那纯朴的乡风、厚实的亲情、坦然的生活、互相的依赖和信任呢？看来，自然的村落，才有厚德，原初的生态，才有至善，那些人为之举，即便用心是好的，往往也会走向愿望的反面。

父亲病逝之后，我把母亲接了出来。她自然很是不愿，但经过反复劝说，她叹了口气，说：“村子已经不是原来那个村子了，也没什么值得留恋的了，搬出去住，也好。”

奇怪地，虽然依旧很少回去，但对故乡的记忆，却愈来愈清晰。母亲也常念叨故乡的旧事，我们就有说不完的话题。娘俩的感情就变得很厚很厚，以至于我能克服山里人固有的羞涩，常把她老人家拥在怀里抱一抱。

山色依旧

最早从故乡里走出来的，有两个人，一个是老叔，另一个，便是我。

老叔是招义务兵招出来的。当兵虽然是极普通的一件事，但山里人疲于应付生活的窘迫，身形就差，远行的意识就淡薄，几代人才出老叔一个兵，颇有天荒顿破的意味。出山时，他是被小驴车吱扭吱扭送出来的，簇着山里老少，擂着牛皮老鼓。那时的老叔，并不简简单单是一个老叔，而是山里人向山外的一个生动的宣言：山里也出有出息的人，是绝不该被遗忘的。

老叔去的是广东羊城，南北遥远，家书自然就多。每当家书到，众人便聚在老柳树下，听我将字句读得板眼并重。大家总觉那世界太邪乎，是山里的规矩所不能衡量的，我却觉得那是一团诱惑，一团极让人不安分的诱惑。

于是，我便拼命地读书。母亲便偷偷地落泪：柴棚里已没几根柴草，猪栏里也积水汪汪……砍柴垫圈等均是孩童们的课业，却被我无情地荒疏。母亲虽也有怨言，但还是被我放之久远、改换门庭类的辩白所打动，便不忍心摊派我，在工歇间、收工后，拖着疲惫的身子，自己做。邻人便看不惯，“格生生小懒虫，长大了，没人给媳妇！”

终于考中了，去走一条宽阔的道路。出山时，山里极欢腾，鞭炮欲将山壁崩破。村长牵来迎亲用的花轿，差四条大汉抬我。我很是不屑，“别费事，我自己走。”祖父便对父亲说：“小心点儿，这小子日后准是个叛逆！”

我参加工作那一年，老叔也转到天津当驾驶志愿兵，便有机会常回家。一日他顺便来看我，见面便嘿嘿乐：“侄子，你比我出息，知识分子了！”我极纳罕，他被南国风吹了八年，竟还那么老憨。我问：“老叔，当了恁多年兵，一定有许多收成吧？”“那自然。”老叔仍嘿然一笑，说，“咱党都入了，还得不少状子呢！”便从包里掏出一大堆短短长长的奖状。望着他的这一片璀璨，我直觉得他不仅憨，且还有些冬烘，便说：“抽支烟，喘喘气吧。”老叔看出我的心思，便不再言语。我试图谈些别的话题，终于被他机械的哼啊泯了兴头，便也缄口。室内，便是一片漫长的沉默。

那年除夕前的一个傍晚，老叔开车来接我，“陪我进趟山吧，老家的菜极缺，抽空子送一点。”我觉得天色已晚，又是一百多里陡峭崎岖的山路，极想推辞，但正是那崎岖和陡峭，使我不忍他孤身夜行，便极不情愿地随他而去。山路多曲，窄而陡，且不时有流石滑下，我紧皱了眉头。老叔却极灵活地打着方向盘，极专注地盯着路面，若盯着一重信念。我感到有一点不自在，把车窗摇落了一道缝。山风劲吹，恍若隔世，一路无言。

回到家乡，大受欢迎，村人都说：“这是两个不忘本的人，出山多年，还记挂着乡亲，一定会前程大好！”来回的菜早就分光了，然众人却依旧久久地围着我们，嘘寒问暖，还往车上装了许多板栗、红枣、核桃等山里的好吃食。我终于明白了老叔的苦心：走出故乡的两个人，两面山里人的荣光旗帜，能不紧紧地飘扬在一起吗？

回程的路上，我心中惭愧，不知说什么才好，便还是沉默。

后来，我在小城安了家，便对老叔说："也来吧，叔侄搭个伴。"他说："行，不是不恋着山，但山太深了，苦日子已经过不惯了。"话虽干脆，但那语调却滞缓而沉重，透着隐隐的不甘。但我还是高兴的，为我们终于走到一起而高兴。

那天晚上，他敲开我的门，执意要到街上喝两盅。酒过三巡，他嘿嘿一笑："对象找好了，是你们城边一户菜农的女儿，她哥与我的一个战友是邻居，是战友好心介绍的。"我吃了一惊，脱口而出："好不容易改变了身份，干吗还要找个农民，何苦呢？"他的脸唰地涨得黑紫，若要绽出汁液，之后倏地站起，将手中的酒杯狠狠地摔在地上。他的嘴角久久地抽搐着，我知道，我若不是他的侄子，他准会骂得极生动极淋漓。我忘记了，他还是一名军人！

婚宴那天，我还是去了。老叔笑容以对，对我说："咱村里就你是个读书人，能说会道，就代表老家人讲两句吧。"自然是讲了。虽言不由衷，但还是热情洋溢，反响甚好。

新婶子给我敬酒，说："你老叔总是在我面前提起你，说你不光有出息，还懂事理，了不起呢。"

我心中惭愧，虚应道："哪里，哪里。"在家人面前说官话，我这是怎么了？

婶子不察，依旧笑着说："等以后我们有了孩子，就请你给起个名字吧。"

婶子的一举一动，包括说话的腔调，都有母亲年轻时的影子——天然就跟你亲近，自然而质朴。我突然脸就红了，因为在土地一般的质朴面前，不容有微言。

"婶子，您放心，我记住了。"我说。

他们自然是回老家度蜜月的。不出三日，婶子就和母亲、伯母们打成一片，荤言素语，了无禁忌，厅上厨下，伸展自如。好像她不是一房新媳妇，而是家族里早年走失了的一个女儿，今日沐着阳光而归。

老叔的家，日后成了故乡人往来的驿站——进出自由，吃住自在。婶子总是满面春风，亲情迎送，好像她的日子，本来就该这样。

多少年过去了，世风不古，人情浇薄，然而老叔的门风依然如昨，便不禁对他生出了深深的敬重。一如故乡育人不用说教，而是用山水树木，老叔对人的引领，也不用言辞，而是用他默默的行动。

随着岁月的推移、年龄的增长，我越来越感到，老叔的家虽然也偏居小城一隅，却是故乡水土的一种延续，进了他的房门，我会安享到乡情的温抚，找得见儿时的自己。

土命难改

一

故乡的黄瓜是一种孤寂的果实。

或在玉米地里间作，或在沟坡崖畔闲植，玉米秆便是它的架，崖石紫荆亦是它藤之所依。农人撒下籽种之后，便把它们相忘，待炊间菜蔬稀疏之时，才有不经意的问寻。只要问寻，就有累累的果实，无言地等在藤间。任你摘去吧，果实的梦，才终于得圆。

故乡的黄瓜是一种农家品种。所谓农家品种，已非植物学的概念，系祖上的一种遗产。时光使其与故乡的人、故乡的地有了一种命脉关系，只有在故乡的土地上，才可以结出果实，在他乡肥厚的土壤上，却只长藤蔓。

它的果实，短而圆，只有青白两种。青是山青，白是月白，无中间杂色。它的皮很厚，汁液亦不丰沛，但耐得住咀嚼，且嚼出满口清香，可以爽沁污浊的肺腑。

那天，它出现在城市的市场之上，摊边蹲着一个乡下的姐姐。它特有的外形和特有的颜色很撩人眼目，但摊边极冷清。姐姐说，城里人不认，说它皮厚。

我感到很不公平，说："与其受人冷落，不如留下自己吃。"

"不，每天总有几个老主顾，他们都是从乡下进城的。"

我明白了她的心思：她与其是在做买卖，不如是在照顾乡情。因此，她永远也发不了大财，却也不会没日子可过——那几个老主顾总会光顾她的摊位，给她一个存在的理由。对他们来说，她的摊位不是市场的一隅，而是故乡的一块土。故乡的颜色，故乡的滋味，滋润着他们业已枯涩起来的生活。

二

父亲是个很仁厚的人。

父亲当村支部书记那年，一个村民因违反砍伐政策而被处罚，便对父亲耿耿于怀。我家自留地上有棵名贵杏树，结出的果实又大又甜，名曰香白杏。当果实似熟未熟时节，那个村民叫着父亲的小名蹿到树间，用力摇晃树的枝杈，让果实提早跌落。山里人把这种行径叫"毁秋"，属极端恶劣的一途。

父亲心疼果实，用乞求的口气对他说："即便是对我有意见，也不能毁坏无辜的杏子，你且停下来，有话好好说。"

那人顽劣地笑着，"我不想跟你好好说。"

"咱们好好说吧。"

"就不跟你好好说。"

反复有三，那人依旧摇晃，未熟的杏子就纷纷落了下来。旁人便为父亲叫不平，鼓励父亲对他施以厉害颜色，让民兵把他捆了，送去法办。但父亲却没有吱声，索性任其摇晃——你不让我享受果实，我干脆就不享受，你还要如何？那个人便哈哈大笑，很是得意，似乎自己是个了不起的人物了。

村支部一班人很不理解，认为父亲助长恶人气焰。父亲却很平和："这个事应区别来看，他私砍村树，违反公家政策，处罚他，我绝不手软；保不保全那棵杏树，是我私人的事，私人的事，便可以放他一马，他终究还是咱的一个乡亲啊。"

父亲虽是支书，却不挟隙报复，树个人威严，可见其仁厚之处。

仁厚的人，并非没有自尊，而是有极端的自尊。

1994 年，父亲得了绝症。他要我把他接到县城中我的家，说离大医院近一些，好接受治疗。我理解他，他是怕癌晚期塌了架的身形惹亲朋好友伤心，也怕乡亲们来看望他——既来看望，怎么也要花几个，但乡亲们还不富裕，他于心不忍。

临终时，他把我叫到身边："我在县城里死了，你可以放心把我烧了，不会落埋怨。"我恍然大悟：按国家对山区的殡葬政策，他可以入棺土葬，但他考虑到自己虽然不当支部书记了，但究竟是多年的老党员，还是有余威在的，便不想遗后患给儿女，给村人，他至死不是想到一己的风光，而是想到自己的尊严，不愿污损了身后的声名。

他攥着我的手，轻轻地叹一声："可惜啊，到底是身死异乡了。"这一声叹，像一记重锤锤得我身心俱痛，我哽咽得说不出话来。他虽然是山里的一个有威望的人，但首先还是一介普通山民啊！山里人的传统观念，还是在他的心里，留下了最后的一丝不安。

三

故乡的夏日，有瓜棚豆架，它搭在每家的庭院里，或叫天井，或叫天亭。

叫天亭，更贴近瓜棚豆架下的情趣，或围坐啖夜饭，或斜倚对家常，鸡拥猫簇，人声物声，杂然相谐，是个有生气的地方。

男人在瓜棚豆架下喝酒，即便是酷夏，喝的也是白酒；女人在架下，纳鞋底，脸相再俊俏，也敢胸乳裸裎——无非是熟人过熟日子，既要过，便要过得爽快些。

先富起的人，花钱打了有合金骨架的遮阳凉棚，但在瓜棚豆架的绿海之中，顿显花哨个色，不待人说，自己便悄悄地撤下去了。自然的生活自然地销蚀着人工雕饰的成色。

依然清贫的人，从瓜棚上剪下一颗嫩瓜，也可以烹出一碟熨帖的话题——没有焦虑，哪得心忧；不懂得安贫乐道，只讲求心神安泰；妻还是那妻，子还是那个子；无所失，便是有所得。该说的话儿，再拙的嘴，亦说得令人动情；不该说的话，再巧的舌，亦恓惶打结。是你的鸡，长着翅膀，也不会飞远；不是你的金，揣在深怀里，也会掉在人眼前——没有人给瓜棚豆架下的人讲哲学，但他们却过得很有哲学。

所谓天道人心，是不是就这般情状？

瓜棚豆架下的人从不骂官，官离他们远，便只有敬畏。至于一个升了，一个降了，他们认为都差不多。但瓜棚豆架下的人，义愤填膺地恨骂小偷不摸，小奸小诈。这些都是发生在身边的恶行，虽小亦大：小隙可以败大节，小恶可以污大善……他们不能容忍，骂之，恶之，痛之，恨之。

在故乡，一个被亲朋好友所唾弃的人，往往也是一个善良的好人，只不过在某一方面，小节有亏也。

故乡人放在城市的话语里，会给他们四个字的评判，便是小题大做。

小题大做，几乎就是故乡人生活处世的基本准则。用小题大做造个句子，便是：故乡人小题大做的生活，结出了一颗很美丽的果实——乡风淳朴。

断片别解

小引

这两个断片，近日常在脑里浮现，走在路上，入眠之前，或正与人谈话间，都会悄然而至，极清晰地展示于你。其实，这是两个不相及的断片，无纠葛，无因果，却同时出现，让人不得其解。

断片一

一块中秋的地瓜（红薯，故乡又称白薯）地。

地瓜的长藤虽依旧缠绵，但青色已不再腴深。地瓜埂裂着缝罅，给人以昭示，地瓜已熟硕得不可以再熟硕了。

母亲说，去刨地瓜吧。

镢头刨下去，一只肥大的地瓜便蹦出来。牵动这只大地瓜的根脉，便又有几只地瓜探出头来，虽不如这只肥硕，却也饱满得实在。刨出地面，一根藤的地瓜，原来是相拥的一大丛果，如母遮子子拥母。

地瓜的皮很红润，如洞房女子的脸。地瓜真幸福，地瓜也让人幸福。

往前看一看，地瓜地好大啊，便兴奋得直想哭。

人们说，儿童和妇女最喜欢的季节是收获季节，双手可以不停地往背囊里装入成熟的果子。轻松地往背囊里装果子，而不问孕育栽培的那重艰辛，乐得轻快啊。这一如少女喜欢抱人家的孩子，既濡润了母性，又不必忍受母性背后的那一种痛苦。

很有道理。

因为太兴奋了，便拼命地挥动镢头，想把所有的地瓜都刨出来。刨出来的属于今天，埋在地下的属于明天。明天还要上学，会与地瓜疏远。

我的地瓜啊。

待刨得精疲力竭的时候，没有刨出来的，依旧在那里等待，是一种巨大的不可得的等待。而我已经把力气耗尽了，怎么办呢？一个孤独的弱小的儿童能有什么办法呢？无奈之中，再看一眼那无边的地瓜。

“管它呢！”

恨恨地说一声，趴在地上睡着了。

断片二

那是一柄阔刃的雪亮的锛子。

在扔进炉膛，化成铁水之前，它始终握在五祖父手里。

五祖父是个木匠，年轻时，手艺好，人漂亮，但脾气暴躁。

他高高举起锛子的时候，女人们暗暗发抖。于是，相好的女子不少，但都在他天性的温柔将要迷失的那一刻，弃他远去。为女人花了不少钱，他自己却很贫穷。

老了，仍无子孙。他感到很悲哀，就捡了一个残孩子。

为了这个残孩子，他依然每日去舞锛子。

“清清爽爽一个人过算了，捡个残孩子做甚呢？”人问。

“手艺人总得养活一个人吧。”他说。

人老了，那柄锛子使得很不潇洒了。有时，锛子明明是朝脚下那截木料去的，却把鞋帮锛豁了。

东家大骇，“五师傅，活儿就不要再干了，工钱照付呢。”

五祖父什么也不说，蹲在地上，兀自抽一袋老叶烟。嘴角挂着很温和的笑，不知他笑什么。

烟抽完了，依然锛他的木料。对惊恐的东家说：“您远些吧。”

不中用的五祖父，对锛子锋利的阔刃，就无一丝惧意吗？

有一天，在给人家锛木料时，锛子把他的脚颈锛断了。在他倒下的那一刻，竟欢快地叫一声：

“这一天，到底是来了！”

阐释

奇怪地，把两个断片写出来了，却萌发了一个似是而非的图解。写于此，让深刻的人们评判。

对于那个儿童，那一大块地瓜，是一个巨大的甚至是无限的存在，这个存在，他既无法逾越它，又不能征服它，怎么办呢？就只有遗忘它。

对于年老的五祖父，锛子锛断脚颈是潜在的甚至是宿命的存在。这个存在，他既无法逾越它，又不能改变它，怎么办呢？就只有期待它。

进一步讲，儿童的遗忘正暗中契合着五祖父的期待，都是人对人生的一种极致的不认可。换个角度说，遗忘和期待是人类两种绝不情愿的选择，正如那雍容的地瓜不肯决绝地离开含着野香的土地，锃亮的锛子向往的肯定是等待它修拓的木料，而绝不是五祖父的脚。也一如红唇白肚的鱼游过钩弦时，它的选择，是被钩弦勾住，然后羞涩地忘记钩弦；扭身挣脱后，则又眷眷地期待那还在钩弦上的鱼食——是一种不选择的选择。不是你要选择，而是“选择”一如预谋，正得意地窃笑着，在暗处等你。

于是，遗忘和期待与其说是两种选择，不如说是两种无奈的人生际遇。正因为无奈，化解的办法就有了悲剧的意义——与其因了这样的存在而忧伤而恐惧，不如遗忘它、认同它或走向它，得以最终的解脱。

补记

写完以上的文字，续读萨特的《词语》，读到了萨特写被外界搅扰得百般无奈的瑞士雕塑家吉阿科梅蒂的一段文字：

“……吉阿科梅蒂在穿越意大利广场时，被一辆汽车撞倒了。下肢撞得变了形。就在他倒下陷入昏迷但尚清醒的片刻，受伤的他首先感到的是一阵快乐，‘我终于出事了！’”

读完，我不禁笑起来：在生存的压迫面前，人类的情感是多么的相通啊。

虫草小品

螳螂

这是五岁那一年的一只螳螂。

在故乡，管螳螂叫“刀螂”，概因它的两只前爪似剪刀之故。而这只刀螂很大，晶绿晶绿地伏在苞米叶上，把我的心整个攫住了。就扑过去，一下子抓到手里。它拼命想蹦出去，好大的劲儿啊，撞得手心直发麻——哈哈，这是个地道货色。于是甚喜，高声叫：

“爸，爸，我逮了一只大刀螂！”

父亲正在苞米阵中锄耪，一脉肥阔的苞米叶遮了他大半张脸。“噢，逮就逮了。”漠然地应一声，便仍专注于他自己的那一片境界。

嬉戏间，食指倏然大痛。刀螂那两只刀剪已深深剪到肉里去，便猛地甩那只手臂，以期在它解脱之时也解脱自己。但刀螂并不解脱，仍执着地朝肉里剪，疼和惊骇使我大叫：“爸，快救我，刀螂怎么会往死里咬？”

“噢，咬就咬了。”竟听到父亲这般说。

好疼的指头，好漠然的父亲啊，绝望牵出了一个儿童的哭声。哭声仍未把那个父亲唤过来，便感到，无论如何，只有靠自己了。便闭了双目，用空着的另一只手，使劲朝刀螂捏下去。嗤的一声响过，便感到食指上的疼痛一下子轻了许多。睁开眼，见刀螂那挺直的身子，稀软地泥成一团，便破涕而笑，那么强劲的一介刀螂，竟这么不中用啊！

什么都平息了，父亲却走过来了，我委屈地背过身去。父亲呵呵地笑起来："你不是已经自己把自己救了吗？还生哪门子气呢。"父亲好像跟我讲了不少话，至今仍记得起来的，有这么三层意思：

一、你必须打死刀螂，不然它不会松开那死命咬人的刀剪；

二、你不自己从刀螂的刀剪下把自己解脱出来，再遇刀螂时，心性会先就怯下来，失了与刀螂嬉戏的勇气；

三、这次刀螂咬你了，可以把父亲喊过来，下次父亲不在了，你又喊谁呢？

我当时很不明白，气鼓鼓地说："那就让它咬吧，咬死我，让你没了儿子！"

然而他的儿子却很健康地长大了，堂堂地走在市街上，腰杆挺挺的，勇敢而坚毅。

现在，仍有时想起那只刀螂，刀螂流出的血是绿色的，且有青苞米样的香味。

半夏

故乡祖屋的那堵老墙上，长着一株半夏，叶柄很细很长，两片叶子便显得很大很薄，微风拂过，也扶摇得剧烈，像两面小小的风旗。两朵小黄花开过，叶色便暗下去，叶子的边缘还出现了窄窄的枯斑。

母亲说："半夏已结半夏了。"

半夏到底是什么样子呢？是一种诱惑。放学回来，便撬开石缝，把半夏挖出来，是浑圆的一颗块茎，鸽卵般大小，擦去浮土，见那半夏很白，还光滑，阳光刚一照上去，就折回来，精美得让人无可奈何。

便送到嘴里。有这么好的貌相，味道自然会甘美无比。

却尝到了苦，尝到了辣，泪倏然落下来。

以为苦一下辣一下便无所谓了，却感到舌头在剧烈地抽搐。喉头也如塞了一团棉，喘不上气来。想喊一声在屋檐下纳鞋的母亲，竟发不出声来，以为自己要死了。扑通一声跪在母亲脚下，痛苦地与母亲告一个别，泪满面流淌着。

母亲一下子明白了，急急地弄一勺盐水出来，要我含在嘴里。舌头没有感觉，像被人割去了。母亲将我紧紧地抱在怀里，感到她在微微地颤抖。

这是一种窒息，一种极难耐的窒息。如果要死，就快快地死去吧，竟生出这样一种企盼。

久久，舌头终于感到了一种刀割般的疼痛，喉头的那一团郁积也渐渐散开了。终于呕出一声哭。

那一刻的感觉太痛彻了，以至我今天总是执着地认为：人之死亡，无非就是半夏中毒的那种感觉——鲜活的一个生命，突然就窒息了，本来有好多话要说，却怎么也发不出声音来了。

留下一重余悸，便是对陌生的果实，无论外表多么的诱人，再也不敢率然尝一尝了。

终于明白，人间的禁忌，或许皆与人类的痛苦经历有关，还是谨言慎行，有一点敬畏才好。

干草与香椿

故乡的两种植物我是很难忘掉的。

一是干草，一是香椿。

两者之间，并没有什么必然联系，之所以被同时记挂，皆因为它们本身的香味。干草之香，平淡而质朴；香椿之香，浓烈而华艳，乃香之两极。

在幼时，秋冬之交，有一件必做的事，即打干草。一为农畜过冬，二为卖到山外换现钱。拿一柄月牙小镰，走进浓密的干草丛中，脚下踩出噼啪的悦音，并袅起淡淡的粉尘，所以，打干草似乎有一种浪漫的情调，即便是少年，也乐意介入其中。

但打干草毕竟是一件力气活，镰刀舞动一阵后，少年的臂力便酸涩不支，便躺在浓密的干草丛中，歇一歇疲乏的筋骨。躺在干草上的滋味是刻骨铭心的——身下的干草是吸足了阳光的一群，温暖便慢慢地辐射出来，撩得背脊蠕蠕地痒。眼前的草尖，羽毛般轻，无风也飘摇，更何况秋风正吹得柔曼，扶摇的草茎之下，人的耳朵，便总是听到干草的窸窣长歌。人就变得慵懒起来，恣肆地摊平腿脚，一只手下意识地折断了一只草茎，放到齿间咀嚼，嚼出干爽的一股淡淡的香味，生命一般绵长。与干草厮磨得久了，干草的香味便浸入少年的血脉，无论走到哪里，无论享受何种富贵荣华，夜的梦里，均会时时地曳出干草的影子。以至于给自己找婚娶的女人，亦找散发着干草一样朴质香味的姑娘。这个愿望自然是如愿以偿。朴质的姑娘，正如干草一样，到处都有啊。

所以，我一直也高贵不起来，系因出身于盛产干草的山地，但一直也不曾低贱下去，亦因生命中的那团干草情结。这团情结，使人很少生出非分之想，不奢侈，不觊觎，不伤害别人。平凡着，坦然着，何贱之有呢?

说到香椿，也自然而然地想到幼时的情景。

村前的一块隙地，有一棵高大的香椿，中干有十丈高，径粗须两人合抱（走出山外，就再也没见过这么高的香椿了）。这棵香椿，除了父亲外，就再也没人能爬上去，所以，当树上的香椿芽长得饱满了，父亲就爬上去，树下簇满了人。父亲用竹竿把树芽一棵一棵地夹下来，树下的人便一棵一棵地捡起来。每人都拿到一把鲜嫩的香椿后，就依次离去了。

最后，只留下父亲一个人，默默地从树上下来。

树旁的石头上，不多不少，正给他放着一把香椿。父亲笑一笑，他的乡亲拿得好坦然啊。

这香椿的幼芽，鲜嫩丰腴，有一种扑鼻的奇香，若吸上一口，七窍会立刻通畅起来。它是菜蔬中的稀罕物：香椿拌豆腐，裹面炸香椿（北京郊区又叫炸香椿鱼），还有打香椿卤，都是开胃开得要死的吃食，所以，人人都是好它一口的。

如果那棵香椿不那么高大，不待幼芽长饱满，便会被人掰光了。因为它高大，那一树奇珍，就该属于征服它的人。父亲征服了它，采摘的一切归属于父亲是很自然的事。但父亲却让村人坦然地分而食之，却很出人意料。而这出人意料的事，村人竟亦接受得坦然，连一声谢字都无人出口。好一种淳朴的村风啊。

父亲说：“这香椿再香，也不能填饱肚子，大家都尝尝‘鲜儿’才好。”

都只尝尝“鲜儿”，无贪据己有独饱私囊之愿，便成就一团大和谐。

成年以后，我感到这种大和谐，属情感类的东西，不是物质利益“大平均”那层意思。既不牵扯体制，又不牵扯政治观念，乃人性的一种具体体现，是其他成分比拟不得奈何不得的，所以，甚好。

若把香椿比作一种奇异的诱惑，那么，父亲是不逃避诱惑，且走近诱惑，而最终经受住了诱惑的。他在我人生的起点上，树了一个好的标杆，让我努力在免受诱惑的道路上走下去。

“这香椿再香，也不能填饱肚子……”这是父亲说的。

奇异的诱惑再迷人，却不是生活的根本。这是我的理解。甘于平凡，不陷入诱惑，活得才真坦然啊！这不是说教，是生活本身给予的明证。感谢故乡及那里的人们。

旷野灯红

大姨母家住在百花山腰间的一个皱褶上。有一线泉从一丛野百合的根部，爱情般涌到一方清洁的石凹里，石凹便满满地洋溢着，尽情将泉水舀到水桶里去，石凹依旧是满满，成一种寂寞的奇观。

那年到县城中考，考得颇顺利，有一种余兴如何也扫之不去，便乘了去百花山的晚车，到姨母家做一次突兀的造访。吸引我的，自然是野百合根下，那一线爱情般的泉。其实那泉是从姨母的口中听来的，姨母家却没有真的去过，便就注定了要发生下面这桩故事。

车行到百花山脚的一块打谷场，算是它的终点。下车时，天就已傍黑了，就急急地奔场边的一爿小店，买了两盒酥子糕。拎着点心出来，已无结伴的行人，就沿着小店主人指引的那个约略的方向，摸索着朝山上攀爬。

爬了两支烟的工夫，天已黑透。因为黑得阒寂，周遭便有一声又一声怪异的声响，尖厉地灌入耳际，心头就有一阵又一阵的惊悸。突然闻到一股烧烤猎物的香味，且有一种焦煳的熏腥，以为前边一定有人，便加快了脚步。爬了好长的一段坡，焦煳味似乎更浓了一些，便觉得，前边的那个人，肯定离得更近了。兴致便撩拨得更旺了一些，步子就迈得更疾了一些。不知不觉间已翻了两道棱，味道依旧浓烈，却怎么也见不到那个人。怪矣！

此时，已大喘吁吁，便颓然地躺在斜坡上。心跳平静下来的时候，却暗暗地吃了一惊：身下那厚厚的落叶和浓浓的干草上，散发出来的气味，正是那种浓浓的好闻的烧烤味——落叶和干草吸足了白昼里那暖暖的阳光，入夜，便把激情很忘情地释放出来，把个陌生客甜蜜地欺哄了。

于是，我迷路了。

发觉自己迷路了，第一个反应便是惊惶。惊惶之后，那夜里的声响，便更怪异，更尖厉，且纷繁杂沓。于是，脚跟便踩不踏实，便趔趄不止，跌一些跤子出来，便是自然的事。

很想躺下去，于无奈中，静等鸡公叫曙，但胸中正流着一腔青春血，忍不得夜幕里这一重莫名的屈辱，便带着浑身的创痛，朝无边的幽暗跌撞。

心里说，路总有走到头的时候。

但路愈走愈陡了，树木也愈来愈稀疏。凭着爬山的经验，知道已攀上了相当的高度。知道不能再贸然走下去了，弄不好会跌到深渊里，做一无谓的少年鬼。站在那个高度上，很想走下去，但却不能再走下去，那是一种什么样的人生境界呢？是绝望的一种景象吗？

泪，无声地落下来。

但在泪的一片模糊中，却发现右前方有一线隐约的微光，泪竟倏地止住了。揉一揉眼再看，那一线微光依然隐约，抽紧的那颗心，便松开一道缝。朝着那个方向摸索而去，此时已无一丝犹豫。爬了一段坡以后，那线光便不再隐约，而成了清晰的一团——可以确认，那是一扇不眠的窗。心便豁地释然了，这时，光明是驱赶绝望的唯一的一条鞭子。

到了跟前，是一座孤零零的小屋。敲一敲门，门竟悄然自开。灯下，一个满头白发的老婆婆安详地躺在床上。她的眼皮动了两下，分明已知道夜客到来，但却不说话。

“婆婆，我迷路了。”我告诉她。

“呃。”她只欠了欠身，“坐吧，我眼不好，看不见你。”

我愣了一下，依旧站着

“孩子，你要去哪儿呢？”她有气无力地问。

我报了我要去的那个村子。

她长长地呃了一声，坐起身来，“到底是个孩子啊，应该爬西边那座山，却爬到东边来了。白天，在日头下，也要爬个半晌呢！”

在灯光下，虽然知道自己走了好长好长的冤枉路，却不曾有一丝惋惜，竟咯咯笑起来。我此时的感觉很奇异，似从娘怀里走散的孩子，又回到娘怀里一样，失散的痛苦已全然忘却了。

交谈之后，知晓这瞎眼婆婆是个五保户，山下的人白天上来转一遭，看看柴米不缺、一切无恙没之后，便又不停留地下去了。漫漫的长夜，是独属于瞎眼婆婆自己的。

“您什么也看不见，为什么还要整夜点灯呢？”

“为什么？灯亮着，野兽不敢来，夜盗不敢来，灯是瞎子的眼哩。”

“瞎子的眼？”我惊罕地叫道。

那一夜，我住在了她那里。

日后，我有时想，在漫长而孤寂的长夜，瞎眼婆婆与灯独对，真的是为自己再长一只眼吗？谛听着火焰毕毕剥剥的微音，一如听着亲人在耳边细语，从而遣去心头无边的寂寞，让自己感到自己还活着，也未可知啊。

这是一个真实的故事。

旷野中，一盏点亮的灯，对人是多么的重要啊——它是生命存在的证明。

来了不走

——一个女人的故事

“来了”是女人的灵魂，为“来了”献身是女人的爱情。没有“来了”的男女结合，即便是正当的，也是不道德的。

——题记

女人，系故乡的一个女人。

她住在一孔煤窑的边上，一座小小的四合院。

村里就这么一孔窑，就这么一座四合院。四合院里仅住着她与她的母亲两个女人。两个女人不稼不穑，过着很好的日子。

远近的汉子要挣几个现钱，就陆续到窑上来。

便可知道，两个女人为什么过那么好的日子。

她现在很老了，与丑陋的老年女人没有什么两样，但父亲和五叔都说她很美过。到底如何美过，问父亲，父亲什么也不说；问五叔，五叔的眼睛倏地亮起来。

五叔说，他十六岁那年到窑上找我父亲，在窑场的边上碰到了她。她穿着一袭对襟白褂，紧紧地绷在身膀上，身膀若中秋的玉米，嫩而饱满。她冲他一笑，嘴上有两粒好看的小虎牙，他的心便很慌乱。

“小兄弟，找谁呀？”声音里都带着笑。“找我哥。”五叔答。“你哥是谁呀？”“我哥是德子。”“找德子啊，他一会儿就出窑来，在我这儿等会儿吧。”她什么都知道。

她抚弄着五叔的头发，“小兄弟，你好白俊啊。”她的手好柔软，五叔真希望她不要停止这样的抚摸。

这时，五叔闻到了一股香味儿。她身上的香味儿，好闻得你不想离开她。

眼前讲故事的五叔，已微微合上了眼，鼻孔张得很大。看来那股香味实在绵长，已几十年了，仍很迷醉他。

“什么香味儿呢？”我问。

“一股茼蒿味儿。”五叔依然沉浸着。

茼蒿是山里早春时候，生出的一种春菜，高而嫩，叶碎而密，风稍一吹拂，便闻到一股淡淡的药香。白水盐渍，吃到嘴里，那股香味突然变得清冽润滑，像烟一般，自己往人腔子里钻。茼蒿的食用期极短，仅早春的那几天。之后，虽仍有那植株长着，但香味已失，叶与茎均木质化，成一般意义上的野草。

早春的茼蒿为山里一大珍奇。“是哪一种茼蒿味儿呢？”我顽性地问。“吃到嘴里的那种。”我咯咯地笑起来。

“有什么好笑的呢，在外边混了几年就洋性了是吗？”五叔的脸很红。也许是羞恼，也许是羞涩。

我立刻止住了笑，尊重他这种茼蒿般的感觉。

五叔说，山里的走窑汉都上过她的炕，在冷冬里，她的炕很热。跟她睡过的汉子都疯狂地爱上了她。跟她在一起的时候，她让你感到极端的放松——爱吐老痰的，吐到她日擦三遍的地上，她也依然微笑着，若什么也没看见——若是自家的黄脸婆，敢把那老痰塞回你嘴里。不爱洗脚的，脚巴丫子掏出来，蚊子都被熏得远远地溜走。她会给你打盆水来，用她白净的小手给你洗。边洗边笑着说，男人都是脏孩子，不洗干净怎能招小女人喜欢呢——若是自家的黄脸婆，会一脚将你踹出门去，扔给你一只破枕头，赐你睡庭院。

"她，真女人啊！"五叔哼了一声，"她是天堂，黄脸婆是地狱！"

五叔说，走窑的汉子都想娶她呵。为她，倾家荡产，抛妻舍子，值。

一个走窑汉跪在她的炕前，"跟咱吧，若不，咱就不起来了。"

她说："我不配，我跟许多汉子睡过。"

汉子说："我不嫌。""我会老呵，到那时，你就嫌了。""男人女人不光为干那事，你心好，咱永不嫌。"因为她的缘故，血性蛮野的汉子，也懂了心的温柔。

"这辈子，谁也不跟了。"她依然不答应，便跪在汉子的对面，"哥唉，你若不起来，咱就都不起了。"

以为她真的不会跟人了，山里的走窑汉便都在心上把她当作自己的女人，默默地把她珍视着。

没想到，她竟自己跟人了，跟了位口外来的走窑汉。

那天夜里，没下窑的汉子听到了她嘹亮的叫声，如歌如泣，去敲她的门，声音倏然哑了。汉子们疑惑地回到窑铺，一夜未睡呵。天才亮，便围在她的门外。

门终于开了，走出口外那条汉子。汉子的脖颈上，有数不清的咬痕，渗出细密的血珠。他低着头，径直朝门外走。她跌跌撞撞跑到他的前面，拦住他：

"哥唉，你莫走了，你是我男人了！"

“你有许多男人。”

“只有你是我男人。”

“不明白。”

“不，你明白，你让我‘来了’！”

大家愕然。

“来了”，是建立在肉体存在上的灵魂的大震颤吗？是灵与肉人性的大交合吗？

泪兀然在她脸上流汹涌了：

“娘临死时对我说，那个让你来了的男人，你千万不要放走，你要跟定他，他是你命里注定的那个男人！”

山里的走窑汉终于明白了：他们虽与她皮肉相亲，却不曾真正拥有。她的心从一开始就被她自己攥着，今天竟恬不知耻地为了什么“来了”而给了那个口外人。他们的牙齿缝里冒出一丝丝凉气，感到这个被视为小心肝儿的女人竟是这么的陌生。

五叔说：“恁大个山里，恁多汉子，怎就没一个让她‘来了’呢？”他看了我一眼，“是吃得不好，蹬不上劲吧？”我说：“不然，山里汉子，哪个不精壮呢？”“你说为啥？”“口外人见得多呵，懂女人。”五叔想了想，“操他个口外的。”

那个口外人，到底是走了。口外有他的老婆孩子。她哭，趴在煤堆上哭。

“哭个啥，咱山里汉子哪个不能做你男人呢？”山里汉子劝。

“你们待我好，个个是好汉子，但只是哥哥，不是男人。”

“就那么贱吗？”

“贱呀，我哪一天不贱呢？”

这是血泪话。山里汉子哑了，愧。

她自己去了一趟口外，拖着一个伤身子回来了。

她把山里汉子请到屋里，“哥哥们恨我是吗？”

“恨。”

“那就打死我吧，我只有这一条命能还哥哥们的债。”

“不打。”

“哥哥们念不念情义？”

“念。”

“那就求哥哥们，把他给我捆回来。”

汉子们不吱声。她的脸绝望地白了，将刀架在脖颈上，“捆不捆？”“捆。”齐应。

三天后，汉子们把那捆东西扔在她炕上，“给你了。”

最初，自然要挨那汉子的打。汉子的家破了，面子跌了，不打不出气呵。但很快，汉子出奇地温顺了。有人看见，汉子的头枕在她的大腿上，恬静得如一只慵懒的睡猫。

他不用去走窑。她有足够的积蓄，精心地包裹着他的心。

有人说，风尘女子是纨绔子弟的反面，此言乃大睿智矣！

但五年之后，口外汉子死了。

日子太甜蜜呵！

走窑的汉子们也不去她那里了，是她对汉子们说：“别来了，我已经死了。”

已经死了，汉子们还能得到什么呢？

得到的是一种思念。

从窑里爬出来，“咱们聊聊天吧。”

“聊什么呢？”

“除了她，咱还能聊什么呢！”

便聊与她在一起的那些好日子。

在劳苦的走窑汉的黑白人生中，她是一首隽永的民谣。民谣曼吟咏，人生感小温。

因为她还活着，我随五叔去看望她。

首先看到了她的头发。白而稀疏，却梳得光滑，可观其心性。她足不出户，仅与一只大白猫厮守。白猫是她的钟，她从猫的眼睛里感受时间。因为好奇，便问她眼下的时辰。她乜了一下猫的眼睛，“正午。”恰是正午。猫眼里，无眼仁，皆眼白。便感到，她的形容虽然枯槁了，但她的生命却并不枯寂。

真是奇哉！

奇特家庭

扁儿有一个奇特的家庭。

扁儿的父亲是村里唯一的一个地主，有一座小小的四合院，两个长工，种四十亩瘦瘦的山地堰田。山地只能种玉米和谷子，所以，即便是地主，年关里也吃不上白面，只是比别人多吃几个月的小米干饭，多吃几顿粉条炖肉而已。

所以，没人想造他的反，他便没有什么看家护院的丁。

有吃不完的玉米，就多养了几头牲口。一般的庄户人，农忙时，拉一头去使，交几个洋钱。这是这家地主唯一霸道处：使牲口的工钱，不能用劳力顶，不能用粮食折，必须是现钱。

于是，地主平常也趁几个洋钱，是自然的。

然而地主死得却很惨。

那年伪军包围了村子，说村里窝着八路。山口支着一挺歪把子机枪。围了十来天，村里人感到很憋闷。都说，死倒不怕，闷得慌可受不了。地主也闷极了，顺梯子爬到房檐去，想透透风。但一梭子弹打过来了，地主就跌到院井里。前胸只指甲盖般的一个小眼，后背却有碗大的一个洞。塞了一包袄皮的棉花，也没止住血，死了。

伪军的中队长，带人冲进了院井。看一看是地主被打死了，咧一咧嘴，竟说："死就死了，不过就是一个小地主。"扔下几块大洋，走了。

但村里的许多人都默默地流眼泪，倒底是死了一个故乡人。

土改的时候，斗地主，地主死了，还有地主婆。

地主婆是个小脚女人，工作队问了一些什么，她什么也听不懂，就一直沉默着。工作队中的一个青年就用皮鞭抽她。一个叫李水的长工看不下这种情景："别打了，别打了，你们觉得她反动是不？送给我吧，我不觉得她反动，我正愁没个老婆哩。"

长工李水便一分不花地捡了个老婆。

扁儿是地主留下的，幼时，一切都坐享其成。娘嫁李水时，已十六七了，但仍什么也干不成，人长得极柔弱，像一棵泛黄的豆芽菜。李水就让他在家里闲着，没事翻几本发黄的书看。

村里便有不少人为李水鸣不平："李水，解放前，你给地主当长工；解放了，你又给地主婆地主崽子当长工，你怎么就不想着闹翻身呢，爱那个长工的命咋着？"

"是哩。"李水不急不恼，憨憨地乐着。

那两年大旱，村里缺粮者众。李水家中，更是时时揭不开锅。他去山上打野菜，看到一块背阴地里长了几畦芜菁。对挨饿的人来讲，这可是最时鲜的食物啊。他眼前晃着老婆蜡黄的脸和儿子已经开始萎缩的身子骨。

他屏了气息，拔了人家一棵芜菁。那芜菁长得好大好白啊。

未等他把芜菁藏到背篓里去，主人的声音已传过来：

"李水，你恁老实的个人，怎也兴偷呢？"

李水的汗就流得满头满脸满脖子。"完了，我这一世的好名声！"情急之下，李水掰下芜菁的缨子，在嘴里饕餮大嚼。主人怔了：伏天的芜菁，缨子是不能吃的，苦、辣、麻、涩、梗。“李水，你活一大把年纪了，连芜菁怎个吃法都忘了吗？”李水涎着脸说：“没忘哩，你老哥的芜菁咋种的，连缨子都好吃得要死啊！”那人心里一阵酸，一个老实的李水真是给饿坏了。

就拔了半篓芜菁，让李水背回去。

李水跪在地上：“来世，咱给你当长工吧。”

那人哭笑不得，挽他起来，“回去吧，下辈子，让地主家给你当长工。”

扁儿躺在李水的辛劳里看闲书。要命的是看了两遍《红楼梦》，虽识字不多，却懵懵懂懂地记住了宝玉和花袭人那些“太虚幻境”的东西，本来柔弱的身子，便糟得一塌糊涂：走路时，双腿打别；看人时，眼白扑翻；且口涎整日价滴垂，一声接一声地朝李水要女人。扁儿这样的身相和出身，老长工哪里去给他找女人呢？

扁儿便痴了，整日里坐在村口，见着大姑娘小媳妇便喊：“摸手，我要摸手！”李水要挽痴儿回去，儿子便躺在地上撒泼：“摸手，摸手！我就摸一回哩！”摸一回，好说，有哪个干净女人让你摸呢？李水陪傻儿子痴痴坐着，目光朝整个山村企望着。一个奇丑的，拖着两坨鼻涕，养了两个傻儿子，名字叫毛毛的妇人走过来。李水眼中一亮，“他毛婶儿，求你了，让孩子摸一摸手吧。”“咋不去摸地主婆的手呢？”毛婶眼白一翻，扭扭地朝前走了——那是一个受了极大委屈，激愤不已的身影。

天黑下去了。扁儿仍僵伏在地上，喊着摸女人的手。李水圪蹴在暮色里，他能怎么样呢？绝望中，一个叫秀的女子悄然走过来，“扁儿哥，摸摸咱的手，就回吧。”秀是村里最美的姑娘，即便是刚硬的汉子，也想都不敢想去摸她白皙、柔嫩的手呢。奇怪地，扁儿从此就不再痴癫了，安安静静地吃，安安静静地喝，他不知道再向李水要什么了。

李水临死前，说下辈子他仍是长工的命：一是为了那个美丽的秀；二是为了给过他半篓芫菁的人。

李水是我的乡亲，我很想对冥冥中的他的那个疲累的灵魂做一番劝喻，让他卸下包袱——告诉他，活着是一种状态，是一个过程，死了谁也不欠。但这些浮飘的词他肯定听不懂，即便懂了，他也是不会依的，乃山里人的人性使然。

生命胎记

那日，陪南方友人游完十渡，友人说：再陪我们去看看京西的土炕吧。

土炕？土炕也是可供观赏的风景吗？我惊奇地问。

是，是稀有的民俗风景。友人说。并说，土炕是北方特产，南方人感到稀罕；但随世事变迁，即便在北方，土炕也是很难以得见了，我们是颇做了一番寻觅的，但均无所得。

友人所说，我是理解的，因为北方的平原多已被城市化了，土炕被驱赶到偏僻的乡下和幽闭的山区了。而南方人都是从城市的天空和沿着铁路线北上的，工业文明的猎猎幡帷，把人本来就短视的目光给整个地遮蔽了。

事实上，土炕不仅依然存在着，而且铺天盖地地存在着。土炕远远未被雅化为民俗风景，而是北方农民无从选择的受用。

十渡正处于京西的腹地，那条著名的河流——拒马河，正是被巍巍群山环绕着，而那山民的居所里，土炕就如照明的灯盏“盘”在那里。

于是，很快就给友人找到了一爿土炕。

友人们的兴味便浓得像进了欢情场，或问询，或抚摸，或勾画，或摄影……

因为我本身就是一颗被土炕煨熟了的果实，是土豆、红薯、花生、大豆、黑小豆、鬼子姜、地萝卜，抑或是玉米、高粱、黄黍、荞麦……总之是与土炕息息相关的那一类果实。所以，友人的兴味，勾起了我对土炕的回忆与沉思。

母亲是在土炕上生下我的。她的产床，是身下垫的一层厚厚的绵绵土。母亲说，虽然我是她的头生子，却没感到疼痛，因为土炕被烧热了，那奔蹿的热力因身下绵绵土均匀而持久的传播，让她感到了彻骨的温暖，她把自己全部展开了。同时，绵绵土也把恣肆而出的血无声地吸收了，没让她看到骇人的血光，所以，其心也静。诗人牛汉为绵绵土专门写了一篇大文，说他一见到乡下的绵绵土，便会情不自禁地掬起来抚在脸上，然后再情不自禁地流些感恩的泪水——绵绵土是乡人的根脉啊！所以，我虽然一直未曾见过牛汉先生，但我对他的感情是近的，以为他是早年离乡的我的一个异姓的大伯。他锁定了乡人的“典型情感”，使后人无话可说。

后来，母亲又给我生下了两个弟弟，使本已贫穷的日子更加清寒，弟兄三个合盖一床棉被，至于褥子铺垫之类更无从说起，身下只铺着光光的一领篾席。但却未曾受过一次夜寒。这缘于土炕的温暖。北方的土炕，炕体里有一个网状的火道，与炕畔的地炉子紧紧地连在一起。无论是烧柴，还是燃煤，均能在提高室温的同时，把土炉烘热了。而绵密的土层具有极强的保温性，以至于室内的温度已经降下去了，而土炕上却仍然如火如荼。三个少年赤条条地躺在土炕上，或拥，或嬉，温暖着，也快乐着。早起，见同被的两个弟弟身上印满了席花，绵密而规整，好看得让人大笑不止。正笑得忘情，弟弟们同声说，哥，你还笑我们呢，你的更多呢，你的后脊梁大啊。这时贪睡的父母也被吵得坐起身来，哥仨就笑成了一团——父母的光脊梁更大呢，席花印得不仅阔大，且饱满而肥。

为什么北方人特别重情义重孝道呢？一条大炕睡的。为什么传统的部落和民族特别垂青刺青和文身艺术呢？土炕式的天启使然。这种感叹，或许有些武断，但仔细想一想，还是有几分道理的。

雪花飘飞的季节，断了农人的活计，人们不得不蹲在家里“猫冬”。便是偎在火炕上，喝烧酒。炕热攻心，酒热也攻心，不久就喝得浑身通泰了，便吼出一些不酸不咸的调子，感到自己虽出身贫贱，却比神仙还自在。父亲是读过几年书的，每喝到心酣耳热的时候，他总是站到旷野里去，面对纷飞的雪花说：这苍茫大地真干净。还说：这老天真是会安排，他用雪把你堵在屋里，让你懒得理直气壮——天暖而劳，天冷而歇，乃自然律也。

就是说，大自然给了农人像猫一样偎在土炕上的道理。

土炕持久而沁人骨肉的温暖，会穿透人与人之间的感情隔膜。五婶是不愿嫁给五叔的，以致新婚之夜不愿与五叔合房。但后来二人的感情出奇的好，不到三年就连生了三个孩子，五婶也变得很乐天。有人问她，你不是很不心甘吗，为什么还跟他过得这么情愿？她竟说，都是土炕闹的。他们家的土炕烧得恁热，坐在炕上，热气从尾巴骨一直蹿到头发梢，骨头都酥了，心性都软了，贱得直想跟他亲热。一次亲热了，还想再亲热，后来就挂了崽，也就心甘情愿了。五婶所说也是一种“典型感觉”——农人的婚姻是极少自我选择的，婚姻之初是很难谈到爱情的，但却越来越爱情，便很少离异，大多都从一而终。为什么呢？情感总是和温暖相伴而生的。所以，有人说农村的情感状态是农村生产力水平低下使然，便显得过于理性，非当境之说也。

也有当境之说。譬如刘恒说土炕使农人的孩子性早熟之类。刘恒是我的老乡，老家只隔了一座山，便是著名的百花山。他在山之北，我在山之南，山顶的一棵古柏的根须，一半牵着他，一半连着我。所以体味是相通的。家人三代同着一条土炕，夜晚的棉被下，大人睡相也是赤裸的。原因很简单：一是土炕之热容不得半丝衣缕；二是“穷长虱子，富长疥”，穷人的棉裤只有一条，经冬而穿，衣服的皱褶里就住满了一粒一粒异常饱满的虱子。它们是不请自来的房客。于是，农人的父母是很容易给自己的子女上人体课的。而土炕上的温暖，使年轻的父母几乎夜夜缠绵，即便是十二分地周到，也终有消息外泄的时候。于是北方农人的孩子都婚育得早，对情色有异常敏锐的感觉。为什么刘恒能写出《伏羲伏羲》那样欲望贲张的作品呢？因为他是从土炕里爬出来的。

同样，十二岁的我就也有无眠之夜了。躺在滚烫的土炕上，血液里竟游走着一种蠢蠢的欲望。这种欲望，折磨得我多愁善感，莫名地就想在纸上表达些什么。便在炕头上放下一张小饭桌，点起油灯，胡乱地书写。即便父母激烈地反对，甚至恶语加以拳脚，仍阻挡不住少年的激情。那年学校流行“反潮流”，我就是在这爿土炕上，在油灯的噼啪声中写下了颇为成熟的句子：

> 反潮流，意义深，大家都要来关心；阶级斗争年年有，路线斗争也长存；你不反他他反你，和平观念最害人，最害人！

所以，土炕之于友人，是“旁观者”的风景；之于我，则是出身的胎记，记载着我的来路。

因为这样的来路，我深深理解我的同路人。

北方人虽然豪爽忠义，却也谦卑驯顺，因为，土炕的温暖虽然煨热了情义，却也惰化了血性。“三十亩地一头牛，孩子老婆热炕头。”对温暖的厮守，软化了飞翔的翅膀，只要不被逼得背井离乡，北方人是不会主动出走的，他们很少做愤然的抗争，更缺少在得失面前的义无反顾。所以，北方人虽然高大，却大多是一些保守忠厚的汉子，而小体格的南方人，竟敢于造反，竟多出豪杰、领袖和枭雄，或许就缘于此。

因此，北方弟兄习惯于欣赏细腻的世情喜剧，却惊惧于壮烈的人间悲剧。“生当作人杰，死亦为鬼雄”和“不以得失论英雄”这样的句子在他们这里往往会没有感觉。他们感到项羽的不肯过江东，真是迂腐不堪。所以，他们一般乐意做江中摆渡英雄的那条船，却不愿做回首长啸的那匹义马。

同样，土炕稳定性的存在，使北方的青年虽有坚韧的毅力，却无变通的机巧——他们适合听差，却不娴于经商；可以做厚重的长篇小说，却做不来灵动的抒情文；可以进入时间深处很沧桑很古典，却不能站立潮头很现代很时尚；他们笃信吃亏是福，却不知勇于竞争才能获得最大的人生效益。举一个生活小节，南方人有了钱，大多是用于投资；而北方人若有了多余的收益，一定会在银行存起来。因为土炕的温暖，正是持久积蓄着的——氤氲着，也封闭着。

所以，看到同乡人的尴尬与败象，我并不报以嘲讽和指责，而是充满了悲悯与祝愿。看到他们的得意与成功，我也并不报以盛赞与夸炫，而是保持清醒与自警。因为我知道他们的来路，也知道他们的未来将面临着什么。我之所以这样做，不是因为我已成了局外人，而恰恰是我永远是他们中的一个。

所以，土炕之于我和友人其意义不同：之于我，是生命的烙印，即胎记；之于友人，是愉悦眼眸的异象，即风景。一个是生命之重，一个是生命之轻。

即便现代文明的席梦思真的把土炕送到民俗博物馆里去了，土炕在我的心中也是个永恒的存在，一如民族的文化传统。

外表可以粉饰，但胎记是除不掉的。

照片遥想

一不留神，已近知天命之年，对以往的日子有了频频的回瞻。回瞻的结果，检查出许多事情本可以做好，却没有做好，不禁生出一些愧悔的感情。但这些愧悔往往是在瞬间产生而瞬间之后便消失了，并未留下太多的心理负担。毕竟才到盛年，生命力正健旺着，愧悔只是一种小感情，在挺茁而光润的心叶上，还没有挂留的余地。

却有一个愧悔，用怎样豁达的心境去忘却它、拂去它，均徒然无用。每当见到年迈的母亲，它都悄然浮上心头，无声地咬噬着，喉头酸涩，顿感无奈。

便是一张旧照片的遗失。

这是一张极普通的二寸黑白照片。照片上是二十二岁的母亲坐在一方小凳上，合膝抱着三岁的我。我精赤着小小的肉身，两只小拳头紧紧地握着。母亲的嘴角含着一丝极不易被察觉的微笑。

这照片是母亲在我成婚的前一天给我的。在那以前的二十几年中，我不曾知道还有这么一张照片。记得从母亲手中接过照片的时候，我惊呆了：年轻的母亲竟是那么的美丽，嘴角的那丝隐隐的微笑，竟是一种高贵的大家闺秀式的品相！这乃是山村妇女稀有的美丽，稀有的微笑。

而眼前的母亲，仅仅四十几岁，却已满脸沟壑，牙齿稀疏，斑白的头发迎风飘起来，大有风烛残年的面目。还有她的笑，在不期间兀然阔笑起来，突袭周遭人的耳廓，尖厉而粗鄙。每当母亲在人前阔笑的时候，我的心便一下一下地抽紧，隐隐地，有几分难为情。

从这张照片上，我看到了人生的大变异大跌宕，感到了岁月的分量。

母亲说："你要成家了，成大人了，妈把照片给你，让你知道，你从那么一个小肉蛋儿，出落成这么高大的汉子，妈是尽了心了。"说着说着，她竟哽咽起来，忍了很久，终于忍不住，放声大哭。平静之后，她用低哑的声音对我说："你是长子，你们哥仨中，就数你最有出息，但就数你难养活，为了你，差点儿要了妈的命。"

她便给我讲了那个岁月的故事。

母亲嫁给父亲，便赶上了三年自然灾害，也就是遇到了特别的贫困。为了苦挣那点可怜的收益，刚会自己吃东西，母亲使把我捆到柜角上，身边放一碗稀饭，去帮父亲耕种。她说，她能隐约听到婴儿的哭声，而且能清晰地分辨出哪是自己儿子的哭声。但父亲拉耧的纤绳正绷得紧，她只得扶稳摇晃的耧柄。谷种和泪滴皆一粒一粒地播进地里。

收耧了，母亲急急奔回家，看她孤小的婴儿。我已歪倒在柜角上，窝着脖子，睡着了，脸上挂满一道又一道凝滞的泪痕，稀饭撒了一地，两只婴儿鞋被蹬落在远远的地方。母亲将我紧紧抱在怀里，唏嘘不止，对父亲说：

"你自己给自己弄点饭吃罢，我没胃口。"

父亲煮熟了稀饭，特意给母亲炸了干辣椒，并拌以花椒的嫩叶，这是一种强性的开胃菜。"横竖得吃一点，明天还要拉耧。"在父亲的催促下，母亲就着辣椒啜粥。热热的稀饭佐以热热的辣椒，母亲把粥喝疯了。但到夜半，母亲腹疼难忍，屙了遍地稀物质。将肚子屙空了，母亲疲软地躺在炕上，依偎着被惊醒的婴儿，母子谁也睡不着。父亲便拿出一把残损的口琴，幽幽地吹起来。他要用单调的琴音，把母子送入梦乡。

母子终于睡去了，单调的琴音便愈显单调，一颗浊重的泪砸到琴的缺口上，琴音杳了，但父亲却大大地睁着眼睛。

第二天，我依旧被捆在柜角上，身边只多了一把残破的口琴。

一个小小的婴儿，便是在这般囚禁之中，度过了一个春天。

夏季的一天，我突然发起高烧，不吃不喝不睁眼。这种状况持续了三天，母亲便沉不住气了，“都是做妈的把孩子抡坏了。”急急地请来村里的一个巫医。巫医烧了一串纸，晃一晃他的蛊盆，说我被先人的阴魂绑缚了，须找三十只全蝎，烘干后，磨成一服粉剂喝下去。

父亲打着火把，连夜到山的溜坡上，翻开数百块青白石板，捉了两罐全蝎。他双手被蝎子蜇得握不拢拳头，一只鞋子也被甩到山涧里去了。

全蝎的面剂喝下去，仍无济于事。巫医便说先人的阴魂太沉，须要一百只粪便中的蛆虫，再磨一服粉剂喝下去。“蛆”同“驱”，便可奏效。父亲掏了几家人的茅厕，弄了一大罐蠕动的物质。母亲一看那东西便大吐不止，但仍在流泉之下，一遍一遍精心淘洗，直至洗得无一丝异味，虫白如脂。

一百只蛆虫喝下去了，仍未奏效。巫医冷冷地说，没救了，埋到乱石岗去吧。母亲双眼赤红如火，情急之下，把巫医的袍子抓破了。

此时，瓢泼大雨下了一整天，山洪暴发了。

父亲感到彻底的绝望，默默地找裹尸的破衣。母亲则大声叫道：“走，背孩子到山外去，找医生！”

"这么大的水，不是活活送死吗？！"父亲说。

"淹死就淹死了，横竖对得起孩子！"母亲说。

便把我紧紧地绑在母亲的背上，父亲则一手拄一根长长的木棍，一手拉着母亲的手，义无反顾地走向滔滔的洪水。

在涌动的水中，母亲踩上了一个锋利的东西，感到脚底一阵钻心的疼痛。她不敢叫出声来，因为眼前的父亲正惊惶地探着水的深浅，母亲怕自己的叫声，吓跑了他最后那一份勇气。

一对年轻的山民，便是这样，在水中整整跋涉了三十多里的路程。

终于到了一个叫河北庄的小镇，小镇上果然有一个诊所。父亲把母子送入诊所，对母亲说："我回去了，洪水落了，被冲倒的庄稼得扶一扶，咱还得活啊！"母亲点点头。"要想得开，救不转，就把他找块地方埋了，只求你好好地回。"母亲依旧是点点头。父亲走了，他并未存几多希望。

医生检查后，说："孩子得的是急症，再晚一天就没救了。"知道自己的孩子有救了，母亲哭了起来。这是一位好医生，他看到母亲的脚肿胀着，便蹲下身，脱去她的鞋子。母亲的脚底横贯着一条深深的血口子，血肉淋漓着。医生一边给她包扎，一边感叹：

"你们那老山背后啊！"

出院那天，母亲抱我到小镇的照相馆，照下了那张黑白照片。这是母亲平生第一张照相，亦是我的第一张照片。母亲说："从医院出来，我感到我又重生了你一次，我好累啊！"这照片便记下了我的第二个生日，也把母亲的感觉留在了里面：妩媚的照片背后，摄留的是生的艰辛。

待母亲把我抱回村里的时候，父亲呆了。久久的愣怔之后，他跳了起来，"我操他个娘唉！"这是在表示他的大欢喜。

听了母亲的讲述，我久久说不出话。并不是感伤于自己幼年的苦难，而是我晓得从那“老山背后”，从那贫瘠的土地上，困苦的岁月里，一对山民把自己的孩子推向广阔的世界，实在不是一件容易的事，这是以他们的青春和生命做底垫的。他们没有生活的“现在”，只为那遥远的“未来”；他们以极大的现世付出，喂养着他们的“希望”。于是，无论怎样，我便属于“老山背后”那块贫瘠的土地，个体的生命已失去了原本的意义。如果要谈自我珍惜，便是不能不珍惜，背后的那股力量已容不得你。

我决心悉心保存这张照片，让它成为一柄温柔的鞭子，不断抽打着我从懒惰、自私和杂念中挺起身来，决然前行。并且，待到我的儿子成家那天，也传给他，让他也知道祖母的美丽和照片背后的一切，也让他深沉一些，把路走得踏实一些，莫在他的那一辈上丢了山民的魂。

照片在我手里保存两年之后，竟有些黄了。也许是那时的相纸太低劣，也许是相册的塑料膜面对它有腐蚀。我深感不安，为了永久保存，决定把它翻洗一下，并把它放大，装在木框里，放在我的书桌上。

但怎么也找不到底片了，只能在照片的基础上翻洗放大。正这时，我的一位表哥来了。他是个摄影爱好者，便拿出那张照片，请教他翻洗的技术和放大的可能性。

他笑笑，“这好说，我正有一个暗室，给你放大几张吧。”

我很犹豫。我不太相信他的手艺，也知道他是一位粗犷放达的人，丢三落四是他的习性。

他看出了我的心思，“甭担心，一个晚上就能给你弄好。”边说边把照片放进皮包里去了。

他家住门头沟，平信两天的工夫就可以收到。一个星期过去了，未见他把照片寄回来，便不安起来，写信催询。他回了一封信，说眼下正跑一笔生意，过两天就把照片弄好。半个月过去了，仍不见回信，便寄一封挂号去催。不期他回信说，把照片弄丢了。情急之下，我打了“的”到家找他。翻遍了所有的抽屉、皮包和口袋，终于是找不到了。我急得泪水也淌下来。他涎笑着安慰我：“算了，算了，不就一张破照片嘛。”这终于激怒了我，把酒瓶子朝他扔过去。

“这个世界什么都理解，就是属于个人的那份切身切心的感情，不能被人理解！”

我后悔把照片给了他。明明知道他的习性，却还是半推半从地让他拿走了。我恨我自己。同母亲说了，她没有责备，只是轻轻地叹了一口气。这更让我心绪难宁，母亲从苦涩日月里透出的唯一一瞬美丽，却让我彻底断送了。

儿子和他的母亲有好几本相册，他每每翻看时，都会对我说：“爸，你看我妈妈多美丽，而您妈妈多么丑。”

我对他说，我的妈妈也美丽过，而且比你的妈妈还美丽。他不信，他不懂。我便想到那张照片，那张照片会让他吃惊地相信的。而我却再也找不回那张照片了，徒留酸涩于心间。待儿子再说他母亲美丽时，我竟说，那是在“搔首弄姿”，那是骗人的“狐媚”。儿子把相册收回去，说：“爸，不理您了，您嫉妒我了。”他哪里知道，这里的蕴含，哪里是一个“嫉妒”的浮词所能说得清！

日前，儿子也领来新人。那姑娘美艳如花，让人心疼。妻喜笑颜开，喜欢得不能自已。但我却心头一皱，对儿子说：“你妈的那些照片你要收好，忘乎所以的时候，就拿出来看一看。”因为我看到，妻在笑时，眼角清晰地簇着一道道皱纹，让我看到岁月的有情和无情，心中生出一种莫名的况味，一如看花悲秋。

母亲无过

写母亲的文字已经很多了，但依然有一种别样的意绪在心中久久回环，便是在这个可亲可敬、近于完美的母亲身上，也有一些不尽完美的部分——在写与不写之间，我心游移，复生纠结。后来读到一个诗人的一段文字，获取了能够说服自己的理由，最终还是决定写。那个诗人说：

> 生活在低矮的空间和物质与精神都严重缺失的时代，母亲始终是我们心中的图腾。每逢谈论或诵读“母亲”这个光芒四射的字眼，在我们内心深处，总不由得升起一股崇高、伟大和不朽之类的感觉，她是圣洁的伊甸园，是温暖的代名词，是我们情感的归依。翻开人类文明史，母亲如同一根血脉，贯穿人类发展的轨迹，对于我们弱小的人类来说，拥有母亲，便是拥有了一颗瑰丽的太阳。然而，这一譬喻，与其说是人类怀旧的情结，不如说是人类进入时空夹缝时的自慰。走在生活的平面上，我们不得不面临这样一个现实：情感中的母亲和生活中的母亲之间是有落差的，有时落差之

大，甚至超过我们的承受能力。至少，浓浓情愫中不免夹杂着几缕不甘与失落，让我们隐隐作痛。有没有勇气走出人为的禁忌，重新打量渐渐隐逝的母亲世界，虽然是一种伤痛，但更是人类理性生存的一份证明。它区别于本能的爱，它进入了人性的深处，让人看到了光之源，是觉醒之后的大爱，更能撼动人心，更美。

于是我便想，如果不想让岁月将自己对母亲的那份真实情感以及生成的轨迹扭曲和遮蔽，还是适时地写一写为好。

想一想对母亲的感情，是在大爱中有微怨的，初时，怨竟多于爱。

七岁那年，一起戏耍的童子都去上学了，留下一个孤独的我。我便求母亲，要母亲带我见一见校长，让校长开恩将我收下，那时的入学年龄偏迟一些，幼儿须到八岁才可入学。母亲却说，上学有什么好呢，还是在家里野着自在。话是不错，但没有伙伴了，你去和谁野呢？

就想上学。我说。

母亲便打我，巴掌打在稚嫩的脸上，开了一朵五瓣梅。

我极委屈，扯嗓号啕，将天哭得黑去了一大片。她只好带我去见校长。校长问我的年龄，母亲怯怯地、久久地支吾。倒是我情急之下，大喊八岁，竟将校长蒙骗过去了，终于如愿。

回家的路上，母亲朝我歉然而讨好地笑，说儿呀给你缝个好书包。

我却高兴不起来，为了她自己的怯懦，竟让自己心爱的儿子挨了冤枉的一巴掌，她可真够意思。

那些年，山里一到夏深，便三天两头发一次洪水。当洪水的势头消去的时候，山沟里就留下一弯浅浅的很温柔的水泊，童子们便到水泊里戏一戏，得一种陶然的酣畅。但母亲却不让我去酣畅。她说，山阴里的水会让人落下毛病，远远地躲开才是。她的意志是一把锁，而少年的天性却是一把钥匙，我还是偷偷地跑到水泊里去。但母亲太狡猾，总是适时将我捉住。她很会惩治我，将我岸上的衣裤统统拿在手里，让我远远地跟着她。这给了我极端的羞辱。山里人戏水，均是脱得一丝不挂的，而这时的我，已是进学堂的少年了，光光地在岸上走，惹心爱的女同学惊惊乍乍。我便感到了一种说不出的尴尬，双手捂在小腹下，泪汩汩地流下来。

进了家门，我终于说，妈，你可真可恶啊。

母亲吃了一惊，便要我饿饭。正不想吃你赏的饭呢，便决然地饿饭。饿饭将我饿迷糊了，羞辱的感觉竟渐渐地淡下去，妈的，活着真没意思。

母亲给了我一种什么样的人生体验啊！

少时，我有遗尿疾，长到十二岁才止（这在《怕之三昧》那一篇文字中有详细的记述）。老大不小的一介少年，还天天在夜里遗尿，浸在冰凉的梦境中，对自身说来，乃是极痛苦的一件事。

我渴望一种安慰和爱啊！

但母亲却给了我什么呢？她说，我是被一种魔缠身了，要驱除这无形的魔，须恶治。便在床头备一把荆条，每到夜半，尿刚遗出端倪，母亲便将荆条狠狠地抽在她儿子光光的身上。儿子猝然惊醒，身上的抽痕很肥厚，放射状的疼痛拼命朝外奔攒。看母亲时，她极像鹤立床头的青颜厉鬼，无一丝温厚模样。为了少挨一些这样的荆条，我总是半夜半夜地睁着眼，挨到雄鸡唱晓的那一刻，才无奈地睡下去。少年的夜晚，本属无忧无虑的梦境，却这样漫漫难熬，耿耿难眠，人生来便是受苦的吗？

我自然知道，这是母爱的一种方式；但她为什么不体恤一下童子的心，施与温柔一些的惩戒呢？现在想来，母亲的爱是从她自己的心理需要出发的，是一种极主观的爱。太主观的爱，是一种施暴，我们的母亲，多么应该从儿女的那个角度，审视一下自己的爱，爱得融合一些，无私一些，易于接受一些啊！

十三岁的一天，老师叫我到她的办公室去。她递给我一个报纸包，说，这是一包剩米饭，扔了可惜，拿去喂鸡吧。回到家，急切地将纸包打开，看到那饭团白白的、糯糯的，像有一种甜蜜的东西在里边颤动。心里很生惊罕，世间竟有这么白的米啊！撮一小撮饭粒闻一闻，很馊；但放到嘴里嚼一嚼，却是甜甜的、黏黏的，且米粒粘在牙齿尖上不下来。这是一种诱人的异香，惹喉管低鸣不止。这是我平生第一次亲眼见到这种传说中的白色美食啊！

这一包尴尬的米饭，让我尝到了渴望与恐惧交织的那一种滋味。

在我想吞咽它，又惧怕它的时候，看到了母亲盯着饭团的目光。那目光是人在要攫取的时候，那种倏然亮起来的欲望。便心头一震，原来，对米饭的觊觎者，还藏着一个母亲。

“把它扔给鸡婆忒可惜哩，让我把它吃了吧，我的胃皮实。”她终于发表了宣言。

当她把手伸过来的时候，我也抢着大口大口地吞咽。母亲能吃得，儿子为什么不能吃得？她从反面，催发了我的一种决心。

母亲失声叫，以她有力的手臂，与我拼抢。因了母子的这种奇特的竞争，馊米饭吃得好有味道啊！奇怪地，这以后，我就再也没有吃过那么好吃的米饭了。

其结局是意料中的，食物中毒。我把肚子拉空后，便昏迷不醒。昏迷中，有一刻极清醒，但身体却了无知觉。我以为这一次肯定要完了，清醒的意识被一团绝望塞满了。睁一睁眼，看见母亲立在身边，她的胃确实结实，她依然健康。她的脸上挂着两串泪，是为她濒死的儿子流的。但我不愿看她那两串泪，觉得有一股假惺惺的味道。眼前又闪回着她跟我抢食馊饭的镜头，我感到一阵恶心。

父亲踅到我身旁，拉一拉我软绵绵的手，嘴角挂一重很深的忧凄。我努力讲出一句话来：这倒好了，免得再听你们吵架了。听了这话，父亲咧嘴哭起来，呜噜呜噜的，像一种动物吃食的那种声音。

从我记事起，便遇到父母失和的无奈。

父亲是个要强的人。结婚当天，便与他的母亲分了家。第二年独自盖了两间房，欠了不小的一笔债。这笔债欠去了他在我母亲心中的地位。她怨父亲便宜了他的父母，理该得到的那一份财产和支持，被父亲不值钱的那一种耿直徒然抛掉了，便每逢年关，孩子生病、添置家什等需要钱的当口，准能看到一幕母亲同父亲吵架的情景。父亲被母亲谩骂的时候，总是沉闷不语，甚至悄悄地流泪。我的感情当然倾斜到父亲这一边，常常心里烦：自己怎么捞上这么一个唠叨不休，不懂体贴人，甚至不讲道理的母亲呢？

1972 年腊月的一天深夜，我被从梦中惊醒。母亲大声地训斥父亲，声声急，声声厉，缘由极简单，要过年了，家里无钱买肉。

老太婆有钱，老太婆买了一大扇猪肉呢，你去要哇。母亲说。

怎么成呢？父亲说。

怎么不成？她老不死的能吃上肉，她的孙子为什么就吃不上呢？

怎么张得开口呢？

张得开口得去，张不开口也得去，不说定了，晚上就甭想上炕睡安生！

父亲赤身站在屋地上，脸色苍白着，浑身颤抖着，佝偻着。山里夜风硬啊！那个伟岸的父亲怎成了这般模样了呢？父尊的失落便使我心中作痛。

我不吃什么肉，吃了就恶心！我大声叫。

不吃也得吃，你有个有骨气的爹，他能不让他的儿子吃肉？母亲把一句讥讽适时地送上来。

沉闷的父亲终于爆发了，他抄起柜橱里的一摞碗，一只接一只地朝母亲砸去。母亲怔了。她根本没想到，温厚的父亲会把这样硬邦邦的东西朝她砸过来。

我当时并不曾想去将父亲拦住，我觉得母亲把父亲欺辱苦了，她应该得到这样的回报。

终于听到一声撕扯什么的声音——破碎的碗碴把母亲的脚面划了且深且长的一道口子，黑色的血争相流出来，很快便把她那只瘦瘦的脚淹没了。父亲低低地吼过一声后，钻到冰冷的被窝里去了。愕然的母亲，站在地上，兀自流血。

这时的我，感到真难过啊。不是心疼母亲的流血，而是怕流血把母亲流死。我撕了一片旧衫子，给她包脚。一边包，我一边流泪。母亲，你为什么不给家人一种安静的日子呢？贫穷的日子不会让人忧愁，亲人间的自残却让人心碎啊！

好容易熬到天亮，红肿着眼睛的父亲从被窝里钻出来。走，咱们到公社去，离球的婚！他给了母亲冷冰冰一个决然的声音。父亲摔门走出去了，母亲惊慌不已：儿子，快去把你爹拽回来。待我穿衣的时候，母亲已等不及，拖着那只肿胀的脚，趔趔趄趄奔出门去了。

父亲在前坚定地走，母亲在后趔趄，我尾在他们身后流泪。一个偏僻的京西山村，竟有如此风景，不是个中人，是想象不到的。

他爸，回吧，回吧，咱再不好，也是你的女人啊！听到母亲的哀求。

这一声哀求，使我的心乱了。我弄不清是母亲可恶，还是父亲可憎，反正，在一个少年的心中，父母不该是这种样子。

写到母亲，我不能不写以下这几件事。

母亲的生活习性，简直太随便了。比如一到夏天，便整日里袒着上身，上工、串门、做家什均照此办理。

夏日的夜晚，村人在瓜棚豆架下乘凉，母亲袒着上身，坐在杌凳上，手摇芭蕉扇，在男女混杂的小氛围中，颇显自得。

看到那些汉子们贪婪的目光，我为她难为情。我悄悄地提醒她，她竟仰头阔笑起来。你妈就是这副土奶子，还金贵个啥？她说。

再到人群里去的时候，依就袒得自在，且不紧不慢地在奶子上搓下泥捻子。她知道自家的奶子比旁的女人肥厚，是不是故意卖弄几分风情出来，也未可知。

对此时的母亲，我开始生出几分厌恶。

那时，我渐渐地感到自己是个男子汉了，跟父母睡在一条土炕上，便有些不自在。但农村只有那一条土炕啊。母亲的睡相太恣肆。我心中暗祈：母亲啊，您把自己包裹一下吧，您的儿子已不仅仅是您的儿子了。但母亲全无察觉，山里人俗鄙的生活习惯使她麻痹了。

这一年大旱降临，秋后无几收成。大多人家都亏粮了，粮食再也不好借了；但也有余粮可借的，便是“一人吃饱全家不愁”的光棍、鳏夫。

那天刚擦黑，母亲便去借粮了，她已瞄准了一个对象，是那个瘸腿的老光棍。

我和父亲眼睛一眨不眨地等她，怎么也等不到她归来的影子。天快亮的时候，母亲回来了，手里提着半口袋玉米。她把口袋扔到地上，倒头便睡了。她困极了，任父子千呼万唤，都不醒转。我与父亲面面相觑，父亲的嘴角在抽搐。

第二日，便有传言说母亲用什么什么换玉米吃。

我不相信这样的传言。我感到这个世道有几分邪异，便去问母亲。

母亲既不摇头，也不点头，只是很茫然地看了我一眼，倒头又睡去了。父亲暴怒了，将可怜的那半袋玉米撒到院子里，饿的鸡婆飞奔过来，啄抢那散落到石缝里的玉米。我用棍棒将两只埋头啄食的鸡婆打死了，蹲在地上，一颗一颗地往口袋里捡玉米。

那玉米粒很大很圆，虽未经蒸煮，却已闻到了沁人的香味。

玉米虽无邪昧，再看，已不敢正眼看母亲，似感到母亲身上，确有一股不太好闻的气味，遥遥地传出来。

人啊！

那年我考到了山外的重点高中，是年冬日，大雪封了山，公共汽车停运，只有拉私货的汽车敢到山里去冒险。开学了，雪仍未化，急得我痛咒爹娘。母亲打了我一巴掌，号什么号，跟着娘，还愁坐不上车吗？

到了路口，正有一辆车滑下来。母亲远远地站在路中央，一边挥手，一边媚笑。

车终于停住，司机却大骂不止。

母亲依旧媚笑着，走近那个中年的司机。别生气啊，大兄弟，她一把捉住司机的手，看大兄弟冻的，让嫂子焐焐吧，便把那双拘涩的手拉到胸窝里去。

瞬间，司机僵硬的脸，豁地柔软了。

我坐上了他的车。靠在车座的背上，一合上眼，便看到了母亲拉进自己胸窝的那双手。奇怪地，心中全无对母亲的感谢，只感到一种莫名的耻辱。

大学二年级那年，我带回了我的第一个恋人。那个姑娘很美丽，很温柔，很可人，见到母亲第一面，竟能甜甜地叫出母亲。晚上，父母腾出正房到侧屋去住，我亦尾在其后，留姑娘一人在屋里憩息。母亲将我拦住，怎不跟她在一起呢？早晚是一家人，弄哪门子假斯文，斯文虽好，再把姑娘斯文跑了。不容我申说，便把我推进屋去了。

姑娘正脱去外衣，小小窄窄的胸衣，遮不住她饱满的青春的美丽。我被空前地震慑了。但也感到了一种空前的惭愧，一如我在《蜂擎荆旗》中描绘的那样——当我的手，触到她的胸房的时候，弹性与坚挺，有金子一般的质地，不由得想到，这样的贵重，非瘠薄山地所能孕育，属稀有之财，不到生命攸关时刻，是不能轻易花销的。谦卑的本性，承受不得暴富，我止于吻。之后就毫不犹豫地退了出来，再之后就是心中叹念：母亲怎么能这样？

现在想来，母亲对儿女的情感，乃至生命的状态，有多么大的濡染之力啊。母亲对儿女有一种潜在的、强劲的同化欲望。这种欲望，是通过爱的形式浸淋到儿女的身上的。有多少儿女有自觉的抵御同化的力量呀？所以，如果母亲不是一个正常的健康的贤智的母亲，母爱便是一种毒素。我有了这一层切身的体验后，才真正理解了那个著名的民间传说：

儿子在临刑前，狱吏问他还有什么要求。他说，我只想看一眼母亲。母亲问儿子还有什么要说，儿子说死前多想吃两口母亲的奶，当奶头放到儿子的口中，却被儿子狠狠地咬掉了。

为什么你当初不尽一尽母亲的责任呢？儿子说。

对母亲，虽然有几分怨，几分厌，但终究是埋在心底。母亲是太底层的一个母亲，同所有底层的母亲一样，她把她的一切，甚至来生，均寄托在儿子身上了。她自己也认为自己不是个好母亲，但她却渴望着有一个好儿子，并得到这个好儿子的爱。这是一种脆弱的感情，我不忍心戳破它。母亲头发已花白，目光已有些呆滞，她不会得到更多的什么了。

于是，后来的感情，竟渐渐地发生了变化。

记得我在平原读高中的时候，母亲从一百多里的老家来看我。下了车，她不认识去学校的路，一公里的路程，竟走了一个多小时。汗水把她那件补丁袖口的旧衫子洇透了。要她擦一擦脸，毛巾从脸上过一过，雪白的毛巾，便如墨染了一般。她蒙了多少风尘啊！

我带母亲去饭店，问她想吃什么，她说，来碗白米饭最好。

饭店快关门了，只有剩下两碗冷饭。母亲说，冷饭也好。我去要两个热菜，店里说，掌勺的走了。母亲掀开桌上的一个瓷壶，这不是有酱油吗？便将酱油淋到饭上，埋头吞咽。望着红白相杂的一碗冷饭和吃出津津味道的母亲，我心中亦酸涩掺杂。

母亲的儿子，也并没有使他的母亲从馊饭的境地中走出多远啊！

母亲不是也无一声怨吗？我相信，即便是在她的潜意识中，也不会有怨的一丝影子。于是，油然生出一种惭愧，竟觉得以往对母亲的种种情怨，都来得有些奢侈。

母亲坐在我们宿舍的大通铺上，让我把上衣脱下来，上衣的领子已起了破茬儿。她掀开她的大襟，里边别着大、中、小三根针。她一针一针地缝着，花白的头发浴着学生宿舍那昏黄的灯光。同学们都围拢过来，看着这一个母亲抽她母爱的丝。有个小个子同学，竟让泪水在他窄窄的小脸脸挂满了。我心中极热，倏然生出这么一种感觉：感到母亲在的地方，就是家之所在，即便这个母亲再丑陋，即便这个家再残破，也温厚。眼前的母亲，仿佛就坐在老家炕头上，那一方针笸箩跟前。

那年休假时，回老家去，正赶上刨地点种。虽然已多年不下地了，但归家的儿子不是客，就随母亲到堰田上去。堰田离家颇有段路径，便装了干粮和水。堰田很窄，正容我与母亲并排点种。起初还与母亲保持相同的节奏，愈到后来愈跟不上母亲的步调了，便被母亲远远地甩在身后。母亲回过头来，看着她气喘吁吁、力不可支的儿子，怜爱地微笑着。在她眼里，她的儿子并不是个壮年人，仍是个弱弱的幼儿，仍需母亲频频的垂顾。

到中午了，我感到极端的疲乏，筋骨似被抽去。母亲将干粮摊在地头，我无一点胃口。这时我总想笑，神经有一种莫名的兴奋。我呵呵地笑起来：看到一只蚂蚁爬进地隙里，呵呵地笑；看到一尾蛲虫在树梢上蠕动，也呵呵地笑。

你是累脱了神经了。她说。

于是，进入膂力强健的壮年了，竟感受了疲倦的真滋味：便是神经的极度兴奋，以至于无法自控，无因由地笑而不止。

待我把下巴笑酸了，眼皮重得再也睁不开，我极想睡上一觉。

你在干草上仰一会儿吧，千万别睡着了，四月的风还硬哩。母亲说。

母亲独自点种去了，我在干草上仰着，怕我睡着了，隔一会儿便喊我一声。一种母性的呵护啊！

不老的山谷，一片空茫；荷镐而立的一介农妇，相映之下，几近虚无。

我心头酸重——对母亲，你有什么理由苛求？

对母亲与我的关系，做了长时间的冷静的回顾之后，感到以往对母亲的怨尤、厌恶，其实是一种浅薄和无知，这一切，其实亦是生长在主观和自私的土壤上的。

从自己的母亲，感到天下的母亲，均是两面的：有温厚、妩媚、伟大的一面，亦有粗鄙、俗陋和渺小的一面——没有天使般不食人间烟火的母亲。

然而，母亲是文人文章的源泉是无疑的。郭沫若说女性是文化的源泉；那么，母亲便是这种源泉中的源泉，我们必须钦佩和赞美为母亲写出高昂乐章的人！而我这样写了母亲，或许要被那些持为尊者讳理念的人所不齿，但是，我心生暖意，灵魂安妥，因为，这个母亲才是我的“这一个”。

审视世人与母亲的关系，我认为：对母亲，敬慕热爱者，有之，但少；挟恨厌弃者亦有之，更少；众多的是，对母亲抱以真实的理解。而理解能产生一种最美好的东西，便是自觉的尊重。

儿女因敬慕热爱而孝，是可贵的，令人羡慕的。

而真正的孝，可靠的孝，却正是产生于理解中的这一种。因为这种孝道的背后，是儿女们既不迷失自己，又心甘情愿地与母亲契合在一起，爱进肉里。

跋：故乡永在

祖父说，村南的那座石桥，已经很老很老了，老到我祖父的祖父也说不清它的来历。

那年兴修水利，上边来人围着它转了一圈，对陪同他的支书——我的父亲说，这桥已老化得成了一个隐患，炸掉它，修一座新的。

父亲说，咱们且慢，还是征询一下村里的人吧。

一旦征询，那桥就再也不能炸了。

人们说，这桥能立到今天，说明老天爷的生辰册子上，已经写上了它的名字，作为地上的人，你哪有资格勾去？执意要勾，是要遭天谴的。

人们又说，有了这个村子，就有了这座桥，这是谁都知道的。如果这村子是一个身体，这桥就是这身体上的一个部件，一如人，手脚齐全着，才活得健旺，一旦有了缺少，他就残疾了。一说到残疾，人们的心立刻就不平起来，因为一个大山里的弹丸小村，毕竟贫穷，毕竟偏僻，多的是近亲联姻，崽里边，便多有残疾。所以，他们对“残疾”一词，有一种本能的痛恨。

议到最后，干部群众都把目光集中到祖父身上。因为他是新中国成立前的老党员，有话语重量。

祖父说，我放了一辈子羊，每天都赶着羊从它身上过。我昨天问了问我的这些羊，人家要炸石桥了，你们同意不同意呢？这些羊咩咩地叫成一片，都哭了。为什么呢？羊的记性赖，一旦把桥炸了，它们就再也找不到回家的路了。

桥的事提醒了村里的老人，从此之后，他们对村里的老物件就变得格外上心了。

譬如那盘老石碾。虽然吃上了大米白面，早已搁置不用了，但依旧要保留在原处，不许拆除。因为它见证着丰年之乐、饥饿之痛，让村里人更珍惜日子。

譬如村东的那棵老柳树。虽已老得只剩下躯干和几处芽腋，但依旧是不能砍。因为它上面曾挂过用铸铁做成的钟。钟声一响，村里人蜂拥而出，聚众抗敌，相约出工，战斗与生产，留下许多故事。也是因为，出行归来，第一眼望到的就是它的枝柯，一旦望到，就有了到家的感觉。

譬如村西那口老井。虽已在另处开凿了一口深井，让管道入户，不再到老井那里汲水了，但依旧是井栏洁净，不染纤尘。不仅因为它是曾经的生命源泉，也是因为它让人心安妥——无论雨水丰沛，还是连年久旱，井里的水位总是保持在一个固定位置，不溢，不涸，给人以天启，让人们有了一种生活信念，面对富与贫，有了从容淡定、不浮不躁的心境。

这些理由，都是老人们绘声绘色、有滋有味的言说，在年轻人那里，并没有相应的感觉，认为人一老就守旧了，是可笑的，便主张废旧立新，让村子有个新面貌。但老人们是一群认死理的人，即便是言之凿凿，总也不能说服他们，便只好依从。

进入中年之后，对故乡的回忆突然就占了大部分的心思，而每一忆及，首先进入思绪的，竟总是那座石桥、那盘石碾、那棵老柳树和那口古井。如果没有它们的支撑，整个记忆就很难展开，就只剩下一团化不开的乡愁，以致忧郁无眠。

这是为什么呢？

后来我读到了友人彭程的一篇名为《树读》的散文，一下子让我明白了其中的道理。他写一次回家省亲，发现村口的一棵老绒花树被人砍了，突然就生出一种莫名其妙的忧伤，觉得砍掉的不仅仅是一棵生物意义上的树，而是砍断了对故乡记忆的链条。原来在感情的深处，这棵老树不只是一棵树，而是故乡的标识，是故乡的象征。他于是发出很深的感慨：这棵老树是我的一个亲人，是亲情的一部分；这样一个连着我根脉的亲人已失去了，故乡的梦也就残损了，故乡也就不成其为故乡了。

现在看来，人不到一定的年龄，便不知道家乡土地上那一山一石、一草一木的含义。人生渐老，方知是非、方知深浅、方知痛痒，是岁月深处的道理。在老人们的眼里，故乡不仅是生养休憩之地，还关乎心灵，是人的精神家园。因此，老人们对乡关处处，都是怜惜的，他们既是传承者，也是坚守者，故乡因他们而完满、而厚、而存留致远。换句话说，老物件和老人，都是故乡的地标，一如几何代数里的横竖轴，有二者立在那里，村庄里的每一个人，特别是漂流四海的游子，才能准确地找到自己的生命位置。

故乡无言，而老人们有口碑——在异地生活久了，再回望故乡，我真切地感受到，还多亏了这些老人，正是他们对故乡意义、故乡伦理最在场、最深情的阐释，才使故乡的血液化成了后人的脉搏，对他们的人格形成和人生走向，产生了绵长而深刻的影响。

譬如雨后的山林，会猝生一种锅盖大的蘑菇，雪白水嫩，让人惊异。但是，惊异之余，不能叫，也不能手忙脚乱地上前掘取。因为，只要一叫，一弄出声响，它会迅速抽缩，直到无形。为此，老人们给它取了一个很形象的名字："马跑"。祖父曾对我嘱咐道：你一旦遇到"马跑"，一定要有足够的耐心，悄悄地靠近它，看准了它的根须，一下子拧断，这之后，不管是叫，还是跳，它都会完整地待在那里，任你拿回家去，煎、炒、烹、煮，弄一桌子好饭炊。当美味嚼在嘴里的时候，你应该思忖一下其中的道理——每有意外所得，你千万不要得意忘形，你应该心沉气静，看准了再去消受，不然的话，煮熟了的鸭子也会飞掉，捧到手心的油脂也会从指缝里漏掉。祖父的道理是实在道理，"马跑"的故事也并不神秘——待我学了园艺专业之后，知道所谓"马跑"，不过是松树菌的一种，习性中对声波尤为敏感，更忌惮的是人声的喧哗。所以，山林不语，正是它的好处，奇珍嘉卉不被惊扰，可自由生长。

譬如深山的阴处有一种植物，叫山海棠。即便是生在僻处，无人观赏，可它依旧是一丝不苟地向上挺拔了枝叶，开出鲜艳欲滴的花朵。我很是不解，曾对祖父说，它真是不懂人间世故，既然开在深山无人识，便大可以养养精神、偷偷懒，没必要下多余的功夫。祖父瞪了我一眼，说，你究竟是太年轻，看重功名，内心浮躁，不知人间真相。在山海棠那里，它只按自己的心性而活，生为花朵，就要往好里开，至于能不能被人看见、被人夸奖，它从来都不会去想。可是，一旦有人走到它跟前，它的俊相就会烫了这人的眼睛，从心底里生出敬意。这叫什么？这才叫自尊自重。祖父又说，在我的几房儿媳妇中，你知道我最看重谁？是你大伯母。你大伯母家最穷，屋里只有一盘土炕、两只矮柜。可是你一进到她的屋里，就再也不敢造次了。炕上的几床土布被褥叠得整整齐齐，矮柜上的家什放得规规矩矩，脚下的石板地擦得光光亮亮，穷着，却穷得清清爽爽。如果你脚上有土，都不好意思迈进去，得在门槛蹭一蹭；如果你嘴里有口老痰，绝不敢像在别人家那样随口就吐了，得忍到出了她家的门庭。在你伯母那里，会让你感到，穷得清爽，就贵了，就没人敢轻贱。

再譬如故乡的旱。那时的光景不堪回首，十年就有九旱。要春种的时候，天上连一片云絮都没有，土地龟裂，举步蒙尘。此番情景，种子下到地里，就意味着一个“死”字。然而村里人依旧把种子播进土里，起早贪黑，汗流浃背，无怨无悔。面对这种近乎徒劳的勤勉，我等后生啧有烦言，深以为蠢。做支书的父亲说，这是祖宗留下的规矩，后人哪儿敢违背？因为老辈人说，下不下雨是老天的事，撒不撒种是人的事——命运如何，在天；尽不尽本分，在人。只要人尽了本分，不管结局如何，人都可以问心无愧了。常说的天地良心，就是这个意思。后来的世事，让我感到，这种“本分”之说，的确有它的动人之处。干旱之时，如果不下种，即便是有后来的漫天甘霖，也不会长出庄稼；一如绝望中如果不心存希望，也就只剩下了虚妄。

回溯种种，不禁感到，故乡的伟大，正在于它那贫瘠的土壤上，不仅生长出足可以活命的大豆、小米和高粱，而且还供奉出了足可以抗拒外界诱惑而不迷失自我的大地道德。康德所说，我心中最敬畏的是两样东西：天上的星辰、大地上的道德律——他立论的基础，或许就在这里了。

反省一己人生，我很自信地说，有什么样的故乡，就会走出什么样的人。我之所以能在红尘遮眼、欲望乱神的情境之下，还恪守本真，不患得患失，一直本分周正地做人，正是故乡伦理的滋润，使我内心充盈，从容淡定。

因此，故乡对人的重要性就在于，它是一个人心智、情感、人性和伦理观念形成的起点，是立人的基础。一如大树没有茁健的根须就会倾覆，大楼没有牢固的根基就会倒塌。有了可靠的基础，任风吹雨打，沧桑变幻，内心的价值取向和做人骨架，是不会被撼动的。所以，对故乡的思念与回忆，并不是为了怀旧，而是不忘来路，更好地迎新。

这个世界虽然已经全球化了，但开放的前提，恰恰是对心灵圣地的坚守与回归。四海弦歌息止时，游子心中会油然升起一声深情的呼唤：哦，故乡永在！

2011 年 7 月 8 日草

2012 年 2 月 8 日改定